O DILEMA DA NOIVA

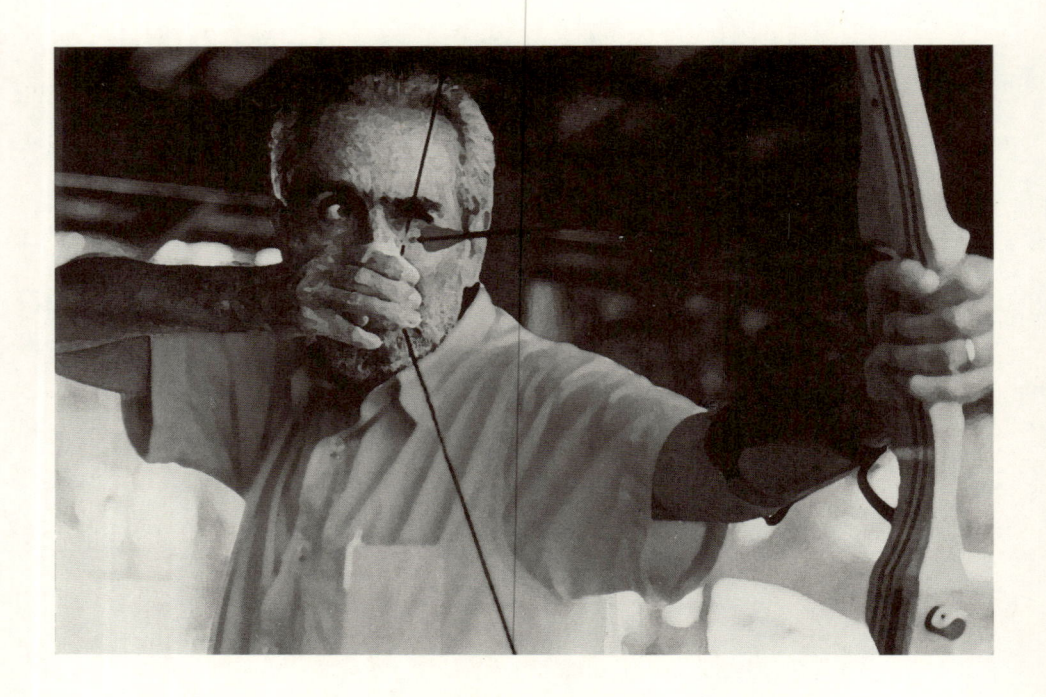

O Arqueiro

GERALDO JORDÃO PEREIRA (1938-2008) começou sua carreira aos 17 anos, quando foi trabalhar com seu pai, o célebre editor José Olympio, publicando obras marcantes como *O menino do dedo verde*, de Maurice Druon, e *Minha vida*, de Charles Chaplin.

Em 1976, fundou a Editora Salamandra com o propósito de formar uma nova geração de leitores e acabou criando um dos catálogos infantis mais premiados do Brasil. Em 1992, fugindo de sua linha editorial, lançou *Muitas vidas, muitos mestres*, de Brian Weiss, livro que deu origem à Editora Sextante.

Fã de histórias de suspense, Geraldo descobriu *O Código Da Vinci* antes mesmo de ele ser lançado nos Estados Unidos. A aposta em ficção, que não era o foco da Sextante, foi certeira: o título se transformou em um dos maiores fenômenos editoriais de todos os tempos.

Mas não foi só aos livros que se dedicou. Com seu desejo de ajudar o próximo, Geraldo desenvolveu diversos projetos sociais que se tornaram sua grande paixão.

Com a missão de publicar histórias empolgantes, tornar os livros cada vez mais acessíveis e despertar o amor pela leitura, a Editora Arqueiro é uma homenagem a esta figura extraordinária, capaz de enxergar mais além, mirar nas coisas verdadeiramente importantes e não perder o idealismo e a esperança diante dos desafios e contratempos da vida.

O DILEMA DA
Noiva

ELENA ARMAS

Traduzido por Alessandra Esteche

ARQUEIRO

Título original: *The Fiancé Dilemma*

Copyright © 2024 por Elena Armas
Copyright da tradução © 2025 por Editora Arqueiro Ltda.

Publicado originalmente por Atria Books, um selo da Simon & Schuster Inc. Direitos de tradução negociados por Sandra Dijkstra Literary Agency e Sandra Bruna Agencia Literaria, SL.

coordenação editorial: Taís Monteiro
produção editorial: Ana Sarah Maciel
preparo de originais: Sara Orofino
revisão: Ana Grillo e Rachel Rimas
diagramação: Abreu's System
capa: Laywan Kwan
ilustrações de capa: Bee Johnson
adaptação de capa: Natali Nabekura
impressão e acabamento: Associação Religiosa Imprensa da Fé

CIP-BRASIL. CATALOGAÇÃO NA PUBLICAÇÃO
SINDICATO NACIONAL DOS EDITORES DE LIVROS, RJ

A758d
    Armas, Elena
       O dilema da noiva / Elena Armas ; tradução Alessandra Esteche. – 1. ed. – São Paulo : Arqueiro, 2025.
       384 p. ; 23 cm.

       Tradução de: The fiancé dilemma
       ISBN 978-65-5565-744-9

       1. Romance espanhol. I. Esteche, Alessandra. II. Título.

                    CDD: 863
24-94309   CDU: 82-31(460)

Meri Gleice Rodrigues de Souza – Bibliotecária – CRB-7/6439

Todos os direitos reservados, no Brasil, por
Editora Arqueiro Ltda.
Rua Artur de Azevedo, 1.767 – Conj. 177 – Pinheiros
05404-014 – São Paulo – SP
Tel.: (11) 2894-4987
E-mail: atendimento@editoraarqueiro.com.br
www.editoraarqueiro.com.br

Para meus leitores (sim, você. Oi, amore).
Suas expectativas não são irreais.
Nunca deixe que ninguém te convença de que você está pedindo demais.

PRÓLOGO

Pouco mais de um ano antes...

Josie

Quando você atende o telefone e um estranho diz *Eu sou seu pai*, você sabe que sua vida está prestes a mudar.

Sério, pense em Luke Skywalker. A existência dele virou de ponta-cabeça após ouvir essas quatro palavras. E embora eu não fosse uma espécie de guardiã da justiça prestes a ser levada ao limite de todo o mal, e o homem ao telefone não fosse um vilão intergaláctico com a respiração pesada e de máscara, meu mundo saiu um pouco do eixo.

Com uma única ligação telefônica, deixei de ter um pai sobre o qual não sabia nada – só que seu nome era Andy – para entrar na vida de um homem que passou *uma noite daquelas* com minha mãe 29 anos antes. Com direito a *rolar no feno e ir embora sem olhar para trás*.

O que não tem problema nenhum, mesmo. Minha mãe nunca falava muito sobre aquela noite, ou sobre o homem com quem teve o *rala e rola*, mas sempre dizia o bastante para que eu não me ressentisse dele ou do modo como fui concebida. Isso não significava que parte de mim nunca teve curiosidade. Eu tive. Mas, na maior parte do tempo, o pouco que eu sabia me satisfazia.

E daí se éramos só minha mãe e eu? E daí se minha família era diferente da família das outras crianças? E daí se eu tive que preencher um dos lados da minha árvore genealógica com uma coleção de adesivos de animais marinhos e isso fez com que me chamassem de *água-viva* durante toda a quinta série? As águas-vivas são criaturas impressionantes, muito subestimadas, e eu aceitei o apelido com orgulho. Ser criada por apenas um dos pais não era assim tão raro ou estranho. E, como minha mãe sempre dizia, *o importante é o que fazemos com as cartas que o destino nos dá.*

Só que, pelo jeito, o destino estava guardando alguns coringas na manga.

Porque depois de quase três décadas de silêncio, meu pai tinha me ligado. E ele tinha um nome (Andrew, *não Andy,* insistiu), um sobrenome (Underwood), um endereço (em Miami) e, pelo que parecia, a missão de me apresentar à minha nova família. A um mundo novo. A uma vida à qual eu jamais imaginei pertencer.

Eu também tinha uma irmã. *Uma irmã.* E Andrew Underwood? Ele era um figurão.

E não estamos falando de um figurão do tipo *Ah, ele se deu bem.* Estamos falando de um figurão do tipo *magnata dos negócios, corporação multimilionária, nome nas manchetes, com certeza tem um motorista e provavelmente um helicóptero.* Ele era dono de um time de futebol da Major League Soccer, pelo amor de Deus. Andrew Underwood tinha se saído mais que bem. Era bem-sucedido. E eu sabia disso não porque ele mesmo tenha matraqueado a respeito ao se apresentar, mas porque já tinha ouvido falar dele antes da ligação. Assim como toda a cidade de Green Oak, o estado e, nos últimos tempos, boa parte do país.

Foi por isso que eu ri. Depois de um longo momento de silêncio, eu ri. Para falar a verdade, era isso ou desligar. Porque aquele homem estava dizendo para *mim* – Josie Moore, prefeita da cidade onde nasci, proprietária orgulhosa de um café, colecionadora de tudo o que brilha e restauradora entusiasta de cerâmica quebrada – que o espaço que eu preenchi com uma arraia na minha árvore genealógica pertencia a Andrew Underwood. E não só isso, mas que de alguma forma eu fazia parte de um universo complicado de riqueza que parecia ter saído de uma série da HBO sobre o legado de famílias poderosas. Eu não me encaixava naquele cenário. Era uma garota nascida e criada em uma cidade pequena. *E com orgulho.* Claro, fui noiva de um político por um tempinho *e* quase virei uma esposa troféu, mas só quase. Foi o mais perto que cheguei desse mundo. Era impossível que eu fizesse parte do legado de alguém. Daí a risada.

Eu não faço piadas, Josephine, respondeu Andrew com a mesma voz grave que tinha usado para dar a notícia. Mas, afoita, dei risada mais uma vez. Foi quando ele mencionou minha mãe. Não me lembro exatamente do que ele disse, só das palavras *Eloise* e *meus pêsames*, ou outra trivialidade qualquer.

Mais tarde me dei conta de que parei de ouvir nesse momento. Escutei vagamente que o assistente de alguém ia me ligar. E que Andrew agradeceria se eu mantivesse a conversa em segredo. E alguma coisa sobre a imprensa. Mas, ao longo do restante da ligação, tudo ficou em câmera lenta e eu *puf*, desapareci, assentindo de vez em quando e soltando murmúrios monossilábicos quando a linha ficou muda.

Naquela noite, não preguei o olho. Aquilo me deixou incomodada. Tanto que deixei – com delicadeza – um dos meus vasos de flores escorregar da minha mão para que eu pudesse passar horas colando de volta e... parar de pensar. Ou pelo menos ter uma desculpa para fazer isso. Não sei ao certo. Sempre achei que eu fosse uma pessoa que gosta de mudanças. Na maioria das vezes, elas apenas aconteciam, mas sou capaz de identificar algumas situações em que eu as persegui ativamente. Eu gostava de ser desafiada. E mudanças fazem isso. Não havia escolha, eu tinha que seguir em frente e, por um tempo, todo o resto parecia desaparecer e toda a minha energia era direcionada para aquilo. Subir até o topo. Superar.

Na minha opinião, mudanças eram o tempero da vida. Elas faziam com que eu me mantivesse alerta.

No entanto, pela primeira vez, diante daquele acontecimento, daquele novo desafio, daquelas novas cartas que o destino estivera guardando para mim, não senti nenhum entusiasmo. Morri de medo.

Porque, quando perdi minha mãe, perdi também qualquer esperança de descobrir quem era *Andy*. De encontrar as peças que faltavam no quebra-cabeça que fazia de mim a mulher que eu era. Ou simplesmente de poder escolher se eu queria me lançar naquela busca.

Não havia muita escolha agora. Andrew tinha acabado de aterrissar na minha vidinha simples, escancarando uma porta bem à minha frente.

As milhares de perguntas que eu reprimira borbulhavam dentro de mim. Eu me sentia outra Josie.

O importante é o que fazemos com as cartas que o destino nos dá.

Acho que eu já sabia que a mudança estava começando.

UM

Dias de hoje

Mergulhei a mão no pote de geleia.

– Vamos, vamos, vamos – murmurei.

Observei a geleia vazar conforme eu mergulhava a mão mais fundo, a gosma vermelha sabor morango cobrindo minha pele até o pulso.

– Não faz isso comigo. *Por favor*. Sai. Vamos.

– *Moshie*? – chamou o Vovô Moe, da sala.

Fiquei paralisada. O movimento dos meus dedos parou de repente. Droga. Se vovô visse o que estava preso no meu dedo ia encher meu saco para todo o sempre. Além do mais, se me visse desperdiçando a geleia depois de eu ter prometido fazer um cheesecake, ele ia...

– *Moshie* – chamou ele mais uma vez.

– Quê?

– *Xem ua ulher no xarxim.*

Revirei os olhos.

– O quê? – perguntei, embora tivesse entendido um pouco.

Eu era fluente no idioma. Vovô-Moe-sem-dentadura.

– Tem uma mulher no jardim – repetiu ele, a fala mais nítida, o que significava que tinha colocado a dentadura.

Suspirei ao olhar para a minha tentativa desesperada de tirar aquela coisa do dedo. Eu devia ter tentado manteiga. Ou óleo. E precisava distraí-lo e mantê-lo longe da cozinha.

– Como você sabe que ela não está só de passagem?

– Ela está subindo os degraus da varanda. Não gostei dela.

Droga. Será que alguém estava mesmo chegando?

– O que foi que eu disse sobre ficar bisbilhotando? – perguntei, tirando a mão do pote e tentando arrancar aquela coisa do dedo. – As pessoas veem você aí de olho que nem um... – puxei com mais força – um maluco de suspensório.

Aquela coisa não se mexia por nada. Tentei mais uma vez.

– Sei que você acha que isso faz parte de vigiar a vizinhança, mas...

Meus dedos escorregaram, minhas mãos se afastaram uma da outra e meu cotovelo bateu no pote, que caiu no chão e quebrou, um escândalo vermelho-morango.

– O que foi isso? – perguntou Vovô Moe.

Soltei um palavrão baixinho ao ver a bagunça que tinha feito no balcão e no chão e, bom, em mim mesma. Mãos, roupão, pés, tudo coberto de geleia, e eu em pé no meio dos cacos de vidro.

– Eu só derrubei um negócio aqui. Está tudo sob controle.

A campainha tocou.

Talvez não tudo.

– Vovô Moe?

Ouvi o rangido da cadeira quando ele se sentou.

– Moe Poe? – chamei, com uma voz doce, limpando as mãos no...

Onde estavam os panos de prato? O roupão ia ter que servir.

– Pode, por favor, abrir a porta pra mim?

– Ela não veio falar comigo. E eu não gosto de estranhos. Ou da aparência dela. E... – Ele fez uma pausa. – Sou velho.

– Ser velho não é desculpa pra tudo, sabia? – falei, juntando vários cacos e levando-os até a pia com cuidado. – Não pode usar isso pra ficar com o último muffin de chocolate *e* não atender a porta.

Resmungos raivosos vieram da sala enquanto eu juntava mais cacos, esperando por um sinal de que ele se levantara. Não ouvi nada, e isso foi me deixando cada vez mais perto de... perder a cabeça.

– Moe Poe, está...

A campainha tocou mais uma vez, e me assustei. Uma pontada aguda de dor na palma da minha mão me fez estremecer.

– *Droga* – falei, arquejando. – Vidro idiota e...

Ouvi a campainha uma terceira vez. E uma quarta. E uma quinta.

Fechei os olhos e soltei o ar, frustrada.

– *Maurice Antonne Brown* – falei, os dentes cerrados –, se não atender a porta eu juro que vou dar uma surra nessa sua bunda teimosa e fedorenta...

– Tá bom, tá bom – resmungou ele. A cadeira rangeu. Ouvi passos lentos e pesados. A porta da frente se abriu. – *Fois dão?*

Filho da... Às vezes ele me fazia querer gritar.

– Como é? – respondeu uma voz de mulher.

– *Fois dão?* – repetiu Vovô Moe, como o homem insuportável que sabia ser quando queria.

Parte de mim não conseguia acreditar que ele tinha tirado de novo a dentadura, mas por que eu estava surpresa?

O vovô era um rabugento inveterado e, desde o leve derrame que fizera com que eu arrumasse suas coisas na mesma hora e o levasse para morar comigo, seu mau humor estava no nível máximo. Mesmo agora, quando ele já estava quase cem por cento recuperado.

– Eu... – disse a mulher. – Eu estou procurando por Josephine Moore. Tenho certeza de que o endereço é este. Todos com quem falei na cidade confirmaram.

– *E?* – disse ele. A audácia.

Um momento de silêncio.

– E que eu nunca me engano – respondeu a mulher. – E odiaria perder mais tempo, então, se não se importar em chamar a Srta. Moore para mim, eu agradeço. Estou aqui há um tempão, vendo o senhor me observar da janela. Não sei se o propósito era me intimidar, mas não funcionou.

Mais uma pausa.

– Já lidei com coisas muito mais assustadoras que um velhinho desdentado de suspensório.

Soltei um gemido. Da última vez que foi chamado de velho, Vovô Moe fez com que saíssemos na capa do jornal da região. A foto em preto e branco que o mostrava brigando com Otto Higgings por uma tesoura de jardinagem enorme – comigo no meio dos dois, os braços estendidos e uma expressão de puro pânico – ainda assombrava meus sonhos em algumas noites. Eu sempre quis aparecer na primeira página do jornal, mas gostaria que não fosse com a manchete: *Guerra da poda em Green Oak. Prefeita tenta manter a paz.*

Como se ele estivesse lendo meus pensamentos, ouvi a risada de vovô. Não foi um som fofo. Foi a sua risada de *estou aprontando*. Danem-se a geleia, a bagunça e o roupão – e, sim, a máscara facial de extrato de algas –, aquela risada me fez entrar em ação. Esfreguei as mãos o melhor que pude no roupão já sujo e corri até a porta.

Dois pares de olhos piscaram para mim. Os lábios de vovô pareciam formar uma pergunta à qual eu não queria responder, então sorri e – com delicadeza – o empurrei para o lado. Foi quando percebi que um tom mais escuro de vermelho cobria minha mão. E não era geleia. Era sangue.

Enfiei as mãos nos bolsos do roupão e fui até a mulher.

– Olá – falei, com um sorriso largo. – Meu nome é Josie. Josephine Moore. Sou eu mesma. Até apertaria sua mão, mas... germes. Que tal um cumprimento de cotovelos? – Ofereci o meu. – Fiquei sabendo que está na moda hoje em dia. Entre as crianças e... jovens adultos. Da internet. De todo lugar.

A mulher piscou, seus olhos subindo e descendo pelo meu corpo algumas vezes, até uma careta estranha se formar em seu rosto.

– De jeito nenhum. Não – disse ela, parecendo chocada. – O que... – Ela parecia procurar o jeito certo de formular a pergunta. – Por que parece que você saiu de dentro de um bolo de morango?

– Ah. Eu, hã, estava... assando um bolo – expliquei, rindo. Eu não queria rir. Queria que aquela noite chegasse ao fim e um novo dia, um em que um anel não estivesse preso no meu dedo, começasse. – Sou bagunceira. É comum fazer bagunça ao assar um bolo. Desculpa, não ouvi seu nome. O meu é Josie, mas já falei isso.

A careta da mulher se desfez. Um pouco.

– Meu nome é Bobbi – disse, assentindo, e o cabelo loiro chanel que emoldurava o rosto dela mal se mexeu. – Bobbi com *i*. Bobbi Shark.

Um silêncio estranho se seguiu.

– Belo nome – comentei. – Gostaria de entrar, Bobbi?

Ela ergueu a sobrancelha.

– Você está agindo como se estivesse ouvindo falar de mim pela primeira vez. Era pra você estar esperando a minha visita.

Ainda bem que a máscara escondia minha testa franzida, porque eu me lembraria se estivesse esperando a visita de alguém cujo sobrenome era

Shark. Mas também não seria a primeira vez que alguém aparecia à minha porta a uma hora estranha, exigindo alguma coisa.

– Como eu digo a todos – comecei, dando um passo para o lado e abrindo mais a porta com o ombro, meu sorriso ainda mais largo –, entre, e podemos conversar durante o tempo que você quiser sobre o que você precisa. – Lancei um olhar penetrante para o homem à minha esquerda. – Vovô Moe vai para a cozinha arrumar a baguncinha que eu deixei lá. Depois vai preparar um chá pra nós. *Não é, vovô?*

Ele resmungou alguma coisa, mas se virou e foi para a cozinha.

Voltei minha atenção para Bobbi, que não parecia ter intenção nenhuma de entrar.

– Ou... – falei, reprimindo um suspiro. – Podemos conversar aqui na porta. Mas, nesse caso, é bom esquecermos o chá. Conseguir que ele faça o chá é uma coisa, fazer com que ele nos sirva é outra.

Minha piada não teve o efeito esperado. A julgar pela expressão carrancuda de Bobbi, ela nem percebeu que eu só estava fazendo graça.

– Você não sabe quem eu sou – disse Bobbi. – E está me convidando para entrar?

Pensei na resposta.

– Bom, acho que você não é uma vampira, então...

– Não, nã-não – disse ela, me interrompendo. – Pode parar de gracinha. – Meus lábios se fecharam de repente. – Tudo bem. Primeiro: você vai parar de convidar estranhos para entrar na sua casa – instruiu ela, com um tom de voz tão sério que fiquei meio chocada. – E segundo... – continuou, estendendo a mão e gesticulando na minha direção. – O que quer que *isso* seja, não vai funcionar. Você não vai mais abrir a porta assim. Não vai nem espiar pela janela assim. – Ela bufou. – Você não está envolvida na política?

– Eu... – Estava perdida. Não fazia ideia do que estava acontecendo. – Não gosto de pensar que sou política. Claro, sou a prefeita da cidade, mas é apenas um papel voluntário em um lugar pequeno assim. Na maior parte do tempo, eu nem preciso fazer nada.

Mas também havia os momentos em que apagar um incêndio metafórico arrancava anos da minha vida. De repente, me dei conta de uma coisa.

– Espera. Você está aqui por causa da Carmen?

Bobbi ergueu as sobrancelhas.

– Desculpe, quem?

Olhei bem para a mulher à minha frente: o casaco cinza-claro de lã e as botas de couro aparecendo embaixo da bainha. A maquiagem impecável, o corte chanel perfeito, o jeito de falar de quem se acha muito importante que ela não conseguia esconder.

Será que os Clarksons tinham levado a questão da cerca tão a sério a ponto de contratar uma advogada da cidade grande?

– Está perdendo seu tempo – falei. – Foi só um mal-entendido. Os Clarksons estão gastando um dinheirão em algo que pode ser resolvido com uma conversa civilizada. Não é culpa de ninguém que Carmen tenha escapado. As vacas não são animais tão preguiçosos quanto as pessoas acham. Podem ser bem furtivas. E Robbie Vasquez não tinha como saber o que ela fazia antes de instalar as câmeras de segurança ao redor do celeiro. Ele não imaginava que ela fugia. Muito menos que invadia a propriedade alheia e se engraçava com o gado dos Clarksons. Na minha opinião, é o chamado da mãe natureza.

Bobbi *com i* piscou e me encarou como se uma segunda cabeça tivesse crescido em meu pescoço. E como se ela estivesse pensando em cortá-la e se livrar dela.

Meu Deus, será que eu ia ser processada? Será que Robbie ia ser processado?

Meu estômago se revirou.

– Por favor, não nos processe. Eu juro que a cerca vai ser consertada.

Bobbi fechou os olhos.

– Só pode ser um pesadelo – resmungou.

– Isso é um sim ou um não? Porque eu juro, Srta. Shark, não tem nenhuma necessidade...

– Você – disse ela, me interrompendo. – Isto. Gado. Vacas que se chamam Carmen. Cercas. Celeiros. Este... clima. O ar fresco. O fato de eu não ter visto *uma única* Starbucks desde que saí do aeroporto. Tudo isso. – Abri a boca, mas ela me impediu de falar ao erguer um dedo. – Você não faz ideia do que está acontecendo ou do que estou fazendo aqui, e me garantiram que você tinha sido informada e que concordara com tudo. Tenho a confirmação por escrito. Posso mostrar os e-mails, tenho certeza que copiaram você em todos eles.

Os e-mails?

Os…

Uma imagem surgiu em minha mente. Uma lembrança.

– Eu achava que meu último relacionamento era tóxico, mas clientes conseguem ser piores que um parceiro egomaníaco que acha que está nos fazendo um favor com suas manipulações – continuou Bobbi, tirando o celular do bolso do casaco e batendo na tela. – Ele vai saber disso. Essa confusão vai nos atrasar um dia inteiro, talvez dois. Que perda de tempo.

Ele vai saber disso.

Ele.

Engoli o nó de pavor que se formava na minha garganta. Minhas palavras quase não tinham força para sair.

– Quem é você?

De repente, Bobbi parou de tamborilar no celular. Então olhou para mim, surpresa.

– Sou estrategista de relações públicas. E das caras. Você saberia se tivesse lido os e-mails. – Ela pareceu pensar um pouco e deu uma olhada em volta. – Vocês têm internet aqui, não é? Tipo, eu sei que é um lugar remoto, e que tem… árvores, montanhas, natureza e, sabe, *rusticidade* ou sei lá. Mas vocês têm internet aqui. *Não é?*

Eu preferiria que não tivéssemos, para falar a verdade.

Assim eu teria uma desculpa para dar àquela estrategista de relações públicas que só podia ter sido enviada por um homem. *Ele.*

Andrew Underwood.

Isso me eximiria da culpa de ter ignorado as últimas tentativas de comunicação de Andrew. Algo que não fosse: *Eu tinha esperanças de reunir a coragem necessária para abrir os e-mails um dia.* Ou: *Desculpe, não consigo entrar em outra reunião do Zoom com você e seu assistente, que finge fazer anotações porque nós ficamos nos encarando, constrangidos.* Ou…

– … seu pai.

As palavras de Bobbi me trouxeram de volta para a conversa.

Porque eu tinha viajado. E ela estava falando. Provavelmente sobre o que fazia ali, quem a enviara e por quê. Uma possibilidade surgiu em minha mente.

– Espera… Andrew está aqui?

Bobbi ergueu a mão.

– Não. Ele é ocupado demais para lidar com esse tipo de coisa.

Esse tipo de coisa.

Que tipo de coisa?

Todas as respostas possíveis rodopiaram em minha cabeça, e eu...

– Acho que você não está me ouvindo, Josephine – declarou Bobbi.

Ela não estava errada.

– Então acho bom informar você da situação – disse, e soltou um suspiro. – De novo.

Ela massageou as têmporas.

– Temos um problema. Bom, na verdade, você é o problema.

Estremeci.

– Você tem um passado interessante – continuou ela. – Não te julgo por todos os noivados, acredite. Isso não teria nenhuma importância se você não fosse filha do Andrew. Ou se não tivesse aparecido no pior momento possível.

– Foi ele quem me ligou – resmunguei. – Eu não apareci. Na verdade...

– Adalyn o deixou sem alternativa – rebateu Bobbi.

Fiquei desconcertada com a lembrança do ultimato que Adalyn dera a Andrew quando descobriu que éramos irmãs. Ninguém sabia, muito menos esperava, que a mulher que ele mandara para Green Oak em uma missão filantrópica era minha irmã. Nem mesmo Adalyn, e muito menos eu, por mais que estivesse feliz por ser amiga dela quando a notícia se revelou.

– Na minha opinião profissional, ele lidou mal com a situação. E agora, um ano depois, ao tentar se redimir, ou seja lá o que ele queira fazer, piorou tudo ao falar sobre você e este lugar em uma entrevista à *Time*.

A matéria fora publicada na revista na semana anterior. Eu não sabia ao certo como ela piorara a situação, mas sabia que meu nome tinha aparecido em uma matéria de quatro páginas dedicada à vida e ao sucesso profissional de Andrew Underwood. Eu também sabia como o jornalista que a escreveu se referiu a mim.

Um descuido.

– E exatamente como eu disse que aconteceria – continuou Bobbi –, alguém teve a curiosidade de pesquisar sobre você e transformar a situação em uma novela desnecessária para todos os envolvidos. Não está fazendo bem à imagem de Andrew. É uma ameaça aos negócios, e a tudo que está em jogo com a aposentadoria chegando. – Ela fez uma pausa. – Aliás, *você* é a ameaça.

– Eu? – perguntei, mas meu tom de voz saiu estranho.

– Você *é* o descuido do Andrew – explicou Bobbi, repetindo o termo que o jornalista usara.

Meu rosto empalideceu sob a máscara de algas ao ouvir aquelas palavras em voz alta.

– Ele passou décadas varrendo você para debaixo do tapete, o que não é bem uma novidade. Você ficaria surpresa ao saber sobre todos os filhos que grandes personalidades mantêm em segredo. Mas ele...

– Eu não... – Balancei a cabeça. – Eu não sou o descuido de ninguém. Sou só... filha dele.

– E agora todos sabem que ele abandonou você, Josephine – respondeu Bobbi, com uma certeza que me fez recuar, dando um passo para trás. – A garota doce de uma cidade pequena, que perdeu a mãe aos 17 anos e teve que se virar sozinha enquanto o pai ganhava milhões em Miami. – Ela voltou a erguer a mão com um floreio. – A garota doce de cidade pequena que foi tão prejudicada pela ausência do pai que se lançou em uma busca infrutífera ao tentar encontrar esse amor em outro lugar. A garota doce de cidade pequena que encantou não um, não dois, não três, mas quatro homens muito distintos. Só para dar no pé. *No dia do casamento.* – Seu tom ficou ríspido. – Parece coisa de TV. Fico chocada ao pensar que um homem tão inteligente não tenha percebido que isso prejudicaria sua imagem e ameaçaria seu legado.

Ameaçaria seu legado.

Agora meu rosto estava pegando fogo. Meu corpo inteiro, na verdade. A pele sob o roupão esquentava a cada segundo que passava.

– Isso não poderia estar mais distante da verdade.

– Ah, não? – perguntou Bobbi, dando de ombros. – Talvez você devesse ouvir um podcast chamado *Babado Real*. Terceira temporada, episódio doze, aos dezoito minutos. Elas dissecaram a história toda, em detalhes. É tão perspicaz que assusta. E também é o motivo pelo qual estou aqui.

Pisquei, atônita.

– Que... – A rajada de ar que deixou meus lábios interrompeu minhas palavras. – Que podcast?

– Um podcast que tem dois milhões de ouvintes toda semana – disse ela. – Se contar todas as plataformas, incluindo vídeo.

Fiquei boquiaberta, e ela me lançou um olhar que eu não consegui decifrar.

– Você estaria disposta a se mudar para Miami? – perguntou.

Quase cambaleei. Já estava ficando tonta.

– A julgar por esta noite, acho que você deveria fazer isso. Você precisa de mim mais do que eu imaginava. Mas não vou te ajudar a fazer as malas. A menos que com isso a gente consiga pegar o primeiro voo para sair deste lugar. Seria temporário. E o velhinho pode vir junto, embora eu preferisse que não. Podemos te colocar em um belo apartamento, e você participaria de eventos e passeios públicos com Andrew. Para enfrentar o turbilhão. Mostrar que estão unidos.

A voz de Bobbi virou um zumbido estridente perfurando meus ouvidos. Levei as mãos à cabeça. Às têmporas. Apalpei minhas bochechas, tentando sentir se minha pele estava queimando. Mas não senti nada. Será que aquilo seria um delírio causado por uma febre? Eu me sentia tão… sobrecarregada. Tão… prestes a fazer algo muito idiota. Como… tirar o roupão, começar a gritar e correr em direção à floresta. Fugir daquela conversa. Ainda que isso significasse correr nua no meio da noite. Eu…

– *O que é isso?* – perguntou Bobbi, arquejando, quase soltando um grito. – Por que ninguém me avisou nada?

Pisquei até que a estrategista de RP voltasse a entrar em foco, então segui a direção de seu olhar até a minha mão. *Meu Deus.*

– É só geleia. Talvez um pouco de sangue, porque me cortei, mas…

– Não. Não é a geleia – disse Bobbi, bufando. Ela apontou para o meu dedo. – *Isso.*

– Ah – sussurrei. – É só meu anel de noivado. Não é…

– Por que ninguém me disse que você está noiva mais uma vez?

Mais uma vez?

– Porque…

– Espera – disse ela, me interrompendo. – Cala a boca. Espera. – Ela fechou os olhos e na sequência fez algo que eu não esperava. Bobbi caiu na gargalhada. Ela riu. Não foi um som agradável. Sua risada soou enferrujada e meio… cruel. – Isso muda tudo.

Eu estava tão cansada. Tão exausta. Tão...

– Isso o quê?

– Isso – disse ela, erguendo minha mão. – É uma pena pra ele, mas é uma notícia excelente. Pra nós. Você, eu, Andrew, meu trabalho. Esta zona.

Minha mente buscou uma maneira de explicar àquela mulher que aquilo não passava de um mal-entendido. Que era um dos meus anéis de noivado antigos que estava preso no meu dedo. Não um anel novo. Que às vezes eu fazia coisas bobas, como colocá-los no dedo de novo por... nostalgia? Solidão? Burrice? E que, quando eu ficava estressada, meus dedos e meus tornozelos inchavam e, bom, os anéis ficavam presos por acidente. Mas eu estava muito estressada. Já estava antes mesmo de ela chegar, se considerarmos a geleia um indicativo do quanto minha maneira de solucionar problemas era péssima quando eu entrava em pânico.

E agora aquela mulher achava que eu estava noiva. De novo. Pela quinta vez. E que isso de algum jeito mudava tudo.

Eu... Ai, meu Deus. Eu ia vomitar. Precisava de um tempo para pensar. Eu...

Minha atenção de repente se voltou para algo que surgiu atrás dela.

Não algo. Alguém. Um homem. Parado em frente à entrada da garagem.

Acho que também chamamos a atenção dele, porque ele virou a cabeça na nossa direção. Seu cabelo bagunçado tinha tons de loiro-escuro, e consegui enxergar um par de óculos. Ele deu um passo à frente, e seu rosto foi iluminado pelo poste da rua.

– Matthew? – sussurrei.

Bobbi olhou para ele.

– Quem é esse? Seu noivo? Ótimo. Ele precisa mesmo participar desta conversa. Que tal um casamento enorme? – perguntou ela, curvando os lábios em um sorriso largo. – Vamos fazer um anúncio bombástico. Nada de economizar. Vai sair tudo do bolso do Andrew. Papai ao resgate. Não existe nada que as pessoas amem mais que um casamento. Um vilão convertido conduzindo a noiva até seu felizes para sempre. E bum!, bomba de relações públicas desativada. Laço entre pai e filha fortalecido. Reputações salvas. Crise evitada. Podcasters irritantes silenciadas. Ninguém precisa se mudar. Bobbi vence e volta invicta à civilização.

O tempo pareceu parar por um instante.

Bomba de relações públicas desativada. Laço entre pai e filha fortalecido. Reputações salvas. Crise evitada.

Então algo pareceu se encaixar dentro de mim.

Ergui a mão no ar e, para a surpresa de todos – minha, de Bobbi e definitivamente de Matthew –, gritei bem alto:

– Oi, amor!

Matthew pareceu recuar, e torci para que ele entrasse no jogo. Ele me conhecia. Sabia quem eu era.

– Amor da minha vida! – gritei ainda mais alto. – Você finalmente voltou!

Como disse, eu não era muito boa em resolver problemas quando estava sob pressão.

DOIS

Matthew arregalou os olhos.

Droga.

Então franziu a testa.

Droga, droga.

Entra na dança, falei baixinho, só mexendo os lábios.

Matthew, que devia ter sido pego de surpresa pela tempestade que acabara de atingir Green Oak, a julgar pelo cabelo molhado, olhou para trás e, sem encontrar ninguém, apontou para si mesmo.

Eu?, li em seus lábios.

Merda.

A cena não estava se desenrolando como eu imaginava. Mas o que eu esperava? Não tinha planejado aquilo. Matthew era o melhor amigo da minha irmã, e eu sabia que ele chegaria à cidade naquela semana. Só não sabia por que ele estava ali, na entrada da minha casa. Será que tinha decidido dar uma passada a caminho do Alce Preguiçoso? Será que Adalyn lhe dera meu endereço? Por que estava carregando uma mochila? Onde estava o carro dele? Eu queria ter todas aquelas respostas, mas Matthew era o melhor amigo da Adalyn. Não meu. Não éramos exatamente amigos, apenas conhecidos. Se é que é assim que chamamos duas pessoas que trocaram mensagens em um grupo, mas nunca se viram pessoalmente.

E eu o chamei de *amor da minha vida*. Em voz alta. Bem alta.

Arregalei os olhos.

Eu acabei de chamar Matthew de amor da minha vida.

Engoli em seco, voltando a olhar para Bobbi. Olhos escuros encontraram os meus, cheios de expectativa. De julgamento. Não. Eu não podia recuar agora. De jeito nenhum. Ela acharia que eu tinha problemas. Sérios, não aqueles dos quais ela me acusara. Voltei a atenção a Matthew Flanagan, melhor amigo de Adalyn e, havia pouquíssimo tempo, meu adorado noivo. Essa ideia fez minha cabeça voltar a rodopiar, mas eu daria um jeito. Ele sabia que era eu. Josie. Irmã da sua melhor amiga. Ia saber que algo estava rolando.

Matthew se mexeu. *Finalmente.* Ergueu o pé e... deu um passo à frente. Em direção à varanda.

Soltei todo o ar que estava segurando, aliviada.

– Nossa, eu estava morrendo de saudade – falei, ainda alto. – Também ficou com saudade de mim, meu... docinho... querido?

Como dois sinais castanho-claros de incerteza, suas sobrancelhas se arquearam.

– Ah, não precisa responder – falei, depressa. – Eu já sei a resposta, como se estivesse tatuada no meu coração. Você estava morrendo de saudade, tenho certeza. Porque nos amamos e pessoas apaixonadas não veem a hora de, sabe, um chamego. Um carinho. De fazer amor gostoso.

Bobbi soltou um gemido atrás de mim.

Matthew pareceu hesitar por um instante.

Não culpei nenhum dos dois. Eu também estava horrorizada com meu comportamento.

Balancei a cabeça e desci alguns degraus, diminuindo um pouco a distância que meu noivo improvisado demorava um tempão para percorrer, ignorando meu coração que batia acelerado pelos motivos errados.

Ele parou bem em frente à varanda e olhou para cima, o olhar deslizando da esquerda para a direita. Como se examinasse algo. Avaliasse. Então seus olhos encontraram os meus. Eram castanhos, grandes e estavam semicerrados atrás dos óculos, que ainda pingavam água. Havia algo naqueles olhos. Algo que me distraía e que eu não conseguia entender. Algo que me fez pensar que ele ainda estava decidindo o que fazer. Senti que eu implorava, ainda que em silêncio. Seu olhar mudou, e eu prendi a respiração mais uma vez.

– Sou eu – disse ele, pisando no primeiro degrau da varanda com um som úmido. – *Amor.* – Ele pigarreou. – Meu docinho querido. Mas falamos sobre isso depois. Neste momento, estou feliz por finalmente estar... em casa. Pronto pra todo o chamego.

Um instante de silêncio. Matthew deve ter confundido meu alívio titubeante com dúvida, porque me lançou um olhar e disse:

– Agora vem aqui e me dá um dengo.

Bobbi soltou um suspiro alto e um *argh!*, horrorizada.

Mas eu não. Como solicitado, entrei em ação, saltando da varanda e aterrissando em seu peito, como se dar dengo àquele homem fosse algo que eu soubesse fazer. Eu não sabia, mas meus braços o envolveram assim mesmo, o topo da minha cabeça se encaixando sob seu queixo. E ele... estava encharcado. As roupas de Matthew pingavam, incluindo a jaqueta de couro, e senti meu roupão absorver a umidade. Minha pele resfriou. Também senti seu corpo tenso e rígido contra o meu. Por quê?

Ouvi um pigarreio.

Bobbi. Ah, é.

Eu me afastei do peito de Matthew murmurando um *obrigada*, o que o fez ficar ainda mais rígido, e me virei para a mulher que estava na minha varanda.

– Desculpa – falei, sorrindo. – Eu me empolguei um pouco. Ainda estamos na fase da lua de mel. Não é, hum, *Matt... amorzinho*?

Matthew continuou em silêncio, e mais uma vez pareceu inseguro. Por sorte, saiu dessa rápido.

– É. Claro – disse, desviando o olhar para Bobbi. – E eu assumo toda a responsabilidade por isso. – Ele deixou escapar uma risada estranha. – Meu nome é Matthew. Flanagan. E esta é a minha casa. E esta – ele colocou o braço em meus ombros – é a minha mulher.

– Bobbi – respondeu ela, com uma careta. – Shark. Não sou propriedade de ninguém e não tenho nada, a não ser criptomoedas demais, graças a um conselho financeiro questionável.

– *Viva!* – Soltei um gritinho. Alto. – Agora que todos se apresentaram, que tal se...

– Faz quanto tempo que vocês estão noivos? – perguntou Bobbi.

Matthew deixou escapar um murmúrio estranho, que eu tive que disfarçar com uma risada desagradável.

– Seis dias gloriosos – respondi.

Bobbi semicerrou os olhos.

– Foi o pedido mais romântico do mundo – acrescentei. – Meu favorito, entre todos. – Senti o olhar fulminante de Matthew em meu rosto, quase abrindo dois buracos em mim. – Por quê?

– É uma informação importante – disse Bobbi, dando de ombros, em uma tentativa de parecer casual. Mas ela não me enganou. Foi até o gradil e se escorou ao lado de um dos meus vasos de flor. – E como foi esse pedido? Se não se importarem com a intromissão.

– Um piquenique romântico – respondi de imediato, sentindo o braço de Matthew ficar rígido em meus ombros. Bobbi arqueou as sobrancelhas. – Ao pôr do sol – continuei, e o olhar dela arrancou de dentro do meu peito cada palavra que veio na sequência. – Fomos até um campo de girassóis, que fica a uma hora de Green Oak. Eu estava com um vestidinho leve e ele de camisa branca. Daquelas fininhas que dão um ar de beleza natural. Destaca a estrutura óssea dele.

Bobbi fez um biquinho.

– Sei.

– Estávamos bebericando um rosé – continuei, incontrolável. – E comendo o queijo que ele tinha cortado em fatias bem finas, do jeitinho que eu gosto. De repente, ele se ajoelhou na minha frente, e um miniporco surgiu entre as flores, correndo na nossa direção com as perninhas curtas. O porquinho parou aos pés de Matthew, com um papel preso à gravata em seu pescoço. Abri o papel, meu coração acelerando com a pergunta que eu já sabia que estaria ali. Então ele disse: "Quer me dar a honra de ser minha esposa?"

O que se seguiu à minha história superelaborada foi um silêncio. Meu coração acelerou no peito.

– Como sou sortudo e criativo – sussurrou Matthew ao meu lado.

Bobbi inclinou a cabeça para um lado.

– Concordo – falou, em tom de brincadeira, descendo um degrau. – Voltaremos a conversar amanhã. Nem acredito que vou dizer isso, mas parece que também vou organizar seu casamento.

– Espera, nosso casam… – começou a dizer Matthew, o braço caindo dos meus ombros.

Lancei a ele um olhar penetrante, que disfarcei com um sorriso.

– Você está cansado. E precisa dormir. E ainda tem todo aquele amor gostoso, lembra? Então por que não deixamos a Bobbi ir embora e entramos pra conversar um pouco? Sozinhos.

– Ótima ideia, Josephine – comentou Bobbi, que agora estava ao nosso lado. – É bom você explicar tudo ao seu noivo. E não se esqueça da parte sobre o casamento enorme na cidade pequena. O papai vai pagar tudo, nada de economizar.

Palavras chegaram à minha língua, mas a expressão no rosto de Matthew impediu que elas saíssem. Meu noivo de mentira me olhou de cima a baixo, e percebi seu choque. Ele foi ficando pálido.

Então me dei conta do meu estado deplorável.

– Eu esqueci que estou assim. É só geleia – expliquei.

Matthew, que parecia um pouco mais alto e mais largo agora que estava na minha frente, estremeceu. E, para minha surpresa, tudo o que ele disse foi:

– *Josie?*

Franzi o cenho, me perguntando por que ele falou meu nome daquele jeito.

Bobbi deu um tapinha no ombro de Matthew.

– Parabéns, campeão. Vamos torcer para que este anel fique onde está. Pelo menos por tempo suficiente para que eu faça minha mágica e dê um jeito nessa confusão. Mas depois discutimos os detalhes e o ângulo midiático. Amanhã… *Ah*, quem sabe não fazemos o casamento em Miami? Hum, pensem nisso. Eu também vou pensar. Agora, foi um prazer, mas tchau.

Matthew olhou para mim, ainda pálido, parecendo desolado. Não chocado, ou perplexo, ou irritado. Só… abatido.

Abri a boca, mas, antes que eu pudesse falar, ele estendeu a mão e segurou meu pulso. Ergueu minha mão esquerda com delicadeza, devagar, a pele fria e úmida na minha, e virou minha palma para cima.

– Matthew – falei.

Foi tudo o que consegui dizer antes que Vovô Moe saísse pela porta, com luvas cor-de-rosa nas mãos e um avental com estrelinhas amarelas amarrado na cintura.

– De jeito nenhum! – exclamou ele, os braços erguidos, chamando a atenção de todos os seres humanos e animais em um raio de dez metros.

– Minha Josie não vai embora pra Miami. E eu também não vou. – Os olhos de vovô encararam o homem que continuava segurando minha mão. – Josie, por que esse banana encharcado está segurando a sua mão assim? É, você mesmo. Batendo os lábios que nem uma truta nadando contra a correnteza. Não vai levar ninguém pra Miami!

– Meu Deus, vovô – falei, em tom de advertência, olhando ao redor e procurando por Bobbi, mas ela tinha… desaparecido. – Será que pode…

– Nada de *meu Deus, vovô* – rebateu ele, indo até o gradil. – Você…

Ele parou de falar e olhou para alguma coisa atrás de nós.

– Otto Higgings! – gritou. – Pode ir voltando pra casa! Nada disso é da sua conta, seu maracujá de gaveta abelhudo.

Soltei um palavrão baixinho. Eu não precisava virar para ver se meu vizinho – e arqui-inimigo de vovô – estava do outro lado do quintal, metendo o bedelho na nossa vida. Porque é claro que ele estava. É claro…

Alguma coisa puxou a minha mão.

Voltei a me concentrar em Matthew, que olhava para baixo, o pouco de cor que restava em seu rosto desaparecendo. Segui a direção de seu olhar. Ele continuava segurando minha mão, virada para cima, e com um corte na palma. Quase nem sangrava, mas uma parte da minha pele estava manchada em um tom de vermelho mais forte que o da geleia de morango.

– Josie – sussurrou Matthew. – Você está sangrando.

– Ah – falei, tirando a mão da dele e limpando o corte com a manga do roupão. – Não se preocupe, é só um… Matthew?

As pálpebras dele foram se fechando. E, antes que eu pudesse fazer alguma coisa, ele caiu no chão.

TRÊS

Matthew voltou a si com um arquejo.

Empurrei uma caneca para ele e me obriguei a abrir meu sorriso mais caloroso e acolhedor.

Ele piscou, me encarando.

Meu sorriso se desfez.

– Por favor, bebe. Já volto. Eu me troco rápido, e o Vovô Moe vai ficar de olho em você.

Eu não podia culpar Matthew por ficar confuso ou relutar em aceitar a caneca. Também não podia culpar o Vovô Moe por ter reclamado. Mas a cavalo dado não se olham os dentes, então, assim que Matthew pegou a caneca, eu me virei e corri para o segundo andar. Fechei a porta do quarto e escorreguei até o chão, os olhos fechados, os ombros descansando contra a superfície de madeira.

Todo o ar deixou meus pulmões em um:

– Merda!

Não, eu me corrigi. Não era uma situação de *merda*. Era uma situação do tipo *um caminhão carregado de bosta de vaca obstruindo todos os seus cinco sentidos*.

Porque aquela noite… foi *demais*. Eu conseguia pensar em esquetes de comédia menos exagerados. Vovô Moe gritando como se um lobo tivesse acabado de entrar no galinheiro e chacinado metade das galinhas tinha sido apenas a cereja do bolo. Eu ainda estava me perguntando como tinha conseguido manter a calma quando Matthew se estatelou no chão. Como nós – sim, eu envolvi meu avô na situação – tínhamos feito um homem adulto de mais de 1,80 metro desmoronar. Do mesmo jeito que acontecia com a minha argila quando ela não sustentava a forma. Em um instante estava ali, forte, sólida e aparentemente segura entre as minhas mãos, e no próximo estava esparramada no chão.

Mas Matthew não era argila. Ou um projeto que eu pudesse moldar no formato que quisesse. Ele era o melhor amigo da minha irmã. Uma pessoa com vida própria que eu tinha arrastado para dentro da minha confusão. Não era algo que eu pudesse consertar enrijecendo com o secador de cabelo, por mais que eu quisesse. Na verdade, não. Eu não devia estar pensando em enrijecer o Matthew.

Abri os olhos, me levantei, endireitei a coluna e me concentrei nas coisas que tinha que fazer. Trocar de roupa. Não ficar divagando. Então entrei no banheiro para tirar a máscara de algas do rosto, pensando em jogar o restante da lata fora. Decidi que ela dava azar. Depois lavei bem as mãos, coloquei um Band-Aid no corte e vesti a primeira roupa que encontrei. Legging, regata e um cardigã. Ajeitei o cabelo com as mãos enquanto já descia a escada.

– O chá está bom? – perguntei, ainda à porta da cozinha.

O homem sentado na minha poltrona cor-de-rosa permaneceu em silêncio, e seus olhos encontraram os meus quando parei à sua frente.

– É de camomila – comentei, para preencher o silêncio. – Minha mãe fazia pra mim quando eu estava doente ou tinha um dia difícil. Imaginei que fosse o caso. Então pensei que poderia ajudar. Oferecer algum conforto. Eu sempre me sinto renovada.

Matthew pareceu pensar na resposta.

– Obrigado – disse, por fim.

Não senti muita firmeza, mas pelo menos a cor tinha voltado ao rosto dele. Era um belo rosto, agora que estávamos sob uma iluminação adequada. Queixo quadrado, nariz retinho, lábios grossos e olhos castanhos que se escondiam atrás dos óculos. Eu tinha limpado os óculos para ele durante os minutos em que esteve apagado. Estavam um pouco manchados da chuva, e era o mínimo que eu podia fazer. Eu… gostei daqueles óculos. Dos óculos de Matthew. Ele nunca os usava nas fotos. Nem quando Adalyn ligava para ele por videochamada e eu estava por perto e dava uma olhadinha, ou quando a gente trocava cumprimentos.

Ele parecia... diferente com eles. Mais... sei lá. Enfim, acho que aquilo não importava muito.

– Está tudo bem com a sua mão? – perguntou Matthew, a voz grave e rouca.

– Está – respondi, aliviada por ele estar falando. Peguei uma banqueta e me sentei diante dele. – Não foi nada. Só um cortezinho.

Era mentira. Não tinha sido tão pequeno.

– Você estava sangrando, Josie.

– É, estava. Mas não vamos falar sobre isso. Estou bem, e não quero que você... apague de novo.

– Já passou – disse ele, levando a caneca aos lábios. – Não lembro quando foi a última vez que isso aconteceu. Acho que ser pego pela tempestade não ajudou, e meu corpo simplesmente cedeu por um momento.

Ele baixou a caneca, os olhos castanhos percorrendo meu rosto, então descendo, me observando devagar, preguiçosos, ou talvez cansados, antes de retornarem aos meus.

– Você se troca rápido mesmo.

– É um dos meus superpoderes – falei, dando uma risadinha. Mas a risadinha foi curta. Eu não era a única que precisava trocar de roupa, e odiei pensar nisso. Notei sua calça jeans molhada e sua blusa ainda mais molhada. – Tiramos sua jaqueta quando trouxemos você para dentro. Você resmungou alguma coisa baixinho, acho que foi sobre ela.

Um novo silêncio constrangedor se instalou.

– Vai ser preciso um milagre pra recuperar aquela jaqueta – continuei. Sinto muito. Acho que as botas também, pra falar a verdade. As botas eu não tirei, mas queria. O bom mesmo seria ter tirado toda a sua roupa. Mas o Vovô Moe não deixou.

Matthew arqueou as sobrancelhas.

– É claro que seria apenas algo prático, clínico – expliquei. – Não seria algo do tipo *vamos deixar você só de cuequinha.*

Ele abriu um sorriso discreto.

– Eu não tiraria a roupa de um homem inconsciente – falei. – A menos que soubesse que a vida dele dependia disso. E a sua não dependia. Você ficou resmungando umas coisas. Então estava bem. E teria sido estranho carregar você pelado para dentro de casa.

O quase sorriso de Matthew se desfez.

– Não se preocupe – falei, com um sorriso largo. – Vovô e eu carrega-mos peso o tempo todo. Bom, principalmente eu, porque não deixo mais que ele faça isso. Embora eu esteja começando a acreditar que aquelas aulas de pilates não estejam tonificando meus músculos como prometido. Acho que eu devia ter confiado nos meus instintos e tentado Krav Maga. – Dei de ombros. – Ah. Quer ouvir uma coisa engraçada?

A única resposta dele foi um olhar estranho.

– A Adalyn também desmaiou no dia em que chegou aqui no ano pas-sado – falei assim mesmo. – Em circunstâncias diferentes, claro. Mas tenho quase certeza de que você já sabe disso. Mas, ei, não é uma coincidência engraçada? Vocês dois terem desmaiado assim que colocaram os pés em Green Oak?

Pelo jeito como Matthew continuou a olhar para mim, ele não achava muito engraçado. Aliás, percebi que fazia um tempinho que ele não dizia nada, e eu já tinha tagarelado bastante.

– Eu falo demais quando fico nervosa – resmunguei. – Então seria legal se você dissesse alguma coisa. Qualquer coisa, na verdade.

– Você não é como eu imaginava – disse ele, soltando uma risada. Uma risadinha breve. Meio cansada. Mas era uma risada, então aceitei. – E, ao mesmo tempo, meio que é.

Um sorrisinho curvou meus lábios. Um sorriso genuíno, pela primeira vez naquela noite. Embora eu não fizesse a menor ideia do que Matthew queria dizer com aquilo.

– Ele não merece isso – resmungou o Vovô Moe, surgindo ao nosso lado de repente e largando um prato no colo de Matthew. – Não fez nada pra ganhar um sorriso.

Revirei os olhos.

– Bom, eu acho que ele merece mais que um sorriso depois do que aconteceu hoje. Além do mais, eu ofereço meus sorrisos pra quem eu qui-ser, Moe Poe.

Vovô Moe ignorou minhas palavras e apontou um dedo para Matthew.

– Queijo quente. Coma. Você estava parecendo um alho-poró passado agora há pouco. Algo me diz que não se alimentou direito hoje, então *coma*.

– O vovô tem boas intenções – falei ao homem loiro que ocupava minha poltrona preferida. Mathew logo começou a mastigar. – E prometo que ele vai parar de te chamar desses nomes bobos. Não sei o que deu nele hoje. Está especialmente rabugento.

– Não vou parar de chamar ninguém de nada – rebateu vovô. – E não tenho boas intenções. Tenho razões egoístas para querer que ele fique saudável e forte. Ainda não sei se vou ter que dar uma surra nesse sujeito.

Eu ri do meu avô, então me virei para Matthew.

– Ele não está falando sério.

– Estou, sim – insistiu Vovô Moe, arrancando o prato das mãos de Matthew enquanto ele mastigava o último pedaço. – Que rápido. Ainda está com fome?

– Não, senhor – respondeu Matthew, engolindo. – Mas obrigado, senhor.

Soltei uma risada ao ouvir aquele *senhor* duas vezes.

– Pode chamá-lo de Vovô Moe, como todo mundo na cidade. Ou pelo menos de Moe. Não precisa dessa formalidade toda, eu ju…

– Meu nome é Maurice – disse o Vovô Moe, me interrompendo. – E que tal esse aí continuar me chamando de *senhor* até eu decidir o que fazer com ele? Esta casa é minha e ele não foi convidado.

Eu me virei para o velhinho de suspensório que morava comigo.

– *Sua*? A sua sorte é que eu gosto de você, ou te daria um chute no traseiro e te mandaria para a casa de repouso em Fairhill, Sr. *Casas de Repouso Fazem Eu Me Sentir Velho*.

Ele arquejou, embora soubesse que eu não estava falando sério. Ele não ia se livrar de mim assim tão fácil. Não depois do derrame, embora estivesse se recuperando bem. Voltei a me dirigir a Matthew.

– Desculpa, eu…

– Ele tem razão – disse Matthew, tentando me tranquilizar, embora eu provavelmente não merecesse. – Ele acabou de me conhecer e é seu avô. Eu pulei mesmo o almoço hoje. E o jantar, a julgar pela hora. Não foi muito inteligente da minha parte, e tenho certeza que foi isso que me fez desmaiar. Então obrigado pela comida, pelo chá e por ter tirado minha jaqueta molhada e me arrastado pra dentro. E por não me deixar só de cueca. Por mais à vontade que eu me sinta com a minha nudez, você tem razão, as coisas ficariam muito mais constrangedoras.

Muito mais constrangedoras. Eu mesma tinha usado essa palavra, mas fiquei incomodada que também fosse a escolha dele para descrever a situação.

Vovô Moe resmungou algo ininteligível, então se virou e voltou para o fogão, e eu tinha certeza de que prepararia mais comida para Matthew. Ele era mesmo do tipo que ladrava, mas não mordia.

– Vovô Moe não é meu avô de verdade. – Senti necessidade de dizer. – Eu... – Eu achava que Adalyn tivesse contado a Matthew. – Acho que não custa explicar as coisas. Vovô mora... morava aqui na rua. Bem ao lado da casa do Otto Higgings. Não sei se você lembra dele...

– Lembro – disse Matthew. – *Maracujá de gaveta abelhudo.*

Assenti e dei uma risadinha.

– O vovô ajudava com as coisas da casa quando eu era criança. Pelo jeito, um dia eu decidi que ele era *meu* Vovô Moe, e não só Moe, e só o chamava desse jeito. Pegou, e agora a cidade inteira também o chama assim. – Abri um sorrisinho. – Então, por favor, pode chamar também. Juro que ele não vai se importar.

Matthew ficou me olhando por um tempo, reflexivo. Então inclinou o corpo de leve para a frente.

– Acho que prefiro garantir e manter minhas bolas intactas – disse, baixinho.

Ele deu uma piscadinha.

Uma piscadinha.

Meu sorriso se tornou genuíno. Feliz, até. Aquele, sim, parecia o Matthew de quem eu tinha ouvido falar. O Matthew que eu esperava. Por tudo o que Adalyn tinha dito sobre o melhor amigo, mas também pelas interações que tivemos. Já fazia um tempinho que Adalyn tinha colocado nós dois em um grupo de mensagens com ela e o Cameron, namorado dela e meu amigo, e era impossível não construir uma imagem de Matthew com base nas mensagens que ele mandava. Engraçado, inteligente, sempre brincalhão e de uma sinceridade brutal. Matthew escrevia os maiores absurdos, e mais de uma vez me peguei rindo alto ao ler suas mensagens.

O que me lembrou das últimas mensagens que trocamos.

– Então... – comecei a falar, puxando as mangas do cardigã. – Como foi a viagem?

Ele suspirou.

– Longa. Tediosa. Necessária.

– Bom, Chicago não é exatamente logo ali – comentei. – Eu sabia que você vinha, mas não sabia que ia chegar hoje.

Ele relaxou os ombros e deixou o corpo inteiro descansar na poltrona.

– Meu contrato de aluguel só vence na segunda, mas eu não ia aguentar dormir mais uma noite cercado de caixas.

– Vai ficar no chalé, né? – perguntei. Estava vazio agora que Adalyn e Cameron estavam morando em uma casa mais perto de Charlotte e do clube de futebol juvenil que eles fundaram e ao qual dedicavam todo o tempo que tinham. – O Alce Preguiçoso é incrível. Você vai amar, prometo. É superaconchegante, estiloso, e tem a melhor vista da cidade.

Por causa dele, foi muito difícil para Adalyn e Cameron irem embora de Green Oak. Talvez fosse por isso que eles ainda não tinham alugado a propriedade. Quem sabe não estivessem muito convencidos a abrir mão dela. Ou só acharam que seria bom mantê-la vazia, caso alguém quisesse fazer uma visita. Ou precisasse de um lugar para ficar, como Matthew. Nem minha irmã nem Cameron precisavam da renda extra de um aluguel. Vantagens de ser uma chefona dedicada e um jogador de futebol aposentado.

– Fiquei sabendo – respondeu Matthew. – Adalyn também me avisou que é muito difícil de encontrar, mas eu não imaginei que o aplicativo ficaria uma hora me mandando dar voltas. Ainda não entendi como acabei em uma estrada de terra e caí em um buraco.

– Então foi isso que aconteceu? – perguntei, sentindo minha testa franzir de preocupação. Eu sabia que não tinha o direito de passar um sermão nele, principalmente depois daquela noite, mas… – Você devia ter ficado no carro, Matthew. Não devia ter se arriscado na tempestade. E, por favor, nunca entre na floresta. Aliás, da próxima vez ligue pra… – Eu me contive. Estava prestes a dizer *mim*. – Ligue pra alguém. Um reboque.

Seus olhos percorreram meu rosto em uma busca estranha, como se ele estivesse surpreso com a minha reação. Então ele soltou uma risada discreta.

– Minha bateria acabou depois de tantas voltas. Sei que parece mentira. Mas meu Prius não tem saída USB, e teoricamente eu estava a 1,5 quilômetro do chalé. Não imaginei que fosse ficar encharcado em minutos e me perder. Quando me dei conta do erro que cometi, comecei a torcer para que o chalé estivesse mais perto que o carro.

Franzi a testa. Eu não *queria* dizer aquilo, mas…

– Tinha que ser homem.

Ele bufou.

– Conclusão justa. Mas você tem razão. Foi burrice e eu… Foi um dia puxado, Josie. Uma semana puxada, pra falar a verdade.

Senti um aperto no peito ao ouvir aquelas palavras. Ao pensar no motivo por trás delas, para além da já citada chegada infeliz à cidade.

– Sinto muito – falei. – Não consigo nem imaginar o quanto deve ter sido difícil. Adalyn me contou o que aconteceu com o seu trabalho. Tenho certeza que não foi justo, e é uma droga você ter sido demitido assim. Eu só… Me desculpa.

Matthew foi se enrijecendo a cada palavra que saía dos meus lábios.

– Você não tem culpa de nada.

Mas eu tinha. Porque ele foi demitido, teve que ir embora de Chicago e estava de mudança – temporariamente, segundo Adalyn – para o Alce Preguiçoso, e… e aí aquela noite aconteceu.

Ficamos ali parados, olhando um para o outro em um silêncio que não era constrangedor, mas também não era confortável. Um barulho de pratos batendo um no outro veio de trás de nós, e me perguntei se eu deveria pedir licença e ajudar o Vovô Moe, se deveria continuar jogando conversa fora com Matthew ou se deveria abordar o assunto que estávamos evitando.

Matthew devia estar pensando o mesmo, porque vi seus olhos descerem até meu colo, onde minhas mãos estavam entrelaçadas.

– Não estou noiva de verdade – falei, por fim, erguendo a mão para mostrar a ele. Eu estava com um Band-Aid sobre o corte, mas fiz questão de não virar a palma da mão na direção dele. Só para garantir. – Não de você, é claro. E de mais ninguém. Não agora, pelo menos.

– Então eu não imaginei aquilo tudo? – Ele ficou pensativo. – Eu meio que tinha essa esperança.

Isso doeu um pouco.

Mas eu não podia dizer que não merecia ouvir isso. Me obriguei a sorrir.

– Não imaginou. Todos os acontecimentos bizarros de que você se lembra aconteceram. – Baixei o olhar, colocando as mãos de novo sobre o colo.

– O anel é de um relacionamento antigo e ficou... preso. Tentei tirar com geleia, o que não foi lá uma ideia muito inteligente. Mas sabão não funcionou, e eu não queria esperar a manteiga derreter. – Balancei a cabeça. – Então geleia de morango pareceu uma opção boa e razoável.

Matthew voltou a ficar em silêncio, por tempo suficiente para me fazer encará-lo. Ele estava sem expressão como se tentasse não deixar que seu rosto transparecesse o que quer que ele estivesse pensando a meu respeito.

– Bobbi Shark também era real, infelizmente – continuei mesmo assim. – Ela... Ah. Bom. Foi por causa dela que eu entrei em pânico, se quiser chamar assim o que aconteceu. Ela... trabalha para o Andrew, meu pai. E fui pega de surpresa com você aqui. Antes que eu conseguisse entender o que estava acontecendo, ela começou a falar várias coisas sobre mim e uma crise de relações públicas, e sobre eu me mudar pra Miami e... de repente ela começou a falar sobre o anel, e você surgiu, e eu queria que ela fosse embora. Eu não quero *mesmo* me mudar pra Miami, então eu... eu não pensei. Só agi.

O que se seguiu ao meu péssimo relato dos acontecimentos foi o silêncio.

E eu fui ficando ainda mais inquieta.

– Sei que é difícil de acreditar, mas...

– Não – disse ele, me interrompendo. – Até onde eu vi, ficou claro que a Bobbi era uma ameaça.

Deixei escapar um suspiro de alívio. Então ele entendeu. Mais ou menos.

– Eu não diria que ela é uma ameaça – falei, com um sorriso que torci que inspirasse confiança. Um sorriso genuíno. – Mas ela é meio assustadora. O bastante para que eu visse você e pensasse, ou tivesse esperança, na verdade, de que você poderia me ajudar. Sou irmã da sua melhor amiga, afinal, então não estava pedindo ajuda a um estranho...

– Eu não sabia.

Franzi a testa.

– Eu não sabia – repetiu ele. – Você tem razão, eu estava tentando ajudar. – Ele levou a mão à nuca e falou, baixinho: – Mas eu não sabia que era você, Josie.

Meu sorriso vacilou.

Eu não sabia que era você, Josie.

– Tudo bem – resmunguei, erguendo uma das mãos. Claro, eu não podia ficar magoada por isso. Estava agindo como uma boba, e o embrulho no meu estômago não queria dizer nada. – Eu demorei uns três segundos pra saber que era você – continuei, e vi o desânimo no rosto dele. – E tudo bem. De verdade. Eu sou muito boa fisionomista. E também tinha toda aquela... – Apontei para mim mesma. – Sabe. A máscara de algas e a geleia. Então eu não esperava que você me visse de longe, com um único poste de luz por perto, e soubesse quem eu era. A gente nem se conhece tão bem assim. Quer dizer, quem faz uma coisa dessas?

Eu, eu faço uma coisa dessas.

Mas aquilo não importava agora.

Matthew hesitou, como se não soubesse o que pensar.

– Desculpa – falou, por fim.

Bufei.

– Pelo quê? Você não tem culpa de nada. – Pisquei várias vezes ao perceber a nova emoção que surgiu em seu rosto e decidi que era hora. Agora. Hora de parar de pisar em ovos. Respirei fundo. Soltei o ar. E disse: – *Achoqueagentedeviairemfrente.*

Matthew franziu o cenho.

– A gente devia terminar o que começou e fingir que foi você – expliquei, erguendo a mão. – Quem colocou o anel no meu dedo.

Ele ficou boquiaberto por um tempo.

– *O quê?* – perguntou, ao se recuperar.

– Vamos fingir que estamos noivos – falei, sentindo a pele esquentar embaixo do cardigã. – Como fizemos na varanda. Bobbi acreditou. Ela achou que era de verdade. Real o bastante para ir embora. O que era o meu objetivo. Ela disse que isso resolveria o problema. A crise de relações públicas que eu falei, sabe? Posso te contar os detalhes, mas seu rosto está muito estranho agora. – Ele não estava se mexendo. Nem um único músculo de seu corpo. – Você vai desmaiar de novo?

– Não.

– Que bom. Ótimo. – Abri um sorrisinho, aliviada. – Então...

– Não – repetiu ele. Seu pomo de adão subiu e desceu. – *Não.*

– Não? – perguntei. – Foram muitos nãos e eu só fiz uma pergunta.

Um som estranho saiu da garganta dele.

– Não vamos fazer nada. Não vamos… – Ele se conteve. – Não vamos fingir que estamos noivos. Não. – Ele endireitou a coluna, o rosto sério. – De jeito nenhum, meu bem.

Franzi a testa.

– *Meu bem?*

Ele me lançou um olhar.

– Mas… – continuei.

– Não – disse ele, pela quarta vez. Sua voz se suavizou. – Não posso fazer isso.

Eu também me empertiguei.

– Podemos conversar a respeito. Discutir. Fazer uma lista de prós e contras. O que você quiser…

– Não posso – repetiu ele, me interrompendo.

Meus ombros caíram.

– Não pode ou não quer?

– Isso importa? A questão é a seguinte: o que você está sugerindo é loucura. O que aconteceu hoje foi uma piada divertida, que com certeza vai fazer Cam e Adalyn chorarem de tanto rir. Mas não vamos… – Ele engoliu em seco. – Brincar de ser noivos. Eu acabei de chegar aqui.

Aquela pontada de dor breve, mas aguda, voltou.

– Tenho certeza que seria só por um tempinho. Só até a crise passar. Ela falou apenas de um anúncio bombástico. Então a gente podia ouvir o que ela tem a dizer e depois reavaliar.

Ele riu mais uma vez, mas foi uma risada sombria. Sem nenhuma alegria. Amarga.

– Você tem ideia da loucura que está sugerindo? Do absurdo?

Essa doeu de verdade.

– Bom, com todas as histórias que Adalyn me contou sobre você, não seria a coisa mais louca que já fez. Você também é bastante dado a absurdos, sabia?

Matthew não pareceu se importar com a acusação.

– Bom, isso não é uma festa da faculdade em que você está me desafiando a andar pelado pelo campus, meu bem. É um casamento. Uma cerimônia. O anel de outro homem no seu dedo.

De novo com a nudez. E o "meu bem".

– Não é um casamento. É um noivado – corrigi. – E é de mentira. Não vamos nos casar de verdade.

Os lábios de Matthew se curvaram em um sorriso… incrédulo. Não era um sorriso bonito, e acho que ele não se deu conta da cara que estava fazendo.

– Não acredito que estamos tendo esta conversa. Eu… não consigo nem pensar direito. – Matthew se levantou, e eu tive que inclinar a cabeça para trás a fim de manter o contato visual. – É melhor eu ir para o chalé. Eu…

Um barulho que parecia o de um caminhão preencheu a cozinha, e Matthew parou de falar.

Nós dois nos viramos para a fonte do barulho, e demos de cara com Vovô Moe sentado à mesa da cozinha a poucos metros de distância. A cabeça pendia para trás, a boca escancarada, e uma torre de pães tostados com queijo à sua frente. Ele estava roncando.

Aquele velho resmungão do meu coração. Ele devia estar exausto de tanto berrar.

Parei para analisar o perfil de Matthew, que observava o Vovô Moe. Antes mesmo que me desse conta do que estava fazendo, estendi a mão. Matthew na mesma hora pousou o olhar em meus dedos, que envolviam seu braço. Sua roupa ainda estava bem úmida.

– Fica – falei. – Pode comer um pouco mais. Tomar um banho e pegar roupas secas emprestadas. Pode dormir no sofá. É confortável e está tarde. Eu me sentiria um pouco melhor se você passasse a noite aqui. O vovô também.

Matthew hesitou, os olhos castanhos ainda fixos em minha mão. Percebi que era a minha mão esquerda. Ele devia estar inspecionando o anel do Ricky, pensando no quanto eu era *louca* e *ridícula*.

– Tá bom – disse, finalmente.

Soltei seu braço e me levantei, e a ponta do meu nariz quase roçou seu pescoço. O calor subiu até meu rosto quando me afastei.

– Vou pegar cobertas e uma toalha pra você. Pode ir comendo os sanduíches se quiser.

Então me virei, decidindo que aquilo que eu sentia não era rejeição.

Matthew não podia rejeitar alguém que ele não tinha.

Era só culpa. E decepção. E exaustão. Era muito provável que Matthew tivesse razão. Eu era meio louca, e meus planos eram sempre meio ridículos.

E não podíamos fazer aquilo.

Um noivado não é um remendo que se faz em um pneu furado. Não é algo que se finge para salvar uma história, ou um relacionamento que eu nem sabia como ter com o meu pai. Era um compromisso. Uma promessa.

Era caminhar até o altar.

Embora eu nunca tivesse chegado a esse ponto.

QUATRO

Matthew dormia como uma pedra.

Tudo bem, isso não justificava o fato de eu ter ficado quase quinze minutos observando-o dormir. Mas o que eu ia fazer? A sala ficava entre a escada e a cozinha. E ele estava no meu sofá. E eu gostava de fazer alguma coisa enquanto tomava meu café pela manhã – litros de café, depois de uma noite como a anterior. Então, por mais que eu quisesse dar alguma privacidade a Matthew, era praticamente impossível.

Para falar a verdade, ele parecia... ter sido atropelado por um caminhão. Os fios loiro-escuros emaranhados. Um dos braços por cima da cabeça, o outro pendurado na beirada do sofá. E dava para ver um pé, com meia, aparecendo por baixo do cobertor. Bem fofo. A não ser pelo fato de seu peito estar nu embaixo do cobertor. A blusa do pijama que o vovô tinha emprestado era um montinho de flanela xadrez no chão.

Bebi um gole da canequinha que continha meu quarto espresso.

– Eu sou muito estranha mesmo – resmunguei, inclinando a cabeça, sentada na poltrona.

Aquilo tinha que parar. Ele era meu convidado. E eu estava de olho nele. Como uma esquisitona que não tinha nada melhor para fazer.

Pigarreei.

– Matthew? – chamei.

Como ele não respondeu, falei um pouco mais alto.

– Matthew Flanagan?

Fiquei observando por mais um tempo, mas ele nem se mexeu.

Bom, ele não me deixou escolha.

– *MATTHEW!* – exclamei.

O homem deu um pulo, tirando os óculos não sei de onde e colocando-os na mesma hora. Olhos castanhos arregalados encontraram os meus.

Abri um sorriso para ele.

– Bom dia, flor do dia.

Ele piscou algumas vezes, com a cara ainda amassada e o cabelo apontando para todas as direções. E sabe o que mais? O cobertor desceu até seus quadris, e pude ver... seu peito glorioso. Pele sedosa. Músculos definidos. Uma barriga que devia ser muito firme. Minha nossa. Matthew era...

– *Trincado.*

– Obrigado – disse ele, levando a mão à clavícula e coçando um ponto ali. Ele bocejou, com preguiça. – Que horas são?

Meus olhos se arregalaram um pouco, e eu me esforcei ao máximo para mantê-los em seu rosto. Eu tinha mesmo dito aquilo em voz alta?

– Nove e pouco – respondi. – E de nada. Aliás, pode, por favor, se cobrir? É... peito demais à mostra.

Foi lento, mas um sorrisinho se formou nos lábios dele.

– Foi por isso que você ficou me olhando dormir?

Bufei.

– Não fiquei, não.

– Tá bom. – Ele deu de ombros. – Mas eu não ia me importar se tivesse ficado.

Ergui o queixo, como uma boa mentirosa.

– Tá bom, Bella Swan, mas eu não fiquei. – Eu me abaixei, peguei a camisa do pijama de flanela do chão e joguei nele. – Preciso falar com você, e seus *mamilitos* estão me encarando, como dois faróis de masculinidade implorando para serem reconhecidos. Então, se não se importar...?

Matthew pegou a camisa, rindo. O som aqueceu meu peito. Só um pouquinho.

– Nunca imaginei que alguém chamaria meus mamilos de *mamilitos* – disse, vestindo a camisa. – Ou faróis de masculinidade. – Ele fechou os botões. – Mal posso esperar para ouvir o que você vai dizer quando souber que estou sem calça.

Arqueei as sobrancelhas, tão alto e tão rápido que deviam ter deixado uma marca no meu couro cabeludo.

– Eu...

Tinha acabado de perder o foco. E a coragem.

Porque eu tinha um plano. Eu sabia que tinha. Por isso estava esperando Matthew acordar antes de abrir a Venda da Josie, o café que já devia estar com uma fila enorme na porta. Eu queria conversar com ele. Sim. Mas seria um pouco difícil agora. Por que ele não estava usando a calça do pijama que o vovô tinha emprestado? Será que eu havia deixado o aquecedor muito forte? Será que ele sempre dormia pelado? Será que Matthew estava sem cueca? Meu Deus. Como eu ia conseguir me concentrar, e ainda por cima ser convincente?

Eu não tinha um minuto de paz mesmo, né?

Tudo o que eu queria era continuar a conversa da noite anterior. Compartilhar com ele o panorama geral das coisas, que agora eu tinha, depois de ter passado a noite pesquisando em vez de dormir, o que explicava por que eu estava a caminho do quinto espresso.

Assim que deitei a cabeça no travesseiro, as palavras de Bobbi voltaram para me assombrar.

Talvez você devesse ouvir um podcast chamado Babado Real. *Terceira temporada, episódio doze, aos dezoito minutos. Elas dissecaram a história toda, em detalhes. É tão perspicaz que assusta.*

Eu seria muito burra – ou ingênua – se não desse uma olhada. Então foi o que fiz. Também olhei todas as entradas que o Google oferecia sobre Andrew Underwood. Até as que eu não entendia muito bem, como as notícias sobre valor de ações e escândalos pessoais que afetavam os negócios. Como se ouvir – e ver – duas estranhas que tinham *milhões* de ouvintes dissecando a minha existência em uma seção de cinco minutos, em que discutiam fofocas sobre a elite da sociedade, já não tivesse sido um golpe.

A lembrança fez minha pele arrepiar. Como se eu tivesse voltado no tempo e estivesse deitada na cama de novo. Fones de ouvido conectados e olhos arregalados fixos na parede à minha frente, enquanto as vozes de duas estranhas discorriam sobre inseguranças que eu nem sabia que tinha.

INTERIOR – ESTÚDIO DO *BABADO REAL* – DIA

SAM: Espera aí, espera aí. Você tá me dizendo que a outra filha desse mesmo homem atacou a mascote do time de Miami ano passado? Aquela que tá namorando o jogador aposentado da Europa?

NICK: (solta um muxoxo) É exatamente o que estou dizendo, Sam. Esse é o Andrew Underwood. Da Underwood Enterprises, ou Holdings, ou algo do tipo. Ele é dono de várias propriedades de luxo e corporações. Você sabe que se não for da área da tecnologia ninguém se importa muito.

SAM: Você não se importa, mas tá bom. Propriedades de luxo não são tão interessantes – a não ser quando são vendidas por pessoas bonitas e cheias de glamour e eu posso ver essas propriedades do conforto do meu sofá.

NICK: Gosto não se discute. Pra nossa sorte, a família Underwood tem histórias deliciosas. Praticamente um episódio de *Succession* da vida real acontecendo diante dos nossos olhos. Com o drama, o dinheiro, a órfã que por acaso é herdeira, o passado secreto e todos os traumas.

SAM: O que me lembra que eu preciso remarcar minha terapia.

NICK: Faz isso, Sam. Terapia é muito importante. Mas você também precisa parar de me interromper. Como eu estava dizendo, essa família tem problemas. Parece que eles são viciados em treta. O papai rico, por exemplo: ele manteve sua origem em segredo durante décadas, aí em uma parte da matéria da *Time* ele admite ter vergonha de ter dito pra todo mundo que é de Miami quando, na verdade, veio de uma cidadezinha minúscula na Carolina do Norte.

SAM: Eita. Isso é um alerta e tanto.

NICK: E é só a pontinha do iceberg. Essa filha que acabaram de descobrir, Josephine Alguma Coisa, que ele também manteve em segredo durante décadas, é... se prepare... da mesma cidadezinha.

SAM: E a trama vai ficando mais interessante. Um encontro nostálgico?

NICK: É o que parece. E fica mais interessante ainda, porque ela... Uau. (risadas) Não consigo nem falar isso sem rir. Eu juro, não estou inventando nada.

SAM: Desembucha. Eu passo tempo demais na internet pra ficar chocada.

NICK: Ela é corredora. Um tipo especial de corredora.

SAM: (suspiro de decepção)

NICK: Não, não. Espera. Essa garota corre de homens. De noivos. Dos noivos dela. Ela fica noiva e abandona os caras NO ALTAR. (pausa) No dia do casamento.

SAM: Espera... como é que é? Mas de quantos homens estamos falando?

NICK: QUATRO. Até agora.

SAM: (arqueja, então ri) Que nem naquela comédia romântica superantiga?

NICK: Os anos 1990 não estão tão longe assim, Sammy. Para de falar dos *millennials* como se fôssemos anciãos. Mas, sim, que nem a Julia Roberts naquele filme. E eu não vou responder quem é Julia Roberts. E também não estou inventando nada disso. Procuramos fotos dela e encontramos uma, de um jornal local, e, como era de se esperar, ela é um espetáculo. É uma típica garota de cidade pequena, com olhos azuis e botas de caubói. Eu nem sabia que usavam essas botas na Carolina do Norte. Mas enfim, quatro vezes!

SAM: (segura a risada) Uau. (palmas lentas) Olha só, eu bato palmas. Amamos uma mulher que pode e diz *não*. Ainda que pareça ser resultado de algum trauma, e eu esteja um pouco preocupada com ela.

NICK: (ri) Tipo, eu não culpo essa garota. Eu teria muitos problemas se meu pai tivesse me abandonado em uma cidadezinha no meio do nada para viver em uma mansão em Miami. Você tem ideia de como seria meu bronzeado se eu morasse em Miami? (suspiro alto) Agora, falando sério, você sabe que às vezes eu tenho coração. Então, deixando o drama de lado, não é de se admirar que essa garota seja problemática. Parece que ela perdeu a mãe quando ainda era bem nova – não conseguimos descobrir quando –, e o papai rico não fez nada. A Herdeira da Cidade Pequena nem sabia que era uma Underwood até bem pouco tempo.

SAM: (solta um gemido) Esse comportamento é nojento. Eu fico enojada, de verdade. É por isso que eu evito relacionamentos sérios. É tão difícil… confiar. Alguns homens são capazes de coisas bizarras para esconder quem são. E esse cara é a prova disso. (pensa um pouco fazendo "hum") Fico me perguntando se tem alguma coisa que a gente possa fazer em solidariedade a ela. Você sabe que sou a favor da sororidade.

NICK: Não sei. Somos só duas apresentadoras de podcast. MAS podemos perguntar ao nosso público se eles querem saber mais. E aí, babaders? Avisem nos comentários. Já faz um tempo que não temos uma série aqui no *Babado Real*, e acho que essa promete.

A resposta à pergunta da Nick foi um sonoro sim. Eu mesma li os comentários. E gostaria de não ter me baseado na quantidade de pensamentos, opiniões e julgamentos que as pessoas sentem a necessidade de jogar no universo. Mas, ainda assim, eu não precisava ser Bobbi Shark para saber que não era nada bom. Eu já tinha percebido que a situação não se encaixava no espectro do que seria *aceitável* ou *administrável*.

– Josie? – chamou Matthew. – Tudo certo, meu bem?

Engoli em seco, voltando a prestar atenção nele.

– Hã… claro. Eu só estava pensando. Pensamentos. De vários tipos. A calça do vovô não serviu? É por isso que você está sem calça?

Matthew inclinou a cabeça.

– Prefiro falar sobre o que está te deixando incomodada. – Ele olhou para minhas mãos. – O que houve?

Eu sabia o que ele tinha acabado de fazer. Estava procurando o anel. Que estava de volta na caixa depois de ter saído no chuveiro. Mas isso não mudava ou consertava as coisas.

– Eu só estava me perguntando se você teve tempo pra pensar sobre ontem. Sobre a nossa conversa. Porque eu tive, e gostaria de voltar ao assunto, se não se importar.

Ele deixou escapar um suspiro estranho ao se ajeitar no sofá, inclinando-se de leve para a frente e apoiando os cotovelos no cobertor em cima de suas pernas.

– Pensei sobre o que aconteceu ontem, sim – admitiu. – E eu te devo um pedido de desculpas. – Meu corpo inteiro se animou. – Eu fui um pouco duro. Estava exausto, irritado, e… aquele não sou eu. Então, me desculpa. Você tinha razão. Se tem alguém que mergulharia de cabeça, sem questionamentos, em algo como o que aconteceu ontem na varanda, esse alguém sou eu.

Meu peito se contraiu de… alívio? Esperança?

– Sério?

– Sério – disse ele, assentindo. – Por isso quero estar aqui na próxima vez que você falar com essa tal de Bobbi. Eu me envolvi nessa história quando decidi participar da mentira, então quero estar junto. – Senti os cantos dos meus lábios se curvarem, transformando-se em um sorriso. – Vamos dizer a ela que foi tudo um mal-entendido. Juntos.

E o sorriso se desfez.

– Ah – murmurei, com um suspiro fraco. – Um mal-entendido. Foi isso que você quis dizer.

Ele soltou uma risada tensa, como se tivesse se esforçando para rir.

– O que você achou que eu ia dizer?

Todas as informações que eu tinha descoberto na noite anterior, tudo o que foi dito sobre mim e sobre Andrew, rodopiava na minha cabeça, me deixando meio tonta.

Não é de se admirar que essa garota seja problemática.

Como eu poderia explicar tudo para aquele homem? Será que eu deveria apenas dar o play no podcast e obrigá-lo a ouvir? Ver o rosto dele se encher de… pena, na melhor das hipóteses? Eu sempre me considerei uma mulher forte e independente. Mas, a julgar por tudo o que estavam dizendo, eu nunca fui nada disso. Não mesmo. Nem de longe.

Afastei esse pensamento e me levantei. Eu tinha mesmo perdido a coragem. E tudo bem. Eu ia ficar bem.

– Quer saber? Acho que eu mesma vou dizer isso a ela. Vou dizer que foi tudo um engano. Vai ser como arrancar um Band-Aid agressivo e reprimido.

– Tem certeza? – perguntou Matthew, hesitante. – Eu posso…

– Ah, não – falei, me levantando da poltrona. – Agora eu preciso abrir o café. O Vovô Moe vai levar você até o Alce Preguiçoso enquanto resolvemos a situação do seu carro. – Matthew retesou os lábios, e eu desviei o olhar, já de saída. – Você tem toda a razão, então eu vou dar um jeito na confusão que fiz. Além do mais, é só a Bobbi. Não tenho que fazer nenhum anúncio público, ou pior, contar à cidade inteira que não estamos… você sabe. Juntos. É só uma mulher que eu mal conheço.

– E aí, quando é o casamento? – perguntaram pela *quarta* vez.

Sim, eu estava contando. Teve também *na quinta vez vai, hein* – dito um total de três vezes – e *quem é o sortudo?*, um total assustador de oito vezes. Oito.

Porque, como acabei descobrindo, não era só Bobbi que achava que eu estava noiva mais uma vez. A cidade inteira pensava o mesmo. Ou, pelo menos, todos os clientes que entraram na Venda da Josie, agitados com a notícia de mais um noivado.

Eles sempre, *sempre*, ficavam agitados. Com qualquer notícia, mas as notícias de noivado eram as piores – ou as mais estrondosas. E como eu estava supostamente noiva de um homem misterioso que tinha sido mantido em segredo, a agitação se transformou no burburinho de uma colmeia furiosa.

Tudo graças ao abelhudo do Otto Higgins.

Eu sabia que as notícias se espalhavam rápido em Green Oak, mas tão rápido assim? Nem quando as crianças descobriram o vídeo de Adalyn arrancando a cabeça da mascote do Miami Flames com as próprias mãos a notícia se espalhou da noite para o dia. Levou pelo menos um dia inteiro até que todos começassem a criar as próprias teorias.

Desta vez não. Não era nem hora do almoço ainda e eu já tinha ouvido que estava noiva de um cara chamado Marcus. Ou Maddox. Ou Maverick, um caubói do Tennessee. *Não, um andarilho chamado Martin*, afirmou alguém, que foi visto vagando pelos arredores da cidade com uma mochila e um manto.

Um manto.

Às vezes eu me perguntava como nós, enquanto comunidade, tínhamos sobrevivido tanto tempo sem perder completamente a cabeça.

– Você tem todo o nosso apoio, sabia? – disse Gabriel, atraindo minha atenção de volta à conversa. – Sei que deve ter seus motivos para ter escondido o noivado de todos nós. Somos um bando de fofoqueiros, embora tenhamos boas intenções. Mas agora que a notícia se espalhou… quero saber de tudo. – Ele abriu um sorriso. – E ver o anel. Vamos ver que nota ele merece.

Eu amava Gabriel. Nós nos conhecíamos desde a infância e ainda éramos bons amigos, embora não convivêssemos tanto quanto antes. Agora ele era um homem de família. Pai da Juniper, marido do Isaac. Eu sabia que aqueles comentários eram ditos com carinho, mas tinha quase certeza de que ia gritar se ele tentasse arrancar mais algum detalhe de mim.

– O anel não está aqui – falei, com um sorriso bem discreto.

– Como assim o anel não está aqui? – perguntou Gabriel, as sobrancelhas arqueadas. – Cadê?

– No… joalheiro. Precisava de um polimento.

Todos os anéis precisavam, então não era bem uma mentira.

– Se você diz – respondeu ele, dando de ombros, sem acreditar muito. – E as outras perguntas? Quem é esse homem? Como vocês se conheceram? Qual vai ser o tema do casamento dessa vez?

Tema do casamento.

– E por acaso isso tudo tem alguma importância? Por que não falamos sobre Isaac? Ou Juni. Como está indo o sexto ano? Isaac vai ao jogo do Warriors domingo ou está viajando?

Gabriel franziu a testa.

– É claro que importa. Você está noiva, Josie. Mais uma vez. Depois, sabe, do Duncan. Que, aliás, fiquei sabendo, e as palavras não são minhas, *está enfrentando desafios importantes.* Minha prima Martha, aquela que mora na Carolina do Sul, me disse que está de olho nele, para nos manter informados. E uma mulher do clube do livro dela tem algum parentesco com um dos organizadores da campanha dele e anda repassando informações de primeira. Enfim. – Ele fez um biquinho. – Se eu dissesse que estou chocado com as notícias, estaria mentindo. Se ele estivesse concorrendo a uma vaga ao senado aqui, eu com certeza não…

– É muita gentileza dela – interrompi. – E sua. Mas sabe que essa história toda de ser contra o Duncan nunca me caiu bem. Ele não é uma pessoa ruim. Tem princípios, o que é raro na política. As coisas só não deram certo entre a gente, e isso não é um bom motivo pra que as pessoas da cidade julguem seu trabalho ou queiram cancelar o Duncan.

Gabriel revirou os olhos atrás dos óculos de armação vermelha.

– Você é muito íntegra, Josie. Um verdadeiro unicórnio.

Eu não era. Era uma *garota problemática* por causa de *algum trauma.*

– Enfim – falei, arrumando o avental. – Isto aqui ainda é um café, sabia? Vocês vão me levar à falência se quiserem ficar só conversando.

– Você sabe que isso não é verdade – respondeu ele, com uma risada. – Green Oak ia entrar em colapso sem este lugar. Ou sem seus bolos. Ou sem você. Mas tudo bem. Já entendi. Vou esperar até você decidir contar sobre esse tal de Maverick.

– O nome dele nã…

Olhei bem para ele.

Gabriel abriu um sorrisinho tímido.

– Argh, quase. – Ele deu de ombros mais uma vez. – Aff! Que tal preparar algo especial pra mim hoje? Pra compensar por não me contar todos os detalhes sobre esse homem. Ele tem o abdômen definido? É bom de cama? É verdade que é do Tennessee? Ninguém sabe. Nem eu. E tudo bem, sabe?

Comecei a preparar um *Josephino*, extragrande e extradoce, decidida a ignorar Gabriel enquanto ele citava os méritos de namorar um caubói como Maverick e continuava testando a pouca paciência que me restava.

– Canela ou cacau? – perguntei, colocando o bule de metal sobre o balcão, com força, no momento em que ele disse algo sobre lançar fardos de feno *sem camisa*.

– Cacau – respondeu ele, revirando os olhos. – Por favor.

– Ótimo – falei, com um sorriso que eu tinha certeza de que não tinha parecido genuíno.

Então eu me ajoelhei atrás do balcão com a desculpa de pegar o pote de cacau em pó. Mas só fechei os olhos e acariciei meu peito. Precisava de um tempinho para mim. Meu Deus, eu estava suando. Em bicas. Ergui a blusa de tricô e deixei o ar entrar, me levantando apenas quando me senti um pouco melhor.

– Aqui está seu… *Minhanossa*.

Dei de cara com o rosto de Otto Higgings e de sua pug, Coco.

– Não sei de quem vocês estão falando, mas acho que não aguento mais estrangeiros na cidade. Green Oak é muito pequena.

– Bom dia, vizinho – falei, e ouvi o constrangimento em minha voz. E o rancor que eu queria muito guardar contra ele. Mas eu não era assim. Então decidi ignorar aquilo tudo e olhei para onde Coco estava sentada. – Você conhece as regras. Companheiros peludos são bem-vindos, mas nada de traseiros fedorentos no meu balcão.

– Foi o que eu disse – resmungou Gabriel. – Isso não é lugar pra cachorro colocar a bunda, Otto.

Otto resmungou alguma coisa e pegou Coco no colo.

– Minha Coco não é fedorenta.

Inspirei bem devagar, então peguei o frasco de desinfetante e comecei a limpar o balcão.

– O que deseja, meu querido e doce Otto?

– E aí, cadê o tal do Mario? – perguntou meu vizinho. – O loiro. Vocês fizeram uma confusão e tanto no meio da noite. Nos acordaram. Você sabe que a Coco precisa descansar.

– Ah, é? – disse Gabriel, se animando. – Mario? Loiro. E *uma confusão e tanto*? – Meu suposto amigo me lançou um olhar curioso. – Com essa você me pegou, Otto Higgings. Em uma escala de um a dez, até que ponto você diria que a confusão foi... *ardente*?

– Bom – começou Otto, com cara de quem estava pensando na resposta –, eu diria que...

– Não teve confusão nenhuma – interrompi. – Foi uma noite normal, comum, banal.

– Houve uma comoção e tanto na sua varanda – resmungou Otto, ajeitando a coleira de Coco. – Pode servir uma daquelas suas bebidas pra cachorrinhos? Coco ama. Eu vou querer um copo d'água. Os dois são por conta da casa, não são?

– É claro – falei, com os dentes cerrados em um sorriso.

Os dois eram cortesia para quem fizesse um pedido de verdade. Mas eu daria qualquer coisa para que ele parasse de falar.

– Aqui está – falei, pegando dois brownies da vitrine e colocando na frente dos dois homens. – Esses também são por conta da casa. E estão quentinhos, então eu não perderia tempo se fosse vocês. Já volto com o puppuccino e o copo d'água.

Eu me virei e procurei pelo iogurte natural que comprava só para fazer os puppuccinos. Quando o encontrei, peguei uma caixa de purê de abóbora. Por mais quente que estivesse, ainda era outono. A estação da abóbora estava a todo vapor, o que significava bebidas com abóbora. Para os cachorrinhos também. Voltei para o balcão, olhando para baixo e equilibrando tudo nos braços.

– Certo, então...

Um rosto novo tinha se juntado ao grupo.

– *Bobbi* – falei, e desta vez ouvi a exaustão absoluta em minha voz. – Oi. Você está aqui. Ótimo. Bem-vinda à Venda da Josie.

– Não precisa se animar tanto com a minha presença – disse ela, seca. – Por que este lugar está tão cheio? Ah, espere, não precisa responder. Não tem nenhuma Starbucks por aqui.

Contive um revirar de olhos e sorri.

– Foi o que você disse ontem. E não é maravilhoso? As empresas locais têm espaço pra prosperar.

– Não achei que você estivesse prestando tanta atenção ontem – respondeu ela, olhando em volta com uma careta estranha. – E pode prosperar à vontade, desde que seja ao lado de um lugar onde eu possa fazer o pedido pelo celular. É meu único vício, Josephine. Isso e fazer compras de madrugada. Se me disser que também não tem entrega de um dia aqui, talvez eu tenha um pequeno derrame. – Ela fez uma pausa. – Tem, né?

Gabriel bufou.

Eu preferi não responder.

Otto olhou para a forasteira e franziu o cenho.

– Você também estava lá. Ontem à noite. Na confusão.

Os dois homens pareceram se agitar. Mas eu já estava cansada de tantas perguntas. Estava cansada de tudo. Então bati palmas, chamando a atenção de todos.

– Otto? Aqui está sua água, e um puppuccino pra Coco – falei, colocando os dois copos à sua frente. – E Gabriel? Depois a gente conversa, tá? Manda um abraço pro Isaac e pra pequena Juni. Agora, tchau. *Auf Wiedersehen. Sayonara. Adiós.* Tchauzinho. Tenham um bom dia, e lembrem-se de trazer o cartão-fidelidade da próxima vez, hein?

Com um sorriso tenso, fiquei observando os dois homens – e a cadelinha – se afastarem, embora relutantes, então voltei a dar atenção à estrategista de relações públicas.

– Muito bem, Herdeira da Cidade Pequena – disse Bobbi, parecendo impressionada. – Você é uma pessoa firme. Ótimo.

Herdeira da Cidade Pequena. Foi como as mulheres do podcast me chamaram.

– O que você quer, Bobbi?

Um voo de volta pra Miami?, pensei. *Uma pá pra me ajudar a abrir o buraco onde eu adoraria me enfiar neste momento?*

Seus lábios vermelho-vivos se contraíram enquanto ela pensava, e eu tive um tempo para raciocinar, aproveitando para analisar suas roupas. O belo casaco da noite anterior tinha desaparecido, e ela vestia algo que parecia um espartilho sobre uma camisa preta fina e uma calça de couro. Estava deslumbrante. E assustadora. Ela pigarreou.

– Um mocca de chocolate branco gelado, sem chantili, com espuma de leite e caramelo extra.

– Eu… – Meu café não estava preparado para servir esse tipo de coisa. Abri um sorriso. – Saindo já, já.

– Finalmente uma boa notícia – disse ela, jogando as mãos para cima, toda dramática.

Voltei para minha estação e comecei a preparar... meu Sharkie. Foi como decidi batizar a bebida.

– E o loirinho? – perguntou Bobbi. – Teve uma boa noite de descanso?

– Matthew está bem – resmunguei. – E dormiu bem. Que nem uma pedra, na verdade.

– Acho que prefiro loirinho – respondeu Bobbi.

Meus ombros enrijeceram.

– Não precisa se ouriçar toda, não tenho nada contra ele. Só não consigo levar loiros a sério. Sei que sou loira, antes que você diga alguma coisa. Mas é diferente. Eu sou mulher, e sou eu. Eu me levo, e levo as mulheres, muito a sério. – Ela apoiou as mãos no balcão, bem onde o traseiro de Coco estivera. Senti um sorrisinho se formar em meu rosto. – A gente precisa começar a organizar o casamento logo.

A satisfação que eu senti desapareceu.

– Deu uma olhada na internet? – continuou Bobbi. – Ouviu o podcast? Nem precisa responder. Só de ver essa sua cara amarrada eu já sei a resposta. Não é lá muito lisonjeiro, não é mesmo?

Eu me ocupei com o Sharkie, tentando achar um jeito de substituir as coisas que eu não tinha.

– Minha cara não está amarrada.

– Está, sim – insistiu Bobbi, em um tom descontraído. – É natural. Ter a roupa suja e a reputação divulgadas assim faz isso com uma pessoa. Estou chocada só de você estar aqui. Eu achava que ia ter que juntar os pedacinhos pra que pudéssemos conversar. Essa história toda faria qualquer um desmoronar. Talvez até eu.

Roupa suja. Reputação.

Engoli em seco. Com dificuldade.

– Não vou desmoronar. São só fofocas.

– É fofoca quando são fatos? – perguntou Bobbi.

Senti meu corpo gelar. Na hora.

– Que bom que você tem como provar que elas estão erradas – continuou Bobbi. – Você encontrou o amor. Mais uma vez. E fiquei sabendo que a cidade toda acabou de descobrir a novidade. Fiquei surpresa. – Ela esperou, e eu tive certeza de que a pausa foi intencional. – Ei, não estou aqui pra julgar ninguém. Eu também hesitaria em contar. Ainda mais se já tivesse ficado noiva meia dúzia de vezes.

Meu rosto ficou quente.

– Foram só quatro.

– Cinco – rebateu ela, e soltou um "tsc". – Coitado do loirinho. Você já vai dar um chute na bunda do cara?

– Não foi isso que eu quis dizer.

– Quem sou eu pra julgar? – disse ela, inspecionando as unhas. – Eu também tenho questões com o meu pai. Metade do mundo tem, e a outra metade precisa lidar com um parceiro que tem.

– Bom, eu não tenho. Não pertenço a nenhum desses grupos.

– Diga isso ao jogador de futebol Ricky Richardson – rebateu Bobbi. – Ou ao candidato a senador Duncan Aguirre. Ou ao Shawn ou ao Greg, com sobrenomes e profissões irrelevantes. Não foi o Ricky que ficou tão abalado por ser abandonado no altar que sua performance foi pro espaço e ele foi transferido pra um time no Canadá? Caramba.

Minha coluna se retesou.

– O Canadá é incrível. Ele adora morar lá.

– E não foi o Duncan que quase encerrou a campanha de tanto que estava sofrendo? E Greg não fugiu para a Tailândia depois que você deu no pé?

Agora foi a minha mandíbula que se retesou.

– Eu achei que Greg fosse irrelevante. E como você sabe dessas coisas?

– Eu estaria fazendo um péssimo trabalho se não tivesse pesquisado sobre você antes de vir, Josephine. E, se eu descobri, você não acha que o Página Nove também vai? Aquele podcast faz parte da maior fonte de fofoca deste país. Sam e Nick iam *amar* futucar uma coleção tão variada de noivos-que-não-vingaram.

– Isso não é nada invasivo, né? – comentei. Balancei a cabeça, voltando ao balcão com o Sharkie pronto. – E eu não faço coleção. Além disso, Greg agora atende por Astro. O que você saberia se tivesse pesquisado a fundo mesmo. Também não deixei Ricky no altar. E Duncan está ótimo, acredite. Eu também não sou a única mulher da face da Terra que foi noiva algumas vezes. Não sei por que todos estão agindo como se fosse uma coisa de outro mundo.

– Quatro vezes. Cinco com esta. E você nem tem 30 anos – disse Bobbi, categórica. – É coisa de outro mundo quando combinado com quem é seu pai. E, por favor, não me diga que é *amiga* de todos eles. Eu achei que você fosse mais inteligente que isso.

– E se eu for amiga deles? Qual é o problema?

Bobbi me encarou com uma expressão de pura indignação.

– Isso não é uma série de comédia, garota. Acorda. – Ela bufou. – Essa história toda cheira a trauma de infância mal resolvido. Cheira a comédias românticas dos anos 1990 que não envelheceram nada bem. Cheira a Ross Geller.

– Ross Geller é divorciado – rebati, tentando ao máximo não deixar que suas palavras me afetassem.

Como se não soubesse o que dizer, Bobbi soltou um suspiro, pegou a caneca e a levou aos lábios. Então soltou um gemido.

– Quer saber? *Eu* me caso com você se decidir dar um pé na bunda do loirinho.

Eu me senti lisonjeada, mas quis aproveitar o que aquelas palavras ofereciam. Uma abertura. Com sorte, uma saída.

– Então, sobre o Matthew…

– Olhe à sua volta, Josephine – disse Bobbi, os olhos escuros penetrantes, fixos nos meus. – Todos estão em êxtase com a notícia. Eu não vejo tantos sorrisos assim desde a minha infeliz visita ao museu de cera em Barcelona, anos atrás. E esses nem são tão assustadores.

Engoli o nó estranho que tinha se formado na minha garganta e fiz o que ela disse, embora não precisasse. Bobbi tinha razão. A atmosfera no pequeno café que eu considerava minha segunda casa não ficava tão animada desde que o Green Warriors chegou à final da Liga Infantil.

– Seu pai também mandou os parabéns – disse Bobbi.

Eu me virei para ela na mesma hora e me apoiei no balcão.

– Andrew sabe?

– Agora sabe – confirmou ela, depois de alguns segundos. – E está emocionado por você permitir que ele desempenhe um papel importante na sua vida. Ele acha que o mínimo que pode fazer é pagar pelo casamento, depois de tudo o que aconteceu. E também está grato por você fazer isso em um momento tão crucial, é claro. Pode ser a perspectiva de que precisamos pra dar um jeito nessa confusão toda. *A não ser* que você esteja disposta a se mudar pra Miami. O loirinho também iria, imagino.

Meu estômago se revirou, e aquela vontade repentina de gritar, correr, ou fazer algo bem idiota voltou.

Está emocionado por você permitir que ele desempenhe um papel importante na sua vida.

Eu teria muitos problemas se meu pai tivesse me abandonado em uma cidadezinha no meio do nada.

Ele acha que o mínimo que pode fazer é pagar pelo casamento.

Eu tinha prometido a mim mesma que nunca mais passaria por isso. Um casamento. Não depois do Duncan. Não depois de quatro noivados. Ficaria feliz em ajudar a organizar o de Adalyn com Cameron, quando eles decidissem se casar, mas não o meu. Com certeza não queria um *quinto* casamento. Com certeza não já sabendo que eu nunca chegaria até o altar. E com certeza não com um homem que eu mal conhecia.

Mas... também não era tão diferente assim das outras vezes em que eu disse a mim mesma que não mergulharia em mais um noivado e acabei fazendo exatamente isso.

Foi Bobbi quem falou, como se de algum jeito soubesse que eu estava surtando.

– Não estou aqui pra julgar você, Josephine, de verdade. Estou aqui pra ajudar. A imagem de Andrew e a *sua* estão sendo jogadas no lixo. E sou incrível no meu trabalho. – Uma pausa. Ela inclinou a cabeça para o lado. – E também sou boa em avaliar o caráter das pessoas. Acho que você acredita que as pessoas merecem uma segunda chance. *Sei* que sabe trabalhar em equipe. – Ela ergueu o braço, apontando para todas as mesas cheias atrás de si. – Estou vendo que se importa com a comunidade, então sei que também se importa com sua família. Andrew é sua família agora. Familiares cuidam uns dos outros, então quero te convencer a deixar o orgulho de lado e aceitar a ajuda dele.

Olhei para as mesas atrás de Bobbi, mas não as enxergava de verdade.

Andrew é sua família agora.

Familiares cuidam uns dos outros.

Durante um bom tempo, isso foi tudo o que eu quis. Uma família. Alguém para preencher a lacuna que minha mãe deixou no meu coração quando se foi. Eu sabia que Adalyn tinha me ajudado com essa ausência de certa forma, e amava isso. Ter uma irmã. Mas uma irmã não é uma mãe ou um pai, e meu relacionamento com Andrew era... diferente, de um jeito que eu não esperava. Não era tão fácil. Era confuso de uma forma que fazia meu estômago se revirar só de pensar na possibilidade de que talvez nunca desse certo.

A questão não era orgulho, como Bobbi tinha sugerido.

Quando prometi a Matthew que daria um jeito na situação, achava que só teria que enfrentar Bobbi. Mas já não era mais só Bobbi. Era todo mundo. A cidade inteira sabia. Andrew também sabia, e achava que eu tinha a chave para resolver um problema pelo qual eu era responsável de um jeito meio torto que eu não sabia como refutar. E eu tinha mentido. Fui eu que inventei aquela história toda de noivado.

Sem saber ao certo como, eu estava diante de um dilema.

Havia duas opções. Contar a todos que meu noivado era mentira e acabar com o entusiasmo e a esperança. Ou seguir com o que eu começara e terminar o noivado depois, quando a poeira tivesse baixado, informando a todos algo que talvez já esperassem: que mais um noivado chegara ao fim.

As duas opções eram horríveis.

A primeira fazia com que eu parecesse uma mentirosa. Confirmava as acusações de Bobbi, Nick e Sam, e de todo mundo. Que Andrew me deixara cheia de problemas. Que, além de ser um descuido em um currículo incrível, eu também era perturbada. Uma mentirosa.

A segunda opção também fazia isso de certa forma, mas consertava o problema por ora. Era uma chance de salvar alguma coisa.

Andrew é sua família agora.

Era uma chance para *nós dois.*

– O café é por conta da casa – falei, no automático. – Um agrado para clientes de primeira viagem.

Bobbi foi abrindo um sorriso devagar, e, quando ele se formou totalmente, percebi que foi seu primeiro sorriso genuíno, porque também alcançou seus olhos.

– Excelente. Obrigada.

Pigarreei.

– Não há de quê.

A estrategista de relações públicas bateu no balcão e deu um passo para trás.

– Agora vá buscar seu homem. Precisamos traçar os planos. Um passarinho me contou que o loirinho e Andrew têm um passado. O que explica por que seu noivo... relutou de certa forma a aceitar a ajuda dele quando abordei o assunto ontem. Então, a primeira tarefa da sua lista é preparar seu noivo. Quero todos com um comportamento exemplar. E estou falando do loirinho, não de quem me contratou. – Ela se virou para sair, mas deu meia-volta. – Ah, e acho que seu anel deve ter caído em algum momento. – Ela deixou escapar um "tsc". – Espero que o encontre logo, Josephine. Detalhes são importantes nas relações públicas.

Olhei para o meu dedo, me perguntando se parte de mim já sabia daquilo tudo na noite anterior, quando o anel de Ricky ficou preso. Não era a primeira vez que aquilo acontecia com um dos quatro anéis que eu guardava em uma caixa em cima da penteadeira, mas foi a primeira vez que o pavor tomou conta de mim na mesma hora.

Acho que isso não importava.

De qualquer jeito, Bobbi estava enganada.

Eu precisava ir atrás de algo mais importante que o anel.

O noivo.

CINCO

Bati com tudo à porta do meu noivo.

Sim, era assim que eu estava chamando Matthew na minha cabeça. Porque, para todos os efeitos, ele era. Só precisava ser informado disso.

Ouvi um barulho do outro lado da porta. Uma espécie de batida. Um baque surdo. E passos. Dei um passo para trás e esperei, aliviada por saber que Matthew estava vivo. Quando perguntei ao Vovô Moe se ele tinha deixado nosso hóspede em segurança no Alce Preguiçoso, ele fez uma piada sobre tê-lo largado em algum lugar na floresta. Eu não ri. Não tinha tempo para resgatar um homem na floresta.

A porta do Alce Preguiçoso se abriu, revelando um Matthew com o cabelo bagunçado e ainda meio adormecido. Ele estava descalço, com calça e blusa de moletom. Sem óculos, me dei conta. Bonito. Bonito demais. Bonito do tipo *acabei de acordar, sou gostoso sem nem me esforçar*, o que... não era importante.

– *Porquedemoroutanto*? – perguntei, em um fluxo único de palavras, passando por baixo do braço dele e entrando. Pelo jeito, eu não ia esperar um convite. – Faz cinco minutos que estou batendo.

Matthew se virou devagar, piscando, atônito.

– Josie?

Deixei escapar um murmúrio estranho. Eu não queria, mas não pude fazer nada para impedir.

– De novo não – sussurrei.

Ele abriu a boca para responder, mas sinceramente? Agora eu estava irritada. Fui até ele pisando firme, larguei as sacolas no chão e bati em sua barriga – uma barriga *firme*, a propósito, como eu imaginava, com base na espiadinha que tinha dado naquela manhã.

– *Meu Deus* – reclamou Matthew, embora mal tivesse se encolhido. – Por que você fez isso?

Eu bufei.

– Quem sabe assim eu seja memorável o bastante pra você se lembrar de mim, Dory.

Matthew contraiu os lábios e balançou a cabeça, como se quisesse impedir que o sorriso se formasse. Não funcionou. Ele estava sorrindo como um... Sei lá. Como um cara loiro que tinha acabado de sair da cama e estava sorrindo sem motivo.

– Meus óculos – disse, por fim. – Peguei no sono no sofá e não encontrei os óculos a tempo de atender a porta. Não consigo ver nada direito sem eles. Só tive certeza de que era você quando chegou perto o bastante para me dar um soco.

Uma estranha onda de alívio tomou conta de mim.

É claro. Os óculos. Percebi que não estavam em seu rosto, mas não associei uma coisa à outra.

– Desculpa. Não sei o que me deu. Eu costumo prestar mais atenção nas coisas.

Ele inclinou a cabeça.

– Você já é bem memorável. Não precisa recorrer à violência.

Parte de mim quis lembrá-lo de que ele tinha pensado que eu era uma estranha em uma varanda na noite anterior.

– Você dorme muito. E devia ter dito isso antes. – Peguei as sacolas do chão e as empurrei contra seu peito. – Você leva as sacolas até a cozinha. Não, espera. Você fica aqui até eu achar seus óculos. Aí vamos conversar. – Eu me virei, ignorando a confusão em seu rosto. – Quero que consiga me ver enquanto conversamos.

O sorriso de Matthew se desfez, mas corri para a sala antes de descobrir por que e comecei minha busca.

– Conheço o Alce Preguiçoso como a palma da minha mão, sabia? – falei alto, erguendo uma das almofadas cor de creme e deixando-a cair no tapete. – Antes da Adalyn e do Cameron irem embora, eu passava bastante tempo aqui. E, antes que pergunte, eu não me importava de ser a vela. Sempre fui muito segura da minha solteirice, por mais que você possa achar que não, considerando... tudo o que aconteceu.

Estudei o sofá sem almofadas, as mãos no quadril, calculando meus próximos passos.

– Enfim – falei, desdobrando e sacudindo com cuidado o cobertor número um. – Acho que eles vão querer ter filhos logo – acrescentei, jogando o cobertor vinho de lado. – Vão passar o Ano-Novo na Itália, que é um país bem romântico pra... você sabe. – Eu me ajoelhei para olhar embaixo do sofá. – *Fazer a cama tremer*, como Cam diria. Não que ele fosse de... Achei!

Me levantei em um salto, os óculos na mão e um sorriso orgulhoso no rosto. A figura alta de Matthew estava ali, entre a cozinha e a sala, no espaço livre do chalé, sem as sacolas. Sua expressão estava... estranha. Pensativa, e havia mais alguma coisa que eu não soube dizer o que era.

– Achei seus óculos – falei.

Ele não respondeu, então me aproximei.

Seu olhar pareceu me seguir. Quando parei à sua frente, a expressão pensativa não desapareceu.

– Não sei se eu devia fazer isso – falei, limpando as lentes com cuidado com a camiseta de algodão que eu vestia por baixo da blusa. – Mas eles estavam no chão, então...

Meu olhar voltou ao seu rosto, e Matthew baixou a cabeça para me encarar. Ele era alto. Vários centímetros mais alto que eu, o que me fez inclinar a cabeça para trás. O silêncio se instalou aos poucos ao nosso redor agora que eu não o preenchia, e Matthew parecia estar esperando alguma coisa. Sem pensar demais, ergui os óculos no pequeno espaço que havia entre nós dois. Com delicadeza, encostei as hastes nas laterais da cabeça dele. Matthew não reclamou, então as empurrei para encaixá-las em suas orelhas.

Ele fechou os olhos. Se por reflexo ou intencionalmente, eu não saberia dizer. Só sei que isso me deu um pouco mais de coragem. Sem conseguir me conter, meus dedos mindinhos o tocaram. Roçaram as laterais de seu pescoço. Apenas um toque suave da minha pele na dele, leve como uma pena, mas eu estava perto o bastante para perceber sua pulsação acelerar.

Ele engoliu em seco.

Em resposta, um arrepio percorreu meus braços.

Os olhos de Matthew voltaram a se abrir, e sua expressão mudou, ficou mais penetrante. Ele me observou – meu rosto, meus lábios.

Algo entre minha barriga e meu peito se agitou. E eu...

Dei um passo para trás.

Matthew piscou, perdido, como se de repente tivesse saído de um transe.

– Café – falei, pigarreando. – Vamos tomar um café. – Levei a mão ao rosto, tocando minhas bochechas sem nem perceber. Elas estavam queimando. – E um lanchinho. Frutas. Eu trouxe tudo. O que me diz?

– Pode ir na frente – respondeu Matthew, dando um passo para o lado. Era impressão minha ou sua voz estava estranha? – Eu não faço ideia de onde ficam as coisas aqui.

Ele não precisava falar duas vezes. Em questão de minutos, estávamos sentados frente a frente com canecas iguais de cappuccinos fresquinhos e tudo o que eu tinha trazido exposto entre nós dois.

– Odeio ser o tipo de gente que olha os dentes do cavalo dado – disse Matthew, o olhar percorrendo cada uma das embalagens na ilha da cozinha. – Mas da última vez que me deram tantos doces assim, era um suborno pra levar minhas duas irmãs e três priminhas pra passar um fim de semana inteiro em um parque aquático.

Droga.

– *Não estou subornando você!* – exclamei, com uma risadinha meio aguda. – Ninguém está subornando ninguém. É só um café da manhã.

Matthew arqueou as sobrancelhas e levou a caneca aos lábios. Ao contrário da noite anterior – ou daquela manhã –, ele parecia um pouco mais... à vontade. Confortável, até. Menos esgotado e perplexo. Ótimo. Com sorte, isso também queria dizer que ele estaria mais disposto a me ajudar.

– Caramba – disse, olhando para o café. – Isso... Uau. Está fantástico.

– Você sabe que eu sou dona de um café bastante popular, não sabe? Eu sei que está fantástico.

– Peço perdão. Eu não deveria ter esperado menos – disse ele, em tom de brincadeira, então olhou para a máquina de café de Cameron no balcão. – Acho que fui enganado por minha própria experiência. Comprei uma dessas pro meu pai de Natal e, por mais que tentássemos, nunca conseguimos um café como esse. Nem de longe. E olha que assistimos a um número vergonhoso de tutoriais no YouTube.

– É preciso um pouco de prática – falei, dando de ombros. – E eu comecei há anos, se isso te consola. Com um modelo mais antigo e menos sofisticado do que esse que o Cam tem. – Meu sorriso foi ficando um pouco convencido, mas não pude evitar. Eu estava orgulhosa de mim mesma – Sempre tem um truque com o espumador – expliquei. – E a torra dos grãos precisa ser adequada pra bebidas com leite. É preciso uma torra escura pra saborear a riqueza do café. E, claro, o blend também é superimportante. Cem por cento arábica, claro, mas e a origem? Existem... – Parei de falar de repente. – Desculpa. Me empolguei.

– Então você é uma esnobe do café – disse Matthew, ignorando meu pedido de desculpas. – Além de ser barista e dona de um café, você também é nerd. – Ele pegou uma das minhas minibombas de chocolate. – Nascida ou criada?

– Criada – respondi, vendo-o mastigar e soltar um gemidinho de prazer. Tive certeza de que ele nem percebeu. Meu sorriso ficou mais largo. – Alguém me ensinou o básico e me apresentou ao mundo do café. E eu segui em frente.

– Alguém? – perguntou ele, dessa vez pegando um pedaço de bolo de cenoura.

– Um velho amigo – falei, analisando sua reação quando ele voltou a mastigar. – Ele sempre sonhou em ter uma torrefação com um pequeno balcão onde os clientes pudessem desfrutar de uma xícara enquanto esperavam por seus grãos.

Matthew lambeu a cobertura do dedo, e um novo ruído de prazer deixou sua boca.

– Quando terminamos, eu já estava muito envolvida na cultura do café pra desistir.

– Quando terminaram? – perguntou Matthew.

Meus olhos se ergueram depressa, deixando seus lábios.

– Quê?

– Você disse que tinha sido um velho amigo.

Pensei em inventar alguma história. Mas se eu queria mesmo que

Matthew me fizesse aquele favor enorme, e se ele concordasse, o assunto ia acabar surgindo. Meus ex.

– Shawn – respondi. – Primeiro fomos amigos. Depois ele foi meu primeiro amor. Depois meu noivo. Depois meu ex.

Shawn e eu éramos namoradinhos de escola. Namoramos durante toda a adolescência, e ele me pediu em casamento logo depois da formatura. Ao contrário de mim, ele decidiu não ir para a faculdade. Então eu morei em Chapel Hill enquanto estudava na Universidade da Carolina do Norte e voltava para Fairhill para vê-lo nos fins de semana. Não durou tanto quanto eu esperava. De todas as minhas tentativas fracassadas de caminhar até o altar, essa era a mais fácil de explicar. Éramos novos demais. Ingênuos demais. Muito cheios de sonhos. Muito imaturos e distantes das pessoas que deveríamos nos tornar. Ninguém me julgou por ter terminado com Shawn. Fazia pouco tempo que minha mãe tinha falecido e nós éramos muito jovens.

Não sei se foram as minhas palavras que fizeram com que Matthew ficasse tanto tempo refletindo, mas ele pareceu estar tão perdido nos próprios pensamentos quanto eu. A diferença era que meu estômago tinha se embrulhado com aquela lembrança, e ele continuava pegando mais doces. Uma segunda bomba. Uma tortinha de limão. Um brownie de chocolate branco. Um de pistache. Framboesa. Macadâmia.

– Uau! – exclamei. – Você está devorando meus brownies arco-íris como se não houvesse amanhã.

– *Esfão muifo bons* – admitiu ele, a boca cheia.

– Está pensando em alguma coisa?

Ele engoliu, o pomo de adão subindo e descendo.

– Nada que valha a pena compartilhar.

Ai. Eu não sabia dizer por quê, mas essa doeu.

– Então… – Decidi me aventurar, deixando de lado o que quer que fosse aquela declaração e me concentrando no que tinha me levado até ali. Nossa conversa. Meu dilema. – Bobbi apareceu lá no café hoje. E, antes que eu diga qualquer coisa, quero que saiba que ela prometeu…

– Não confie em nenhuma promessa que aquela mulher fizer – disse Matthew, balançando a cabeça.

Suspirei. Eu já estava cansada de ser interrompida sempre que reunia coragem para dizer alguma coisa.

– Por que não?

Matthew desviou o olhar, que percorreu a ilha que nos separava. Torci para que ele não estivesse considerando voltar a devorar tudo em vez de elaborar o que tinha dito. Eu estava desesperada e afastaria a comida dele.

– A versão resumida é porque ela trabalha para Andrew Underwood.

– E a longa?

– Porque ela trabalha para o seu pai.

– É a mesma resposta, Matthew.

Sua expressão ficou mais dura, e aquele vislumbre de um Matthew mais brincalhão e relaxado desapareceu.

– Não é, não – disse ele. – Andrew Underwood é um empresário poderoso e multimilionário. Seu pai é um homem egoísta que só pensa nele mesmo. Pode escolher qualquer uma das respostas, mas Bobbi não trabalha pra você.

– Bobbi também disse que você ficaria relutante – comentei. – Ela parece ter razão.

– Não tenho nenhum motivo para estar relutante – respondeu ele. – Porque pensei que você fosse pôr toda essa história em pratos limpos. Dizer a verdade.

– Os planos mudaram.

Matthew ficou rígido na banqueta.

– O que mudou?

Tudo. Era o que eu devia ter dito. Mas escolhi uma resposta mais simples.

– A cidade inteira acha que estamos noivos.

– *O quê?* Como?

– Meu vizinho, Otto Higgings. Passei o dia recebendo pessoas que me deram os parabéns e tentaram adivinhar quem era o homem misterioso. Estão apostando em um cara chamado Maverick. – Matthew arregalou os olhos. – Acredite, eu não tinha a menor ideia de que isso ia acontecer. Queria confessar tudo, mas, nessas circunstâncias, a melhor coisa é seguir em frente.

– Seguir em frente com o quê?

Olhei bem para ele.

– Fingir que estamos noivos. Deixar a cidade, e todo mundo, acreditar que realmente estamos. E deixar Bobbi fazer o trabalho dela. Andrew também sabe, pelo jeito. Ele quer se envolver no casamento, como Bobbi disse.

Pagar por tudo, aparecer… – Balancei a cabeça. Eu não queria pensar no que aquilo significava. Ainda não. – Isso deve abafar as fofocas. Bobbi é boa no que faz. Deve ser, se foi contratada pelo Andrew, então tenho certeza de que ela vai consertar tudo antes que você tenha que colocar uma gravata-borboleta. Acho que nem vamos chegar aos preparativos. Só… uns planos superficiais de longo prazo. Vamos deixar que acreditem na participação de Andrew e agir como se quiséssemos nos casar, enquanto Bobbi faz a mágica dela. Acho que vai ser rápido.

– Josie – disse ele. Só isso. Meu nome. Ele balançou a cabeça, e um murmúrio estranho deixou seus lábios. – Isso não é fingir que estamos noivos. Isso é *estar* noivo.

Minhas bochechas queimaram.

– Então finja que está apaixonado por mim. Enquanto estivermos noivos. Só por um tempo. Por conveniência. Não estou pedindo que você se case comigo. Vamos terminar tudo quando essa questão de relações públicas desaparecer.

Ele riu, mas era uma risada cheia de… incredulidade? Amargura?

– Conveniência pra quem? Porque não se trata de posar para algumas fotos com Andrew. Acredite, eu sei. Eu estava lá, com Adalyn. Já vi uma versão dessa crise de relações públicas acontecendo. Você também, quando ele mandou Adalyn pra cá pra que ela saísse do caminho. Então, me diga, até onde você está disposta a ir para proteger Andrew só porque uma babaca cheia de atitude mandou?

Eu me encolhi.

– Não é a mesma coisa. Não é um vídeo bobo que viralizou. É a minha vida. A vida do Andrew. Da Adalyn. – Da minha… família. Uma família que eu achei que nunca teria depois que a minha mãe morreu, e parece que eu nunca consigo fazer as coisas direito nos meus relacionamentos. – Eu pensei bem nisso. Não estou mergulhando de cabeça só porque alguém mandou.

A voz dele ficou mais suave, o tom quase cuidadoso.

– Não está mesmo, meu bem?

Meu bem. Não eram as palavras em si que me incomodavam. Era o jeito como ele as dizia. Como alguém que queria me proteger. Me poupar da mágoa.

– Confia um pouco mais em mim, Matthew. Não sou uma pateta que está sendo enganada pelo povo da cidade.

Ele ficou branco, e vi em seu rosto que não foi isso o que ele quis dizer. Também me dei conta de que não deveria ter dito aquilo, mas era algo que precisava ser dito.

– Estou protegendo a mim mesma – insisti.

– Josie – disse ele, em um tom de alerta. Pesaroso. Sincero. – Não foi isso que eu quis dizer. Estou tentando cuidar de você. Você não precisa fazer isso. Não precisa de mim, nem de um noivo, nem de ninguém.

– Talvez não – falei, cansada dos avisos. Dos pedidos de desculpas. Da sinceridade também. Desci da banqueta. – Mas isso não importa. Porque se quer mesmo cuidar de mim, então vai me ajudar. Talvez eu não precise fazer isso. Mas eu quero. Quer saber por quê?

Dei a volta na ilha da cozinha, indo devagar até ele, seus olhos se mantendo fixos em mim.

– Por quê?

– Porque… – respondi, chegando do outro lado e parando.

Sem interromper o contato visual, coloquei as mãos em seus joelhos. Matthew soltou o ar quando o virei para mim na banqueta giratória, ignorando seus olhos levemente arregalados.

– Porque a ideia de ser uma inconveniência – continuei, entrando no meio de suas coxas abertas, baixando o tom de voz até que não passasse de um sussurro. – A ideia de me tornar um problema – acrescentei, sentindo seu corpo começar a gravitar em direção ao meu. Só um pouquinho. Só o suficiente. – A ideia de ser uma pedra no sapato de um homem, a falha ou a fraqueza de alguém, principalmente do meu pai, me deixa enjoada.

Minhas palavras pareceram uma confissão. E eu não sabia o que fazer. Não sabia o que fazer com o fato de que o único movimento de Matthew foi deixar as mãos caírem na lateral do corpo, os punhos cerrados. Ou com o fato de que eu estava *muito* perto dele. Tanto que dava para sentir o cheiro de coisas como seu xampu ou um leve traço de seu perfume. Eu não sabia o que fazer com a proximidade entre nós e o que isso causava nele e em mim.

– Estou fazendo isso por mim, Matthew – sussurrei. Seus olhos desceram para minha boca. Até meus lábios, e me dei conta de que eu estava mordendo o lábio inferior. – Não porque alguém mandou. Quero fazer isso porque fui eu que comecei, e é de *você* que eu preciso. – Ergui a mão, mas me contive antes que tocasse em seu braço. Em seu peito. Nele. – Não de alguém. De *você*. Então seja meu noivo, Matthew. Por favor.

Seus olhos castanhos ficaram mais suaves e mais brilhantes. Senti um frio aterrorizante na barriga, mas me controlei. Não sabia o que estava fazendo, mas, o que quer que fosse, estava funcionando. A esperança foi crescendo dentro de mim. Matthew retesou a mandíbula.

– Tá – respondeu ele, finalmente.

Meus olhos se arregalaram, e eu tinha certeza de que deviam estar reluzindo, surpresos, porque, naquele momento, Matthew pareceu se dar conta do que tinha acabado de dizer.

– Perfeito! – Soltei um gritinho, me afastando de um Matthew confuso. Comecei a recuar, indo em direção à porta. – Me encontre amanhã no Warriors Park, tá? Às onze em ponto. Fica bem em frente ao café, no fim da Rua Principal. É fácil de achar no Google também. Eu fiz questão de marcar. – Eu me virei, fechando os olhos. *Meu Deus. Minha nossa. O que acabou de acontecer?* – Então tá, tchauzinho!

Só quando fechei a porta do chalé a resposta à minha pergunta pareceu se formar.

Eu acabei de... pedir Matthew em casamento.

E para alguém que já tinha sido noiva quatro vezes, eu era péssima naquilo.

SEIS

Eram onze em ponto e Matthew não tinha chegado para o anúncio.

Não que ele soubesse que se tratava de um anúncio. O homem não fazia ideia de nada, e eu acreditava piamente que era melhor assim. Isso se ele aparecesse, é claro.

Acenei com a mão enluvada para Gabriel, que encontrou meu olhar do outro lado das arquibancadas. Ele retribuiu meu sorriso tenso franzindo o cenho, e fingi atender a uma ligação antes que ele se aproximasse e perguntasse por que eu parecia ter acabado de chupar um limão azedo.

A gente se vê, falei para ele, só mexendo os lábios, apontando para o celular e o levando à orelha.

Desci as arquibancadas me arrastando, desliguei a ligação falsa e cheguei à grama com um pulinho. Cumprimentei algumas pessoas que estavam ali, sorri e acenei para outras mais distantes, mas estava focada na minha missão. Observei os arredores em busca do meu noivo. Era dia de jogo, e quem estava nas arquibancadas do Warriors Park – novo nome do nosso estádio de esportes – naquele domingo estava interessado não apenas no Green Warriors, nosso time de futebol feminino que era campeão da Liga Infantil. Eles estavam ali para participar da apresentação do noivo da prefeita à comunidade de Green Oak.

E eu já estivera ali, naquela mesma situação, quatro vezes antes. No final do churrasco de verão no lago com Greg. Na festa da inauguração da árvore de Natal de Green Oak com Ricky. E em nossa mais recente tradição, a Ovoação de Páscoa, com Duncan. Até Shawn, que era da cidade, teve que passar pelos ritos.

Eu, Josie Moore, podia até desempenhar o papel de prefeita, mas não tinha inventado as regras. E quanto mais tempo eu passava sem um homem por perto, mais inquieto ficava cada um dos residentes de Green Oak. Tal fato não deixava a feminista em mim muito feliz, mas não se culpa o coelho por querer perseguir a cenoura que balançamos na cara dele.

– E aí, cadê o Marty? – perguntou Otto Higgins ao meu lado.

– Eu estava pensando em você agorinha – resmunguei, mantendo o olhar à frente e o sorriso firme. – Ele não chegou. Ainda. E esse não é o nome dele.

Era mais provável que ele não aparecesse, mas eu amava a ilusão de achar que era capaz de concretizar coisas com a força do pensamento. Além do mais, eu não tinha escolha. Não podia ir até o Tennessee atrás de um caubói chamado Maverick que eu pudesse enfiar naquela confusão. Acredite, eu tinha passado a noite anterior pesquisando.

– Pra mim são todos iguais – resmungou Otto. – É difícil acompanhar. Ai.

– Animado com o jogo? – perguntei, mantendo os olhos fixos no portão por onde a multidão entrava. – Não vejo tanta gente assim desde a final da Six Hills ano passado. Acha que vamos ganhar?

– Se disser que ligo pra isso seria mentira – comentou Otto. – E quanto tempo Marshall vai ficar? E por que as luvas? Está um calor escaldante hoje. Até parece que estamos no meio do verão.

Soltei uma risada que saiu toda estrangulada.

– Mãos geladas – menti. – Problemas de circulação. Minhas mãos e meus pés estão sempre frios. É totalmente normal, acontece com todo mundo. – Pigarreei e olhei pra ele. Coco, sua cachorrinha, estava apoiada em seu quadril, como sempre. – Que tal você procurar um lugar, hein? As arquibancadas estão enchendo rápido, e o jogo já vai começar.

Otto bufou.

– E perder a cena agora que ele chegou? De jeito nenhum.

Ele chegou?

Matthew chegou?

De repente, com o coração acelerado, me virei, acompanhando o olhar de Otto.

Matthew estava do outro lado do campo, botas pisando com firmeza a grama verde, pernas cobertas por um jeans escuro e ombros cobertos por uma camisa de beisebol de manga comprida. Olhos castanhos – sem óculos, percebi – encontraram os meus à distância.

Meus pensamentos se embaralharam.

Ele apareceu. Matthew estava ali. E isso significava que ele tinha topado mesmo. Iríamos em frente com o plano. Estávamos prestes a confirmar o noivado, e por mais que fosse só Green Oak e, no panorama geral, não importasse tanto assim, algo em meu estômago pareceu espelhar a estranha batalha em minha cabeça.

– Parece que ele preferiria estar em qualquer outro lugar – observou Otto, e eu me dei conta de que estava imóvel. – Não posso dizer que o culpo, com toda essa agitação. Ele nem está de chapéu. Não é um caubói? Ah, não é a Diane ali? – Ele soltou um "tsc". – Quando será que ela voltou do retiro? Não me parece nem um pouco rejuvenescida, se me permite dizer. Você sabia que…

– Não tenho tempo pra fofocar – falei, finalmente deixando meu vizinho e sua pug para trás.

Diane não só estava de volta, como também já entrara em ação. Indo em direção a Matthew. Ou seja, eu precisava chegar até ele primeiro. Abordar meu noivo antes que ela tivesse a chance de fazer isso. Otto Higgings era *brincadeira de criança* perto daquela mulher. Ela era um detector de mentiras humano. E persistente ainda por cima. Então acelerei, de olho nela.

Diane fez o mesmo, e apertou o passo assim que me viu.

Comecei a correr.

Matthew arregalou os olhos, mas ficou onde estava, relaxando um pouco a postura e estendendo os braços de leve, como se estivesse se preparando para o que quer que viesse em sua direção.

E era bom mesmo. Porque Diane estava bem perto. E eu não corria com tanto desespero desde que um guaxinim invadiu o café, destruiu o quadro da torta do mês e se recusou a ir embora.

– OLÁ! – gritou Diane.

Mas o olhar de Matthew não deixou o meu. Bom. *Ótimo*. Minhas pernas percorreram a distância que restava.

– ME SEGURA! – gritei, tão alto quanto Diane.

Matthew arqueou as sobrancelhas.

Eu saltei.

Não foi um salto ágil e delicado. Muito menos algo próximo do abraço que dei nele na varanda na noite desastrosa que dera início àquilo tudo. Foi um bote. Um bote digno de derrubar nós dois, não fosse pelos braços de Matthew, que envolveram minha cintura com firmeza, e pelas minhas pernas, que envolveram seu quadril.

Ele resmungou algo que pareceu um *filhadamãe*, baixinho.

Meus lábios se abriram para explicar, mas eu esqueci as palavras no instante em que Matthew se mexeu. Uma de suas mãos pousou bem no meio das minhas costas, e a outra segurou minha perna por baixo. Minha coxa, mais especificamente. Ele me ajeitou em torno do seu corpo. E eu... Eu me dei conta de que não tinha pensado muito bem no que estava fazendo, porque havia partes do corpo. Tocando partes do corpo. De todo tipo.

– Você me pegou – falei.

Esperta.

Matthew soltou uma risadinha rápida e grave que pareceu tocar meu rosto.

– Você não me deu escolha.

Um calor viajou até meu rosto, mas eu estava muito ocupada com minha posição macaco-aranha em volta dele.

– Josie?

– Sim? – falei, baixinho.

O peito de Matthew subiu e desceu com um suspiro.

– O que está acontecendo?

Afastei o rosto de seu pescoço e finalmente olhei para ele. Caramba, ele estava tão perto. Tanto que deu para ver que seus olhos castanhos tinham pontinhos verdes minúsculos. Como eu não tinha percebido isso antes? Devia ser o sol, fazendo seus olhos brilharem e...

– Josie – repetiu Matthew, me trazendo de volta.

Abri um sorriso inocente.

– Ops?

Aqueles olhos que tinham me capturado mergulharam até meus lábios. Só por um instante.

– Ops? – Seus olhos voltaram aos meus. – Essa é a sua resposta?

Era um pouco difícil pensar quando eu sentia sua mão na minha coxa.

– É? – Pigarreei. – Desculpa. Qual era mesmo a pergunta? E você, é... quer que eu desça? Eu posso descer. É só falar.

Seus braços não se moveram.

– Primeiro me diz quem é a mulher com quem você apostou corrida. A que está ciscando em volta da gente como se esperasse alguma coisa.

Foi por isso que ele ainda não tinha me colocado no chão?

– É Diane. Ela... Digamos que ela fica muito entusiasmada com pessoas novas. Foi por isso que... – Olhei para a pequena lacuna entre nossos peitos. – Eu fiz isso. Estou protegendo você dela. Mas não se preocupe. É só Diane. Ignora e ela vai embora. Me avisa quando estiver pronto pra que eu pare de... proteger você.

Ele olhou atrás de mim.

– Acho que não é só ela.

– Como assim?

– A arquibancada inteira tá olhando. Você faz ideia do porquê?

– Ah. É. Isso... – Eu me obriguei a sorrir. – É porque este é o anúncio. Do noivado. Viva!

Nos sentamos nas arquibancadas, os dois com o corpo retesado, fingindo assistir ao jogo.

– Em uma escala de zero a dez, em que zero é um golden retriever e dez um guaxinim raivoso, quanto você diria que está bravo com a sua apresentação-surpresa à comunidade? – perguntei. – Seja sincero, por favor. Eu aguento.

Matthew soltou um longo suspiro. Ele parecia mais resignado do que bravo, mas eu não o conhecia tão bem assim, então ele poderia estar secretamente furioso.

– Acha mesmo apropriado conversar sobre isso aqui?

Olhei ao redor. As arquibancadas estavam lotadas. Todos prestavam atenção em nós, por mais que no momento dividissem um pouco da atenção com o jogo. Exceto Vovô Moe. Ele apareceu no instante em que minhas botas tocaram o chão e resmungou algo inaudível sobre uma beterraba, então foi até seu lugar de sempre na primeira fileira. Desde então, o velhinho rabugento que eu amava tanto estava se esforçando para fingir que nós dois não existíamos.

Foi minha vez de suspirar.

– É um bom argumento. Não queremos que as pessoas pensem que isso não foi planejado, ou que é uma armadilha pra prender mais um homem antes que ele se arrependa e fuja da cidade.

Olhei para a minha direita, onde uma cabeça cheia de cachos se destacava em meio ao mar de gente. Eu sempre desconfiei que o permanente fosse a fonte da superaudição de Diane, então voltei a olhar para o meu noivo, agora oficialmente, e cheguei um pouquinho mais perto.

– Então... sobre o que você quer falar?

– Que tal a gente assistir ao jogo? – sugeriu Matthew. – A defesa do Grovesville Bears está começando a ter dificuldade.

Arqueei as sobrancelhas.

– Então você não está só fingindo assistir?

– Elas estão desorganizadas – comentou Matthew, os olhos fixos no gramado. – A comunicação não está funcionando, e elas estão dando muito espaço ao Warriors.

Voltei a olhar para o gramado e comecei a assistir ao jogo, tipo, assistir mesmo, pela primeira vez. Ele tinha razão.

– Uau. Parece mesmo que elas deixaram a porta dos fundos escancarada. – Olhei para o placar. – E isso explica o 4 a 0. Ai, meu Deus. – Bati palmas. – Vai, Warriors!

– Exatamente – respondeu ele, concordando. – A técnica do Bears está mais preocupada em gritar do que em arrumar o time.

Eu também tinha percebido isso.

– Sabe – comecei a dizer, baixinho –, aquela mulher, a técnica do Bears, teve um desentendimento com Cameron e Adalyn ano passado. Durante um jogo, quando Cam era o treinador do Warriors e Adalyn supervisionava o time. – Matthew olhou para mim rapidamente, as sobrancelhas arqueadas. – Ela chamou Cam de *franguinho*, e Adalyn ficou toda irritada – sussurrei, então dei risada. – Juro, foi ali que percebi que ela estava caidinha por ele.

Matthew soltou uma risada, balançando a cabeça.

– Inacreditável. Quem chama Cameron Caldani de *franguinho*?

Observei Matthew voltar a prestar atenção no gramado como se não quisesse perder o jogo, mas meus olhos se fixaram em seu perfil. Então o que eu tinha ouvido sobre ele era verdade. Camisa de beisebol. Análise da defesa. Apaixonado pela estrela do futebol Cameron Caldani. Ele era mesmo um nerd dos esportes.

– Vem cá... por que você não trabalha com isso? – perguntei, um questionamento que provavelmente pareceu vir do nada para ele, como pareceu para mim, porque tirou sua atenção da bola. – Com esporte – expliquei. – A maioria dos jornalistas que *também* é nerd dos esportes acaba seguindo um time pelo país ou conseguindo um trabalho como repórter ou âncora.

Mas não Matthew. Ele trabalhava para uma agência de notícias sobre celebridades e entretenimento. Pelo menos até algumas semanas antes. Nem Adalyn nem Cameron deram muitos detalhes sobre sua saída, e isso não foi assunto no nosso grupo de mensagens. Tudo o que Adalyn me disse foi que pediram ao Matthew que escrevesse sobre Andrew depois daquela matéria da *Time* e que Matthew tinha se recusado. Adalyn nunca disse que ele fez isso para proteger tanto ela quanto Cameron, mas era o que parecia. Por que mais Matthew se recusaria?

Como ele não disse nada, senti necessidade de preencher o silêncio.

– É que eu sempre tive essa dúvida. Mas não precisamos falar sobre isso. Já percebi que você não gosta muito de tocar no assunto. E tudo bem.

– Quanto tempo exatamente você e Adalyn passaram falando sobre mim?

Um calor subiu até meu rosto, mas ergui o queixo.

– Não fica se achando. A gente fala de todo mundo. Em detalhes. – E falávamos mesmo. – Eu só fiquei curiosa porque você analisou a estratégia de defesa de um time local de meninas do sétimo ano como se estivéssemos sentados no Wembley e o Spurs estivesse na final da Premier League.

– *Spurs*, é? – repetiu ele, sorrindo.

Um sorriso discreto e meio torto, mas pelo menos não era uma carranca.

– Tottenham Hotspurs, é claro. Não o time de basquete de San Antonio. Nada contra a NBA, mas o futebol europeu é muito mais emocionante – emendei.

Aquele cantinho ligeiramente curvado de seus lábios se contraiu.

– Parece até o Cam falando.

– Aff. Uma garota pode acompanhar a liga inglesa, sabia? – Uma garota que também foi noiva de um jogador profissional. Mas eu não disse isso, e dei uma piscadinha para Matthew. Seus olhos reluziram, surpresos. – Mas, sim. Sei imitar o Cam muito bem. Ele resmunga bastante nos jogos, acabei decorando algumas coisas.

– Pode me mostrar?

Pigarreei de leve, então me levantei de um salto.

– *Ei, Tony!* – gritei, me esforçando para imitar o sotaque inglês. – *Coloque a Rashford. Não está vendo que a maldita defesa do Bears está uma merda?* – Algumas cabeças viraram na minha direção, incluindo a do juiz. – Desculpa, querido! – falei para Tony, com a minha própria voz dessa vez. – Por favor, continua, e não deixa de passar no café depois do jogo. Está indo muito bem, obrigada!

Matthew pareceu se divertir muito com a minha encenação.

– A semelhança é incrível – comentou ele.

Respondi fazendo uma pequena reverência e voltando a me sentar.

– Na verdade – continuou ele, fechando os olhos. – Ah, sim. Acho que consigo sentir o cheiro de biscoitos e cerveja velha.

– Você *pediu* que eu demonstrasse – falei, com uma risada. – E é isso que acha que eles comem no estádio? Biscoito?

– Eu comeria – respondeu ele, voltando a olhar para o jogo. – Os biscoitos deles são ótimos. Eu comeria em qualquer lugar. Minha irmã trouxe uma caixa no último Natal e mudou minha vida.

Eu me animei toda. *Finalmente* uma informação que eu não tinha recebido de Adalyn.

– Ela viajou pra Inglaterra?

– Ela mora lá – respondeu ele. Sua expressão ficou tão suave que fiquei imóvel. – Tay ganhou uma bolsa pra jogar tênis em Londres. Não cobre todas as despesas, mas era o sonho dela. Ela se apaixonou pelo esporte quando éramos crianças e meu pai ganhou ingressos para o US Open. Desde aquele dia ela é obcecada. Sorte que é muito talentosa.

Ignorei o calor que preencheu meu peito ao ouvir o carinho na voz de Matthew. Compartilhar detalhes da vida era uma das minhas linguagens do amor. Eu nem sempre era muito boa, mas era meu jeitinho. Eu compartilhava bastante e também consumia e guardava qualquer informação que caísse em minhas mãos. Aquela foi a primeira que acrescentei à pastinha de Matthew por conta própria, e gostei de ter sido uma informação sobre a irmã e da expressão em seu rosto ao dividi-la comigo.

– É o melhor jeito de se apaixonar – falei, sem perceber. – Quando acontece sem querer.

Os olhos de Matthew encontraram os meus. Aquela suavidade continuava ali, mas tinha surgido mais alguma coisa. Fiquei... nervosa. E à vontade também. Como se pudesse falar esse tipo de coisa para ele, mas, ao mesmo tempo, como se ele não estivesse apenas ouvindo as palavras que saíam da minha boca.

– Enfim – falei, desviando o olhar. – Bom saber. É o tipo de coisa que eu deveria saber se a gente... sabe. Fizer mesmo isso.

– Se? – perguntou Matthew ao meu lado. – Eu achava que o acordo já estivesse fechado. Com anúncio e tudo.

– Otto disse que parecia que você preferiria estar em qualquer outro lugar. E você chegou um pouco atrasado. Então cogitei que tivesse subido no primeiro avião pra longe daqui. Parecia mesmo que você estava entrando numa daquelas tendas com espelhos esquisitos que tem em alguns parques de diversão. – Fiz uma pausa. – Embora você tenha concordado, né.

Ele deixou escapar um som estranho.

Isso me fez querer virar para ele. Mas eu também queria parecer casual. Então fiquei como estava, embora sentisse seus olhos fixos em mim.

– É mesmo? – perguntou ele.

– É mesmo o quê? – Eu estava tão firme que senti orgulho de mim mesma. – Que você concordou ou que pareceu apavorado?

– As duas coisas. Eu só me lembro, nas duas ocasiões, de ter sido pego de surpresa. Por você.

Foi quando cedi. Eu o encarei. A expressão séria de Matthew fez um calor subir pelo meu pescoço, cobrindo todo o meu rosto. Foi isso mesmo que eu fiz. Peguei Matthew de surpresa. Fiquei perigosamente perto dele no dia anterior e naquele dia subi nele como se fosse uma árvore.

– Bom, não foi minha culpa, foi? – falei, fingindo indiferença, dando de ombros. – A culpa é toda sua por ser um homem que é *pego de surpresa* com tanta facilidade.

– É mesmo.

Olhei para ele com a testa franzida, a fachada se desfazendo. Por que seu tom não era de brincadeira? Senti um frio de pavor na barriga ao imaginar a resposta lógica: eu fiz um pouco mais que simplesmente pegá-lo de surpresa. Eu *forcei* Matthew a participar daquilo. Eu o enganei, até. E isso não fazia de mim um monstro, apenas uma mulher desesperada com uma única saída para uma confusão que ela mesma tinha iniciado, mas eu detestava pensar que ele estava se sentindo encurralado. Será que era por isso que sua expressão parecia tão fechada e severa?

– Você pode abandonar o navio e dizer não – falei. – Quando quiser.

Matthew inclinou a cabeça, como se fizesse uma pergunta. Qual pergunta, eu não saberia dizer.

– Não pretendo algemar você a mim e te arrastar pela cidade – insisti. – Seria um pouco estranho fazer isso aqui, mas podemos terminar. Hoje. Não seria a primeira vez que faço isso em público, e não seria a primeira vez que levo um pé na bunda, por mais que uma apresentadora de podcast acredite que eu sou uma bruxa malvada, sem coração, problemática, cheia de questões e viciada em casamentos.

– Falaram isso de você? – perguntou Matthew. – Quando?

Abri a boca para responder, mas ele pegou o celular desbloqueando a tela com tanta determinação que até dei uma espiada. O Instagram do Página Nove estava aberto.

– Matthew – chamei, um pouco apreensiva.

Minha mão avançou os poucos centímetros que nos separavam e pousou em seu braço. As mangas de sua camisa de beisebol estavam arregaçadas, e na mesma hora eu me arrependi de estar de luvas.

– Por que está abrindo o... – Foi quando me dei conta. – Você ouviu. O *Babado Real*, o podcast da Página Nove. Eu não te contei os detalhes. É por isso que está com a página deles aberta?

Ele olhou para mim, tenso.

– É.

Eu me perguntei se fazer Matthew ouvir o podcast poderia ser um jeito mais rápido de convencê-lo a concordar, mas parte de mim não queria sua pena. Seu julgamento. E não importava como ou quando ele tinha descoberto sobre o meu passado. Eu só fiquei um pouco incomodada por ele já ter ouvido antes de... eu mesma ter contado? De estar preparada?

– E o que você estava pensando em fazer agora? – perguntei, afastando todos aqueles pensamentos. – Comentar em um post igual um revoltadinho da internet?

– Eu seria um ótimo revoltadinho da internet.

Abri um sorriso fraco.

– É fofo.

E também era desnecessário.

Matthew hesitou, como se fosse dizer algo importante, mas eu ergui a mão e o impedi. Pelo canto do olho, vi um permanente avançando entre o mar de cabeças, subindo um, dois, três degraus. Logo acima de onde estávamos, mais à esquerda. Orelhas de pug erguidas também. E o boné do Otto. Meu Deus. Aqueles dois eram como os Vingadores do Não é da Sua Conta, se reunindo assim que algo importante parecia surgir.

– Me abraça – falei, baixinho. Mas tudo o que Matthew fez foi franzir a testa. – Ou faz alguma outra coisa. Qualquer coisa que faria com sua noiva se estivessem assistindo a um jogo juntos e ela fizesse alguma pergunta boba tipo "Você ainda me amaria se eu fosse uma minhoca?". Qualquer demonstração pública de afeto que evite que alguém nos interrompa. Qualquer coisa que... – Arregalei os olhos. – Sem lábios ou boca – falei, depressa, ao me dar conta de que o que eu estava pedindo poderia implicar que Matthew me beijasse. Mas uma hora teríamos que fazer isso, né? Né? Ai, meu Deus. E isso... Se concentra, Josie. – Faz alguma coisa. Agora. Por favor?

As mãos dele encontraram as minhas em um movimento ágil. O calor se espalhou pelo meu pulso e, antes que eu pudesse entender aquele toque suave, meus dedos enluvados foram levados até seu peito. Os olhos de Matthew se focaram nos meus, e ele fechou os dentes no tecido largo em volta do meu dedinho. Deu um puxão gentil e rápido, e o ar pareceu ficar preso em algum lugar entre a minha garganta e os meus pulmões. Então ele afastou a boca e, com a outra mão, tirou a lã cor-de-rosa da minha pele.

Com os olhos arregalados – e, para falar a verdade, morrendo de calor apesar da camada de tecido a menos –, tudo o que fui capaz de fazer foi observar Matthew segurar minha mão entre suas palmas grandes e assoprá-la. Uma quentura suave como manteiga derretida se espalhou, seguida pelo arrepio que percorreu meu corpo inteiro e o fez formigar. *Formigar.*

Os cantos de seus lábios se curvaram. Seu olhar percorreu meu rosto de um jeito que me dizia que ele sabia exatamente o que estava fazendo.

– Isso – disse ele, por fim, esfregando o polegar na minha pele. – Se minha mulher está com as mãos frias, vou mantê-las quentinhas.

Minha mulher.

Quentinhas.

Eu...

Droga. Agora eu é que tinha sido pega de surpresa.

Não consegui pensar em nada para dizer, então pigarreei. Tudo bem. Estava tudo bem. Eu pedi a ele que fizesse *aquilo*. Matthew só me pegou de surpresa, só isso. Era esse o significado do frio na minha barriga. Surpresa.

– Mas, meu bem – disse ele, bem mais alto –, é claro que eu te amaria se você fosse uma minhoca. – Ele deu uma piscadinha. – Eu faria uma caixinha pra você e te levaria no meu bolso pra todos os lugares.

– Que... fofo – murmurei. E era mesmo. Também era muito gostoso ter alguém segurando a minha mão. Olhei para trás dele. – A Brigada da Fofoca desistiu. Por enquanto.

Matthew não pareceu se importar tanto quanto eu. Ele agora estava ocupado em virar minha mão e analisar a palma. Seu polegar acariciou minha pele, causando mais arrepios.

– O corte tá sarando. – Seus olhos encontraram os meus. – Ainda quer que eu dê um beijinho pra sarar?

Meu cérebro enguiçou. *Dê um beijinho pra sarar?*

– Isso é... – Minha voz falhou. – Sem lábios ou boca. Eu acho... acho que disse isso.

Ele deu de ombros. Despreocupado. Até demais.

– Desculpa. Acho que mencionei que tenho uma audição seletiva excelente.

Semicerrei os olhos e vi um sorrisinho repuxar seus lábios. E estava prestes a responder, mas antes que eu pudesse dizer alguma coisa, nossos celulares começaram a vibrar.

Trocamos olhares, a testa franzida, e soltamos as mãos para pegar os aparelhos.

– É Adalyn – falei.

– Cam está me ligando – disse Matthew, ao mesmo tempo.

Nós dois ficamos paralisados, então tudo se encaixou.

– Você…

– Não – respondeu ele, balançando a cabeça.

E recusou a ligação.

– Uau. Você recusou uma ligação de Cameron Caldani? – perguntei, incrédula. – Você não conhece Cameron Caldani?

Antes que Matthew pudesse responder, nossos celulares voltaram a tocar. Mas com a identificação trocada. Matthew também recusou a ligação da melhor amiga.

– Você é corajoso – falei, baixinho, deixando o meu cair na caixa postal. – E eles estão insistindo, o que só pode significar uma coisa. – Analisei o rosto de Matthew, tentando adivinhar como ele se sentia. – Parte de mim esperava que você tivesse ligado para Adalyn ontem. Depois que eu fui embora. Tudo bem se tiver ligado.

– Não liguei – respondeu ele, confuso. – Você não contou pra eles?

Balancei a cabeça.

– Estava esperando até hoje. Caso você… desistisse. E tudo bem se você quisesse falar com Adalyn pra ver se ela não se incomoda com tudo isso. Vocês são melhores amigos há anos. E somos irmãs, mas acabei de entrar na vida dela. Você tem preferência se quiser falar com ela, ou com eles, primeiro. Ou garantir que eu sou confiável. Ou…

– Você acha isso mesmo?

Eu não quis perguntar o que ele queria dizer com aquilo, então não perguntei. Por sorte, a distração perfeita veio na forma de uma sequência de notificações, fazendo minhas mãos formigarem.

ADALYN: Não estamos bravos, só surpresos. E felizes!!
Por que vocês não atendem? Sabemos que estão juntos.
Alguém me mandou uma foto pra dar os parabéns.

CAM: Ah. Eu estou bravo, sim.

ADALYN: Ignora o Cam. Ele não tem motivo pra ficar
bravo. Talvez só o fato de vocês não terem nos contado
antes. MAS ESTAMOS FELIZES. Meu melhor amigo e minha

irmã (!). Tenho tantas perguntas. Mas, por favor, não tinha motivo nenhum pra vocês esconderem o relacionamento. Ou o noivado.

CAM: É exatamente por isso que estou bravo.

CAM: E parabéns. Feliz por vocês. Agora atendam a porcaria do celular.

ADALYN: Por favor 😊

Fiquei olhando para a tela, várias emoções rodopiando na minha barriga. Todas misturadas e ocupando todo o espaço existente ali. Talvez até mais, considerando o quanto meu corpo parecia pesado.

– Eles... Eles não perguntaram se é verdade – falei, sem pensar. – Não perguntaram se estamos juntos. Só imaginaram que escondemos tudo. Acha que isso é bom? Ou ruim? Eu não esperava que alguém mandasse mensagem pra eles. Achava que teria um tempinho pra pensar em como dar a notícia. E o que dizer. Se você já não tivesse feito isso, claro. Meu Deus, eles devem estar tão magoados. Decepcionados. Se bem que Adalyn não parece magoada nem decepcionada. Acha que isso é estranho? Precisamos contar a verdade. A não ser que você ache que eles vão... surtar. Ou nos convencer a não fazer isso.

Fiz uma pausa, mas logo continuei:

– Quer dizer, vamos ser sinceros, Cameron odeia qualquer coisa que tenha a ver com a imprensa ou a mídia, e Adalyn vai querer proteger você. Você é o melhor amigo dela. Ela vai querer brigar com Andrew. E com Bobbi. Talvez até comigo. Todo esse drama de relações públicas já está péssimo. E eles andam tão estressados com o clube. Só tem um ano, e sei que eles estão sob os holofotes depois que Andrew falou dele na matéria da *Time*. Então como... Meu Deus. Eu... eu acho que estou suando. Meio tonta? Acha que eles estão vindo pra cá? Não sei se consigo encarar os dois. Ou dizer a verdade. Ai, meu Deus, só de pensar nisso eu fico...

Matthew colocou a mão no meu braço, o que me fez olhar para ele.

– Respira fundo.

Obedeci, olhando em seus olhos e me dando conta de que fazia um ou dois minutos que não respirava direito.

– Não precisamos contar pra eles – disse Matthew.

– Não?

– Se só de pensar nisso você está tendo um ataque de pânico, não.

– Estou bem – sussurrei. Eu não estava, mas o barulho na minha cabeça tinha silenciado com a respiração profunda. Ou com as palavras de Matthew. – Estou bem. E não sou eu que tenho que decidir isso. Você não tem que mentir pra sua melhor amiga só porque eu sou um desastre. Você é que devia decidir.

– Você está enganada.

Franzi a testa.

– Não sou eu que tenho que decidir – disse ele. Como se não houvesse a menor dúvida. – E não tenho nenhuma preferência. Isso de eu ter que decidir porque nossa amizade é antiga é besteira, Josie. Ela é sua irmã. – Ele fez uma pausa, como se quisesse enfatizar suas palavras. – Você liga. Ou no mínimo *nós dois*. Juntos.

Minha cabeça ficou tentando processar aquelas palavras, mas estava tudo um caos. Eu não sabia se podia confiar em mim mesma. Minha capacidade de tomar decisões andava bem prejudicada. Era… generoso da parte de Matthew dizer aquilo. Eu me senti… bem. Pior. Aliviada. Abalada. Minha voz saiu estranha.

– Você tá falando como se tivéssemos um relacionamento.

– E não temos? – perguntou ele. Então, um pouco mais alto: – Estamos noivos.

Meus olhos se arregalaram de início, mas então percebi. Estávamos na arquibancada. Ainda. Engoli em seco, tentando organizar meus pensamentos.

– Estamos.

Matthew assentiu, como se só precisasse daquela confirmação.

– Vou ligar pra eles depois do jogo – disse. – Vou lidar com os questionamentos de por que escondemos isso deles. Ou por que eu te pedi em casamento tão rápido. Você já tem que lidar com a Bobbi, e eu estava pensando em conversar sobre isso com você de qualquer forma.

Engoli em seco mais uma vez. Matthew havia… pensado naquilo tudo. Não importava se tinha sido por um dia ou algumas horas. Ele era muito melhor que eu em resolver problemas, e isso... me fez sentir uma coisa que eu não consegui entender direito. Culpa? Egoísmo? Gratidão? Alívio? Talvez todas essas coisas.

Antes que eu pudesse pensar demais, ele guardou o celular no bolso e pegou outra coisa, o que me distraiu.

Tudo dentro de mim se agitou ao ver o que ele tinha nas mãos.

– Você deveria ficar com isso – disse Matthew.

Com a respiração trêmula, meus olhos analisaram o que havia entre seus dedos. Uma bolsinha verde-musgo. Meu coração voltou a bater, golpeando as paredes do meu peito.

– O quê? – sussurrei.

– Isso – disse Matthew, e o coitado do meu coração caiu aos meus pés. – Suas mãos não estavam frias. Não faz sentido com a temperatura que está fazendo. Você só estava escondendo as mãos, não estava? Você não pode usar o anel de ontem. Do seu ex. Então usa esse.

Cada uma daquelas palavras foi me deixando mais chocada. Eu não conseguia pensar, falar, raciocinar. Eu não conseguia... fazer nada.

– Ficar com o quê? – perguntei, por fim.

– Meu anel.

SETE

À nossa frente, Bobbi Shark tamborilava no próprio braço.

Minha bunda estava suando, para ser bem sincera.

O rubor que tinha se espalhado pelo meu corpo não tinha nada a ver com a estranha onda de calor que atingira Green Oak em meados de outubro. Eu estava suando desde a noite anterior, quando Bobbi marcou uma reunião para *traçar nossa estratégia*.

A mulher nos avaliou mais um pouco. Seu olhar disparou de mim para Matthew, e voltou para mim. Estávamos sentados lado a lado em cadeiras idênticas, bem no meio da Venda da Josie – que fechei ao meio-dia só por causa daquela reunião. Em um dia útil, aliás. Então Bobbi não estava me fazendo perder apenas fluidos corporais, mas também um bom dinheiro.

– Certo – disse ela, por fim.

– Certo – repeti. Com cautela e com a sensação de que estava respondendo à diretora da escola depois de ter sido chamada até a sala dela. – Mas o que exatamente você quer dizer? Está mesmo tudo *certo*?

– Certo quer dizer certo.

– Eu sei o que significa – falei. – Mas o que *você* quis dizer?

– Eu quis dizer certo – repetiu Bobbi.

– Mas cer… – comecei a dizer.

Matthew colocou a mão na minha perna, e aquele contato repentino me fez parar de falar. O calor da sua pele atravessou o tecido fino da minha saia de seda.

– Não sabemos ler mentes – disse ele. – Graças a Deus. Então que tal explicar o que exatamente está certo? Ou por que estamos aqui? Ou qual é o objetivo desta reunião repentina?

– Vocês dois – disse Bobbi, inexpressiva. – Vocês são razoáveis juntos. Eu faria algumas mudanças, mas não muitas. Vocês estariam abertos a fazer Botox?

Meu Deus.

– Acho que… – comecei a dizer, mas parei. Por que eu estava tão nervosa? E será que minhas rugas eram tão marcadas assim? – Isso não é…

– Nenhum de nós dois precisa de Botox – disse Matthew, me interrompendo. – Próxima questão.

Eu relaxei na cadeira, aliviada por ele ter tomado a frente. Matthew tamborilou o polegar na minha perna, uma espécie de reflexo ou código que não entendi, então recolheu a mão. O pedaço de pele que ele tinha tocado pareceu gelado de repente, mas isso foi bom. Ótimo. Foi melhor.

Bobbi voltou a falar, e eu cruzei as pernas e os braços, tentando dar a impressão de que estava tranquila, e não surtando. Mas era difícil prestar atenção nela quando eu estava tão distraída, tão agitada, e não conseguia parar quieta. Voltei a firmar os pés no chão e coloquei as mãos no colo.

Algo brilhou, e eu olhei para baixo na mesma hora.

O anel.

O anel de Matthew.

Meu anel agora, para todos os efeitos. O anel era um empréstimo estranho cujos termos ainda não tínhamos discutido. O que me lembrou que precisávamos fazer isso depois daquela reunião, embora não mudasse o fato de que havia um anel em meu dedo.

Não era a primeira vez que eu usava um daqueles. Ou a segunda. Ou a terceira. Era a quinta. Ainda assim, a sensação era de que toda aquela experiência não me valia de nada. O anel de Matthew era, sem dúvida, lindo. Único, e muito diferente de todos os outros anéis de noivado que eu tinha ganhado. Distinto como só uma joia com personalidade e alma seria. Eu não era boba. Eu soube, desde o instante em que tirei o anel daquela bolsinha – após me recuperar do choque e dizer *obrigada por ter ido buscar meu anel no joalheiro, amor* –, que era um Claddagh, um anel tradicional irlandês. O design original sofrera algumas alterações, mas continuava óbvio a ponto de eu reconhecer a coroa e as mãos que seguravam o coração, substituído por uma pedra. E na coroa havia outras pedras, bem menores. Ainda que os detalhes fossem mínimos e o anel fosse mais fino do que de costume, eu o reconheci.

A peça suscitava muitas perguntas. A primeira era: por que Matthew tinha um, para começo de conversa? Ou: de que maneira Matthew estava inserido na simbologia e na tradição irlandesas? Havia uma longa lista de outros mistérios não resolvidos que envolviam o fato de ele ter me dado aquele anel em vez de ter comprado outro. Que era o que eu planejava fazer. Em algum momento.

Bobbi pigarreou.

Com o rosto vermelho, me obriguei a tirar os olhos da joia.

– Terra chamando Josie – disse Bobbi, sem parecer nem um pouco surpresa. – Sei que tudo o que quer fazer agora é ficar olhando para sua mão, mostrar o anel às amigas, sonhar com o loirinho de terno, escrever seus votos à mão com a letra perfeita ou, sei lá, rolar o feed do Pinterest para criar a pasta de casamento perfeita. Mas temos coisas a fazer. E vou precisar que se concentre.

– Eu faço scrapbooks – respondi, na falta de algo melhor para dizer. – *Fazia,* para os outros… hum… projetos. Gosto mais de trabalhos manuais do que de ficar encarando uma tela, se quer saber.

– Não quero. – Bobbi curvou os lábios. – E você não vai precisar de um scrapbook. – Ela tirou um iPad sabe-se lá de onde. – Vai ser tudo digital. Por isso preciso do endereço do iCloud de vocês. Vou sincronizar os dois com o Organizador de Casamento da Bobbi Shark. Vocês precisam encarar isso como se fosse a sua Bíblia. E, antes que pergunte, não, não pode imprimir. Não precisa agradecer por te apresentar ao século 21. Guarda este momento pra quando eu te der o último empurrãozinho em direção ao altar e você pensar *Droga, eu queria poder me casar com a Bobbi.* – Ela franziu o cenho. – Pensando bem, com o seu histórico, é melhor você não pensar uma coisa dessas. Trate de ir até o altar, e não na direção contrária.

Alguém gritou atrás de nós.

– Pela última vez, ninguém vai empurrar ninguém aqui. Aliás, não vai ter altar nenhum se eu puder fazer alguma coisa pra impedir!

Eu não precisei me virar para saber que Vovô Moe, que insistiu em consertar um problema inexistente na iluminação enquanto o café estava fechado, olhava para nós, segurando uma ferramenta da qual ele nem precisava.

– Ele precisa mesmo estar aqui? – perguntou Bobbi.

– Estou trocando uma lâmpada – reclamou Vovô Moe.

– Com um martelo? – perguntou Bobbi.

– Eu troco lâmpadas como eu quiser – disse ele, bufando. – E essa aí é a minha Josie, e este é o café dela, então eu fico se eu quiser. E ninguém vai empurrar ninguém até o altar se ela não quiser. Entendido?

Todos olhamos para ele, que estava com uma expressão séria e o peito arfando.

Culpa e preocupação tomaram conta de mim. O vovô tinha passado por todos os noivados anteriores, e não foi divertido para ele ver como eu... saí de todos eles. Aquele noivado era, de muitas maneiras, pior que um noivado convencional, porque ele sabia a verdade sobre mim e Matthew. Era a única pessoa que sabia. E estava fazendo um péssimo trabalho ao tentar esconder.

Abri um sorriso para tranquilizá-lo.

– Por que não volta ao trabalho, Moe Poe? Prometo que está tudo sob controle aqui. E se em algum momento eu achar que não está, eu te chamo.

Isso pareceu acalmá-lo. Ele assentiu e voltou ao "trabalho".

– De volta aos detalhes do iCloud – disse Bobbi. – Vocês podem me dar essa informação ou posso conseguir sozinha. Eu tenho meus métodos, e pedir a vocês é apenas uma abordagem mais educada.

Pelo canto do olho, vi Matthew balançar a cabeça. Uma lufada de seu perfume atingiu meu nariz. Cedro e um toque de alguma coisa que não consegui identificar. Era bom. Eu gostava do perfume dele. Mas isso não tinha nenhuma importância, então entreguei a informação que Bobbi pediu antes que voltasse a me distrair. Matthew fez o mesmo.

Em segundos, nossos celulares apitaram com uma notificação.

– Excelente – disse Bobbi. – Agora, não se trata de um calendário qualquer, é o O.C. da B.S., como eu gosto de chamar. Sei que é incomum para uma estrategista de RP, mas também vou organizar o casamento de vocês. – Ela fez uma careta. – Ao que parece. Tudo está ligado a um checklist, um diário, um registro, um orçamento... que é só uma referência, podemos gastar mais... Enfim, tudo o que vocês precisam saber está aqui. – Ela virou a tela, tocando rapidamente em vários pontos diferentes. – Aqui. Aqui.

Aqui. Aqui. Aqui. E aqui. Seu dever de casa é ler, analisar, processar, assimilar e aceitar tudo o que está aqui. Vocês vão precisar assinar um acordo para confirmar que entendem e concordam com tudo. Nada de mais, considerando que sugeri um termo de confidencialidade e Andrew recusou na mesma hora. E aí? Alguma pergunta?

Ah. Todas.

– Por que precisamos de…

– Ótimo, nenhuma pergunta – disse ela, me interrompendo, os dedos voando pela tela do dispositivo mais uma vez. – Agora que isso está resolvido, já temos uma data?

Matthew resmungou alguma coisa que não entendi e se remexeu na cadeira.

Alguma coisa caiu no chão perto de vovô.

– Uma data? – repeti, meu estômago se revirando.

– Para o grande dia – respondeu ela. – Coloquei uma data temporária no planejamento. Uma data boa para nós. Mas estou aberta a opções.

Meu corpo virou uma pedra. Não de gelo, porque eu continuava suando. Enfim, fiquei paralisada. Estava chocada com a rapidez com que mergulhei naquela situação sem pensar que coisas como anéis ou datas precisariam ser discutidas.

– Não temos data – resmunguei. Tentei sorrir. – Vamos manter a data temporária por enquanto, por favor.

– Música para os meus ouvidos – declarou Bobbi. Crise evitada. – Vai ser em primeiro de dezembro, então.

E a crise voltou.

– Faltam menos de dois meses – deixei escapar.

Meus ouvidos começaram a zumbir, e eu tive quase certeza de que desabaria em algum momento no intervalo de um a três segundos. Bobbi semicerrou os olhos, e de repente o braço de Matthew surgiu nas minhas costas.

– Você vai dar um jeito, não vai? Na situação com a imprensa? Na… narrativa – falei, com esforço. – Antes disso. Eu… não quero apressar nada. É pra ser um dia especial.

Mas a verdade era que eu não podia dar para trás. Não depois de convencer Matthew de que estava tudo bem e de termos mentido para todo mundo.

– Foi o que eu disse, não foi? – respondeu Bobbi. Ela inclinou a cabeça para o lado. – Pode parar de surtar. A notícia de que você está noiva *e* de que Andrew vai participar de tudo deve apagar boa parte do incêndio.

– Tá – falei, me concentrando naquele leve alívio, e não no fato de que Matthew estava calado.

Ele devia estar furioso. Não era isso que tínhamos combinado.

Bobbi continuou, despreocupada.

– Agora, falando em apagar incêndios, vou precisar que privem suas redes sociais, e quero acesso a todas as fotos que vocês têm juntos. Encontros, viagens de fim de semana, selfies no espelho, fotos em casa... tudo que não sejam nudes. E, o mais importante, as fotos do pedido.

Ah, droga.

– Não, não – disse ela. – Não gosto dessa cara. Por favor, não me digam que vocês *só* têm selfies no espelho. A verdade é que ninguém quer ver isso.

Pisquei, atônita, ao me dar conta de que eu tinha mesmo calculado mal aquela situação toda. Minha ansiedade disparou, e eu fiz o que fazia sempre que isso acontecia. Abri um sorriso. Um sorriso bem largo.

– O que é isso que a sua boca está fazendo? – perguntou ela.

A mão de Matthew voltou para a minha perna, que estava balançando. Antes mesmo que eu percebesse o peso ou o calor de sua mão, ou o fato de minha perna ter parado de balançar, ele disse:

– Não.

Bobbi arqueou as sobrancelhas.

– Como é que é?

A tensão aumentou de repente, e eu não pensei, só agi. Era hora de retomar o controle da situação.

– Perdemos as fotos – falei. – Hackers. Fomos hackeados. Você sabe, por mais que a gente tome cuidado, eles são espertos. Eles me ludibriaram e, sem eu me dar conta, minha galeria desapareceu. Sumiu. Acontece. E perdemos todas as fotos impressas também. Em um incêndio. Foi terrível e...

– E somos reservados – disse Matthew, apertando meu joelho. – Não vamos te dar acesso a nossas lembranças só porque você pediu. É isso que significa *não*. Não queremos, e a decisão é nossa. Josie só não te disse isso porque é educada. Eu não sou. Digo o que precisa ser dito.

A expressão de Bobbi era... estranha. Como se ela quisesse jogar o iPad no Matthew, mas também parecesse impressionada.

– Tudo bem, loirinho. Mas não esqueça que Andrew está investindo muito nisso e você está ganhando um casamento dos sonhos de graça. Você até pode impor alguns limites, mas eu continuo no comando. – Uma pausa. – Vocês vão tirar fotos novas. É a minha condição. E eu vou esquecer essa história de hacker ou o fato de Josephine estar parecendo um cãozinho assustado desde que se sentou nessa cadeira.

Eu estava?

Eu me virei para o meu noivo, como se quisesse uma resposta. Mas Matthew estava ocupado encarando fixamente aquela mulher. E ficou assim durante um bom tempo.

Ele apertou meu joelho.

Ah.

– Tá, tudo bem. – Coloquei a mão na dele, envolvendo seus dedos, que se contraíram. Tamborilaram. – Fotos novas me parecem uma condição razoável.

O clima no café pareceu ficar mais relaxado com as minhas palavras. E a tensão melhorou exponencialmente quando o telefone de Bobbi tocou e ela pediu licença para atender.

– Já volto – disse ela.

– Aff – falei, me virando para Matthew. – Obrigada por me ajudar.

Ele se recostou na cadeira, deixando os ombros relaxarem, mas a mão ficou exatamente onde estava. Embaixo da minha. Na minha coxa.

– Este lugar é fofo – disse. – Muito charmoso e aconchegante – acrescentou, com um sorrisinho superdiscreto. – É a sua cara.

É a sua cara. Isso queria dizer que ele me achava fofa? Charmosa? Aconchegante? Nada mal.

– É claro que é – resmunguei. – É meu, e tenho um gosto excelente.

Ele retorceu os lábios.

– Convencida. Gosto disso também.

Também. Ergui o queixo.

– Não sou convencida. Só confiante. Decoração fofa e charmosa faz parte dos meus talentos.

Ele abaixou a cabeça de leve. E passou a falar mais baixo.

– Já mentir, pelo visto, não faz. Hackers? Um incêndio? Estou com a impressão de que alguém devia ter me avisado onde eu estava me metendo.

Senti as pontas das orelhas esquentarem. Aquelas manchas verdes nos olhos dele estavam ali de novo. Reluzindo sob as lâmpadas fluorescentes, viradas para mim. Mais uma vez estávamos perto demais um do outro. Seu ombro tocou o meu, e a pressão suave que sua mão exercia em minha perna, paradinha ali, pareceu gritar.

– Eu também acho que alguém deveria ter me avisado a respeito disso – murmurei, olhando para o anel no meu dedo.

As pedras em volta da coroa lembravam os pontinhos verdes em seus olhos.

Quando Matthew respondeu, sua voz não passou de um sussurro.

– Você não gostou? Não comentou nada.

Seu polegar se libertou da minha mão e tocou o anel. Foi apenas um leve roçar, mas o gesto incitou diversas lembranças que surgiram em cascata na minha cabeça. Imagens do rosto de homens, primeiros encontros, pedidos de casamento, buquês de rosas, jantares à luz de velas, anéis que agora estavam guardados em uma caixa em cima da minha penteadeira. Todas as cenas pareciam pertencer a uma vida passada. Como se nunca tivessem sido minhas.

– Isso não importa – murmurei. Porque aquele era o anel que não me pertencia, ainda que parecesse ocupar todos os meus pensamentos após nada mais que um dia de uso. – Mas é lindo.

Olhei para Matthew, com uma pergunta na ponta da língua. Havia uma pergunta em seus olhos também.

Mas, antes que pudéssemos dizer uma única palavra, Bobbi voltou, o rosto sombrio, e as palavras ainda mais.

– Temos um problema.

INTERIOR – ESTÚDIO DO *BABADO REAL* – DIA

SAM: Por que você tá tão agitada? (risos)

NICK: (dá um gritinho) Porque estou quase tendo um troço.

SAM: Então não vejo a hora de ouvir o que você tem pra contar pra gente hoje.

NICK: (pausa, e começa a falar rápido) Nossa seção de comentários está explodindo – em todas as plataformas. As pessoas exigem saber mais sobre uma garotinha e seu papai. ENTÃO... sem mais delongas, tenho o prazer de anunciar pra você, Sammy, e para nossos babaders, nossa nova série, que... que... Ah, espera. Tambores, por favor. Temos efeitos sonoros? Isso é...

(som de tambores)

NICK: Uau. (ri) Eu não sabia que tínhamos isso. Olha só pra gente. Muito chique! Ou o oposto de chique talvez, foi um pouco rádio demais pro meu gosto. Certo, então, voltando. Tambores, por favor? (som de tambores) (o ritmo aumenta) É um prazer apresentar pra você e para nossos ouvintes nossa nova série: *O CASO UNDERWOOD*.

SAM: Estou chocada! (bate palmas) E você não me disse nada, hein? Achei indelicado.

NICK: Quase morri de ansiedade por guardar esse segredo, vai por mim. Mas valeu a pena. Porque temos muitas novidades, e eu vou poder ver a sua cara enquanto conto tudo. (pausa calculada) E você também vai poder, ouvinte. Lembre de assistir ao formato em vídeo do nosso podcast em qualquer plataforma, caso ainda não tenha feito isso. E não esqueça de se inscrever, pelo amor de Harry Styles. Clica nesse botão.

SAM: Muito obrigada, Nick. MAS. Pra contextualizar... Estamos falando da Princesa da Cidade Pequena, certo? Abandonada pelo Papai Rico, em busca de vingança, um coração de cada vez – a lista é grande. O que apoiamos, aliás. Apoiamos os direitos das mulheres e torcemos por elas. Não apoiamos homens, na maior parte do tempo. Principalmente Andrew Underwood. Exceto todos os baixinhos.

NICK: Excelente resumo. E sim para os baixinhos. Mas nós a chamamos de Herdeira da Cidade Pequena, não princesa. O que nos leva às... novidades. Deu muito trabalho, MAS: um dos nossos passarinhos confirmaram que – se preparem – nossa garotinha está... NOIVA. DE NOVO.

SAM: Não acredito. Esse é o... quinto.

NICK: Que a gente saiba. (ri) E, ao que parece, em uma reviravolta chocante, o Papai Rico vai pagar pelo casamento. Não temos todos os detalhes, mas segundo nossa fonte parece que eles estão retomando o relacionamento. Os dois se sentem (fala mais baixo) abençoados por planejar e celebrar um acontecimento tão especial juntos.

SAM: Isso me cheira a papo de Relações Públicas (solta um muxoxo). E: retomando o relacionamento? Por acaso *havia* um relacionamento antes?

NICK: Não é? Foi o que eu pensei.

SAM: Aff. Eu me pergunto o que ela acha disso tudo. Será que ele vai simplesmente jogar dinheiro do alto da sua mansão ou vai se envolver de verdade? Por acaso a gente...

NICK: Encontrou os perfis dela nas redes sociais e mandou mensagem? Sim. Ela não respondeu. Mas somos persistentes. E sabe o que é mais estranho?

SAM: Os perfis dela não serem privados? (risadinha incrédula)

NICK: Além disso. Quer dizer, alguém devia ter assessorado melhor essa garota, eu acho. Mas o mais estranho é que não havia nenhum vestígio desse homem novo. Só animais, cerâmica, fotos de pôr do sol e uma foto muito bacana dela fazendo ioga. A garota tem talento, pra sua informação. O que parece que ela não tem é… muito interesse por esse cara novo, já que não publicou nada sobre ele.

SAM: Está pensando o mesmo que eu?

NICK: Você sabe que eu gosto de homens feios e comuns. Eles se esforçam. Eu exibiria um. E quanto maior o nariz, melhor o homem, aliás.

SAM: (solta um "hum") Você até que tem razão. Mas eu estava pensando… por que ela publicaria fotos com ele? Deve ser muito irritante apagar postagens antigas que incluem o noivo do ano. Estraga toda a estética. Ah, falando nisso: temos nomes? Deste noivo e dos anteriores? Além daquele com quem a gente conversou. Derek? Dawson? E… Ai, meu Deus, podemos convidar esses homens para participar do podcast? Isso seria…

NICK: Não seria incrível, minha doce Sammy? (risadinha dissimulada) Por enquanto, vou dizer apenas que você e nossos ouvintes vão ter que esperar pelo primeiro episódio da série *O Caso Underwood* para descobrir. Isso foi só um teaser. E como sempre, comentem o que acharam – não que vocês precisem de incentivo para fazer isso, suas criaturas *babadeiras*.

Pela quinta vez na minha vida, havia um homem de joelhos na minha frente.

Foi o déjà-vu mais doentio que eu já vi. Porque ele não estava me pedindo em casamento. Nunca pediu. Mas estávamos noivos. Oficialmente. Para a cidade de Green Oak, e também para o mundo. A internet. A fofocosfera. Um universo do qual eu jamais imaginei que participaria. Nem mesmo quando estava com Ricky ou Duncan, ainda que o estilo de vida deles fosse relativamente público.

Pelo jeito era necessário um pouco mais que o futebol profissional ou a política para lançar esta *Herdeira da Cidade Pequena, não princesa,* na fofocosfera. Era necessário um tipo diferente de homem. Meu pai.

– E CORTA!

As duas palavras ecoaram pela propriedade dos Vasquez, assustando a mim e ao homem aos meus pés. Bobbi veio pisando firme na nossa direção, chutando o cascalho ao avançar.

– O QUE VOCÊS ESTÃO FAZENDO? – perguntou ela assim que chegou ao nosso lado.

Matthew soltou a minha mão e se levantou.

– Você precisa mesmo disso? Está do nosso lado.

Bobbi largou o megafone que estava usando para dar ordens a todos.

– Feliz agora?

– Exultante – respondeu Matthew, apático. – Obrigado.

Bobbi revirou os olhos.

– E então? O que exatamente estão fazendo? Falando do tempo? Da economia? Do mercado imobiliário? Todas as alternativas? Porque isso explicaria por que todas as fotos parecem ser de um funeral, e não de *noivos felizes, viva.*

– Quem sabe se… – começou Matthew.

Mas Bobbi fez um som de desaprovação.

– Nada disso. Não vamos adiar. E se quisermos pegar o pôr do sol, e queremos, vocês precisam começar a agir mais como *pombinhos apaixonados*, e não como *meu Pumpkin Spice Latte azedou.* – Ela pareceu ter uma ideia. – É esse o problema? Vocês precisam de cafeína? – Ergueu o megafone. – ROBERTO. ROBERTO VASQUEZ? – E virou nos calcanhares. – O HOMEM IRRI… AH, VOCÊ ESTÁ AÍ. CAFÉ. E UM MATCHA LATTE. PRA JÁ. OBRIGADA.

Se olhares matassem, Bobbi já estaria morta e enterrada nas terras de Robbie Vasquez.

Ela se virou para nós.

– ONDE ESTÁVAMOS?

Matthew arrancou o megafone das mãos da mulher e cruzou os braços.

– Ei – reclamou ela. – Isso é meu.

– Estou te fazendo um favor – respondeu ele. – Acredite.

– Meu Deus, por que todo mundo nesta cidade é tão sensível? – resmungou Bobbi, bufando. – Muito bem. Vamos repensar as coisas enquanto Roberto providencia as bebidas. Ele de joelhos assim não tá funcionando, então... Você, Josephine. Você vai ficar em pé ali. – Sua mão com unhas perfeitamente pintadas apontou para uma cerca. – E você, Matthew, vai... Hum. Preciso pensar.

Bobbi pegou o celular do bolso que havia no peito de seu colete de tweed, como se *esse* fosse o significado de pensar, e começou a escrever.

Matthew se aproximou de mim, a cabeça e a voz baixas.

– Mal posso esperar para ver o matcha latte que Robbie vai trazer.

Seu tom indicava que ele tinha achado aquilo divertido, e, fazendo um biquinho, perguntei:

– Por quê?

– Se eu fosse ele, com certeza ia ser bem criativo com os ingredientes.

Soltei uma risada discreta.

– Acho que ele não ficou *tão* incomodado assim. Ele tem dois filhos. É um homem de família. Um viúvo. Não vai mexer na bebida de alguém.

– Ela disse que ama que os fazendeiros vestem *qualquer roupa* – rebateu Matthew, as sobrancelhas arqueadas. – E começou a dar ordens, na fazenda dele. Com o megafone. Aquela bebida vai ser adulterada, meu bem.

Meu bem. Eu não sabia mais como me sentia ao ouvir aquele "meu bem" com tanta frequência. Eu me perguntava se ele chamava todo mundo assim. As pessoas que usavam esse termo como Matthew usava costumavam fazer isso.

– Acho que seria melhor você me chamar de outra coisa – falei, baixinho. – Não de "meu bem". E devo me preocupar com você andando pela cidade adulterando bebidas? Você parece ser um especialista no assunto.

Matthew curvou os lábios e, por algum motivo, imaginei uma versão mais jovem dele, o cabelo loiro e o sorriso travesso. Algo me dizia que ele aprontava muito. Que tinha partido muitos corações com aqueles doces olhos castanhos que faziam os ângulos rígidos de seu rosto parecerem suaves. Também me perguntei por que ele não usava os óculos com mais frequência. Ele baixou ainda mais a cabeça, e seu queixo quase tocou meu ombro. Quando falou, sua voz não passou de um sussurro:

– Espero adulterar muito mais que bebidas, *fofinha*.

– Fofinha? – sussurrei, me concentrando ora na proximidade de seu rosto, ora em suas palavras. – Isso é... um elogio ou um insulto?

Senti no rosto a risadinha que ele soltou.

– Eu... – começou ele.

– CHATO.

Nós dois nos viramos para Bobbi.

Ela estava com o cenho franzido, incrédula.

– Eu estava deixando esse trelelê rolar na esperança de que esse flerte virasse uma conversa picante, pra vocês ficarem mais animados e esse ensaio fotográfico fosse menos doloroso. Mas estou muito entediada.

Flerte. Flerte?

– Não era flerte nenhum – falei, bufando.

Matthew também deixou escapar uma bufada, e decidi que era um sinal de que ele concordava comigo. Bobbi, no entanto, parecia intrigada.

– Sei reconhecer um flerte – continuei. – E sei flertar. Sou excelente nisso. E não era o que estávamos fazendo. Além do mais, se a gente quisesse flertar, não faria isso com você bem aí.

– Eu faria – disse Matthew. Eu me virei para ele, devagar, arqueando as sobrancelhas. – Eu faria – repetiu ele, dando de ombros. – Mas pelo que parece estou um pouco enferrujado.

Também decidi ignorar o frio na barriga que senti ao ouvir isso e voltei a olhar para Bobbi, que fazia um biquinho, pensando. Ela bateu com a unha no queixo.

– Vocês estariam abertos a algo menos country, montanhas, ar livre, etc. e um pouco mais... íntimo?

– Não – resmunguei. – *Por quê?*

– Primeiro, porque você ignorou meu pedido, deixou suas redes públicas, e agora tudo o que podemos fazer é agir com naturalidade – respondeu ela, e meu rosto corou. – O fato de o loirinho não ter perfil em nenhuma rede é uma bênção. – Ela olhou bem para Matthew. – A não ser que você tenha uma conta anônima com besteiras de macho. E, se tiver, é melhor dizer logo.

– O que seriam "besteiras de macho"? – perguntou ele, indiferente.

Bobbi rangeu os dentes de um jeito que me fez intervir antes que ela pudesse responder.

– Como uma foto mais íntima vai consertar isso? Não que eu esteja aberta a uma coisa dessas. Mas quem sabe em outro momento. – Senti o olhar de Matthew em mim. – Não agora.

Não com Matthew. Não se não for sincero. Não se...

– Peitos têm o poder de consertar quase tudo – rebateu Bobbi, e meus pensamentos desaceleraram. – Não sou eu que faço as regras. Se fosse, não estaríamos aqui, nesta fazenda, respirando esse cheiro de esterco, tentando provar a duas tagarelas com um podcast que você está apaixonada por esse homem.

Ai. Nick e Sam comentaram que eu não tinha fotos com Matthew em lugar nenhum, e embora fosse um bom argumento, também era perigoso o bastante para que eu não resistisse ao ensaio improvisado de Bobbi.

– Eu nem publico tanta coisa assim. Por isso não compartilhei nenhuma foto nossa. E...

– E vocês são reservados. Os hackers. Tá, que seja – disse Bobbi, balançando a cabeça. – Pelo menos, graças a essa história, o foco parece estar se afastando do fato de Andrew ser... rico e egoísta. Como se isso fosse algo ruim. Enfim, essa história de *Caso Underwood* precisa ser contida. Andrew está preocupado. – Meu corpo se enrijeceu ao ouvir isso. – Ele não...

Matthew a interrompeu.

– Que tal você apenas dizer onde quer que a gente fique? Não precisa nos contar sobre os sentimentos de Andrew, tá?

Ela colocou as mãos no quadril.

– Na cerca. Fiquem ali na cerca. E desta vez pareçam apaixonados. Não deve ser *tão* difícil assim. – Ela olhou bem nos meus olhos. – Você já fez isso algumas vezes, não fez?

Sorri para ela, com a expressão mais complacente que consegui, e fui até a cerca, pensando no comentário que ela tinha feito sobre Andrew. Matthew tinha razão, eu não precisava daquela informação. A ideia de alguém ficar me dizendo o quanto meu pai estava preocupado me fazia querer sair correndo. Ainda que parte de mim se perguntasse por que ele não tinha entrado em contato comigo. Diretamente, não por intermédio de Bobbi. Será que era porque eu tinha ignorado suas últimas tentativas? Parecia uma explicação lógica. Eu também ficaria irritada.

Eu me virei de repente e dei de cara com Matthew, bem à minha frente.

Ele se preparara para dizer alguma coisa, mas foi silenciado pela voz amplificada e irritante de Bobbi.

– VOCÊ ESTARIA ABERTO A USAR UM CHAPÉU DE CAUBÓI?

– Meu Deus – resmunguei. – O megafone de novo não.

Matthew virou a cabeça de leve.

– Não.

Apoiei as costas em um dos postes da cerca e cruzei os braços, meio constrangida.

– Odeio concordar com Bobbi, mas acho que vai partir alguns corações por não usar um chapéu.

– Eu sou de Boston – respondeu ele, se aproximando. O bico de suas botas, aquelas Chelsea, não de caubói, tocaram o bico das minhas. – E por que isso partiria corações?

Pensei no fato de que metade de Green Oak ainda acreditava que eu estava noiva de um tal de Maverick, do Tennessee.

– É só um palpite.

Vi uma pontada de interesse nos olhos de Matthew, como se ele quisesse saber mais. Porém, outra vez, a voz de Bobbi ecoou pela propriedade dos Vasquez.

– MENOS CONVERSA. MAIS TOQUES.

– Eu juro que vou… – disse Matthew, e apoiou as mãos na cerca, seus braços me prendendo.

– Vai fazer o quê? – perguntei.

Pigarreei, ordenando meu cérebro a se acalmar. Ordenando as batidas no meu peito a se acalmarem também. Eram apenas braços. E Matthew era apenas… um homem. Loiro. Alto. Um pouco mais forte do que eu esperava. Mas apenas um homem. De repente, porém, parecia muito importante descobrir se ele se exercitava com frequência. Ou que tipo de exercícios fazia. Seria algum tipo de exercício de força? Com pesos? Flexões? A imagem dele se erguendo em uma barra… Eu me contive. Isso não estava ajudando. Também era muito inadequado. Eu queria manter tudo o mais prático possível.

– O SOL ESTÁ SE PONDO – avisou Bobbi. – TIQUE-TAQUE.

Ela também não estava ajudando.

Soltei o ar pelo nariz.

– Eu vou ter sonhos vívidos com esse megafone, em uma daquelas salas onde a gente pode bater nas coisas com um taco.

Matthew abriu um sorrisinho.

– Hum, posso participar também?

– Da surra de taco? Claro.

Matthew inclinou o corpo para a frente, encostando a cabeça na minha. Fiquei paralisada. Sua respiração fez cócegas na minha orelha.

– De qualquer um dos seus sonhos vívidos.

Um alarme disparou na minha cabeça, mas meu cérebro e meu sistema nervoso estavam muito ocupados. Meu corpo inteiro formigava... com aquela proximidade. As ondas de calor que seus braços e seu peito emitiam pareciam me cobrir como um cobertor. E o toque de seu queixo em meu rosto...

– Matthew? – sussurrei. – Você tá flertando comigo?

A risadinha que ressoou da garganta daquele homem foi breve, profunda e muito inconveniente. Eu queria mesmo entender se ele estava flertando.

– Estou – respondeu ele. Apenas. – Por quê?

Os braços de Matthew me envolveram, e ele abriu um pouco as pernas, cercando as minhas.

– O sol está se pondo – repetiu Bobbi. – Menos conversa. Mais toques.

– Ah, tá. Ótimo. – Porque aquilo era... ótimo. Isso. – Então, hã, onde quer que eu fique?

Mais uma daquelas risadinhas breves tocou minha pele. A lateral da minha testa dessa vez.

– Me diz você, meu bem. – Uma de suas mãos soltou a cerca e pousou na minha cintura. Minha respiração ficou presa na garganta. – Eu nunca fiz isso antes.

– Fotos? – perguntei. Minha voz saiu rouca. Distante. Eu só conseguia me concentrar na sua mão na minha cintura. – E já não falamos sobre esse "meu bem"?

Senti que ele ia dizer alguma coisa, mas o contato da minha mão em seu ombro o fez parar. Seu corpo inteiro se enrijeceu por um instante, tão breve que eu não teria percebido se não estivesse tão perto, ou se não estivesse determinada a prestar tanta atenção.

Ele se entregou ao meu toque.

– Fotos de noivado – disse. E, para minha surpresa, segurou meu pulso com delicadeza e reposicionou minha mão, erguendo-a. Minha mão envolveu sua nuca, os dedos formigando ao tocar sua pele. – Docinho.

A palavra saiu como um suspiro, e senti um frio na barriga. Uma *vibração*.

– Eu... eu acho que isso não tá funcionando – admiti, aquela estranheza de antes na minha voz ainda mais proeminente. – Acho que...

Ergui o braço esquerdo, e minhas mãos se encontraram na sua nuca.

– Acho que você deveria olhar pra mim – disse ele.

Engoli em seco, minha língua parecendo uma lixa. Aquele cobertor que parecia cobrir minha pele ficou ainda mais pesado.

– Acho que devemos olhar um pro outro – falei. – Olhos nos olhos, enquanto nos tocamos. É assim que devem ser fotos de noivado. Pessoas apaixonadas agem assim.

Matthew olhou para mim na mesma hora.

– O que mais?

– Acho que você também pode chegar um pouco mais perto – instruí.

Ele obedeceu, e – caramba – como era difícil me concentrar em qualquer coisa com seu rosto tão perto do meu. Matthew ficou bem sério, o olhar determinado, e eu seria capaz de jurar que senti a tensão daquele par de ombros a que eu parecia estar presa.

– E agora?

– Quem sabe se você sorrisse um pouco – falei, perdendo o controle que eu tentava manter a cada centímetro que seu peito se aproximava do meu. – Seu sorriso é bonito.

Matthew flexionou a mão que estava na minha cintura, o polegar fazendo uma pressão leve sobre o tecido roxo.

– Bonito o bastante pra te deixar orgulhosa? Pra você querer me exibir?

Eu soube na mesma hora a que ele se referia. A Sam e Nick especulando por que eu não exibia meu noivo por aí.

– Elas tinham certa razão – sussurrei. Eu não sabia dizer por que disse aquilo, mas as palavras simplesmente saíram. – É meio chato ter que fazer uma limpa na vida quando algo chega ao fim. Incluindo as redes sociais.

Ele mexeu a mão, fazendo-a deslizar pela minha cintura e descansar na minha lombar.

– Que bom que somos um casal reservado – disse ele, deixando que seu corpo se inclinasse mais sobre mim. Seu quadril tocou o meu. Matthew engoliu em seco. – E tudo isso aqui é só seu.

Com a respiração oficialmente desregulada em razão do movimento agitado do meu peito, tentei falar.

– O objetivo disso tudo não é o contrário? – Minha voz saiu rouca. – E você não está enferrujado. Já que está... – Meus dedos tocaram os fios de cabelo curtos em sua nuca, e senti-los me fez perder o foco por um instante. – Já que está claramente flertando comigo.

Seu olhar percorreu meu rosto por um momento. Sua mandíbula se retesou.

– Mas eu posso me dedicar mais. Um pouco mais. Se você precisar. – Ele umedeceu os lábios. – Você precisa?

Sim, pensei. *Por favor*. Mas o que eu disse foi:

– Só se não ficar constrangido por causa disso. Está constrangido?

Minhas unhas arranharam seu couro cabeludo, reforçando o que eu queria dizer.

A sensação do corpo de Matthew contra o meu ficou um pouco mais pesada, um pouco mais... gostosa.

– Eu pareço constrangido pra você?

Não parecia. Mas eu tinha quase certeza de que era uma pergunta retórica.

– Sempre gostei dessa parte – murmurei. – Do relacionamento. É o que mais me faz falta.

– Você está abrindo uma porta perigosa.

Fiquei olhando para ele, esperando por mais... de qualquer coisa. Mas Matthew não se explicou ou fez qualquer menção de me mostrar do que estava falando. E com a pressão de sua coxa contra mim, o calor da sua mão nas minhas costas, e o casulo de intimidade que tinha se formado ao nosso redor, senti que precisava falar alguma coisa.

– Eu postaria fotos de você. Em todos os lugares. Se isso fosse real. – O castanho de seus olhos se intensificou quando Matthew me encarou. – Eu te exibiria com o maior prazer. Só pra você saber.

Matthew continuou olhando para mim, e eu continuei analisando seu rosto. Ele parecia estar pensando. Pensando com afinco. Como se tentasse se decidir. Aquilo me deixou curiosa. Eu queria saber o que ele estava discutindo consigo mesmo e a que conclusão chegaria.

Seus lábios enfim se abriram e, não posso mentir, parei de respirar por um instante.

– Josie...

– É O BASTANTE! – anunciou Bobbi no megafone. De novo. – ALELUIA. FINALMENTE ALGO QUE PODEMOS USAR. BOM TRABALHO. ESTÃO EXALANDO TESÃO. O PAÍS TODO VAI AMAR.

A respiração que eu segurava saiu, e de repente me senti... confusa. Matthew devia ter sentido o mesmo, porque demorou um pouco para se afastar.

– Aleluia – repetiu.

Franzi o cenho ao ouvir isso, sem entender de onde vinha a rigidez com que ele disse aquela palavra. Matthew não era muito fã de Bobbi, o que explicaria a atitude. Mas parte de mim quis perguntar. E eu teria perguntado, se não tivesse visto a mulher se virar e ir embora. Com o celular. Onde estavam as fotos que nem tínhamos visto.

– Bobbi! – chamei, me desvencilhando de Matthew. – Espera!

Eu não queria abandonar Matthew assim, mas havia algo mais urgente que dissecar por que meu noivo de mentira continuava me olhando com o cenho franzido, perdido em pensamentos.

Por que o país todo ia amar?

E quanto tesão exatamente tínhamos exalado?

OITO

– Vocês estão incríveis.

Estávamos mesmo.

E também parecíamos estar com muito tesão. Parecíamos duas pessoas com muita química, prontas para se atacarem. O que era um pouco engraçado, de certa forma. Em circunstâncias normais, eu teria emoldurado aquela foto e deixado exposta em algum lugar da casa. Mas não tinha nada de normal naquela situação, e era difícil rir de como o melhor amigo da minha irmã tinha me deixado com aquele olhar excitado quando eu me sentia péssima por mentir para ela. Na cara dela. Ainda que pelo celular.

– Você não acha? – perguntou Adalyn. – É por isso que está com essa cara fechada? Ou porque a foto está em uma página que tem dois milhões de seguidores?

Forcei meu rosto a relaxar.

– Bom, sim, ver nossa foto na Página Nove me deixa um pouco enjoada. Mas tudo bem. – Não era mentira. Eu não estava nem um pouco incomodada com a foto. Era uma bela foto, embora fosse uma farsa. – Eu só... queria ter pensado melhor na minha roupa. Não tá muito decotada? Vovô Moe disse que eu deveria ter usado um lenço.

– Ele é fofo – respondeu ela, com uma risadinha que fez seus olhos escuros brilharem de diversão. – Mas de jeito nenhum. Sua roupa está perfeita e você está reluzente. O que o Matthew achou? Tenho certeza que ele teve muito a dizer sobre esse vestido.

Mais uma vez, meu instinto me disse que eu devia mudar de assunto. Desviar. E, mais uma vez, reprimi esse instinto. Uma semana tinha se passado desde o jogo, e desde o dia em que Adalyn e Cameron descobriram tudo. Conversamos com eles separadamente. Matthew primeiro, porque tinha insistido. Então aquele... sentimento de traição acabaria passando. Eu ainda achava melhor que Adalyn e Cameron não soubessem a verdade. Adalyn ficaria maluca se soubesse, e talvez tentasse virar minha guarda-costas pessoal. Menos envolvimento queria dizer menos preocupações para eles. Para ela. E, de qualquer forma, tinham enviado Bobbi para cuidar de mim. Não Adalyn. Ela não precisava mais se envolver com aquilo tudo. Além do mais, nem Adalyn nem Cameron questionaram meu suposto relacionamento com Matthew. Acho que isso se devia ao meu histórico com noivados meio rápidos e minha tendência a me deixar levar pelo momento.

– Ele... disse que eu estava ótima – menti.

Mentiras, mentiras, mentiras. Ele não disse isso. Não disse nada sobre a foto. Nada quando Bobbi a compartilhou com a gente. E nada quando eu postei nas minhas redes sociais. Eu nem sabia se ele tinha visto que a Página Nove também havia publicado a imagem.

Adalyn arqueou as sobrancelhas e soltou um suspiro.

– Pode me contar o que ele disse de verdade. Mesmo que eu possa achar nojento, porque você é minha irmã e ele... não tem filtro.

Tentei pensar em algo que Matthew diria, mas não consegui nada.

Adalyn balançou a cabeça.

– Era por isso que você achava que precisava manter o relacionamento em segredo? Por causa desse tipo de coisa? Eu não vou reagir de um jeito estranho. Podemos falar sobre... coisas íntimas. – Ela fez uma careta. – Tipo sexo ou... conversas picantes.

– Podemos? – perguntei, genuinamente surpresa.

– Talvez não – respondeu ela. – Ainda não? Ah, eu não sei.

Nós duas rimos, embora aquilo fosse um pouco constrangedor.

– Vocês... – Ela fez uma pausa. – Vocês formam um casal incrível. E eu amo os dois. Acho que já disse isso, mas não sei de que outra forma mostrar pra você que tudo bem vocês estarem juntos.

Ela ficou séria, e foi difícil manter o braço erguido, segurando o celular, quando senti que logo viria um *mas*.

– Mas ainda estou decepcionada por vocês terem achado que precisavam esconder tudo. Não só o que está rolando entre você e o Matthew. Eu... – Ela suspirou, e o som saiu tão triste que meu coração se partiu um pouquinho mais. – Desculpa, eu sei que já falamos sobre isso. É o estresse. A vida tem sido difícil. Construir o clube do zero não tem sido fácil, e acho que preciso de umas férias.

Isso foi como um soco no estômago. Tudo o que ela disse. Vários socos, que eu merecia.

– Desculpa, Adalyn. Nunca foi minha, nossa, intenção magoar você. Ou o Cam. Você acredita se eu disser que tudo o que fiz e faço é com a melhor das intenções? Pra você não se preocupar com coisas desnecessárias?

– Claro que acredito – respondeu ela, na mesma hora. – Eu sei disso. E Cameron também sabe. Ainda que ele tenha praticamente interrogado Matthew.

– Ele fez *isso*? – perguntei. – Quando?

– Matthew passou no clube esses dias. Ele estava morrendo de curiosidade para ver o lugar depois de ter passado meses ouvindo a gente falar disso. Mostramos o clube, e do nada Cam fez Matthew sentar em uma das salas de reuniões. – Ela conteve uma risada. – Ele foi muito explícito ao dizer que conhecia muito bem todos os músculos e ossos do corpo humano, e que poderia fazer um estrago. – Ela bufou. – Usando nada mais que uma bota. Ou uma bola. *Ele nem precisaria sujar as mãos.* – Mais risadas. – Espera. Matthew não te contou?

Pisquei algumas vezes para a tela antes de resmungar:

– Ai, meu Deus. Não, não contou, e agora estou me sentindo… horrível. Péssima.

– Não se sinta – disse Adalyn, me tranquilizando. – Tenho certeza de que Matthew não quis que você se sentisse mal. E posso ser sincera? Acho que no fundo ele gostou. Ficou segurando o riso, e Cam tentou não se irritar. Foi fofo.

Eu não achei fofo. E não entendi como Matthew pôde não dizer nada.

– Cam está… bravo comigo?

Ela inclinou a cabeça para o lado, e as ondas escuras de seu cabelo balançaram.

– Cam só quer proteger você. Acho que é porque ele estava aí quando você ficou noiva do Ricky e porque ele sabe o suficiente sobre o resto. Foi por sua causa que ele se mudou para Green Oak e, portanto, foi por sua causa que a gente se conheceu. Então acho que você vai ter que aceitar o fato de que ele não vai deixar vocês em paz. Quando ele coloca uma coisa na cabeça, ninguém tira. E, nesse caso, ele colocou na cabeça que Matthew vai se arrepender se magoar você.

– Certo – falei, sentindo um nó na garganta. – Eu... – Tenho tanta sorte por ter Adalyn e Cam. Tanto medo de perdê-los. E estava muito determinada a poupá-los de qualquer preocupação desnecessária. – Eu me sinto lisonjeada. E acho que também mereço um interrogatório.

– Você vai partir o coração dele? – perguntou Adalyn.

A pergunta me pegou tão desprevenida que gaguejei.

– N-não.

Porque nenhum coração estava correndo perigo. Só o noivado, que não ia durar.

– Tá.

Tá. Só isso?

– Eu...

– Você está se sentindo sobrecarregada – concluiu Adalyn por mim. – E eu entendo. É muita atenção. Se tem alguém que entende disso, sou eu, juro. Já fui um meme. E Cam passou tempo suficiente nos holofotes pra entender também. É por isso que estamos oferecendo nosso apoio, à distância, se você se sentir mais confortável assim, e como pudermos.

Franzi o cenho ao ouvir aquela escolha de palavras, mas ela logo acrescentou:

– Eu só espero que isso tudo não estrague a emoção do noivado...?

– Não estragou. Só estou me sentindo um pouco sobrecarregada mesmo. Você tem razão. E espero que a notícia tenha o efeito oposto e deixe tudo um pouco menos complicado. – Ou faça tudo desaparecer. – Como Bobbi disse.

– Não gosto dessa pressão toda que ela colocou em você. E posso partir pra cima dessa Bobbi Shark – disse Adalyn, a expressão bem séria, digna de um guarda-costas, como eu temia. – Se ela causar algum problema. Você sabe disso. E vou pra cima do papai também. Sei que ele anda falando sobre participar do casamento, mas se você...

– Está tudo bem – falei, interrompendo-a. – Eu juro. Você já tem muitas coisas com que se preocupar. – E eu não queria falar sobre Andrew. Ou

Bobbi. Ou aquilo tudo. – Ainda estão tendo dificuldade com os programas de desenvolvimento?

Adalyn contraiu os lábios.

– Estamos. É difícil atender a tantas faixas etárias diferentes com a equipe que temos hoje. Tivemos muitas inscrições de fora do estado depois da matéria da *Time*. Papai nos deu um destaque que não estávamos esperando, e isso é bom e ruim ao mesmo tempo. Estamos tentando atender o máximo de… – Ela tocou na tela do celular. – Espera um pouco. É o Cam.

– Vai lá – falei. – Tenho certeza que é importante. E preciso levar isso. – Ergui a cesta que estava no banco do carona. – Muffins. Pro Robbie. São um pedido de desculpas. E amanhã vou levar outra cesta pra Bobbi. Também como pedido de desculpas.

Adalyn arqueou as sobrancelhas, os olhos escuros cheios de curiosidade.

– Aconteceu um incidente com um matcha latte. Eu te conto outro dia. Tenho uma aula de ioga com cabras em dez minutos.

– Tá – disse ela, com um sorrisinho. – Eu queria ouvir essa história, mas tenho mesmo que ir. Cam só manda mensagem quando é importante.

Assenti, já abrindo a porta do carro.

– Ei, Josie? – chamou Adalyn.

– Sim?

– Estou muito feliz por vocês. E entendo. Por que vocês esconderam de mim. Dói um pouquinho, mas essa coisa toda de ter uma irmã é nova pra mim também. Eu sempre fui filha única, e às vezes não sei como ser irmã. Eu com certeza teria surtado se achasse que isso poderia destruir nosso relacionamento.

Um peso foi tirado dos meus ombros, mas pelo motivo errado. Adalyn não estava falando exatamente do que eu gostaria, mas escolhi acreditar que, quando a hora chegasse, ele se lembraria das próprias palavras.

– Amo você. Dá um abraço no Cam. Boa sorte!

– Não precisava fazer isso – disse Robbie, pegando a cesta.

Eu aprendi bem cedo que uma cesta de muffins fresquinhos é capaz de acalmar qualquer um. Os da Liz Moore eram famosos por aqui, e os meus não ficam muito longe dos da minha mãe. Pelo menos, nunca me deixaram na mão.

– Ah! Precisava, sim.

– Eu é que devia pedir desculpa. Acabei perdendo as estribeiras – disse ele, balançando a cabeça. – Juro que não fiz nada com a bebida dela. Mas pensei em fazer, o que já é péssimo. Aquela mulher... Ela é uma peça. E María anda ligada em tudo. Acho que ela não é mais a minha garotinha.

E não era mesmo. Aquela garota sempre foi muito esperta e madura para a idade dela. E eu *sabia* que isso se devia ao fato de ela ter perdido a mãe muito cedo. Eu via o peso disso no olhar de Robbie.

– Você sabe que María é autêntica – respondi, com um sorriso. – Mesmo tendo só 11 anos. Se ela achava que Bobbi merecia um matcha latte com uma pitada de tabasco, não havia nada que você pudesse fazer. A gente praticamente invadiu a sua propriedade. Então os muffins são o mínimo que posso fazer. Bobbi é minha responsabilidade.

Ele suspirou.

– Você não é responsável pelas ações dela. Não se cobre por isso, Josie. – Ele deu uma olhada para o grupo atrás de mim. – Enfim. Como foi a aula? As cabras atrapalharam muito? As novinhas têm sido um pesadelo, e eu quase não deixei que saíssem hoje.

– Nenhum problema a relatar – falei, fazendo uma continência. – Eu amo aqueles monstrinhos rolando nos tapetes. – Dei uma piscadinha. – E as cabras também.

Robbie riu, e senti uma calma, uma sensação de normalidade da qual eu vinha sentindo falta naqueles últimos dias. Essa era uma das coisas que eu amava na vida em Green Oak. A aparente simplicidade que eu estava sempre tentando apimentar. Eu propunha atividades como ioga com cabras – ou a Hora Feliz com as Cabras de Green Oak, como nosso panfleto anunciava –; noite da cerâmica; reunião pré e pós-jogo, quer o Warriors ganhasse ou não; e eventos sazonais divertidos como o canteiro das abóboras assombradas, a estrela do nosso Festival de Outono. Prefeita ou não, eu amava fazer tudo isso. Era meu jeito de contribuir para a minha comunidade. Como fiz com os muffins para os Vasquez depois que Bobbi invadiu a fazenda deles. A mudança, como eu gostava de pensar, nos desafia de uma forma ímpar. Mas eu estava cansada de mudanças naquela semana.

Uma mulher precisa de algo a que se agarrar quando a estrada começa a fazer curvas demais. Ioga, muffins, cabritinhos.

– Muito bem – falei, puxando a toalha que estava pendurada em meu pescoço. – Vou liberar você e vestir um moletom antes que meu corpo esfrie. Estou tão sua...

Os lábios de alguém tocaram meu rosto, e um corpo quente e firme se escorou de leve nas minhas costas.

Meu corpo enrijeceu com a surpresa.

– Oi, meu cupcake – murmurou a pessoa no meu ouvido.

Matthew, gritou a minha mente. Noivo. Noivado. Anel.

– Oi – sussurrei. – Amorzinho?

Matthew riu, bem à vontade e, antes que eu pudesse fazer uma careta e repreender a mim mesma, seu braço serpenteou pela minha cintura, a mão deslizando sob a toalha e pousando na minha clavícula. Senti meu rosto corar. Meu corpo inteiro, na verdade.

– Robbie – disse Matthew, cumprimentando-o e então voltando àquela voz... de noivo? – Eu perdi a aula? Droga, queria ter chegado pelo menos para os últimos minutos. Eu teria amado assistir.

Contraí os lábios algumas vezes, chocada com aquilo tudo. Aquele *droga*. Aquela voz. A sensação de ter... Matthew, ali, de repente. Em toda parte. Como durante o ensaio fotográfico, quando estávamos apoiados na cerca, e ele... Eu me obriguei a parar de pensar naquilo.

– Ah – falei, com uma risadinha meio constrangida. – Você não perdeu nada. Só eu, suando como uma porca, como diria Cameron.

Nessa hora eu fiz mesmo uma careta. Cameron nunca disse isso.

– Fofa – disse Matthew, e eu seria capaz de jurar que ouvi um sorriso quando ele disse essa palavra. – E suada. Do jeitinho que eu gosto.

Minha risada saiu estrangulada, e eu soltei um:

– Que delícia!

Que delícia?

Robbie olhou para mim com preocupação.

Justo. Eu não entendia por quê, mas aquele beijo no rosto me fez entrar em curto-circuito. O que não era nada bom. Eu amava demonstrações públicas de afeto, e a cidade inteira sabia disso. Em circunstâncias normais, eu teria me animado e me virado para Matthew, beijando seus lábios. Mas

eu tinha quase certeza de que acabaria desmaiando se fizesse isso. O que...
seria ainda pior. Talvez precisássemos estabelecer regras. Diretrizes. Um...
plano, também, agora que Adalyn tinha perguntado se eu ia partir o coração dele, e Matthew tinha sido interrogado por Cameron. Aquele noivado
precisava de um contrato de Termos e Condições. Era isso.

– Se importa se eu roubar minha noiva? – perguntou Matthew a Robbie,
chamando minha atenção. – Ela passou o dia todo fora, e eu sou carente.

– Claro – respondeu Robbie, com um sorriso, já saindo. – Vou colocar
isso aqui em um lugar seguro antes que María devore todos em um piscar
de olhos.

Assenti, e fiquei observando Robbie se afastar em direção à casa.

– Oi – disse Matthew, depois de um tempinho.

Como se não tivesse me dado aquele beijo no rosto, me abraçado e feito
um comentário sugestivo sobre meu suor. Ele parou na minha frente.

– Aquilo era uma cesta de muffins?

O sol brilhando sobre ele e todo o verde da fazenda e das encostas ao
redor me desarmaram.

– Você tá de óculos – comentei, quase sem querer. Matthew pareceu
surpreso. Tá. O comentário foi mesmo meio inesperado. – Você quase nunca usa os óculos. São bonitos. E me distraíram um pouco, eu acho.

Matthew abriu um sorriso hesitante de início, mas que logo tomou conta de seu rosto, tornando-se largo e presunçoso.

– Você também tá com uma roupinha de academia digna de deixar
qualquer um distraído, *docinho*.

Torci para que o leve rubor que essas palavras trouxeram de volta à minha pele não estivesse tão óbvio quanto parecia.

– Acho que esses apelidos relacionados a comida não estão funcionando – comentei, dando de ombros. – E obrigada. Essa roupa é tão apertada
quanto parece.

Eu também sabia que ele podia estar se referindo ao cor-de-rosa ofus-
cante da legging e do top que eu estava vestindo, e não ao meu corpo, mas
que importância tinha isso em meio a tudo o que estava acontecendo?

– A cesta de muffins foi meu pedido de desculpas. E você beijou meu
rosto. Acho que precisamos de regras pra esse tipo de coisa.

– Tipo você me chamar de amorzinho?

– Foi o melhor que me ocorreu – rebati. – Você me pegou desprevenida.

– Com o meu beijo. No rosto. Para o qual precisamos de regras.

Vi o quanto ele parecia achar aquilo divertido, e olhei bem para ele.

– Com a sua presença. Mas sim. Foi Bobbi quem mandou você aqui ou veio falar sobre a Página Nove?

Ele arqueou as sobrancelhas.

– Eu sou seu noivo. Vim levar você pra casa.

Meu peito fez uma coisa estranha. Estranha o bastante para que eu soubesse que não se tratava apenas de uma reação ao gesto gentil. Forte o bastante para que eu soubesse que precisávamos mesmo conversar sobre regras e estabelecer um plano.

– Ótimo – falei. – Preciso só avisar Robbie que estou indo embora. Ainda tem mais uma hora de Hora Feliz com as Cabras, e eu sempre fico. As crianças ficam só acariciando os cabritinhos, mas eles podem dar bastante trabalho.

– Vamos ficar então – disse Matthew.

Olhei para as roupas dele. Jeans gasto, aquelas botas Chelsea que eu já tinha visto algumas vezes e uma camiseta básica com uma camisa de veludo cotelê.

– Não quero que fique todo sujo, com as roupas cheias de pelo de cabra.

Eu não me importava de ter que lavar roupa, mas a última vez que levei um homem a um evento como aquele me ensinou que tinha gente que se importava, sim.

– Você nem imagina o quanto eu amo uma boa bagunça.

Minha mente boba capturou aquele brilho nos olhos dele e tirou todo tipo de conclusões precipitadas. Uma parte diferente de mim também, a julgar pelas perguntas que surgiram na ponta da minha língua.

– Vamos – insistiu Matthew.

Será que aquele entusiasmo em sua voz era genuíno? Ele apontou com a cabeça para o grupo reunido em volta dos monstrinhos peludos, colocando a mão na minha lombar.

– Vamos passar um tempinho com as cabras, depois eu levo você pra casa.

Não era mentira.

Matthew amava mesmo uma boa bagunça.

Ele nem olhou para as manchas de lama na camiseta branca, ou para a grama e os pelos de cabra espalhados pela calça jeans. Mesmo quando María chegou com Pedro – um miniporco, o mais novo integrante da família Vasquez que tinha inspirado minha história sobre o pedido naquela noite na varanda –, Matthew não hesitou em pegá-lo no colo.

Com base no frio na barriga que senti ao ver aquilo, pelo jeito eu gostava de caras de óculos segurando animaizinhos de fazenda. O que não seria nenhuma surpresa. Eu amava animaizinhos de fazenda. Mas nunca tinha me interessado tanto pelos braços que os seguravam. Menos ainda se esses braços pertencessem a um loiro.

Acho que nunca tive um namorado loiro. Não que estivesse namorando um agora. Eu...

Eu devia estar ovulando. Essa devia ser a explicação para o fato de eu não conseguir parar de olhar para Matthew como se ele fosse uma celebridade dando uma daquelas entrevistas no meio de um monte de filhotinhos. Mas ele não era uma celebridade. Era meu noivo. Matthew Flanagan, que era loiro e que na verdade eu não estava namorando. Sentado na grama com um miniporco chamado Pedro Porcoscal.

– Você devia tirar uma foto.

Meu olhar saltou do focinho cor-de-rosa do Pedro para o rosto de Matthew.

– Quê?

– Só uma dica – disse ele, arrumando Pedro nos braços. – Assim pode ficar olhando. Pra mim. E para o Pedrinho aqui. Sempre que quiser. – Ele deu uma piscadinha. – E sempre que precisar.

Bufei. Ou tentei bufar. Ele era muito bom naquela coisa de flertar. Balancei a cabeça.

– Acho que já passei bastante tempo olhando pra uma foto nos últimos dias.

Matthew ficou sério.

– Como você tá se sentindo com o que rolou?

O que rolou. A Página Nove. Nós dois na Página Nove.

– É uma foto bonita. Podia ter sido muito pior. – Coloquei atrás da orelha uma mecha de cabelo que tinha caído do meu rabo de cavalo. – É bem convincente.

Eu me perguntei o que a família e os amigos de Mattew, todos que o conheciam, estariam pensando daquilo tudo. Mas a pergunta ficava presa sempre que eu tentava colocá-la para fora.

– Você está linda.

Perdi todo o ar e tive que controlar minha cabeça, porque meu coração parou.

– Nós parecemos alvoroçados. E com tesão. Como Bobbi disse. Eu não diria exatamente que é uma foto bonita.

Ele inclinou a cabeça para o lado.

– Essas coisas caem bem em você.

Meu coração parou mais uma vez, e ficamos um instante nos encarando. Eu corada. De novo. E Matthew tranquilo. Despreocupado. Como se não tivesse acabado de me elogiar mais uma vez.

– Obrigada – respondi, por fim.

– Você não me disse como está se sentindo.

– Você não me disse que foi interrogado pelo Cameron – rebati. – Por causa disto. Da gente.

Aos poucos, ele foi abrindo um sorriso tímido. Uma bela surpresa.

– Porque não foi nada de mais. E eu meio que gostei.

– Foi o que Adalyn disse – admiti.

E, meu Deus, havia tantas coisas que eu poderia ou deveria ter dito, mas não disse. Também não mergulhei de cabeça na conversa que deveríamos ter.

– Abre um sorriso bem largo pra mim – pedi.

Antes que ele percebesse, meu celular estava na sua cara e eu estava tirando a foto que ele tinha sugerido.

Matthew contraiu os lábios.

– Achei que estivesse cansada de fotos.

– Bobbi ia amar isso – falei, dando de ombros.

Fiquei de joelhos e me aproximei, apontando a câmera para ele de outro ângulo. Obriguei meu rosto a não demonstrar nada, tentando imitá-la.

– Fotos naturais. Vamos. Tique-taque. Mais toques, menos conversa. E será que você consegue parecer mais atraente e menos deprimido?

Matthew semicerrou os olhos.

– Não está atraente o bastante – informei, depois de olhar algumas das fotos. – Parece que Pedro fez xixi no seu...

– Vem aqui – disse ele.

E de repente fui arrastada pela grama por um braço forte e colocada bem ao lado do Pedro Porcoscal.

No colo de Matthew.

Engoli em seco com aquela surpresa, com o que senti em minhas costas, e com o fato de que eu dividia o colo de alguém – do meu noivo – com um miniporco.

Ouvi uma risadinha à nossa esquerda. María Vasquez e algumas crianças. Outras pessoas também estavam olhando. Robbie, que estava de volta, ria sozinho.

Pigarreei.

– Espero que não tente fazer isso com Bobbi.

– Está com ciúme? – perguntou Matthew.

Percebi o quanto ele estava achando aquilo divertido. E também *senti* suas palavras ecoarem em meu peito.

Apoiando as mãos em suas pernas, eu me reposicionei e peguei Pedro para que ele ficasse mais confortável no meu colo.

– Na verdade, estou pensando que ela partiria você em dois, como um galhinho fraco, se você fizesse isso – falei, e ele riu. – Agora, por que é que estou sentada em você?

– Fotos naturais. – Ele passou o braço pela minha cintura, a mão segurando firme. Fiquei paralisada. Só meu peito se movia com a respiração. – Tudo bem, Josie?

Não. Não mesmo.

– Sim.

– Só pra garantir. – Ele baixou um pouco a cabeça, e sua voz ficou mais próxima da minha orelha. – Já que pelo jeito você não gostou do beijo no rosto.

A verdade era que eu tinha gostado, sim.

– Como quer fazer isso? – perguntei, decidindo ignorar aquele comentário.

Senti o suspiro de Matthew em minhas costas, e naquele momento me dei conta de que andava passando muito tempo nos braços daquele homem, e que ia passar muito mais. Então talvez estivesse na hora de parar de ficar o tempo todo surpresa.

– Espera – falei, antes que Matthew pudesse sugerir alguma coisa. Tirei o moletom. – Eu não gastei uma grana nessas roupas de ioga pra nada.

Duas coisas aconteceram ao mesmo tempo: a mão de Matthew voltou ao seu lugar em minha cintura, mas, graças ao top curto e àquela camada de roupa a menos, era pele na pele. Seus dedos se espalharam, e um murmúrio que eu não consegui entender escapou de seus lábios.

Senti um frio na barriga. Não tive escolha, fui obrigada a erguer o celular para não ficar pensando naquilo. E a mão de Matthew que estava livre envolveu a minha, bem menor. O calor de sua mão, sua pele na minha, sobrecarregou meus sentidos mais uma vez.

Fiquei observando seu polegar mudar as configurações da câmera, então ele virou o aparelho. Tirou algumas fotos. Não satisfeito, mudou o ângulo dos nossos braços e tirou mais algumas.

Quando ele abaixou nossos braços, fui tomada por um calor, esmagada entre o animal em meu colo e o homem atrás de mim, e fiquei tão atordoada – com aquele último minuto tão gostoso, tão natural, tão confuso –, que eu nem saberia dizer se tinha conseguido sorrir para as fotos.

– Acho que ficaram boas – murmurou Matthew, a voz grave e quase em um tom de surpresa, mas não me importei.

Aproveitei a oportunidade para sair de seu colo com alguma elegância e voltar ao meu lugar na grama. A uma distância segura. Abri a galeria e analisei o resultado.

Caramba.

As fotos ficaram… picantes. E muito reais também, com Matthew olhando para mim, e eu sorrindo com as bochechas rosadas. Também havia algumas fotos dele olhando para a câmera enquanto eu olhava para Pedro. E uma em que ele estava claramente olhando para baixo.

Para o meu decote.

Mordi os lábios para esconder minha alegria. Eu tinha falado sério ao comentar o dinheiro que gastei com aquelas roupas, era o mínimo que ele podia fazer.

– Bobbi ficaria orgulhosa – falei, com a maior naturalidade que consegui. – Você também parece saber muito bem o que está fazendo. Com as selfies. Será que Bobbi precisa ficar preocupada com a possibilidade de descobrir uma conta em um aplicativo de namoro?

Será que eu devo ficar preocupada?

Ele deixou escapar uma risadinha estranha ao soltar Pedro de volta na grama, e espanou a poeira da calça jeans.

– Nunca fui muito fã de aplicativos de namoro. Sou direto demais. – Ele abraçou os joelhos e olhou nos meus olhos. – Eu trabalhei administrando redes sociais. Por um tempo. É um mundo selvagem que nos obriga a aprender rápido. Aprendi alguns truques com um cara que eles contrataram. Observando quando ele tirava selfies, pra que fique bem claro.

Eu queria perguntar tantas coisas sobre o que ele contou que nem saberia por onde começar. O que exatamente ele fazia? Quais eram seus planos agora que estava desempregado? Quanto tempo ele trabalhou administrando redes sociais? Eu tinha certeza de que ele fazia outra coisa. Alguma coisa relacionada à escrita. Será que ele já tinha se candidatado a algum emprego novo? Se sim, onde?

Mas será que isso tudo era da minha conta? Quanto eu podia perguntar sem me intrometer ou fazer com que ele se fechasse? Será que eu podia ajudá-lo de alguma forma? Compensar por tudo aquilo? E por que ele se fechou nas duas vezes em que perguntei?

– Eu poderia pagar você, sabia? – sugeri.

Matthew franziu o cenho.

– Por isso – falei. – Pelo que estamos fazendo.

Ele pareceu tão chocado com a oferta quanto eu fiquei pelo péssimo jeito como aquelas palavras saíram. Matthew deixou escapar uma risada estranha.

– O que estamos fazendo, exatamente?

Olhei para ele, sem reação.

– Por que você ia querer me pagar? – perguntou ele, mais firme. – O que aconteceu com *é de você que eu preciso. Ah, Matthew, seja meu noivo. Por favor.*

Senti o rosto quente. Sabia o que ele estava fazendo, por mais que soasse muito sério.

– Eu nunca disse *Ah, Matthew, por favor* assim – rebati, engolindo em seco. Algo no olhar dele mudou. – E só ofereci porque você merece ganhar algo com isso. Não pensei nessa parte quando pedi sua ajuda, mas é o mínimo que posso fazer. Você devia ganhar algo em troca. Estou pedindo muito de você. Sua foto espalhada na internet. Seu tempo e sua energia. Isso deve ter um custo.

– Assim parece que sou um garoto de programa, meu bem – disse ele, mas não em um tom grosseiro ou magoado. Era mais de resignação, na verdade. – Eu posso trabalhar como freelancer até encontrar alguma coisa. Daqui. Esse já era o plano mesmo. – Ele contraiu os lábios. – Mas é gentil da sua parte oferecer uma compensação pelo trabalho que é tocar você, beijar seu rosto ou fingir que tenho o direito de te colocar no meu colo só porque quero. Aliás, eu concordei com todas essas coisas.

– Tá – falei, assentindo. – Justo. Eu só queria ter certeza de que você não acha que estou me aproveitando de você.

– Você não está, Josie.

– Você… quer ajuda pra procurar um emprego?

– Não precisa.

– Eu poderia ajudar de verdade.

Sua única resposta foi um sorrisinho. Um sorrisinho amargo. Ou triste. Não tive certeza. Fiquei com medo de insistir mais e ele dizer alguma coisa que eu não queria ouvir. Que já tinha encontrado um emprego e já tinha data para ir embora, por exemplo. Ou que eu não teria como me aproveitar dele porque quem precisava de ajuda era eu.

– Então a gente deveria discutir os termos – falei, mais baixo. – O plano. As regras. Com a rapidez com que tudo aconteceu… acabamos não fazendo isso, e acho importante.

– Quais seriam os termos?

Vi algo mudar em seu olhar, e baixei a cabeça. Meus olhos repousaram nas minhas mãos, que estavam apoiadas em minhas coxas.

– Não vamos nos casar – falei. O anel reluziu ao sol, e foi impossível não olhar para ele enquanto eu falava. – Eu só quero tranquilizar qualquer receio que você possa ter. Não vai haver casamento no dia primeiro de dezembro. Essa data serve apenas pra alimentar qualquer que seja a narrativa que Bobbi quer criar. Falta mais de um mês, e temos uma profissional cuidando da situação. Fofocas são passageiras. Essas coisas morrem logo. As pessoas não vão ficar tanto tempo assim interessadas em alguém como eu.

– Por que não?

Voltei a olhar para ele.

– Porque existem coisas mais importantes ou escandalosas no mundo que uma garota de cidade pequena que por acaso tem o mesmo DNA de um homem poderoso e que nunca teve a coragem de dizer "aceito".

– Foi isso que aconteceu? Com seus noivados?

Sim, mas ao mesmo tempo não. Aquela era uma resposta complicada e difícil para a qual eu não tinha o ânimo necessário naquele momento. Ou a coragem.

– Vamos esperar um tempo e terminar – falei, e percebi que ele suspirou ao notar que eu tinha mudado de assunto. – Vai ser um término simples e amigável, que vai permitir que a gente continue convivendo. Nós dois fazemos parte da vida da Adalyn e do Cameron, e nenhum de nós quer que eles fiquem chateados. Então vamos fazer isso, e logo vai ser como se nada tivesse acontecido. – Eu me lembrei das palavras de Adalyn. – Nenhum coração será partido. Vai ficar tudo bem.

– Tá – disse ele, assentindo.

Franzi o cenho. Ele não tinha nenhuma observação a fazer?

– Eu sei que vai ser um pouco estranho sermos amigos depois disso, mas vai ficar tudo bem. Eu sou amiga de todos… de quase todos os meus ex-noivos.

Matthew uniu as mãos entre os joelhos e olhou para mim.

– Tá bom. O que mais?

– Beijos – resmunguei. – É óbvio que vamos ter que nos beijar em algum momento, então não vamos lutar contra isso. No rosto, como você fez mais cedo, não deve ser um problema.

Endireitei a coluna. Os ombros.

– Na boca, só se não tiver outro jeito. Ninguém morre por causa de um beijo na boca, mas só se for absolutamente necessário.

Ele soltou uma risada abafada que não entendi.

– Próxima regra?

– Nós claramente somos dados a carinhos físicos. – Meu rosto esquentou, e senti um pouco de frio nos braços e na parte da barriga que estava exposta. – Eu sou, pelo menos. E acho que você também é, pelo que tenho visto. Isso é bom na situação em que estamos, então… acho que não precisamos de regras nesse caso. Tocar não é beijar. Não é nada de mais. A não ser que... você pegue na minha bunda ou algo do tipo. Pode pegar, mas precisa de um motivo e um aviso, talvez? Já nos tocamos bastante e tá tudo bem. – Um arrepio estranho percorreu meus braços. – Né?

– É. Tudo bem.

Esperei que ele dissesse mais alguma coisa, meio agitada, trocando de posição. Cruzei as pernas e dei um tempinho a Matthew, imaginando que talvez fosse disso que ele precisasse.

Nada.

– Você está colaborando bastante para alguém que foi praticamente enganado e forçado a participar de tudo isso. Não tem nenhum comentário a fazer? Nenhuma exigência? Nenhuma regra que queira acrescentar?

Bem na hora em que pareceu que ele ia acrescentar alguma coisa, uma rajada de vento passou, me fazendo estremecer um pouco. Ele ficou de joelhos.

– Levanta os braços – disse.

Franzi o cenho. Ele se aproximou, pegando o moletom que eu dispensara quando estávamos tirando as fotos. Com o casaco nas mãos, ele ergueu bem os braços, impedindo que eu o pegasse. O gesto foi fofo, e exatamente o que todos que estavam ali esperavam que ele fizesse. Sem reclamar, ergui os braços e olhei em seus olhos, esperando Matthew vestir o moletom em mim. Em um gesto delicado mas determinado, ele passou o tecido cor-de--rosa pela minha cabeça.

– Isso é tudo? – perguntou, quando eu já estava agasalhada.

Percebi que ele não negou que tinha sido praticamente enganado. Mas tudo bem. Eu admito que foi isso mesmo.

– Essas são as suas três regras? Não nos casamos, mas continuamos amigos. Só nos beijamos se for preciso. Nos tocamos.

Era uma versão bem condensada, mas...

– Exceto apalpações desnecessárias no traseiro.

– Nos tocamos. Exceto apalpações desnecessárias no traseiro – repetiu ele.

– Isso – falei, tentada a corrigi-lo. *Podemos* nos tocar. Não *nos tocamos*. Mas não fiz isso. – Muito bem. Ótimo. Me sinto um pouco melhor agora que falamos sobre o assunto. Ufa.

Matthew ficou em silêncio, então soltou uma daquelas risadinhas e suspirou.

– Fico feliz que esteja se sentindo melhor. – Uma pausa. – Minha... *joaninha*?

Fiz uma careta, escondendo o quanto eu estava *aliviada* por ele ter dito aquilo.

– Não – falei. – Vai ter que continuar tentando.

Devagarzinho, talvez até demais, Matthew abriu um sorriso para mim.

– Vou persistir.

E justo quando eu começara a retribuir o sorriso, meu celular tocou. Uma mensagem.

BOBBI: Urgente. Me liga.

– Ela pode esperar – disse Matthew.

Olhei para ele, e aquele sorriso tinha desaparecido.

– Primeiro vou levar você pra casa.

Primeiro vou levar você pra casa.

Primeiro... e depois?, eu devia ter perguntado. Mas não perguntei.

Não importava.

Ignorei a mensagem e deixei que Matthew me ajudasse a levantar. Eu podia lidar com Bobbi mais tarde. Agora queria aproveitar um pouco da normalidade que o dia tinha trazido, e o fato de as coisas entre nós parecerem estar um pouco mais claras. Além disso, eu não via a hora de voltar para casa com ele.

Embora minha caminhonete estivesse estacionada em frente à fazenda.

NOVE

O Sharkie que eu estava bebendo quase saiu pelo nariz.

– Josie? – perguntou Gabriel, do outro lado do balcão. – Tudo certo, meu bem?

Dando tapinhas no peito, acalmei meu amigo e os olhares preocupados dos clientes com um aceno.

– Tudo – falei, depressa. – Tudo sim. Acabei de receber uma mensagem da Adalyn.

– Ah, legal – respondeu Gabriel, sorrindo. – O que ela disse?

Olhei para a notificação.

ADALYN: Você sabia que o papai vai vir pra cá?

– Ela... – Fiz uma pausa. – Várias coisas. Sobre o clube.

Gabriel arqueou as sobrancelhas.

– É disso que estou falando. Você nunca foi tão reservada e... cheia de segredos, Josie. Estou começando a ficar um pouco preocupado. Não por ser obrigado a ler, ou ouvir, os detalhes sobre sua vida em uma página de fofoca, mas por ver que essa história toda pode estar mexendo com você.

Assenti devagar, o cérebro ainda concentrado na mensagem.

– Me dá só um segundo?

Meu amigo suspirou.

– Claro.

Abri a mensagem de Adalyn.

JOSIE: Como assim Andrew tá vindo pra cá?

ADALYN: Ele tá vindo para a Carolina do Norte.
O assistente dele acabou de mandar um e-mail.

Meus joelhos cederam por um segundo, e desabei sobre o balcão do café.

– Eita – disse Gabriel. – Tá tudo bem? O que foi? Josie...

Abri um sorriso largo e reluzente para interrompê-lo.

– Estou ótima. Só tropecei em uma caixa de leite. Sabe que fico atrapalhada quando estou com fome, e está quase na hora do almoço. Quer comer alguma coisa? Acho que vou ligar a chapa. Preparar dois sanduichões lindos pra nós.

Gabriel ficou um bom tempo olhando para mim.

– Tá?

– Ótimo! – falei. – Me dá só mais um segundo.

Ele abriu a boca, mas eu me virei com o celular na mão.

JOSIE: Tá vindo agora? Hoje? Ou talvez em breve/um dia?

ADALYN: Ela já embarcou e vai pousar esta tarde em Charlotte.

Deixei escapar um som estranho. Ou talvez não. Eu tinha quase certeza de que havia parado de respirar. Eu... Merda. Droga. Bosta. Levei a mão à testa, me sentindo um pouco tonta. Andrew estava a caminho. Da Carolina do Norte. De Green Oak. E eu...

Abri outra conversa, por puro impulso. A de Matthew. Que ainda estava em branco. Meus dedos correram pelo teclado. Eu não sabia por que ou como Matthew poderia ajudar, mas uma parte bem específica do meu cérebro estava no comando, e foi ela quem digitou a mensagem. Apertei "enviar".

Uma nova notificação. Minha irmã. Voltei para a conversa com ela.

ADALYN: Você tá bem? Quer que eu te ligue?

ADALYN: Quer que eu vá até Green Oak? Posso chegar em uma hora. Fico aí com você.

JOSIE: Não.

Droga. Eu respondi rápido demais. Pareceu grosseiro. Respirei fundo e me obriguei a me acalmar. Era só Andrew. Meu pai. A caminho do meu estado e da minha cidade. Eu não precisava dar tanta importância assim a isso.

JOSIE: Estou bem, juro. ☺

JOSIE: Só fui pega de surpresa. Não fazia ideia que ele estava vindo.

Assim que escrevi a mensagem, me dei conta do porquê não estava sabendo daquilo.

A mensagem de Bobbi. Eu não respondi nem liguei para ela. Nem na noite anterior, depois que Matthew me levou para casa, nem naquela manhã. Eu ia ligar, só estava… adiando um pouco. Da última vez que tivemos uma emergência, eu descobri que era uma peça de xadrez em um podcast que duas estranhas estavam apresentando para todo o país.

JOSIE: Vou falar com a Bobbi.

ADALYN: Que tal ligar pro Matthew? Ele precisa estar com você neste momento. Promete que vai se apoiar nele quando as coisas ficarem pesadas demais com o papai.

Havia tanto peso naquela mensagem de Adalyn. Coisas não ditas. Como o fato de nós duas sabermos que aquela era a primeira vez que Andrew ia voltar a Green Oak desde… a minha concepção. Desde aquela viagem quase três décadas antes. Nós duas sabíamos que seria a primeira vez que eu o veria em carne e osso, e não pela tela do notebook.

Senti o frio do Polo Norte na barriga.

JOSIE: Já fiz isso. 😊 Te ligo depois, tá? O café tá lotado.

Encarei a tela do celular, pensando se deveria ligar para Matthew ou se a mensagem bastava. Abri a conversa com ele. Ele tinha lido a mensagem. Visualizou, mas não respondeu. Tudo bem. A mensagem era confusa. Tinha coisas como pontos de exclamação, pontos de interrogação, algumas palavras e um SOS. Ele devia ter me achado um pouco dramática, e o que encheu meu peito não devia ser decepção. Ou mágoa. Era... preocupação.

Porque Andrew estava a caminho. De Green Oak.

– Josie? – chamou Gabriel do outro lado do balcão. – Faz alguns minutos que você está parada aí, e estou pensando se vou até você ou se te dou mais um tempinho pra assimilar o que quer que esteja acontecendo. Pode dizer alguma coisa pra que a gente não seja obrigado a chamar o Vovô Moe? Aquele rabugento anda insuportável ultimamente.

Endireitei os ombros e me virei para ele com um sorriso.

– Drama do casamento – falei. Eu sabia por experiência própria que podia usar essa desculpa para quase tudo. – Adalyn está vendo algumas coisas pra mim. Coisas que têm a ver com a lista de convidados.

– Você não disse que a mensagem era sobre o clube? – rebateu ele, franzindo a testa.

Merda.

– Bom, não posso convidar um clube inteiro para o meu casamento, posso?

– Acho que não – comentou Gabriel. Sua expressão mudou, e de repente ele abriu um sorriso enorme para mim. – Espera. Isso quer dizer que vocês já marcaram a data?

Pensei na data temporária de Bobbi. Primeiro de dezembro. Também pensei nas novas regras. De não nos casarmos.

– Não – respondi. – Ei, as meninas do Green Warriors estão chegando. Sabe o que isso significa: smoothies pós-jogo.

O grupo de crianças de uniforme verde e preto foi até a mesa de sempre. Todas se sentaram, menos María e Juniper. As duas vieram até o balcão.

– Oi, Srta. Josie! – cumprimentou María, animada. – Oi, Sr. Gabriel!

– Oi, pai – disse Juniper, e beijou o rosto de Gabriel. – Oi, Srta. Josie.

Eu me afastei do balcão, grata pela distração.

– Oi, meninas. Acabei de conversar com Adalyn, e ela pediu que eu desse um abraço por ela em vocês. Ela está com muita saudade de vocês e de todo o time.

María abriu um sorriso largo ao ouvir o nome da minha irmã.

– Ah, eu também estou com muita saudade dela! Vou mandar uma selfie minha com o Pedro Porcoscal. E todas as fotos que tenho dele com a Brandy. – Ela fez uma careta. – Não vejo a hora de apresentar o Treinador Cam ao Pedro.

María apontou para o meu copo.

– Ah, pode preparar um desse pra mim?

– Infelizmente não – respondi, rindo. – Tem muita cafeína. E outras… coisas que não vão fazer bem pra você. Vocês precisam se hidratar.

– Eu tenho 11 anos – reclamou ela.

Gabriel e eu trocamos um olhar.

– Não sou mais criança. E meu pai deixa eu tomar um golinho de café de vez em quando. – Arqueei as sobrancelhas. – Tá bom – disse ela, se entregando. – Quando ele não está olhando. Tem gosto de bunda de macaco pra falar a verdade, então achei que o seu pudesse ser melhor. Adultos são estranhos. – Ela deu de ombros. – Como vai o Sr. Matthew? Sabe o que eu estava pensando esses dias? Que vocês deviam se casar na fazenda! Não seria incrível? Podemos deixar os convidados fazerem carinho nos animais. E tem todo o espaço do mundo pra dançar. Meu pai guarda todas as coisas das feiras no celeiro antigo, então a gente pode até pendurar os pisca-piscas. Ah, e usar o carro alegórico do peru, do desfile de Ação de Graças do ano passado.

Gabriel apoiou um dos cotovelos no balcão.

– Isso seria mesmo incrível. Sempre me perguntei por que você nunca tentou casar aqui em Green Oak.

Tentou casar. Meu cérebro se apegou a essas palavras.

– Acho que essa história de fazer carinho nos animais não é boa ideia – comentou Juniper, e María olhou bem para ela. – Mas podemos fazer um torneio.

As duas garotas sorriram uma para a outra.

– Assim eu não preciso usar um vestido.

As duas começaram a discutir se era possível jogar futebol de vestido em um casamento.

Pigarreei.

– Que tal eu preparar os smoothies e acrescentar um biscoito com gotas de chocolate para cada uma? Combinado?

Pela cara que as duas fizeram, tínhamos um acordo.

– Perfeito – concluí. – Me deem só um mi...

Minhas palavras foram interrompidas quando alguém entrou de repente no café, escancarando a porta com tanta força que o sino quase saiu voando.

Todos ficaram paralisados. Um silêncio pesado se impôs no ambiente.

– Matthew? – resmunguei.

Os olhos arregalados do meu noivo encontraram os meus.

Ele não disse uma palavra. Acho que não conseguiria, de tão ofegante que estava.

Fiquei preocupada, tentando adivinhar qual poderia ser o problema em vez de perguntar. Era um reflexo. Algo que fazemos quando uma situação nos deixa em alerta. Primeiro analisar, depois perguntar. Procurar por sinais de lesão corporal. Da última vez que alguém tinha entrado no café daquele jeito, a pessoa estava com uma cobra pendurada na panturrilha.

Mas não vi nenhuma cobra.

Vi... pele. Muita pele suada e macia. Braços. Grandes, tonificados. E... músculos que brotavam de uma daquelas camisetas com as mangas cortadas que os homens usam ao se exercitar em vídeos de academia. Eu conhecia bem esses vídeos. E Matthew ficou ali parado, na entrada do meu café, como um daqueles homens biscoiteiros cujas fotos eu fingia não printar.

Pisquei algumas vezes, ou talvez não. Não sei ao certo. Acho que nunca fiquei tão atordoada com uma camiseta sem mangas.

– Agora eu entendi – sussurrou Gabriel ao meu lado. Virei meus olhos arregalados em sua direção. Ele estava com um sorriso largo. – Eu também ia querer guardar tudo isso só pra mim.

Deixei escapar uma risada estranha.

– Boa tarde – disse Matthew, tirando minha atenção do outro homem... e fazendo-a se fixar em seu braço desenhando um aceno no ar. Cada um daqueles músculos desnudos se mexeu. – Peço desculpas pela entrada dramática. Eu claramente não via a hora de encontrar minha... Josie. Minha noiva, Josie. Que está ali, linda. E ela com certeza não está correndo nenhum perigo, nem tem qualquer tipo de emergência que me faria correr até aqui com roupas de treino um pouco inadequadas, pela cara de vocês. – Ele olhou para mim. – Podemos conversar, *docinho de coco*?

Todas as cabeças se viraram na minha direção ao mesmo tempo.

Eu deveria ter ficado preocupada. Provavelmente. Mas foi engraçado como meu cérebro pareceu escolher as palavras de Matthew em que queria se concentrar. *Minha Josie. Minha noiva, Josie.*

Que está ali, linda.

Linda.

Um calor subiu até meu rosto. E acho que aqueles ombros largos que ele exibia para metade da cidade tinham causado algum dano aos meus neurônios, porque eu só conseguia pensar que não me lembrava que roupa colocara naquela manhã. Ou se estava maquiada. Eu só me lembrava de ter trançado o cabelo. Olhei para baixo, para ver como eu estava. Certo. Pantalona e camisa de seda. Minha bunda ficava linda naquela calça. Mas eu estava atrás do balcão, então ele não tinha como saber disso. Eu me obriguei a olhar de volta para a porta, mais ou menos consciente de que era minha vez de dizer alguma coisa.

– Eu...

– Então o amor deixa mesmo a gente meio bobo, né? – comentou Maria. – Eu aviso ao Sr. Matthew que todo mundo tá vendo os *peitinhos* dele ou você quer fazer isso, Srta. Josie?

Meus olhos se arregalaram por um instante ao ouvir aquelas palavras. *Peitinhos.* Não era muito diferente da palavra peito, que usei para descrever seu peitoral na manhã em que ele acordou no meu sofá. Mas naquela ocasião não tinha um monte de gente a nossa volta, estávamos só nós dois. E agora todos olhavam para Matthew. Para seu peitoral, que ficou meio à mostra quando ele jogou a cabeça para trás e riu. Riu.

Afastei a sensação boa que aquela reação me causou, ficando meu coração quentinho quando percebi que ele não tinha se incomodado nem se ofendido.

– Muito bem, gente – falei, batendo palmas. – Que tal pararmos de admirar os músculos do peitoral do meu noivo e seguirmos com nossas vidas? A gente tem um assunto a tratar. Em particular.

O burburinho de sempre foi retomado, mas quase ninguém desviou o olhar quando Matthew atravessou o café e foi até mim.

Gabriel mandou María e Juniper de volta ao grupo de garotas, então apoiou os cotovelos no balcão, descansando o queixo nas mãos. Arqueei as sobrancelhas, intrigada.

– Ah, eu não vou a lugar nenhum.

– Por favor?

Ele fingiu considerar meu pedido.

– Não. Prefiro pedir desculpas amanhã. Sinto muito. Você me ama o bastante pra isso.

– O que você quer dizer com isso?

Matthew parou ao lado de Gabriel.

– Oi, eu sou o Ma...

– Matthew, o noivo da Josie. Oi, oi. A gente não se viu no jogo. Meu nome é Gabriel. Sou seu mais novo melhor amigo. – Gabriel deu uma piscadinha. Entrei em pânico. – Seja lá o que precise saber sobre a Josie, pode perguntar pra mim. Qualquer história, detalhe ou anedota. Por mais louca ou invasiva que possa parecer. Sei de tudo, tipo a vez em que ela ficou tão bêbada que confundiu a própria casa com a do Otto e dormiu na banheira dele. Ou quando perdeu a v...

Soltei uma risada alta e estridente.

– Vamos conversar lá na sala dos fundos – falei, rápida, dando a volta no balcão. – Matthew? *Por favor*. E, Gabriel, a gente se vê mais tarde.

Aquele que se dizia meu amigo fez cara feia para mim. E quando me voltei para o meu noivo, *ele* me olhou como quem estava se divertindo. Eu não estava achando aquilo nada engraçado, mas estava tão perto de Matthew que meu olhar, indefeso, mergulhou até seus braços. Mais uma vez. Aff. Eram belos braços. Eu me virei, soltei um palavrão baixinho e levei meu noivo dali, prometendo a mim mesma que ia parar de objetificá-lo.

Parei à porta, respirei fundo, segurei a maçaneta, abri e enfiei Matthew ali dentro.

Ele bateu as costas nas prateleiras que eu sabia que ficavam a quase um metro da porta.

– O que... – começou a dizer Matthew.

Entrei, fechei a porta e ergui a mão. A única lâmpada no teto se acendeu com um clique. Matthew franziu o cenho e piscou, atônito.

– Você me trouxe para dentro de um depósito?

Sim.

E o depósito pareceu bem pequeno com Matthew ali dentro.

– Então... você queria conversar?

Matthew ficou olhando para mim. Um, dois, três, dez segundos, no mínimo. Então soltou um longo suspiro. Meu cabelo chegou a se mexer. Isso mostra o quanto estávamos perto um do outro. Decidi ignorar o espaço e me concentrar em seu hálito de menta.

– Então você não tem uma sala dos fundos – comentou ele, por fim.

– Eu tenho um depósito nos fundos – respondi. – E um amigo intrometido que não é mais meu amigo. E clientes intrometidos. Você queria conversar. O que houve?

Matthew franziu ainda mais o cenho. Não era bem uma carranca, mas ele não parecia satisfeito com as minhas explicações.

– Olha só – falei, inquieta. Meu quadril bateu em alguma coisa, uma prateleira, e me afastei. Senti um calor do outro lado. *O calor de Matthew.* – Você fez uma entrada bem dramática em um estabelecimento lotado. Isso me pegou de surpresa, e fiz o melhor que pude pra lidar com a situação. Improvisei uma sala dos fundos pra que a gente tivesse um pouco de privacidade. Longe das pessoas, e principalmente do Gabriel. Pra poder conversar. É tão importante assim não existir uma sala dos fundos? Todo mundo sabe disso.

Ele prendeu a respiração por um instante, então soltou uma risada abafada.

– Todo mundo sabe disso? – repetiu, e eu assenti. – Você acha mesmo que eles vão acreditar que você me trouxe para um depósito escuro pra conversar?

Meus lábios se abriram quando entendi o que ele quis dizer.

– Ah.

Era uma excelente questão. Eu andava muito distraída.

– Estamos noivos – sussurrei, mas meio alto. – Vamos nos casar. Não seria estranho que a gente, sabe, quisesse sair de fininho e *esquentar a chaleira um do outro*, se é que você me ente...

Com delicadeza, ele levou o dedo indicador aos meus lábios, e meu corpo inteiro pareceu entrar em choque.

– Sem eufemismos fofinhos para falar de sexo, por favor. Estou me esforçando, Josie, mas acho que não vou conseguir ficar bravo com você se você ficar toda fofinha.

O choque se dissipou, dando lugar a um calor estranho. E, por mais que eu tentasse ignorá-lo, o calor só piorou quando a mão de Matthew foi para o lado, e seu indicador se afastou dos meus lábios e sua palma pousou na lateral do meu pescoço.

– Você tá bravo? – perguntei baixinho.

– Você mandou uma mensagem que dizia SOS – explicou Matthew, franzindo a testa mais uma vez.

A urgência que vi em seus olhos quando ele entrou daquele jeito no café estava de volta.

– Não pode me mandar uma mensagem de SOS quando não se trata de uma emergência de verdade. Você tem ideia do quanto… – Ele balançou a cabeça. – Eu vim *correndo*. Lá do chalé. Achei que tivesse acontecido alguma coisa. Você escreveu *preciso de você*.

Meu estômago se contorceu quando me dei conta do que tinha feito.

– Então é por isso que você tá com essas roupas de piranho? – perguntei, baixinho. – Você estava se exercitando? Não ignorou minha mensagem?

Meu coração desabou. Não foi a minha intenção dizer aquilo, e ouvir minhas próprias palavras me tirou um pouco do eixo. Copos bateram atrás de mim, e nossos corpos se aproximaram ainda mais. O meu, para se afastar da prateleira. O de Matthew, para me estabilizar.

– Por que está tão surpresa? – perguntou ele, seu corpo exalando calor, sua mão ainda na minha nuca, deixando meu rosto quente.

– Não sei – respondi, e na mesma hora me dei conta de que era mentira. Eu sabia, sim. – Imaginei que estivesse cansado dos meus dramas. A maioria das pessoas não leva muito a sério minhas mensagens em letras maiúsculas. Então achei que você fosse ligar. Ou mandar mensagem.

O ar que ele soltou atingiu meu rosto, e eu estremeci de leve, apesar de todo o calor naquela salinha.

– Você não precisava largar o que estava fazendo pra me resgatar – falei.

– Da próxima vez que eu mandar uma mensagem que diz SOS, pode... sei lá, vestir um moletom e vir com calma?

Ele mexeu o polegar, acariciando meu queixo.

– Então não me manda uma mensagem escrito SOS, Josie. Um SOS quer dizer que eu vou sair correndo.

Meu coração parou de bater por um instante.

– Você tá sendo rígido demais – falei, e, caramba, minha voz saiu trêmula. – Foi só uma mensagem.

– Eu sou rígido com coisas importantes – respondeu ele.

Quando Matthew se aproximou ainda mais, senti sua respiração na minha pele mais uma vez. Senti o cheiro do seu suor. A prova de seu esforço. E eu podia tocar sua pele. Se tivesse coragem. Podia sentir sua textura nas pontas dos meus dedos. Será que estava úmida? Seca? Pegajosa? Tão macia quanto parecia?

– Existem regras pra essas coisas, Josie. Foi a primeira coisa que eu ensinei às minhas irmãs quando elas começaram a sair. Eu não ignoro esse tipo de coisa. Ninguém deveria ignorar.

Suas irmãs. Será que era assim que ele me via? Não como uma irmã, mas como alguém que ele precisava proteger? Pensar nisso ao mesmo tempo arrepiou e aqueceu minha pele.

– Foi por isso que você não hesitou em me ajudar naquela noite na varanda?

Quando você não sabia quem eu era.

– Ah, eu hesitei, sim – respondeu Matthew, e eu sabia que ele estava sendo sincero. – Ele diminuiu o tom de voz. – Acredite, fiquei tentado a me virar e sair correndo.

Mas ele não fez isso. Porque parecia que eu estava em apuros, e Matthew e suas irmãs levavam muito a sério mensagens que diziam SOS. Meu Deus, ele era um cara tão incrível. Eu queria... que tivéssemos nos conhecido em outras circunstâncias. Circunstâncias normais. Que nos permitissem... O quê, Josie?

Balancei a cabeça.

– Se isso te acalma um pouco, na verdade tem uma espécie de emergência, sim – resmunguei, e de repente senti meu coração... sensível. Frágil. Vulnerável. *Ele veio correndo. Correndo. Por minha causa.* – Não é bem um risco de vida. Mas é quase como se fosse: Andrew está vindo pra cá.

– Ah, claro – resmungou ele, baixinho. – Era sobre isso que Bobbi queria falar ontem?

– Não sei – admiti. – Eu meio que ignorei a mensagem dela. Ontem foi um dia bom, e eu queria que durasse um pouco mais.

A expressão no rosto de Matthew ficou mais suave, e eu não queria tirar conclusões precipitadas, mas podia jurar que vi uma pitada de satisfação, como se ele estivesse orgulhoso de mim por fazer Bobbi esperar.

– Adalyn se ofereceu pra vir até aqui – acrescentei. – Pra estar comigo.

Matthew pareceu pensar um pouco, então perguntou:

– Ela vem mesmo?

– Eu disse que não precisava – respondi, e mordi o lábio, pensando se admitia que já tinha mandado mensagem para ele antes mesmo que ela se oferecesse. – Que eu tenho você. Que eu já tinha te avisado. E aqui estamos.

Ele franziu as sobrancelhas. Em sinal de concentração ou determinação, eu não saberia dizer, porque logo em seguida seu polegar roçou meu queixo, me distraindo e fazendo meu corpo todo estremecer. Era estranho que estivéssemos conversando com a mão dele em meu pescoço, e que meu corpo se entregasse com tanta facilidade ao seu toque. Aquela paz foi interrompida pelo jeito como ele me encarava. Pela lembrança de que toda aquela pele estava à distância de um fio de cabelo das minhas mãos. Eu queria estendê-las. E de acordo com nossas regras, eu podia fazer isso. Podíamos nos tocar. E eu teria feito isso, se tivesse a certeza de que essa atitude não faria de mim uma egoísta, ou uma péssima mentirosa. Porque não me parecia possível não agir como uma pessoa emocionada se eu colocasse as mãos em seus braços naquele momento.

Cerrei os punhos ao lado do corpo. Então perguntei:

– O que vamos fazer?

– Posso ser sincero? – perguntou Matthew. Assenti, e ele soltou um gemido. Senti o som na minha barriga. – Estou falando de ser sincero mesmo – insistiu ele, baixando a cabeça, se aproximando ainda mais. Minhas costas bateram na prateleira atrás de mim, e ele retomou a distância anterior. – Direto. Você acha que aguenta, Josie?

– Aguento – sussurrei.

– Se fosse na minha cidade... – disse ele, e senti sua respiração na lateral do meu rosto. Ele ergueu as mãos, apoiando-as na prateleira atrás de mim. – A gente bagunçaria o seu cabelo e sairia desse depósito como se eu tivesse transado com você contra essa prateleira aqui.

Uau.

Eu... meu estômago despencou até os pés.

Uma onda intensa de calor subiu pelo meu corpo e voltou a descer de repente. Imagens, muitas delas, bombardearam minha mente. Matthew, mãos nas minhas coxas, a prateleira chacoalhando, eu...

Um suspiro trêmulo pareceu explodir de dentro de mim.

– Isso parece... desnecessário.

Ele soltou uma risadinha grave. Abafada. Ele sabia exatamente o que se passava pela minha cabeça.

– Depende de pra quem você perguntar – disse. – A gente não saiu de fininho? Você é minha noiva. Eu ia querer aproveitar a oportunidade. Você mesma disse isso.

Eu disse. Disse mesmo. E também estava visualizando naquele momento. Meu corpo estava interessado nos detalhes. Meus lábios se abriram, e os olhos dele saltaram até minha boca e voltaram.

– Eu quis dizer o que vamos fazer com meu pai. Ele chega hoje. Pode até estar esperando lá fora quando a gente sair. – Balancei a cabeça, os pensamentos voltando devagar para a questão que precisava ser resolvida. – Nunca imaginei que ele fosse dar as caras aqui tão cedo.

Ou que viria algum dia, pensei, mas não disse.

Matthew se recostou na prateleira atrás dele. A fim de olhar melhor para mim, imagino. Vi seu sorriso diminuir, mas não desaparecer.

– A gente ainda pode bagunçar seu cabelo e sair daqui...

– Fala sério – brinquei, dando um tapinha em seu peito.

Ele segurou meu pulso, e eu engoli em seco ao sentir o toque suave de seus dedos na minha pele.

– Eu sempre falo sério – sussurrou ele.

– Não fala, não. O que vamos fazer? Ele acha que estamos... – Minha voz falhou. – Organizando um casamento. E se ele quiser *mesmo* se envolver? Enquanto estiver aqui? E se ele perceber que não temos intenção nenhuma de casar? Você viu o planejamento que Bobbi mandou? É assustador. É cheio de links e coisas que eu nem sei pra que servem. E se Andrew quiser que a gente organize um casamento de verdade? *Agora?*

As palavras de Matthew demoraram um pouco a sair, mas quando ele finalmente falou alguma coisa, meu coração acelerou.

– Aí a gente faz isso pra ele.

DEZ

Andrew Underwood não deu as caras em Green Oak sozinho.

Ele chegou com uma jornalista chamada Willa Wang, a mesma que tinha escrito a matéria para a *Time*. Ela vestia vários tons de bege e carregava um bloquinho de anotações de couro em que tinha passado os últimos dez minutos rabiscando.

Foi ela quem me chamou de *descuido* em uma revista de renome.

Andrew Underwood também chegou atrasado. Para uma reunião que ele próprio marcou.

Mas Andrew pertencia a um mundo onde certas coisas não podiam esperar. Imagino que foi por isso que a ligação que ele atendeu no cômodo ao lado da sala de estar da casa elegante que alugara em Green Oak era mais importante que as quatro pessoas esperando.

Tamborilei no colo, tentando ignorar o som das unhas de Bobbi batendo na tela do celular e da caneta de Willa no bloco de anotações. Eu me perguntei se ela estava mesmo escrevendo alguma coisa, ou se estava fazendo aquilo só para aparecer. Podia ser um truque dos jornalistas para intimidar as pessoas para que falassem a verdade, embora isso parecesse mais algo em um interrogatório, e não na *conversa casual* que Bobbi mencionou que teríamos assim que Andrew chegasse.

Um calor envolveu a minha mão, e minha respiração ficou presa na garganta.

Matthew. Claro. Virei a cabeça, e olhos castanhos encontraram os meus – ele estava ao meu lado no sofá vinho. Seu olhar questionador se fixou no meu.

Desculpa, falei, só mexendo os lábios, achando que ele se referia à minha agitação.

Ele franziu o cenho e balançou a cabeça de leve, um sorriso suave se abrindo em seu rosto. Matthew tinha um sorriso tão lindo. Meus ombros relaxaram um pouquinho.

– Você está linda com esse vestido – disse ele, e seu olhar desceu por um instante. – Isso é tule?

– É, sim – respondi. Meu rosto pegou fogo. Eu nem sabia por quê, mas pelo jeito eu perdia o controle das minhas funções corporais quando aquele homem me chamava de linda. – E você… está lindo também. – Matthew arqueou as sobrancelhas e deu um sorrisinho. – Mas não lindo demais – sussurrei. – Está apresentável. Atraente na medida certa. E eu prefiro você de óculos.

Seus olhos brilharam. Ele passou a falar mais baixo, e me distrair devia ser sua missão, porque disse:

– Eu sei disso agora. *Bombonzinho.*

Fiz uma careta e me virei para as duas mulheres que estavam ali com uma expressão tensa. *Bombonzinho* também não me conquistou.

Os olhos de Bobbi encontraram os meus. Ela ainda estava um pouco brava comigo por tê-la ignorado, e devia estar achando minha conversa com Matthew constrangedora. Assenti para ela, que respondeu com uma expressão de desagrado.

– Então, Josephine – disse Willa, roubando minha atenção. – Os preparativos para o casamento estão avançados?

– Estão… tão avançados quanto deveriam estar.

– O que ela quer dizer é que está tudo sob controle – explicou Bobbi. – Principalmente agora que o pai da noiva está aqui.

Meu corpo se retesou. Será que era por isso que Andrew estava ali? Meu Deus, eu queria poder pegar o celular e mais uma vez tentar encontrar as respostas no Organizador Mágico do Inferno, ou seja lá como Bobbi chamava aquela coisa.

– Ah, posso apostar que sim – comentou Willa, sem tirar os olhos dos meus. – Espero que tudo que estão dizendo na internet não estrague as coisas.

Contraí os lábios, incomodada, e senti o braço de Matthew envolver minha cintura.

– Dizem que planejar um casamento pode ser assustador – continuou a mulher.

– Pode mesmo – repeti, com um sorriso. – E você, há quanto tempo escreve para a *Time*? Algum motivo especial para ter decidido visitar o belo estado da Carolina do Norte?

– Trabalho na área há tempo suficiente para saber que não deve ser fácil pra você ser envolvida em algo assim – respondeu Willa. Ela abriu o bloquinho e escreveu alguma coisa. – O olhar do público pode ser cruel, como você deve ter percebido depois de tudo que aconteceu com seu pai. Depois com sua irmã. E agora com você. – Seu olhar saltou para o homem ao meu lado. – Com vocês dois, melhor dizendo.

Eu me perguntei o que ela tinha anotado. E se conseguiria enxergar se me esforçasse.

– Nada de que eu não possa dar conta, ou meu noivo – falei, em tom de brincadeira.

Matthew apertou minha cintura, meio que para confirmar o que eu dissera.

– Sabemos nos manter ocupados, bloquear o burburinho e manter o foco no que é importante.

– Como o casamento – concluiu Willa.

Aquilo me fez pensar que Bobbi não era a única pessoa que acreditava que um casamento era a solução para todos os problemas. Uma gota de suor escorreu pela minha nuca, e Willa rabiscou mais algumas coisas no bloquinho.

– Você se importa de falar um pouco a respeito disso?

Gente! Para uma mulher de aparência tão agradável, ela parecia um cachorro obcecado com um osso. Isso me lembrou Bobbi, e fazia só dez minutos que estávamos conversando.

– Disso o quê?

– Qualquer coisa que se sinta à vontade para compartilhar – respondeu ela, dando de ombros de um jeito elegante e casual. – Voltando à sua pergunta, é por isso que estou aqui. Para saber tudo sobre Andrew. Estamos escrevendo um livro, como ele já deve ter comentado. Eu não chamaria de biografia, está mais para um relato de todas as suas conquistas e fracassos. Ainda estamos acertando os detalhes. Por enquanto, tudo o que eu quero é entender melhor a vida dele. E isso inclui você, Josephine. E também inclui coisas como o seu noivo, o casamento, o papel de Andrew nisso tudo, ou a cidade onde vocês nasceram.

Encarei aquela mulher. Por um bom tempo. Atônita.

Um livro? De... memórias, pelo que ela descreveu. A jornalista estava enganada. Eu nunca tinha ouvido falar de livro nenhum. E saber que a mulher que havia me chamado de descuido seria a responsável por escrevê-lo me fez pensar que ela talvez me considerasse um dos fracassos que mencionara antes.

Soltei uma risada estranha.

– Bom, se está atrás da história de como fui concebida, eu não sou a melhor pessoa pra contar. Sabe, eu não estava presente naquela noite, Willa.

Bobbi ficou boquiaberta.

Matthew tossiu para encobrir uma risada.

Eu teria sentido uma pontinha de orgulho se não estivesse ocupada tentando não parecer intimidada pelo olhar de Willa.

– Eu gostaria que você me mostrasse a cidade, Josephine – disse ela. – Gostaria de passar um tempinho com você enquanto eu estiver aqui. Além de ser a sombra do Andrew.

– Claro – disse a parte de mim que achava que tinha que agradar a todos, mas vi Bobbi balançar a cabeça. – Ou talvez não. Quem sabe... – Bobbi ergueu um dedo e fez um sinal que não entendi. – Quem sabe Bobbi possa mostrar a cidade a você? Isso. Ela já está aqui há um tempinho e conhece bem a cidade. E sei que está morrendo de vontade de socializar com alguém que entenda o que é estar longe de casa. Então vai ser uma ótima guia.

Bobbi semicerrou os olhos.

– Obrigada, Josephine – disse ela, sem expressão. – Vai ser uma alegria mostrar este lugar lindo a Willa.

A mão de Matthew se mexeu na minha cintura, e o que parecia seu polegar acariciou minha pele sob o tule, o gesto arrepiando e aquecendo minha pele. Era como uma pequena recompensa, uma distração merecida, e deixei escapar um som estranho em resposta. Ele continuou, e meu corpo borbulhou no momento mais inadequado possível.

– Por que será que Andrew está demorando tanto? – perguntou Willa.

– Ele já vem – respondeu Bobbi.

Aquele polegar se aventurou um pouco mais, subindo, me deixando ainda mais eriçada. E distraída também.

– Só mesmo Andrew pra se atrasar pra primeira reunião com a filha, né? – comentei.

A mão de Matthew ficou rígida. Seu corpo também.

Bobbi balançou a cabeça em sinal de desaprovação. Willa retomou as anotações.

– Desculpa – falei, meio aflita. – Isso soou pior do que pareceu na minha cabeça. Já nos falamos antes. Pelo celular. Nas ligações mensais por Zoom. Não é que ele não quisesse vir pra cá... Ele é um homem ocupado. E eu entendo. Sou prefeita da cidade e tenho uma empresa. Eu poderia ter ido a Miami se quisesse. Mas estava ocupada. – Engoli em seco. Minha explicação parecia boba. Eu tinha mesmo comparado aquelas duas coisas às responsabilidades de Andrew? – Mais alguém está sofrendo com a onda de calor? Porque nesta época no ano passado eu não estaria com este vestido. Podem ter certeza disso.

Bobbi riu, e o som saiu rígido e breve.

– Andrew tem bastante tempo para as filhas – disse ela, e se virou para a jornalista. – Ele mal teve um segundo pra respirar depois da notícia da aposentadoria e tudo o que ela envolve, menos ainda pra voar pelo país. É pra isso que existe a internet. Eu falo com toda a minha família pelo FaceTime. – Seus olhos voltaram aos meus. – É perfeitamente normal.

Apesar do sorriso que abri para ela, um peso com o qual eu já estava bastante acostumada se acomodou em meu peito.

– Claro. Com certeza. Eu me expressei mal, me desculpem.

Com um suspiro longo e cansado, como se tivesse perdido uma batalha interna secreta, Matthew me puxou para mais perto, quase me colando nele. E eu não saberia dizer o que havia de especial naquele gesto, ou na sensação de seu corpo tocando o meu, mas se ele me oferecesse um abraço – mesmo com Willa e Bobbi bem ali – eu aceitaria.

– Ei – disse Matthew, bem, bem baixinho. Quase um sussurro.

Eu não queria olhar para ele, porque estava claramente prestes a fazer algo idiota. Mas olhei. Vi seus olhos passearem pelo meu rosto, procurando alguma coisa. Então senti seus dedos se fecharem com delicadeza – mas com firmeza – em volta do tule do meu vestido. Ele desviou o olhar.

– É bom que ele entre nos próximos trinta segundos.

Revirei os olhos ao ouvir aqueles resmungos discretos.

Eu só conseguia pensar no quanto estava feliz por Matthew estar ali. No quanto estava aliviada por ele estar comigo. Ainda que aquilo tudo não passasse de um acordo, o anel no meu dedo fosse apenas um empréstimo e não fôssemos celebrar aquele casamento em que todos estavam tão vidrados. Ainda que eu tivesse encurralado Matthew para que ele me ajudasse. Ainda assim ele se tornou alguém para quem eu podia correr quando precisava de um segundo de descanso, de apoio, como Adalyn incentivou que eu fizesse. Naquele momento, eu estava mesmo me apoiando em Matthew como faria com meu companheiro, meu noivo. Estava dividindo com ele um pouco, ou a maior parte, do peso que eu não conseguia carregar sozinha. E acho que ele não tinha noção do quanto estava me ajudando.

– Josephine – disse uma voz diferente.

Eu me levantei de um salto.

Não fazia a menor ideia do porquê, mas foi o que aconteceu.

Meus olhos pousaram em um homem de uns sessenta e poucos anos, com olhos azuis impressionantes e que eu conhecia bem. Eram iguais aos meus. Ao contrário das outras vezes que o vi, Andrew não estava de terno. Vestia um suéter por cima de uma camisa escura que combinava com sua calça. Era estranho, mas aquele traje parecia ainda mais formal que o terno.

– Peço desculpas por deixar vocês esperando – disse ele, olhando bem para mim.

Como se eu fosse a única pessoa ali com ele.

Então me dei conta de que ainda não tinha dito nada. Nem um oi.

Também me dei conta do quanto era estranho ouvir aquelas palavras saírem de seus lábios. *Peço desculpas por deixar vocês esperando*. Uma frase natural e ao mesmo tempo confusa para alguém que sempre me deixava esperando. Eu sabia que ele se referia aos quinze ou vinte minutos que passamos sentados ali. Mas e os doze meses desde o dia em que ele ligou para contar que era meu pai? E a vida inteira que eu tinha passado sem ele? Será que Andrew estava pedindo desculpas por isso também?

– Tudo bem – respondi. Forcei um sorriso, ignorando o fato de que aquele gesto parecia me desequilibrar. – Como foi a viagem? Um tédio, aposto.

– É um voo de duas horas – respondeu Andrew, com a mesma voz grave das ligações raras por Zoom. – Então não foi tão ruim assim.

É só um voo de duas horas, pensei, e não pela primeira vez.

Um voo de duas horas, mas uma distância muito grande entre nós dois.

– Verdade. – Soltei uma risada tensa, e o som combinou com o aperto no meu peito. – Eu sabia disso. Imagina se você estivesse na Costa Oeste, hein? Seria complicado vir até aqui. Sair do meu fuso horário é uma das coisas de que menos gosto na vida.

A mandíbula de Andrew se retesou, e algo em seu olhar mudou. Esperei que ele dissesse alguma coisa, absorta em como seus olhos lembravam os meus. Ou talvez o contrário. Ele veio na minha direção com passos largos, e senti meu corpo inteiro entrar em alerta. Será que ele ia me abraçar? Apertar minha mão? Beijar meu rosto? Eu não sabia o que eu preferia.

Meu pai parou antes de chegar até mim, se postando do outro lado da mesinha de centro que separava Bobbi e Willa de mim e de Matthew. Andrew hesitou, e foi como se uma linha invisível tivesse sido traçada entre nós.

Senti um peso suave mas sólido nas costas. E foi o que me fez perceber que eu tinha dado um passo para trás.

– Você se parece com ela – disse Andrew. – Eloise.

Mudei de ideia. Não queria mais saber o que eu desejava daquele homem, se eu preferia um abraço, um aperto de mão ou um beijo no rosto. Eu só queria que ele retirasse o que tinha dito. Que começasse de novo. Ele não falou nenhuma mentira, eu de fato era parecida com minha mãe, mas eu não seria capaz de ter aquela conversa naquele momento. Não assim, de repente. Não quando poderíamos ter conversado sobre a minha mãe durante qualquer uma daquelas ligações que o assistente dele tinha marcado para nós. Não era assim que eu imaginava nosso primeiro encontro. A gente conversaria sobre uma banalidade qualquer. Quem sabe eu contaria uma piada para romper aquela fachada rígida. Quem sabe ele daria risada. Quem sabe nos despediríamos com um abraço meio constrangido. Eu estava pronta para essas coisas, não para aquilo.

– Liz – explicou Andrew, como se meu silêncio quisesse dizer que eu não sabia de quem ele estava falando. – Sua mãe.

Meus pensamentos e minhas emoções se embaralharam. Liz. Minha mãe. Meu Deus, eu me perguntei o que ela acharia daquele momento. O que ela ia querer que eu fizesse. Ou o que ela tinha visto em um homem como ele. Eu me perguntei se ela teria partido para cima daquela mulher por dizer que eu era um descuido. Não. Ela não faria isso.

Ela teria dado risada do meu sorriso constrangido e dito alguma coisa engraçada para aliviar o clima.

– Acho que você já sabia como eu era antes de entrar nesta sala – falei, afastando todos aqueles pensamentos.

Uma folha em branco, Josie. Uma segunda chance não floresce sem água.

Forcei uma risada.

– E eu tenho os seus olhos. Os da mamãe eram escuros. Combinavam com seu senso de humor sombrio.

– Certo – disse meu pai. Então pigarreou. – Bom, parabéns. – Ele olhou para um ponto ao meu lado, e me dei conta de que Matthew estava bem ali. Sólido. Em silêncio. A mão nas minhas costas. – Matthew. É um prazer revê-lo.

– Andrew – respondeu meu noivo, em um tom de voz que eu nunca tinha ouvido. – Gostaria de poder dizer o mesmo.

Ao contrário de mim, ou de Bobbi, ou de Willa, que virou a página do bloquinho, meu pai não pareceu chocado com as palavras de Matthew. Principalmente porque disse:

– Não posso dizer que estou surpreso.

– Com o quê, exatamente? – perguntou Matthew.

Andrew reagiu com o que imaginei ser uma risada.

– Você. Agarrando uma das minhas filhas depois de ter passado tanto tempo sugando a família. Estou vendo que não perdeu tempo.

Bobbi arregalou os olhos. Willa fez mais alguns rabiscos no bloquinho.

Eu só observei, surpresa, o que pareceu se passar entre os dois, e não gostei. Assim como não gostei do que Andrew tinha insinuado. Eu me preparei para reclamar, para defender Matthew, mas ele segurou minha mão. E apertou.

– Engraçado você dizer isso, Andrew – disse ele, os olhos castanhos encontrando os meus. Ele levou meus dedos aos lábios. Beijou-os. – Só um idiota ficaria esperando para conquistar algo tão precioso.

Meu coração parou.

Para qualquer outra pessoa, tenho certeza de que aquilo teria soado como uma confirmação da acusação de Andrew, de que meu noivo estava atrás do seu dinheiro. Mas para mim... para mim significava que ele ia me proteger. Que não ligava para o que os outros pensavam. Também significava que eu era importante. Porque Andrew tinha esperado muito tempo para me procurar. E Matthew o chamou de idiota por esse motivo. Na cara dele. E, pelo jeito como Matthew olhava para mim, não falou aquilo só por despeito, mas porque entendia exatamente como eu estava me sentindo. Porque via até o que eu não dissera. Será que era por isso que Matthew estava me ajudando?

– Bom, foi maravilhoso – disse Bobbi, chamando a atenção de todos que estavam ali. – Ótimo primeiro encontro. Muito esclarecedor para Willa, tenho certeza. Vamos parar por aqui e retomar sexta-feira. Na festa de boas-vindas que Green Oak preparou para Andrew. Josie está organizando tudo.

O quê?, perguntei para Bobbi, só mexendo os lábios, sentindo o choque percorrer meu corpo.

Bobbi olhou bem para mim, então se virou para Willa, que estava com o cenho franzido.

– Sim, por favor, anote isso, porque adoraríamos ter a sua presença. Na verdade, se importa se eu der uma olhada no que anda escrevendo? Sou ótima em checagem de fatos.

Willa jogou o bloquinho dentro da bolsa.

– Me importo, sim.

Bobbi olhou bem para ela e resmungou:

– Tudo bem. – Então se virou para meu pai. – Andrew, precisamos discutir algumas coisas. Mas, antes de irmos embora, seria bom... tratarmos daquele detalhezinho.

Andrew Underwood pareceu agitado, desconfortável.

– Eu já disse que não é necessário. Não quero que Josephine se sinta pressionada.

Matthew pareceu ficar alerta mais uma vez, como se tivesse ouvido algo que deixei passar.

– Bobagem – disse Bobbi, e voltou a atenção para mim. Estendeu o braço na direção de Andrew. – Josephine, tenho certeza de que não se importa, certo?

– Não me importo com o quê? – perguntei, genuinamente confusa.

Matthew resmungou alguma coisa baixinho, então, com aquela voz que tinha usado antes com meu pai, disse:

– Não força a barra comigo, Shark. Josie não é um acessório pra você...

– Ah, vamos – disse Bobbi, sorrindo. – Todos amam uma foto em família. – Todo o meu sangue pareceu despencar até meus pés. – E acho que Josephine pode decidir sozinha. O que acha, Josephine? Tenho o cenário perfeito para uma foto de pai e filha.

ONZE

INTERIOR – ESTÚDIO DO *BABADO REAL* – DIA

NICK: Não sei, Sam, a foto parece um pouco forçada.

SAM: Mas ela é um espetáculo. E o vestido? Um arraso.

NICK: É, tem razão. E acho que é a situação que faz tudo parecer forçado. Mas, ei, pelo menos temos uma confirmação. Papai Rico fez as malas e voltou pra casa.

SAM: A menos que tenha fretado um jatinho pra tirar uma foto e esteja planejando voltar direto pra Miami. Você sabe que eu odeio profundamente celebridades que fazem isso. Se a minha pegada de carbono é relevante, por que a deles não é, hein?

NICK: Arrasou. Mas dizem por aí que Andrew Underwood foi pra ficar. Nossos passarinhos conseguiram reduzir pra três o número de propriedades adequadas e disponíveis pra aluguel na região. Fizemos algumas ligações, e uma delas vai passar um bom tempo fora do mercado. E antes que você pergunte: é um bom tempo mesmo, não algumas semanas. Isso me cheira a casamento, se quer saber. Então vamos ficar de olho, mas até lá… temos muito o que discutir.

SAM: Ah, é?

NICK: Ah, é. Porque fi-nal-men-te organizamos uma LINHA DO TEMPO. (risadas) Oops, desculpem. Saiu mais alto do que eu esperava.

SAM: Está perdoada. Agora desembucha. Estamos falando DA linha do tempo? Dos noivos? A infame lista de noivos abandonados? Os corações que foram esmagados e pisoteados?

NICK: (ri) Parece uma música da Olivia Rodrigo. E eu amo isso, porque sim. Mas enfim, é dessa lista que estamos falando mesmo. (pigarreia) Muito bem. O primeiro foi Shawn – e, antes que você pergunte, não, não é o Mendes. Teve um Ricky também, como na música da Ariana Grande.

SAM: Caramba. Eu amo essa música. (canta: "Thank you, next") Mas eu não sou grata pelos meus ex-namorados. E acho que nem a Herdeira da Cidade Pequena. Agora, foco. Shawn?

NICK: Eu sempre amei sua voz. (dá uma risadinha) Certo. Então, Shawn. Nada de especial. Cara comum. Bonito. Barista, o que amamos. Tem uma torrefação. Continua morando na Carolina do Norte. Eles eram jovens. A fonte disse que o noivado durou todo o primeiro ano da faculdade. Não chegou ao último.

SAM: Acho que é razoável. Não me imagino casando tão jovem.

NICK: Você tem pouco mais de 20 anos, Sam.

SAM: Exatamente. E você tá vendo um marido do meu lado, por acaso? E aí, qual é o próximo?

NICK: (suspiro curto) Tá. Agora as coisas começam a ficar interessantes… O número dois foi o Greg. Uns dois ou três anos depois do

Shawn. Ex-instrutor de ioga. E digo ex porque, pelo que parece – se prepara! –, ele ficou tão abalado com o fim do relacionamento –, ou, bom, com o fato de ter sido abandonado no altar – que foi embora. Não da cidade. Ou do estado. Mas do país.

SAM: Não!

NICK: Estou falando sério. (ri) Ele tá na Tailândia. Onde administra um retiro. A gente checou. O retiro existe. É tudo verdade.

SAM: Ai, meu Deus. Tá dizendo que o cara foi de *Comer, rezar, amar*? Eu… (bufa, incrédula) Isso é demais. Fascinante. Quero mais.

NICK: Ricky. Foi o número três. E que número três.

SAM: (ri) O que você quer dizer com isso, e por que tá fazendo essa cara?

NICK: Porque ele é atleta profissional, dã.

SAM: PARA. QUE…

NICK: (solta um muxoxo) Não fica muito empolgada. Não é futebol americano. Nem hóquei. É aquele futebol com os pés. Mas de uma liga importante. Acho que o nome é MLS. O sobrenome dele é Richardson, pra quem quiser pesquisar. (baixa a voz) Isso quer dizer que vocês deveriam pesquisar.

SAM: (pausa) Caramba. Ele é… Uau. Ele é bonito. Me lembra uma versão europeia do Joe Burrow? Isso faz sentido? Não importa, a partir de agora vou acompanhar futebol. Sou oficialmente uma maria-chuteira. Como ela pôde abandonar esse homem? Espera… pergunta importante: esposa de jogador de futebol é considerada esposa-troféu?

NICK: Acho que talvez elas sejam as esposas-troféu originais. E eu também colocaria um anel nesse dedo, com toda a certeza. Deve ter acontecido alguma coisa. Nossa fonte disse que o noivado foi rápido e curto. Mas quem é que vai saber? E nem importa, o resultado foi o mesmo.

SAM: Não, falando sério. Ricky Richardson, eu caso com você nem que seja com aliança de papel. A menos que… Sabemos se ele fez alguma coisa problemática? É difícil acreditar que ela tenha dado no pé gratuitamente. Eu defendo as mulheres e preciso deixar isso claro.

NICK: Você sempre deixa isso claro, Sam. Mas, antes de falar disso, vamos passar para Duncan. Aguirre. Ele é o número quatro, e, segundo nossa linha do tempo, aconteceu há menos de dois anos. Tão recente. Ele é da política. (ri, incrédula) E anda nos deixando no vácuo, depois de ter sido muito tagarela em um primeiro contato. É candidato a senador pela Carolina do Sul, deve ser por isso. Afinal de contas, essa história explodiu.

SAM: (estala os dedos três vezes) Explodiu mesmo.

NICK: O gabinete dele se recusa a fazer qualquer comentário, mas vamos insistir. Ei, Duncan? Se estiver ouvindo, atende o telefone. Responde nossas DMs. A gente sabe que você quer. (pausa) Até lá… Vocês podem nos dizer nos comentários o que acharam deste episódio de *O Caso Underwood*. Porque a garota anda mesmo ocupada, colecionando noivos como se fossem Pokémons. (ri) Isso me lembra uma cantora e compositora pop que não vou citar porque não quero ser cancelada.

SAM: Ei. Nada de caluniar a TS. Você sabe quais são as regras.

NICK: E caso alguém tenha percebido, pulamos o número cinco. Estamos guardando o melhor para o final.

– *Hipoteticamente...* Qual você acha que é nossa estética?

Matthew pensou na pergunta.

– Depende.

Olhei para ele por sobre as dezenas de papéis, bandejas de aperitivos e copos vazios espalhados pela mesa da minha cozinha.

– Do quê?

– Do quanto essa estética *hipotética* é mesmo hipotética.

Refleti sobre o assunto, estremecendo diante daquela bagunça. Aff, eu estava me esforçando para canalizar Adalyn. Tinha providenciado até fichários organizados por código de cores e divisórias plásticas com etiquetas adesivas. Não estava funcionando.

– Você tá desviando da pergunta pra não ter que me perguntar o que seria uma estética? – provoquei.

– Tenha mais fé em mim – disse ele, colocando um chips de couve na boca. – Eu não fujo da responsabilidade, *chameguinho*.

Semicerrei os olhos, fingindo não estar impressionada com aquela resposta. Ou distraída com aquela camiseta branca básica, as mangas curtas um pouco arregaçadas no bíceps.

– Esse é o pior de todos. A gente nunca nem ficou de chamego. Vai que você me acha péssima nisso.

Algo brilhou nos seus olhos. Eu me perguntei se Matthew ia pedir que eu mostrasse para ele meu chamego. Estaria – teoricamente – de acordo com as regras. E a parte de mim que se esforçava para não falar nada estava bem ciente disso.

– Nossa estética deve refletir quem a gente é como casal – disse ele.

Pensei um pouco, fingindo mais uma vez que não amei a resposta. Eu organizei muitos casamentos e estive muitas vezes naquela posição, e nenhum dos homens que vieram antes de Matthew dera uma resposta tão satisfatória.

– Exato – concordei. – E deve ser por isso que estou com tanta dificuldade. Não consigo visualizar uma coisa que na verdade não existe.

Ele levou um pedaço de damasco à boca.

– Me explica seu processo – disse, e mastigou. Com bastante força. – Despeja tudo. E não deixa de fora isso aí que tá te deixando com essa testa enrugada. Quero saber de todos os seus pensamentos confusos.

Bufei.

– Você não sabe o que está pedindo. Você por acaso me conhece?

– Conheço – respondeu ele, mastigando mais um pedaço de fruta. – E sei o que estou pedindo.

A determinação na sua voz me obrigou a parar. Hesitei. Eu sabia que Matthew estava tentando ajudar e sabia o que estava pedindo dele. Mas... Por que ele parecia tão mal-humorado de repente? Será que era por causa das coisas que disseram sobre mim no último episódio do *Babado real*? Pensar nisso me deixou bastante inquieta. Elas não falaram sobre o Matthew, mas falaram sobre mim. Em detalhes.

Abri um sorriso para ele.

– Minha nossa, tá ficando tarde e você deve estar cansado disso tudo – falei. Fui organizando as pastas em uma pilha. – Vou levar essas coisas pro meu quarto e escolher qualquer um. Em todo caso, o jantar de boas-vindas do Andrew não precisa combinar com a estética do casamento, ao contrário do que a Bobbi acha. Principalmente porque não vai ter casamento nenhum. – Juntei as etiquetas em uma pilha também. – Seria ridículo querer combinar alguma coisa com o casamento. Acabei entrando no piloto automático. – Eu me obriguei a sorrir ainda mais. – Posso lidar com a festa do Andrew sozinha.

Matthew se ocupou da tarefa de desenterrar uma bandeja de castanhas tostadas que tinha se perdido naquela bagunça.

– Eu sei que pode – disse, bem calmo, colocando as castanhas à sua frente e se recostando na poltrona. – Mas não vai fazer isso.

– Não vou o que... exatamente?

– Lidar com a festa sozinha – respondeu ele. Apenas. – Não vai lidar com nada sozinha. Vamos lidar juntos. E vamos escolher uma estética, se é disso que você precisa.

– Estou acostumada – rebati, semicerrando os olhos. – Faço isso o tempo todo. Sou prefeita da cidade. Tenho um café. Administro várias atividades. Eu já... organizei alguns casamentos. – Engoli em seco. – Tudo bem. Você pode ir.

Ele jogou algumas castanhas na boca.

– Não duvido nem um pouco da sua capacidade de lidar com o que for.

– Então está decidido. Eu...

– Você é minha noiva – disse Matthew.

Senti um frio na barriga. Meu coração saltou dentro do peito.

Os olhos de Matthew encontraram os meus, como se me desafiassem a negar o que ele dissera.

– Tem um anel no seu dedo. Não estou nem aí para as particularidades da situação. Pra todos os efeitos, nós somos um time. Lidamos com as coisas juntos. Não estou nem aí se você pode fazer isso sozinha. Você não deveria *ter* que fazer isso sozinha.

Eu… não estava acostumada com isso. As pessoas sempre deixavam que eu as livrasse dos problemas. E, sim, isso incluía meus noivos. Eu não me ressentia deles por isso, gostava de cuidar das coisas. E fazia isso bem. Só era… pesado, às vezes.

– Tá – falei, com um suspiro. – Obrigada. Vamos escolher uma estética para o casamento pra que a festa do Andrew combine com ela, Sr. Faminto. Juntos. Embora não seja necessário. Mas não diga que não tentei livrar você dessa. Sua rota de fuga acabou de ser fechada.

Matthew voltou a comer chips de couve, jogando um na boca e abrindo um sorriso.

– Você tá amando me ver devorar a sua comida. Estou vendo na sua cara.

Eu estava mesmo.

– Então… Eu geralmente faço uma lista das minhas coisas favoritas. Pra escolher uma estética. É o que melhor representa um casal. – Minha determinação de seguir com aquilo oscilou, mas eu persisti. – Por exemplo: Shawn era obcecado por jazz dos anos 1920, então planejamos uma cerimônia vintage e um coquetel bem descontraído com a banda Hilly Jazzers, que era um pouco superestimada, mas bem popular na época. Tive que subornar algumas pessoas para conseguir reservar o dia do aniversário de casamento do vocalista.

Matthew continuou comendo, sem dizer uma palavra.

– O show acabou cancelado, como você sabe. E eu mandei um voucher pra uma noite romântica em um spa como pedido de desculpas pro vocalista.

Ele parou de mastigar.

– E o que naquele casamento combinava com a sua estética? Acho que a gente deveria se concentrar nisso.

– Tudo, dã. Meu vestido era lindo. Era um tom de dourado clarinho, e tão simples e elegante que eu poderia usar outras vezes se quisesse.

Matthew pensou por um tempo.

– E o seu casamento com Greg?

Acho que deu para perceber que fiquei surpresa, porque Matthew suspirou.

– Eu consigo guardar nomes depois de ouvir algumas vezes – comentou. – Que detalhes naquele casamento tinham a ver com você?

É, ele conseguia mesmo. Ele e o país inteiro.

– Era uma estética meio maravilhas da floresta. Árvores enormes, detalhes cobertos de musgos. Era muito importante estarmos conectados com a terra, então escolhemos uma cerimônia ao ar livre, na floresta. E Greg agora atende pelo nome de Astro. Desde que se tornou um mestre iogue.

– Agora quero ouvir sobre você.

– Você tá ouvindo sobre mim – respondi. – Estou te contando sobre mim. Sobre minhas estéticas antigas.

– Não tá, não. – Ele bateu as mãos na calça, como se tivesse terminado de comer e agora fosse hora de começar a trabalhar. – Está me contando sobre eles. Quero ouvir sobre você. Do que você gosta, do que não gosta, suas paixões, seus medos, o que faz você sorrir e o que te deixa triste. Depois eu vou fazer a mesma coisa. É isso que precisamos saber um sobre o outro, e é nisso que devemos nos concentrar se quisermos encontrar uma estética. E vamos fazer isso. Hoje.

Mordi o lábio. Estava tentando não entregar nada. Nem o sorriso enorme que se escondia em meus lábios, nem a risada feliz que estava prestes a escapar. Porque… caramba! Como ele era fofo. E doce. E aquela determinação toda era muito atraente.

– Flores do campo – confessei. – Elas me fazem sorrir. Crescem livres. São lindas e rebeldes, e o fato de continuarem florescendo, não importa o que aconteça no mundo, me deixa feliz.

Ele assentiu, solene.

– Você tem uma favorita?

– Azaleias cor-de-rosa ou gílias azuis. Mas não costumo escolher. Amo todas, e só as arranco se estiverem começando a secar.

Quando Matthew voltou a falar, sua voz pareceu bem mais baixa. Mais íntima.

– Um medo?

– Cachoeiras – respondi. Essa era fácil. – Tenho fobia. – Um arrepio percorreu meus braços. – Prefiro mergulhar no mar aberto e arriscar ser comida por um tubarão que entrar numa cachoeira.

– Eu tenho medo de palhaços – disse Matthew. – Morro de medo.

Um sorrisinho surgiu nos meus lábios.

– Eles são bem assustadores mesmo.

– O que te deixa triste, Josie?

– Despedidas – respondi. – Jogar fora um bolo que sobrou. Pessoas solitárias. Coisas quebradas que são deixadas de lado.

Uma pausa estranha se impôs, e algo mudou nos olhos castanhos de Matthew.

– Por que não me contou que era a primeira vez que ia encontrar Andrew?

– Eu me lembro de ter mandado uma mensagem de SOS.

– Josie.

Suspirei, deixando todas as perguntas que eu não tinha feito escaparem em um só fôlego.

– Por que você não tá surtando com tudo isso? A Página Nove publicou nossa foto, aquele podcast pelo jeito está guardando você para o final... seja lá o que elas queiram dizer com isso. Não está assustado? O que a sua família diz disso tudo? *Eles* não estão assustados?

– Ficar me preocupando vai mudar alguma coisa? Minha família saber o que estamos fazendo vai mudar alguma coisa?

Sua resposta me deixou triste. Por vários motivos que eu não quis explicar. Então não falei nada.

– Você devia ter me contado, Josie – disse Matthew. – Sobre o Andrew.

Dei de ombros.

– Talvez. Mas isso também não muda nada, muda?

– Andrew e eu nunca nos demos bem – explicou Matthew, e aquela atmosfera confortável e íntima que nos envolvia pareceu murchar um pouco. – Eu não deveria repetir isso, mas não confio nele. Isso não vai mudar, mesmo que eu recue enquanto você decide se quer dar uma chance a ele ou não.

Ele falou como se aquela decisão fosse minha. Ou como se precisasse me proteger. Mas será que alguma dessas duas coisas era verdade? Para ser sincera, meu relacionamento com meu pai estava por um fio, e eu não acreditava que Matthew pudesse fazer mais do que já estava fazendo.

– Estou cansada de falar de mim. Também estou cansada de ser o assunto da conversa dos outros. Quero saber sobre Matthew Flanagan. – Abri um sorriso fraco. – Pelo menos antes que o mundo inteiro saiba. Vamos começar com ex-namoradas. Relacionamentos anteriores? Você sabe sobre todos os meus. O que eu preciso saber?

– Eu me diverti bastante – respondeu ele. – Transei bastante. Meu coração foi partido algumas vezes. Nada que valha a pena mencionar, na verdade. Meu trabalho foi minha prioridade nos últimos anos.

Transei bastante. Ele disse isso de um jeito tão despreocupado, como se a palavra não incitasse imagens que surgiram na minha cabeça quando estávamos no depósito do café.

– Mas você tinha um anel – observei, olhando para minha mão. Mexi os dedos e vi o anel brilhar à luz. Eu amava quando aquilo acontecia. – Isso geralmente quer dizer alguma coisa.

– Um homem é capaz de coexistir com joias sem implodir – disse ele, e de repente sua mão estava ali com a minha. Em cima da mesa. Seus dedos tocaram a peça ornamentada. – E aí, como você quer lidar com a situação?

Olhei para ele.

– Como assim?

– Seus ex-noivos. – Os dedos de Matthew roçaram minha pele. Ele continuou olhando para baixo. – Você queria falar sobre mim. Por acaso eu aceito numa boa isso de você ter ex-noivos ou quero arrancar a cabeça deles?

Fiquei boquiaberta com aquela pergunta. Ou talvez tivesse sido seu polegar ainda brincando com o anel, meu dedo, minha mão, enviando ondas de arrepios pelos meus braços.

– Não sei, Matthew. Você é do tipo ciumento e possessivo?

– Sou. – Ele franziu a testa, pensativo. – Posso ser. Mas é fácil me convencer a ser gentil e educado. – Ele entrelaçou os dedos nos meus, e meu coração disparou. – Eu estou na sua mão, Josie?

Minha pele ficou quente. Barriga. Costas. Braços. Tudo se agitou quando uma sensação vermelho incandescente subiu dos meus pulsos até a ponta das minhas orelhas.

Estávamos de mãos dadas.

O que já tinha acontecido. Muitas vezes. Até demais, talvez, considerando o que éramos. Mas podíamos nos tocar. Tocar estava dentro das regras. Tocar era aceitável.

– Sim – respondi, e engoli em seco. – Você está na minha mão, com certeza. Como um...

Matthew tirou nossas mãos de cima da mesa e as levou para debaixo da minha cadeira. Ele a puxou – comigo em cima –, arrastando-a até a lateral de seu corpo em um movimento rápido.

– Como um o quê? – perguntou, os lábios bem perto da minha cabeça.

Meus lábios se abriram, mas eu não disse nada, e aquela sensação – a proximidade repentina de seu corpo, com aquela camiseta branca que não deveria ficar tão linda nele – roubou minha capacidade de falar por um instante.

– Como... – falei, por fim, a voz rouca, instável e errática. – Como um cachorrinho?

Matthew deu uma risada, um sorriso estampado naquele rosto sério que ele exibiu a maior parte da noite. Como se não tivesse conseguido se conter e... *aff*. Era um sorriso tão lindo, e estava tão pertinho, tão ao meu alcance, que eu tive que me segurar para não estender a mão e sentir aqueles vincos que não eram bem covinhas. Eu me perguntei se seus lábios eram macios. Qual seria a sensação se eles tocassem os meus.

Um disco arranhado soou na minha cabeça.

Tocassem os meus.

Tocassem os meus?

Não. Não, não, não. De jeito nenhum, Josie.

– Melhor a gente voltar... ao checklist – falei.

Eu me dei conta de que ele continuava segurando a minha mão. Em cima da almofada colorida da cadeira, bem ao lado da minha bunda. *Enquanto eu pensava em seus lábios. Tocando os meus.*

Puxei a mão e a apoiei na mesa.

– Temos muito o que fazer – falei.

Atrapalhada, mexi no celular, abrindo e fechando aplicativos até encortrar o que queria. Fiz questão de rolar a tela e parecer muito ocupada com todas as tarefas que estávamos negligenciando com aquelas *mãos bobas*.

– Aqui – falei, e engoli em seco. – Vamos fazer algo fácil. Eu anotei algumas coisas enquanto ouvia aquele maldito podcast. Coisas que não sei ou que precisam ser feitas pra não sermos pegos de surpresa. – Abri minhas anotações. – Muito bem, qual é o seu nome do meio?

O homem cuja cadeira continuava bem ao lado da minha nem se mexeu ao responder:

– Eugene.

Algo em meu peito derreteu na mesma hora. Meu Deus.

– Como o Flynn Rider? Do filme *Enrolados*?

A risada de Matthew combinou com o que eu estava sentindo.

– Exatamente.

– Isso é… – Aff. Eu não podia ficar toda derretida daquele jeito. – Ótimo. Belo nome do meio. Por favor, parabenize seus pais por mim. Ah, espera. E o nome dos seus pais? Acho que eu devia saber disso. Das suas irmãs também. Só sei que o apelido de uma delas é Tay.

– Patrick e Pam – respondeu ele, direto ao ponto. – Mas meu pai gosta que o chamem de Paddy. E minhas irmãs se chamam Taylor, ou Tay, a mais nova, e Eve. Elas vivem me enchendo o saco. Você ia amar aquelas duas.

Anotei tudo isso, só para evitar que minha mente divagasse e ficasse imaginando coisas como conhecer a família de Matthew, ou fazer piadas com o pai dele a respeito de suas raízes irlandesas, que agora eram óbvias, ou passar o Dia de Ação de Graças com eles, ou decidir onde passar o Natal. Boston ou Green Oak? Será que convidamos Paddy e Pam para passar uns dias aqui na primavera? É minha época favorita do ano, e eles iam amar. Eu…

Eu estava sendo boba.

Não nos casamos, mas continuamos amigos.

– Contato de emergência – resmunguei. E logo passei a falar mais alto. – O meu sempre foi o Vovô Moe. Você acha que a gente deveria mudar? Acho que a gente deveria mudar. Vamos mudar.

– Josie… – disse Matthew.

– Pronto! – falei, quase dando um gritinho. Não me orgulhei do som da minha voz. – Você agora é meu contato de emergência. Faz sentido. E se alguém pegar nosso celular escondido e vir? As pessoas podem começar a fazer perguntas. Melhor prevenir.

– Meu bem – disse Matthew, e sua voz saiu tão doce, tão alheia ao estado em que eu me encontrava, que duvidei que fosse mesmo péssima nessa coisa de mentir. – Acho que ninguém vai ver isso.

– Então quer dizer que voltamos ao meu bem – resmunguei. Ele não disse nada. Então peguei seu celular, que estava à minha direita. E o estendi para ele. – Eu ficaria mais tranquila se você me colocasse como seu contato de emergência. Prometo que vou memorizar e respeitar todas as suas regras sobre o envio de SOS.

Matthew soltou uma risada que atingiu meu rosto em cheio. Minha barriga também.

– Um, zero, dois, sete, zero, quatro.

– O que é isso?

– Minha senha – respondeu ele, com a maior naturalidade. – Pode mudar. Se isso vai te deixar mais tranquila, não vou me opor.

– Você tá me dando sua senha. Por quê?

– Você é minha noiva – ressaltou ele. Mais uma vez. E, mais uma vez, meu coração acelerou. – E meu contato de emergência.

– E se eu encontrar alguma coisa no seu celular? – perguntei, colocando a senha, relutante, e abrindo os contatos. – Tipo selfies ruins no espelho, uma playlist constrangedora ou, pior, nudes de alguém que... *Meu contato tá como Josephine Moore*?

– Não guardo nudes de mulheres com quem não estou saindo – declarou ele.

E com essa declaração, perdi o controle. Olhei bem para ele.

– O que significa que você já recebeu nudes. – Senti o rosto quente, mas ignorei. Eu não era tímida ou recatada, nunca fui. Mas parecia que Matthew tinha o poder de alterar a química do meu cérebro de um jeito inesperado para mim. – O que não tem problema nenhum.

– Também significa que já mandei – disse ele, sem que eu perguntasse.

Meu corpo inteiro enrubesceu. Por um bom motivo dessa vez.

– Claro – falei, baixinho. – Quer dizer, quem nunca mandou? – Eu, mas ele não precisava saber disso. – Eu tive muitas experiências. E alguns dos meus relacionamentos foram bastante quentes, sabe?

A expressão no rosto de Matthew se enrijeceu por um instante. Algo diferente se passou entre nós. Um brilho em seus olhos castanhos que eu não entendi muito bem. Será que ele ficou pensando no que eu disse? Será que estava pensando nos nudes que eu nunca mandei? Será que sua mente percorria a lista de noivos, se perguntando de quem eu estava falando? Era do Ricky.

– Tenho certeza que sim – disse ele, finalmente.

Pigarreei e olhei para o celular na minha mão.

– A gente só salva o gerente do banco com o nome completo. Ou o contador. Não posso ser Josephine Moore. – Senti uma pontada de decepção, que também ignorei. – Você estava como "Ex-melhor amigo da Adalyn" na minha lista, porque eu me tornei a nova melhor amiga dela quando nos conhecemos. Depois mudei pra... outra coisa.

Se tinha algum interesse em saber disso, Matthew não disse. Achei ótimo, porque acho que ele não ia gostar de saber que era *Matt Amorzinho* no meu celular. Eu também queria evitar que ele visse a foto que apareceria na minha tela se ele me ligasse.

Seus dedos roçaram nos meus e me fizeram perceber que ele estava pegando o celular. Com uma das mãos, ele digitou alguma coisa. Então me devolveu o aparelho.

Meu contato estava aberto na tela.

Ele tinha mudado para Baby Blue.

Com um emoji de borboleta.

E eu... Ai, merda. Aquilo era demais. Eu não deveria sentir o que estava sentindo, mas senti, e adorei.

– Por causa dos meus olhos azuis? – perguntei, e todas as emoções que estavam dentro de mim ficaram óbvias em meu tom de voz.

– Não sei como não pensei nisso antes.

– Como assim?

Sua voz ficou mais próxima, como se ele tivesse se inclinado na minha direção.

– Foi como chamei você. Na minha cabeça. Naquela noite.

Toda aquela alegria borbulhante se esvaiu.

– Quando achou que eu era uma estranha de roupão coberta de geleia?

Ele deixou escapar um suspiro.

– Ei. Olha pra mim, por favor.

Eu não queria olhar para ele, mas desde aquela noite tudo o que eu fazia era complicar cada vez mais a vida de Matthew, então o mínimo que eu podia fazer era olhar para ele quando ele me pedisse.

– Sim?

Olhos castanhos penetraram os meus através das lentes daqueles óculos que estavam me deixando obcecada.

– Por que você tá decepcionada? – perguntou ele, sério, preocupado. – Por eu não ter percebido na hora que era você?

Meu coração parou por um instante. Eu não estava esperando nada daquilo. Nem a pergunta direta nem Matthew ter percebido como eu tinha me sentido naquela noite.

– A resposta faz de mim meio que um monstro – sussurrei. – Você não vai gostar de ouvir.

– Vamos ver...

– Eu fiquei um pouco triste – falei, suspirando. – Por você não ter percebido que era eu logo de cara. Mas também por me dar conta que você estava ajudando uma estranha. Eu amo você ser gentil, bom e justo... um homem e tanto. – Minha voz quase me deixou na mão. – Mas parte de mim queria que você estivesse *me* ajudando. Eu, Josie, não qualquer pessoa. É isso.

Matthew ficou um bom tempo chocado com minha resposta. Tanto tempo que eu tive a certeza de que estragara uma coisa que não devia ter estragado. Mas então ele se mexeu. Seu corpo se virou na cadeira, ele avançou para bem mais perto, até suas pernas imprensarem as minhas. Seus olhos percorreram meu rosto antes de se fixarem nos meus. Quando ele falou, sua voz saiu baixa, e suas palavras soaram como uma confissão. Como as minhas.

– Talvez eu tivesse ajudado uma estranha qualquer. Mas é por você que estou indo tão longe assim. Por você, Josie.

A tensão que tinha acabado de tomar forma aumentou, preenchendo todo o espaço ao nosso redor.

Por você.

Josie.

Minha mente ficou congelada. Meu peito, cheio de... coisas. Coisas que não tinham nada a ver com *alívio* ou *alegria* por ele estar ao meu lado.

Coisas que não deveriam estar ali. Não assim, tão rápido, e definitivamente não quando nós éramos os personagens principais de uma farsa de relações públicas da qual eu pedi que ele participasse.

– Tudo bem – menti. – Isso não importa mais. – Mais mentiras. – Eu não estava, tipo, morrendo de vontade de conhecer você.

– Seria tão fácil provar o contrário.

Sua resposta me surpreendeu. E também me provocou. Me irritou. Me desafiou. Eu não estava fazendo nenhum sentido. Nós não fazíamos nenhum sentido.

– Não tem nada pra provar.

– Você pensava em mim – insistiu Matthew, determinado.

Ele olhou para baixo, e eu não sabia dizer para onde – meus lábios, meu queixo, meu pescoço, uma mancha na minha camisa, eu não fazia ideia. Mas, quando voltaram, havia algo de desafiador neles.

– Antes de eu vir pra cá, pra Green Oak. Você sempre me enchia o saco nas mensagens do grupo, ou quando eu ligava pra Adalyn e você estava por perto, mas você já gostava de mim.

Bufei, mas o corpo de Matthew se mexeu. Suas pernas avançaram ainda mais, meus joelhos quase tocando sua virilha. Suas mãos se apoiaram em ambos os lados da minha cadeira, me prendendo. Meu rosto pegou fogo, milhões de sensações fluindo pelo meu corpo.

– Eu gosto de todo mundo – sussurrei. – Pode perguntar pra qualquer um na cidade.

Matthew abriu um sorriso que deveria ter feito com que eu saísse correndo.

– Mas sou eu que estou aqui com você.

Meu primeiro impulso foi discutir. Eu não tinha colocado Matthew naquela situação em uma espécie de trama egoísta para me aproveitar de seu corpo. Mas eu sabia que ele sabia disso. Ele estava jogando verde, tentando provar algo só porque eu me recusava a admitir. Porque eu tinha me aberto, saído do meu casulo de proteção, e logo voltado a me fechar. Mas será que ele não entendia? O quanto aquilo era assustador para mim? Principalmente porque ele via tanto, sabia tanto e entendia bem demais a enrascada que eu era. E porque ele tinha certa razão.

O problema era que cada passo que eu avançava era um passo que talvez eu precisasse percorrer de novo, recuando quando as coisas não dessem certo. Eu era ótima nisso.

– E daí que é você? – falei, erguendo as mãos e observando-as percorrer o espaço que havia entre nós dois.

Eu também sabia jogar aquele jogo, e ele precisava saber disso. Com delicadeza, coloquei minhas mãos em seus ombros. Então fui descendo por seus braços, devagar, com propósito, minhas unhas roçando primeiro o tecido, depois sua pele, fazendo-o estremecer.

– Eu podia até querer que você me ajudasse. Mas teria pedido a qualquer estranho que estivesse passando. – Umedeci os lábios. – Você já não conhece meu histórico?

Matthew franziu a testa, pensativo, mas seu olhar parecia distraído.

– Para de falar assim de você mesma.

Deixei que meus dedos deslizassem por dentro de suas mangas, então fui subindo as mãos, me deleitando ao perceber que Matthew tinha parado de respirar.

– Assim como?

– Como se você fosse um monstro egoísta – respondeu ele, a voz grave e instável.

Perdi o foco, e Matthew aproveitou a oportunidade. Suas mãos foram da cadeira para a minha cintura. Ele me puxou para mais perto. Meu nariz quase tocou no seu.

– Sei o que você tá fazendo.

Meu coração acelerou. A proximidade de seu rosto, de nossos corpos, era demais e insuficiente ao mesmo tempo.

– O quê? – perguntei.

– Me distraindo. Se escondendo.

Em resposta, minhas mãos rebeldes percorreram sua pele, envolveram seus braços, segurando-os, como se ele pudesse se levantar e sair, agora que descobrira minha intenção. Seu olhar mudou, ficou menos penetrante, mais suave.

– Mas tudo bem, né? – sussurrou ele, a voz gentil, as mãos na minha cintura subindo com delicadeza. Como se ele estivesse me acalmando. – A gente pode se esconder atrás das suas regras. Eu não vou quebrar nenhuma enquanto você não pedir.

A vibração ensurdecedora dentro de mim se alastrou com aquelas palavras. Enquanto eu não pedir? Meu peito se agitou. A sensação da sua pele sob as minhas mãos, a proximidade dele, o peso das suas palavras, tudo isso foi tomando conta de mim. Eu...

Alguém pigarreou.

Nós dois ficamos imóveis.

– Suas mãos estão geladas, Josie? – resmungou Vovô Moe. – Porque você pode usar luvas, se for o caso. Não precisa ficar em cima dele como se estivesse catando piolho.

Recolhi as mãos com um suspiro. Então me virei para Vovô Moe. Ele estava à porta, de roupão, uma garrafa vazia de rosé na mão.

– Piolho? – repeti. – Sério?

– Sim, sério – respondeu ele, e olhou para Matthew de cara feia.

Matthew soltou minha cintura.

– Ótima decisão, rapaz.

Matthew assentiu, mas não parecia envergonhado ou relutante.

– Vou me comportar melhor da próxima vez, senhor.

Vovô e eu arqueamos as sobrancelhas, as mesmas três palavras causando a mesma reação por motivos muito diferentes. *Da próxima vez.* Como se aquela cena – eu sentada em uma cadeira entre suas pernas, passando as mãos nele – fosse se repetir um dia.

– Você veio andando? – perguntou vovô a Matthew. Ele assentiu. – Eu levo você pra casa. Se já tiver terminado o que veio fazer.

Vovô olhou bem para mim.

– O programa que eu estava vendo acabou e o rosé não tem nada de álcool. Ela anda me dando um suco aguado e cor-de-rosa com gás.

– E eu aqui achando que o fato de você beber tudo como se tivéssemos uma torneira disso em casa queria dizer que você tinha gostado – brinquei.

Matthew se levantou, chamando minha atenção. Joguei a cabeça um pouco para trás para encará-lo.

– A gente não teria uma estética – anunciou ele. – Coisas bonitas não devem ser colocadas em caixinhas. Elas acabam perdendo o brilho.

Abri os lábios. Eu tinha centenas de perguntas, mas Matthew baixou a cabeça no mesmo instante.

E beijou meu rosto.

– Eu precisava fazer isso – sussurrou ele. – Vai que eu não sobrevivo a essa carona.

E se afastou, juntando-se a vovô à porta.

Eu... eu deveria estar preocupada com tantas coisas. Como o quanto eu queria segurá-lo pelo braço e impedir que ele fosse embora. O quanto eu queria pedir a ele que me desse mais um beijo. Que ficasse um pouco mais. Só que eu não podia fazer isso. Não enquanto tentava decifrar o que ele tinha acabado de dizer.

Coisas bonitas não devem ser colocadas em caixinhas. Elas acabam perdendo o brilho.

Ele estava falando de mim? Ou de nós?

DOZE

O martelo escorregou da minha mão e acertou meu pé antes de cair no chão.

– *Pontequepartiu* – resmunguei, descendo a escada e pegando a ferramenta.

Com um suspiro, voltei dando pulinhos até o banco que Robbie tinha colocado ao lado do celeiro e me sentei. Eu já tinha feito aquilo um zilhão de vezes para saber o momento em que precisava de uma pausa. Ficar empoleirada em uma escada por uma hora, pendurando luzinhas até meus dedos ficarem dormentes – esse geralmente era um sinal de que era hora de parar.

Peguei a maçã que tinha levado de lanche e tirei o celular do bolso para dar uma olhada nas notificações.

Algumas mensagens de Bobbi, todas variações diferentes de: *está tudo encaminhado para o jantar de boas-vindas ao Andrew?*

A resposta era: dã. Mas não como ela imaginava. Então respondi com um sinal de positivo e segui em frente.

A próxima era uma mensagem do Vovô Moe. Ele me mandou um link um pouco mais cedo, após ser alertado de uma postagem nova da Página Nove. Era um teaser do *Babado Real* anunciando uma publicação que aconteceria naquela noite. À meia-noite. O drama da internet nunca deixava de me impressionar. Quase tanto quanto a rapidez com que Vovô Moe aprendia a lidar com as novas tecnologias. Ele estava me perguntando como criar um perfil anônimo. Bufei para a tela e digitei uma resposta.

JOSIE: Você não precisa disso. Já é um anônimo. E onde aprendeu essas coisas?

A resposta foi imediata.

VOVÔ MOE: 👍

Aff. Eu não deveria ter ensinado o Vovô Moe a criar, muito menos a usar, uma conta do Instagram. Só Deus sabia o que ele andava aprontando. Levei a maçã à boca e dei uma mordida, me perguntando se deveria me preocupar ou pelo menos insistir que ele me desse mais detalhes, mas aí chegou uma mensagem no grupo.

> **CAMERON:** Adalyn não está muito bem. Não vamos poder ir ao jantar do Andrew. Desculpem.

> **JOSIE:** Ai, meu Deus, o que aconteceu?? E não se preocupe. Não é nada de mais. É só a feira noturna no celeiro, mas repaginada. A única coisa que vocês vão perder é a faixa que diz BEM-VINDO DE VOLTA.

Ao pensar naquela faixa, senti certa dificuldade de engolir a maçã que estava mastigando. Mas, como eu disse a mim mesma quando peguei aquela lata de tinta: *aceita que dói menos, Josie.* Aquela cidade era tanto do Andrew quanto minha. E eu era a prefeita, além de ser sua filha, então como poderia não fazer uma faixa para ele?

> **MATTHEW:** Que merda. É a dor no estômago que ela mencionou esses dias?

> **CAMERON:** É. Piorou um pouco, então decidi que vamos passar essa. Ela está dormindo, ou não me deixaria cancelar. Desculpem, mas ela precisa descansar.

> **JOSIE:** Aff. Sinto muito. Que droga. Dá um abraço nela por mim. E para de pedir desculpas. Esse negócio hoje nem é tão especial assim.

Se tinha uma pessoa que precisava entender isso era Bobbi. Mas uma batalha de cada vez. Pensei muito naquilo tudo. Eu conhecia minha cidade, e ninguém teria ido a um jantar chique e formal. Já a feira noturna dos agricultores? Era um sucesso desde a primeira edição. E eu não conseguia pensar em um jeito melhor de dar as boas-vindas a alguém.

Voltei a pensar nas palavras que Matthew dissera naquela noite na cozinha.

A gente não teria uma estética. Coisas bonitas não devem ser colocadas em caixinhas. Elas acabam perdendo o brilho.

Elas estavam presas na minha cabeça desde então. Ao lado de tudo o que aconteceu antes. Matthew, seus olhos, a sensação da sua pele sob as minhas mãos, o que eu senti. O que eu desejei. Tudo isso me inspirou. Me inspirou... a me rebelar. A escapar da jaula em que Bobbi tinha prendido a minha vida.

Ela queria uma festa de boas-vindas para Andrew para impressionar Willa Wang, então eu ia dar a ela a minha versão de uma festa de boas-vindas.

Meu celular vibrou, chamando minha atenção.

MATTHEW: Esta noite é especial, sim.

MATTHEW: Porque você vai estar lá @BabyBlue

Meu rosto corou. Eu... Ele... Eu bufei.

JOSIE: Você escreveu isso mesmo?

MATTHEW: Foi demais?

CAMERON: Foi. Tô vazando. Tchau.

JOSIE: Mas me avisa se precisar de ajuda! Eu posso ir até aí, dar uma olhada na Adalyn e ajudar com o que vocês precisarem. Vovô Moe abriu o café hoje. Tenho tempo.

CAMERON: De jeito nenhum. E você não tem tempo. Já tem muitas coisas pra fazer.

JOSIE: Talvez uma sopa? Posso mandar Matthew aí enquanto cuido de tudo por aqui.

MATTHEW: Ela pode mesmo.

MATTHEW: Manda em mim, @BabyBlue 🔥

CAMERON: Não precisa. E eu vou vazar mesmo se você não parar com isso. Ainda estou puto.

Meu queixo caiu. E meu estômago também, que senti despencar até meus pés. Uma mensagem surgiu na conversa com Matthew.

MATTHEW: Ele tá bem. Só tá dando uma de Cam. Não tá bravo com você e não devia ter mandado aquilo.

JOSIE: Tudo bem.

E estava mesmo. Eu mereci aquilo. Estava mentindo para eles, afinal. Nós dois estávamos. Eu não podia fingir que estava tudo bem e que éramos só dois casais conversando num grupo. Matthew e eu não éramos um casal.

MATTHEW: Onde você tá?

JOSIE: Na fazenda dos Vasquez.

MATTHEW: Por que você já tá aí? Não são nem dez da manhã. Foi por isso que Maurice abriu o café hoje?

JOSIE: O Vovô Moe abre pra mim quando eu não posso. Não vou ficar aqui o dia todo. Estava cuidando de uns detalhes de última hora pra feira noturna dos agricultores. Estamos cuidando de tudo.

MATTHEW: Estamos?

JOSIE: O comitê de eventos especiais e desfiles. Não deixa de ser um evento da cidade.

MATTHEW: Vou te ligar. Não deixa tocar pra mandar mensagem depois. Atende.

Meus olhos se arregalaram. Espera, o quê? Ele ia...

Meu celular tocou.

Bufei e levei o aparelho ao ouvido.

– Oi, querido?

– Achei que tivesse sido claro.

Contive um sorriso.

– Você não é o único que tem audição seletiva, sabia?

Ele soltou uma risada, surpreso.

– Por que eu não estou aí com você? Refresque a minha memória.

Essas palavras fizeram meu estômago dar cambalhotas. Mas eram só isso, palavras.

– Sei lá – falei. – Leis da física? Tempo? Espaço? Alguma coisa a ver com tudo ser relativo e depender de pra quem a gente pergunta. Não tenho muita certeza.

Uma pausa.

– Estou indo aí.

Senti um frio na barriga.

– Está quase tudo pronto.

– Então vou te fazer companhia. Levar um lanchinho. Não me faça implorar, Baby Blue. Porque eu vou fazer isso.

Baby Blue. O frio na barriga se intensificou, se espalhando pelo meu peito. Pensei no que dizer. Em como dizer. Se devia ser teimosa e falar que não, ou ingênua e acreditar que aquilo não era nada de mais. Mas de repente me dei conta de uma coisa. Talvez Matthew estivesse se sentindo solitário. Ele perdera o chão e estava em uma cidade nova. Sozinho. E eu estava tão focada no que estávamos fazendo, e em incomodá-lo o mínimo possível, que não percebi isso.

– Eu aceitaria uma bebida – falei, saltando do banco. – De preferência de frutas, mas nada de mirtilos.

– Feito – respondeu ele, parecendo feliz, o que fez com que eu me sentisse... bem. Querendo mais. – Só isso?

– Quem sabe algo doce?

– Combinado.

– E algo salgado também. Um pretzel seria ótimo. É o especial de hoje no café.

A risada retumbante que ele soltou foi como música para os meus ouvidos. E também me fez sorrir.

– Você perguntou – falei. – Ninguém mandou se oferecer.

– É, acho que não.

Houve uma pausa, um instante de silêncio em que nenhum de nós disse nada.

– Matthew?

– Sim?

– Como vai a busca por emprego? – ousei perguntar. – Tem alguma coisa que eu possa fazer pra ajudar? Se estiver muito ocupado, não precisa vir. Sei que está trabalhando em casa como freelancer, então...

– Não estou ocupado – respondeu ele. – Nunca estou ocupado demais pro que é importante.

Mais uma pausa. Meu rosto voltou a corar mais um pouco.

Pro que é importante.

– E ainda não consegui nada – acrescentou ele.

– Tá – respondi. – Tá bom. Você... me conta? Quando conseguir?

– Conto.

A pausa que se seguiu foi ainda maior.

– Josie? – chamou ele por fim.

Mas antes que pudesse dizer mais alguma coisa, Robbie surgiu à distância.

Ele estava caminhando em direção ao celeiro com uma expressão que eu conhecia bem. Uma que nunca – jamais – significava boas notícias.

– Ah, não – resmunguei, distraída com a intensidade da carranca do Robbie, que vinha olhando para o chão. – Robbie está vindo. Acho que aconteceu alguma coisa. Preciso ir. Nos falamos depois, tá? E não precisa se preocupar com os pretzels!

Um palavrão resmungado me fez olhar para baixo de cima da escada onde eu já estava empoleirada de novo.

Baixei o cartaz que estava pregando na parede externa do celeiro e olhei para baixo.

Matthew.

Ele estava parado ao pé da escada, as mãos apoiadas nas laterais. A camisa terracota de novo com as mangas arregaçadas, como se ele amasse ver o tecido se repuxando em seus antebraços.

– Você veio – falei, e só então percebi que estava sorrindo. Meus olhos ávidos percorreram seus braços, seu peito, seu pescoço, seu queixo... – Ai, meu Deus. O que aconteceu?

– O que aconteceu? – repetiu ele, e sua voz soou tão descontente quanto sua expressão indicava.

A carranca se desfez. Ele abriu os lábios. Hesitou.

– Matthew? – Inclinei a cabeça para o lado. – Tá tudo bem?

Ele engoliu em seco, como se precisasse de um tempinho.

– Você sabe como essas coisas são instáveis? – resmungou, por fim.

Arqueei as sobrancelhas, surpresa.

– Será que ninguém tem um minutinho pra fazer o que você tá fazendo aí em cima? Ou, pelo menos, pra dar uma olhada enquanto você trabalha? Cadê o Robbie? Eu podia ter vindo antes. Você devia ter dito alguma coisa.

Pisquei algumas vezes, um pouco chocada.

Mas então senti algo borbulhar no meu peito. Ele estava todo irritadinho e rabugento por eu estar naquela escada. Por uma coisa que eu seria capaz de fazer com os olhos vendados, de tantas vezes que já tinha feito. Contive um sorriso.

– Caramba, como você está ranzinza. – Guardei o martelo de volta no cinto de ferramentas. – Não sei se seu problema é com a escada ou comigo.

Eu me virei no degrau onde estava empoleirada. A mandíbula de Matthew ficou tensa.

– Você bebeu água hoje? – perguntei. – Um galão espanta a irritação, sabia?

Seu rosto se contraiu. Eu sabia que ele tinha achado engraçado, tinha certeza, mas estava tentando ficar bravo.

– Será que você pode descer daí? – pediu ele, com um suspiro. – Eu preciso perguntar uma coisa e não posso fazer isso com você aí em cima.

– Mas ainda não terminei – reclamei, com minha voz mais doce. – E posso falar enquanto trabalho. Hoje passei mais tempo em cima da escada do que no chão.

Isso não pareceu acalmá-lo.

– Está tudo bem, eu juro – falei. – Consigo fazer mais de uma coisa ao mesmo tempo. Pode perguntar enquanto eu penduro o cartaz. Ah, e depois eu preciso dar uma olhada nas fatias de laranja que vamos pendurar em uma das vigas. Pedi ao Robbie que costurasse uma na outra com um barbante. Vai ficar in-crí-vel. – Segurei no topo da escada e estiquei o corpo para dar uma espiada dentro do celeiro. – Ele estava ali dentro. Você pode ir ver. Eu não vou fugir.

Matthew soltou um palavrão.

Eu me recostei na escada e olhei para ele, que parecia prestes a subir e se juntar a mim ali em cima. Ou… sei lá, levantar aquela coisa – comigo em cima dela – e correr para a floresta que circundava a fazenda. Foi fofo.

– Você tá tão fofo agora.

– Ah, é? – resmungou ele.

– Aham.

– Você gosta de me ver sofrer? – perguntou ele, ainda mal-humorado. – É isso?

Dei de ombros.

– Não necessariamente. Você trouxe o meu lanchinho?

– Está no carro – respondeu ele, arrasado. Abri a boca para falar, mas ele me interrompeu. – Não. Não vou lá buscar e te deixar aí em cima porque você está bem. – Revirei os olhos, e ele deixou escapar uma risadinha, in-crédulo. – Não vai arriscar sua vida por uma droga de faixa de boas-vindas. Então, azar o seu, eu não vou sair daqui. Ponto-final.

Fiz um biquinho, me perguntando se aquilo tinha sido atraente, charmoso ou fofo.

– Ponto-final? – repeti.

Suas narinas se dilataram.

– Ponto-final.

– Tá – falei, dando de ombros. Sua expressão ficou mais relaxada. – Acho que é melhor mesmo. Porque estou prestes a fazer isto.

– *Fazer o qu...*

Com um gritinho, pulei da escada, incapaz de segurar a expressão de pura felicidade. O corpo de Matthew se enrijeceu e, claro, talvez sua alma tenha deixado seu corpo por um instante, mas, exatamente como eu esperava, sua reação foi imediata.

Seus braços me pegaram no ar e me acomodaram em um peito firme com uma facilidade que deixou o frio que eu sentia na barriga ainda mais proeminente.

O calor substituiu a adrenalina quando meu corpo inteiro se deu conta de que estava pressionado contra o dele. Meu peito pesou contra o dele, minhas pernas envolveram sua cintura, e dois braços fortes me mantiveram no lugar. Como no dia do jogo, mas desta vez não houve choque nenhum. Não houve dúvida ou hesitação. Só o frio na barriga.

– Eu sempre quis fazer isso – sussurrei, os lábios bem perto dos dele.

Vi algo dançar nos olhos de Matthew quando ele me ajeitou em seus braços com um pulinho. A margarida que eu tinha colocado no bolso da frente do macacão roçou seu queixo. O rosto dele estava tão perto do meu, e ele estava tão lindo naquele momento, que as palavras deixaram meus lábios quase por conta própria.

– Você está de óculos.

Ele abriu um sorrisinho.

– Você é muito inconsequente. Quase me fez ter um ataque do coração.

– Bom, você mentiu – murmurei, distraída com o brilho em seus olhos.

– Quando?

– Seu maior medo não é de palhaço. É de escada – sussurrei.

Matthew riu, um som grave e forte que pareceu roçar meus lábios.

– Pode ser – disse ele, voltando a franzir o cenho. – Ou talvez seja ver você se machucar.

De repente, eu não estava mais achando aquilo engraçado, e o pequeno espaço que havia entre nós foi preenchido por algo diferente. Mais sério, porém sincero.

Matthew me soltou devagar, parecendo um pouco contrariado quando meus pés tocaram o chão. Uma de suas mãos deixou minha cintura e tirou a margarida que estava no bolso do meu macacão. Ele colocou a flor no meu cabelo. Bem acima da orelha.

– Linda e rebelde – disse ele.

Parei de respirar por um instante.

Ele se lembrava das minhas palavras naquela noite na cozinha, alguns dias antes. Quando me perguntou o que me fazia sorrir. *Flores do campo. São lindas e rebeldes.*

– Ela estava no chão – sussurrei. – Deve ter sido arrastada até aqui por um dos carrinhos de mão. Está longe de ser perfeita, com tantas pétalas faltando, mas fiquei triste quando a vi no chão, então peguei.

Matthew abriu um sorriso suave.

– A perfeição é subjetiva.

– Que coisa linda de se dizer.

E eu amei saber que ele achava isso.

Amei porque eu também achava.

– Você até que é bem articulado pra alguém que às vezes parece um homem das cavernas. – Passei a falar com a voz mais grave. – *Mim, Matthew. Mim, proteger. Escada, ruim.*

– Vai mesmo usar isso contra mim? – perguntou ele, inclinando a cabeça para o lado. – Você falou do Robbie e desligou na minha cara.

– O que isso tem a ver com… – Parei de falar. Arqueei as sobrancelhas. – Não é possível que você esteja com ciúme do Robbie.

Matthew contraiu os lábios.

– Você deu muffins pra ele.

– Eu dou muffins pra todo mundo.

Meu cérebro parecia gritar: *ele não negou. Matthew está com ciúme e não negou.*

– Não pra mim – disse ele, dando de ombros. – Eu não ganho.

Dei risada. Joguei a cabeça para trás e dei uma boa risada. O rosto de Matthew relaxou por um instante, mas ele logo voltou a parecer intrigado.

– Você comeu tudo que tinha na minha despensa. Várias vezes. Meus chips de couve? Acabaram.

– Isso quer dizer que só eu comi seus chips de couve?

Dei risada mais uma vez.

– Tá falando sério? – Seu rosto dizia que não. Seus olhos diziam que sim. – Sim, *amorzinho*, só você comeu meus chips de couve. – Ele sorriu. – Ninguém mais gosta.

– São uns tolos. Todos eles – disse Matthew.

Sua expressão se encheu de... alguma coisa que me dizia que ele estava prestes a fazer uma loucura. Uma loucura...

Que não ia mais fazer.

O cabelo loiro inconfundível de Bobbi surgiu em uma das arquibancadas já montadas ao redor do celeiro. Ela estava no celular, as mãos cortando o ar.

– Bobbi chegou – falei, no instante em que ela nos viu. – Aff. E está vindo pra cá.

Matthew fechou a cara e deu um passo para trás quando a mulher em questão surgiu na nossa frente.

– Isso é o caos – anunciou Bobbi, tapando o microfone do celular. – Você devia demitir sua organizadora de eventos.

Suspirei e arrumei as mangas da camisa, tentando não demonstrar o quanto fiquei incomodada com o comentário.

– É um caos *organizado*. E não tem nenhuma organizadora de eventos que eu possa demitir. A feira noturna dos agricultores é planejada pelo Comitê de Eventos Especiais e Desfiles de Green Oak.

Bobbi arqueou as sobrancelhas.

– Como é que é?

– A feira noturna...

– Não – disse Bobbi, me interrompendo. – Isso era para ser um jantar. Uma festa de boas-vindas. Para o Andrew. Por que estou ouvindo as palavras *feira*, *noturna* e *agricultores*?

Pelo canto do olho, vi Matthew ficar tenso, então fiz questão de soar apaziguadora.

– Porque você pediu que eu organizasse o evento. E esta é a festa de boas-vindas a Green Oak para o Andrew. E não tem nada mais Green Oak que nossa famosa feira noturna dos agricultores. Então...

– Então não foi isso o que combinamos – disse Bobbi, bufando. – Você não leu a descrição que eu coloquei na nossa agenda? – Ela passou a falar em um tom mais grave, como se recitasse algo de cabeça. – *Jantar casual para comemorar o retorno do Andrew e lançar os preparativos do casamento. O ideal é que combine com o tema da cerimônia. De preferência em um restaurante local. Como alternativa, um bufê que represente a gastronomia da cidade. O objetivo é reapresentar o pai da noiva à comunidade em um evento com potencial para interação.* Está bem claro.

Engoli em seco.

– Bom, sinto dizer que me rebelei um pouco.

Olhos escuros e penetrantes fitaram os meus em um momento de tensão.

– Essa rebeldia por acaso explica por que parece que um arco-íris vomitou no celeiro? Quem é o responsável pelo comitê? Preciso falar com essa pessoa. – Ela fechou ainda mais a cara. – É o Roberto?

Abri um sorriso.

– Eu sou a responsável. Sou a presidente, a vice-presidente, a secretária e a tesoureira do comitê. E acho que o celeiro está fantástico. E olha só – acrescentei, apontando para cima da escada –, a gente tem uma faixa de boas-vindas para o Andrew. E uma área com cadeiras para quem quiser comer os incríveis produtos locais, então, teoricamente, temos quase tudo o que você pediu. É uma questão de perspectiva.

– Você me enrolou – afirmou Bobbi.

– Você me enrolou primeiro – rebati, com uma risadinha. – Jogou isso pra cima de mim. Na frente da Willa Wang. E estou cansada de receber ordens. Acho que tá na hora de você ver como fazemos as coisas aqui em Green Oak, sabe?

Bobbi semicerrou os olhos.

– Eu ficaria irritada se não estivesse um pouco impressionada – disse, inclinando a cabeça para o lado. – Não. Definitivamente estou irritada. Ninguém enrola Bobbi Shark.

Ela olhou para o homem à minha direita.

– E você, do que está rindo, loirinho?

– Só estou feliz de ver minha mulher te dar uma surra, só isso.

Arqueei as sobrancelhas.

– Não é isso que estou fazendo. Não dei uma surra em ninguém. Eu juro.

Bobbi olhou para nós – ou talvez só para mim – de cima a baixo por alguns segundos.

– Tá. Faça como quiser – disse, por fim. Ela se virou para ir embora. – Posso fazer o mesmo.

TREZE

Eu jamais ousaria dizer que sou meio bruxa, mas meio que sei quando alguma coisa está prestes a dar errado.

Geralmente começa com um sinal. Uma unha recém-feita que quebra antes de um evento importante, ou um rasgo no vestido minutos antes de sair de casa para um encontro. Coisinhas bobas que podem acontecer com qualquer um. Coisas que podem ser consertadas, mas que nos fazem parar e perguntar: *Aff, justo hoje? Por que bem agora?*

Naquela noite, foi o zíper de uma das minhas botas. Elas eram lilás e novas, e eu tinha combinado o par com uma calça jeans e um cardigã coberto de margaridas. Estava guardando aquelas botas para uma ocasião especial e decidi que seriam meus sapatos da sorte. Mas a gente não estraga o zíper do sapato da sorte. Por isso, balancei a cabeça, determinada a negar que fosse um sinal. De repente, senti um frio na barriga.

Do tipo montanha-russa, que deixa a gente sem ar por um instante. Exatamente como o frio na barriga que sempre acompanha esses pequenos presságios.

– No que você tá pensando? – perguntou Matthew, me oferecendo uma framboesa da caixa que ele tinha acabado de comprar em uma das barraquinhas da feira.

Recusei com um suspiro.

– Você acredita em magia? Praga? Premonições? Destino? Poder da mente? Pé-Grande?

Matthew pensou na pergunta.

– Ah, com certeza.

Olhei para ele, avaliando se estava mesmo falando sério. Para falar a verdade, eu só tinha acrescentado todas aquelas opções para amenizar a sensação sombria dentro de mim.

– Acredita mesmo? – perguntei.

Ele assentiu, sério.

– Só isso? Nenhuma observação? Nenhum comentário sobre a pergunta ter sido do nada? Nem sobre o Pé-Grande?

– Eu perguntei no que você estava pensando – disse ele, com naturalidade. E jogou uma framboesa na boca. – Por que eu reclamaria de você ter compartilhado? – Mais uma framboesa. – E já que quer comentários... – continuou, fechando a caixa e me olhando fixamente, como quem ia falar bem sério. – O mundo seria muito chato sem magia, então eu escolho acreditar que ela existe. Quanto às pragas, tenho certeza que fui amaldiçoado pelo menos uma vez na vida. Premonições são mais complicadas, mas deve haver pessoas que têm uma linha direta com todas as coisas que nós, pessoas normais, não conseguimos ver. A existência de fantasmas é fácil de comprovar. O destino explica coisas que do contrário não teriam explicação. O poder da mente tem comprovação científica. E a coisa do Pé-Grande simplesmente faz sentido.

Pisquei, atônita, encarando o homem que tinha acabado de se dizer uma *pessoa normal*, com a expressão séria. Eu estava sentindo muitas coisas. Surpresa era uma delas. Também estava determinada a ignorar o calorzinho que sentia no peito, como se meu coração estivesse prestes a levitar e sair flutuando pela boca. Eu também estava um pouco...

– Você tá muito excitada – disse ele, com um sorriso. Fiquei vermelha. – Quer agarrar a minha bunda?

Deixei escapar uma risada estranha.

– *Quê*? Eu... qu... Eu não vou agarrar sua bunda.

Olhei à nossa volta e percebi o olhar frio de Willa Wang fixo em nós dois. Ela estava ao lado de Andrew e, embora não tivesse se aproximado, nos observava com atenção. Pigarreei.

– Desculpa acabar com a sua ilusão – falei –, mas falar sobre o Pé-Grande não é bem o que mexe comigo.

– Ah, não? – perguntou Matthew, se aproximando um pouco mais, até preencher todo o meu campo de visão.

Engoli em seco com aquela proximidade toda, então tentei me manter no jogo com uma expressão de indiferença.

– Não – falei.

Fiquei na ponta dos pés para ver por cima do ombro de Matthew. Willa murmurou alguma coisa para Andrew, e ele assentiu. Meu Deus, ele parecia tão deslocado. Um total forasteiro. Como se tivesse ido de penetra àquela festa. Como se...

– Assim você parte o meu coração – murmurou Matthew, o nariz quase tocando a lateral do meu rosto.

Meu corpo ficou paralisado, minha mente se aquietou.

– Por quê? – sussurrei.

– Porque estou tentando flertar com você, mas você não tá me dando atenção.

Inclinei a cabeça para trás e olhei para ele. Seu sorriso contrastava com o tom grave e sussurrado daquelas palavras.

– Você tá sorrindo demais pra alguém de coração partido – falei, sentindo aquele calorzinho no meu peito voltar. Se expandir. – E é isso mesmo que você quer fazer? Bem no meio da festa constrangedora de boas-vindas ao meu pai? Flertar? Que eu agarre a sua bunda?

– Claro – respondeu ele, os lábios se curvando ainda mais. – Sou seu noivo. Não é esse o meu papel?

Umedeci os lábios. Todos estavam olhando. Quase toda Green Oak estava ali. A feira noturna dos agricultores era famosa, mas nunca tinha atraído uma multidão como aquela. Talvez eu estivesse enganada a respeito do jantar que deveríamos ter organizado no lugar daquele evento. Até Diane, que sempre reclamou porque o evento era realizado no meio da semana, e Otto, que dizia que o sono da Coco era mais importante que *uma feira*, estavam ali. As únicas pessoas que não compareceram foram Gabriel e Isaac, que foram passar a noite em Charlotte.

Como se conjurada pelos meus pensamentos, a voz estridente de Diane pareceu mais próxima. E a ansiedade começou a borbulhar dentro de mim.

– Olha pra mim – disse Matthew.

Quando meu olhar obedeceu, encontrando o dele, aquela sensação aveludada no meu peito aumentou. E eu estremeci quando ele pegou a minha

mão. Matthew então puxou meu braço com delicadeza, para que eu o abra-
çasse. Arqueei as sobrancelhas, me perguntando o que ele estava fazendo,
e por quê. Em resposta, ele também arqueou as sobrancelhas, daquele jeito
bobo que sempre conseguia me arrancar um sorriso. Então colocou a minha mão no bolso de trás da sua calça.

– Hum. Bem melhor agora – sussurrou.

Deixei escapar uma risada, e seus olhos brilharam cheios de encanto e...
alguma coisa mais forte que isso.

– Pra você ou pra mim? – perguntei.

– Espero que para os dois.

Definitivamente para os dois.

– Se o Vovô Moe pega a gente assim, vai comprar aquela caixa enorme
de aquecedores de mãos que ameaçou me dar. Já tá no carrinho dele. Ele
me mostrou. Você tá sendo muito imprudente.

Uma risadinha ressoou em seu peito.

– Não estou desrespeitando nenhuma regra.

Nossas regras. Não as do Vovô Moe.

Não nos casamos, mas continuamos amigos. Nos beijamos se for preciso.
Podemos nos tocar.

Engoli em seco.

– Acho que não. Não é apalpação no traseiro se foi você que colocou a
minha mão na sua bunda.

– Minha bunda também é linda – disse ele, os olhos brilhando de um
jeito que gostei muito de ver. – Alguns diriam que é mágica. Acho que você
deveria pegar nela com mais frequência. Sempre que puder, na verdade. É
uma coisa que podemos fazer.

Foi difícil não sorrir. E mais difícil ainda não perceber o que ele estava
fazendo e o quanto amei que estivesse fazendo aquilo.

– Você tá me distraindo.

Ele assentiu e se aproximou, mantendo a minha mão no seu bolso traseiro. Para qualquer pessoa que estivesse observando, éramos um casal de
noivos em um momento fofo. Ele fazia piadas. Ela sorria. Palavras sussur-
radas. A lembrança da última vez que dançaram assim, tão pertinho um do
outro, o nariz dela quase tocando o dele.

Para mim, era uma história que alguém tinha inventado. Eu. Uma garota, no meio de um celeiro, com um mau pressentimento, e um homem se esforçando para acompanhar as loucuras que ela sempre inventava.

– Desculpa, Matthew – falei.

Seu olhar se encheu de preocupação. De choque também.

– Pelo quê? – perguntou ele, e ouvi frustração em sua voz.

Bom, eu também estava frustrada. E fazia coisas bobas quando estava nervosa. Talvez essa fosse uma delas. Falar mais do que devia.

– Josie… – começou ele, mas parou ao ver alguma coisa atrás de mim. – Conversamos sobre isso depois.

Eu me virei e vi para quem ele estava olhando, no mesmo instante em que o som de algo metálico batendo em uma taça interrompeu a conversa no celeiro. Os grupos reunidos em volta das barraquinhas se calaram, aqueles que sentaram para comer ou beber alguma coisa arrastaram as cadeiras no chão, e todas as cabeças na feira noturna dos agricultores de Green Oak se viraram em direção ao barulho.

– O que Bobbi está fazendo? – sussurrei.

– Isso importa? – disse Matthew. – Ela está em pé em um banquinho e todos estão olhando pra ela.

Bobbi pigarreou. Então esperou um instante. Um feixe de luz ganhou vida, iluminando-a do cabelo loiro até as botas que calçava.

– Um pouco atrasado, mas falamos sobre isso depois, Roberto – resmungou. Então abriu um sorriso e passou a falar mais alto. – Olá, população de Green Oak.

Uma pausa, como se ela esperasse que as pessoas respondessem. Ninguém fez isso.

– Acho que não posso culpar vocês – disse ela, indiferente. – É uma hora da manhã e estamos aqui, em um celeiro, rodeados de… vegetais e queijo de cabra. Não parece bem uma festa.

Ela fez outra pausa, mais curta dessa vez, a julgar pelos lábios abertos, prontos para continuar. Uma cabra baliu. Brandy, se eu tivesse que adivinhar. Bobbi suspirou.

– Tá, enfim. Obrigada pelas boas-vindas calorosas a Andrew Underwood em seu retorno a Green Oak. A cidade que o viu crescer quando garoto, o lugar que ele vem protegendo e defendendo, ainda que com discrição, ao longo de décadas e tudo o mais. Agora, cedo o palco a uma pessoa muito especial para Andrew e para a cidade, e que *sei* que adoraria dizer algumas palavras... Josephine Underwood-Moore. Nossa futura Sra. Flanagan, como tenho certeza que muitos de vocês já a chamam.

Todos no celeiro se voltaram para mim.

Senti o corpo inteiro bambear, com a sensação de que meu nome tinha acabado de ser sorteado e eu era escolhida como tributo em uma versão estranha dos *Jogos Vorazes*. Mas aquele não era o meu nome. Meu nome era Josephine Penelope Moore. Sem hífen. Sem Underwood. E eu não era a futura Sra. Flanagan. Fiquei... em choque. Completamente paralisada, petrificada.

Senti alguém puxar meu braço com delicadeza e colocar a mão em minhas costas, o único aviso antes que eu começasse a me mexer. O cheiro de Matthew envolveu meus sentidos, o calor de seu ombro contra o meu enquanto atravessávamos aquele mar de olhos fixos em nós.

Bobbi abriu um sorrisinho tenso, então baixou a cabeça.

– Por que ela está com essa cara? – sussurrou. – Ela não preparou um discurso? Na agenda...

Alguém a empurrou para o lado.

Matthew preencheu meu campo de visão.

– Quer fazer isso? Sim ou não?

Isso. O discurso. Demorei um pouquinho, mas assenti. Qual era a alternativa? Passar por boba? Por mais assustada e intimidada que eu estivesse me sentindo, aquela era a minha cidade. Minha comunidade. Eles me amavam, cuidavam de mim, me admiravam. Eu tinha uma responsabilidade.

Matthew piscou para mim, e não foi uma piscadinha brincalhona. Foi para me tranquilizar. *Você consegue*, dizia aquela piscadinha. *Você é capaz de qualquer coisa que quiser fazer.* Meu corpo se direcionou ao banquinho. Minha bota escorregou. Mãos seguraram minha cintura. Matthew me levantou e me colocou em cima do banco.

– Eu...

Hesitei. Matthew ficou ao meu lado, a cabeça na altura do meu quadril, como se estivesse me protegendo. Mas de quê? Era Green Oak. Eu era a prefeita. Estava tudo bem. Eu já tinha enfrentado coisa muito pior.

– Ufa! – falei, com uma risadinha estranha. – Eu não estava esperando por isso.

Ouvi Bobbi bufar atrás de mim.

– Quer dizer, eu não estava esperando *esse* discurso incrível da Bobbi. Vai ser difícil fazer um à altura.

Estudei a multidão à minha frente, sem saber ao certo o que estava procurando. Só soube quando encontrei um par de olhos azuis iguaizinhos aos meus. Andrew arqueou as sobrancelhas, como quem perguntava alguma coisa.

Endireitei os ombros.

– Quando recebi a missão de organizar um jantar de boas-vindas para o meu pai, parte de mim se rebelou contra essa ideia. – Ouvi um murmúrio, mas ignorei. – Por algum motivo, um jantar não parecia a melhor escolha para este momento. Se me permitem ser franca, eu estava com um pouco de medo que ninguém aparecesse. – Andrew arqueou ainda mais as sobrancelhas. – Vamos falar a verdade, esse homem é um estranho.

Meu pai retesou os lábios.

– Mas estranhos podem virar amigos com um sorriso e a quantidade exata de esforço – continuei. – E os esforços de Andrew para preservar e melhorar a cidade que um dia ele chamou de lar não podem ser ignorados. A fazenda onde estamos hoje é um exemplo disso. Embora seu apoio tenha se dado sempre com discrição, como disse Bobbi, acredito que não foi por vergonha, e sim algo que veio do fundo do seu coração. E por isso pensei que não haveria maneira melhor de dar as boas-vindas a este homem do que mostrar o que Green Oak se tornou em sua ausência. Com sua ajuda. Um pedaço de sua alma. E, possivelmente, um novo começo.

A rigidez que sempre acompanhava a expressão de Andrew pareceu se desfazer por um instante. E pela primeira vez desde que o conheci, naquele curto espaço de tempo, tive quase certeza de enxergar quem eu imaginava ser o homem por trás da máscara. Um homem capaz de demonstrar ternura. Nostalgia. Um homem cujos olhos brilharam de emoção, e talvez até esperança, só por um instante.

Tentei evitar que a satisfação crescesse dentro de mim. Que avançasse e consumisse tudo – fosse lá o que isso fosse – que havia ali no instante anterior. Mas não consegui. Nunca fui boa em controlar sentimentos importantes, por melhor ou pior que fossem.

Alguém bateu palmas. Logo, mais pessoas começaram a bater também, o aplauso retumbante interrompendo o sentimento em que mergulhei por um instante.

Na mesma hora, as mãos de Matthew voltaram a envolver minha cintura, me erguendo do banquinho. Andrew deu um passo à frente, abrindo caminho sem esforço em meio à multidão.

A mão de Matthew envolveu a minha no mesmo instante em que Andrew se aproximou.

– Obrigado, Josephine – disse meu pai, sua voz ecoando pelo celeiro. Pelo canto do olho, vi Bobbi se aproximar, fazendo algum gesto, mas meu pai continuou. – Acho que não terei uma oportunidade melhor que essa para compartilhar uma excelente notícia: é com alegria que convido todos os presentes a testemunhar a união entre minha filha e Matthew, no dia primeiro de dezembro, na cerimônia que vai acontecer bem aqui, na Fazenda Vasquez.

Meu sangue congelou.

Andrew deu uma risadinha, parecendo satisfeito consigo mesmo.

– E queremos que todos também compareçam às quatro semanas felizes de celebração que antecederão o casamento.

O celeiro parou de existir por um momento. Cada rosto, cada mão batendo palmas com entusiasmo, cada barraquinha, cada detalhe que eu mesma tinha decorado, até mesmo a faixa de boas-vindas que pintei e pendurei lá fora, desapareceu. Puf, tudo ficou preto por um ou dois segundos.

Bom, pensei. *Ótimo*. Eu queria mesmo que tudo desaparecesse.

O calor que envolvia minha mão a apertou. Puxou-a com delicadeza. *Matthew*.

Mas eu não queria olhar para ele, não queria ter que explicar nada nem acalmar ninguém. Eu não seria capaz. Mal estava conseguindo fazer essas coisas para mim mesma. Eu queria… queria que todos simplesmente esquecessem o que meu pai tinha acabado de dizer.

E de repente o celeiro ficou em silêncio. Celulares tocaram, vibraram, e Vovô Moe surgiu à minha frente, me concedendo meu desejo.

– Josie – disse ele.

Senti um frio na barriga. Como quando o zíper estragou.

– Tem um vídeo. Do seu casamento. – Percebi o celular na mão dele. – Com Greg.

Vovô não precisava dizer mais nada.

Eu sabia exatamente o que aquilo significava.

CATORZE

Na adolescência, nunca roubei bebidas alcoólicas do armário da minha mãe. Em algum momento, ela se sentou comigo e me disse que se um dia eu sentisse vontade de experimentar ou tivesse curiosidade de saber como era ficar bêbada, ela preferia estar ao meu lado. No Dia de Ação de Graças daquele mesmo ano, experimentei vinho e bebi um gole do bourbon do Vovô Moe. Não gostei de nenhum dos dois, e me lembro de ter pensado que alguns dos meus amigos eram malucos por arriscarem ficar de castigo por algo que deixava um gosto tão ruim na boca.

Bom, as coisas com certeza mudaram desde então.

Aos 29 anos, eu me vi arriscando algo muito pior que um castigo por beber a única bebida alcoólica que havia em casa: uma garrafa de rosé. O de verdade, não o vinho de mentirinha que eu dava ao Vovô Moe desde o derrame. Não era minha intenção esconder a garrafa, mas quando percebi que de alguma forma ela tinha mudado de lugar depois que fiz A Troca, decidi guardá-la na lavanderia, atrás da garrafa grande de detergente. Porque um esconderijo secreto, ainda que acidental, sempre pode ser útil.

– Josie? – chamou Vovô Moe do quarto dele, me fazendo parar de repente no meio do corredor, a garrafa de rosé escondida atrás das costas.

– Sim?

– Ainda está acordada?

– Estou.

– Também não consigo dormir – admitiu ele.

O peso da bola de chumbo que ocupava todo o espaço em meu peito dobrou.

– Eu sei.

Uma pausa, e eu sabia exatamente o que ele ia dizer em seguida.

– Tem certeza de que está bem? – Mais uma pausa cautelosa. – Podemos conversar. Posso fazer um queijo quente pra você.

Meus dedos apertaram o gargalo da garrafa.

– Está tudo bem – menti. – Além do mais, são duas da manhã. É um pouco tarde pra fazer queijo quente.

Um silêncio se seguiu, longo o bastante para que eu voltasse a andar. Mas então Vovô Moe disse:

– Eu te amo, meu bem. Grite se precisar de mim, tá?

Demorei um pouco para conseguir falar porque um nó tinha se formado na minha garganta.

– Também te amo! Boa noite!

Entrei e fechei a porta. Fui logo me jogando no meio da cama e colocando a garrafa na mesa de cabeceira. Eu ainda não tinha decidido se realmente queria abrir, mas trouxe a garrafa para mais perto, só para garantir.

Eu me recostei na cabeceira e pisquei, olhando para o papel de parede creme à minha frente. Então olhei para o sol que pintei um dia, muitos anos antes, e que nunca cobri porque ele me fazia sorrir.

Naquela noite, não fez. O efeito foi o contrário, e eu não tive coragem de tentar entender por quê.

Eu não queria pensar. Em nada. Queria ficar anestesiada. Virar um objeto inanimado sem emoções avassaladoras. Eu poderia ser um vaso. Conter flores. Levar alegria a um cômodo. Oferecer um último resquício de vida a algo destinado a decair e murchar.

Esse pensamento deixou um sabor sombrio. Eu não gostava disso, mas decair e murchar parecia ser meu destino. Uma imagem do vídeo que agora metade do país tinha visto dançou em minha mente, e eu balancei a cabeça e bufei, afastando-a.

Olhei para a pilha de livros que tinha amontoado sem querer ao pé da cama. Um suspense assustador, a autobiografia de uma estrela do pop que prometia entregar todas as fofocas dos anos 2000 e alguns romances apimentados que eu estava morrendo de vontade de ler. Nenhum deles chamou minha atenção naquele momento. Eu não estava exatamente no clima para me assustar, muito menos para fofocas, e o romance... devia ser a última das minhas prioridades.

Então olhei para a cômoda. Para a primeira gaveta, onde eu tinha decidido esconder meu celular, que estava explodindo de tantas mensagens, tantos lembretes de todas as coisas em que eu não queria pensar, tantas pessoas perguntando se eu estava bem. Eu não estava, e não queria falar a respeito do assunto. Eu nunca tinha feito isso. Nunca. Não era o tipo de pessoa que precisava se isolar depois de um golpe da vida. Nem mesmo depois da morte da minha mãe, e muito menos depois de ter fugido de todos os homens com quem tinha aceitado me casar.

Nessas situações, as pessoas que eu amava me proporcionavam o consolo de que eu precisava. Mas não naquela noite. Naquela noite, eu não queria ver a tristeza do Vovô Moe. Ou ouvir o quanto Adalyn e Cameron estavam preocupados. Ou o quanto meu pai estava decepcionado – e Bobbi também.

Eu não queria nem encarar Matthew. Não queria ver a preocupação e o senso de proteção que vi em seu rosto quando Vovô Moe nos mostrou o vídeo. A recusa absoluta, embora silenciosa, de voltar ao Alce Preguiçoso depois que ele me levou até em casa. Matthew queria ficar, eu vi em seus olhos. Vi tudo isso, e vi que ele também estava sobrecarregado com toda aquela situação.

Matthew esperou que eu pedisse. Eu não era boba, mas deixei que ele fosse embora. Por que ficar?

Eu não queria que ninguém tentasse falar comigo. Não estava com vergonha ou constrangida. Só me sentia... feia. Por dentro. Toda errada. Queria poder sair do meu corpo e me esconder embaixo da cama até que o mundo lá fora desaparecesse.

Deixei escapar um soluço, olhando mais uma vez para a gaveta. Será que Matthew tinha mandado mensagem? Ligado? Será que estava em casa, assistindo ao vídeo sem parar: eu saindo pelo corredor da igreja com um vestido de noiva, deixando para trás convidados boquiabertos e um noivo chocado? Será que ele percebeu que eu estava surtando enquanto corria pelo tapete de veludo que dividia aquele mar de cadeiras em dois? Será que finalmente se deu conta de que eu era problemática? Caótica?

Quem faria uma coisa daquela? Correr o mais rápido possível de alguém a quem estava prestes a prometer amar na saúde e na doença. Pelo resto da vida.

Eu. E ele sabia disso. Matthew sabia. Todos sabiam. Mas saber era diferente de ver. Isso tornava a coisa toda inegável. Definitiva.

Aff. Será que Vênus estava retrógrado? Era por isso que eu me sentia tão suja, por isso que todos os meus relacionamentos anteriores pareciam ter apodrecido como nunca antes?

Eu deveria tomar um banho. Sim. Às duas da manhã. Com uma nova onda de energia, fui para o banheiro e abri a torneira da banheira. O mais quente possível, para que o vapor eliminasse todos os maus pensamentos. Peguei a caixa de sais de banho e comecei a preparar a receita perfeita. Bomba de lavanda. Sais de frutas silvestres. Óleo essencial de hortelã. A banheira encheu, e eu senti o prazer daqueles aromas deliciosos, a mudança na atmosfera do banheiro, o espelho embaçando.

Ah. O rosé.

Peguei a garrafa na mesa de cabeceira. E, na cômoda, uma caneca cor-de-rosa que faria as vezes de taça. Virei.

Meus pés congelaram no lugar, enraizados no chão.

Meu celular estava dentro da cômoda.

Eu disse a mim mesma que me afastasse. Que entrasse na banheira. Mas a tentação era forte demais, e minha força de vontade sempre foi muito fraca, derrotada facilmente pela curiosidade. Foi por isso que escondi o celular. Suspirei. Endireitei os ombros. Virei. Em um piscar de olhos, o celular estava nas minhas mãos.

Meu olhar localizou aquele nome no mar de notificações. Abri. Não consegui me conter.

MATTHEW: Tá acordada?

Mordi o lábio, pensando. Fazia cinco minutos que ele tinha mandado aquela mensagem. Será que estava tentando deixar que eu respirasse um pouco? Por isso demorou para escrever? Por isso não perguntou se eu estava bem, como todos os outros fizeram?

– Meu Deus, Josie – resmunguei, interrompendo esses pensamentos.

Eu ia é ficar com uma bela dor de cabeça.

Eu podia ignorar a mensagem. Era a coisa mais sensata a fazer naquele momento. Depois tomar meu banho, depois dormir. Com o celular na mão, fui até a banheira, coloquei a garrafa e o celular na mesinha que ficava ao lado, e tirei a roupa. Entrei, e tomei uma decisão: eu não ia responder. Ia mergulhar na água escaldante e deixar que os óleos essenciais dissolvessem aquilo tudo. Incluindo a mensagem de Matthew.

A tela do meu celular acendeu. Dei uma espiada.

MATTHEW: Toc, toc.

Estiquei o pescoço e peguei o celular.

JOSIE: Vai dormir.

MATTHEW: Vai você.

Aquilo era ridículo. Ele era ridículo.

JOSIE: Estou ocupada.

MATTHEW: Fazendo o quê?

JOSIE: Tomando um banho de banheira.

MATTHEW: Duvido.

Bufando, tirei uma foto, com os pés para fora da água para que ele visse que não era falsa, e mandei.

Os três pontinhos ficaram tanto tempo dançando na tela que me perguntei se ele estava escrevendo um parágrafo inteiro como resposta. Ou talvez nada.

MATTHEW: Estou indo aí.

Endireitei a coluna, espirrando água para fora da banheira com o movimento repentino.

JOSIE: O quê? Não. Por quê?

MATTHEW: Porque você me deixou no vácuo. Porque você tá bebendo. Porque estou preocupado. Porque você não perguntou "quem é?", e isso significa que você não tá nada bem. Porque você não pediu que eu ficasse com você esta noite.

Tudo dentro de mim amoleceu, derreteu, parou de funcionar. *Porque você não pediu que eu ficasse com você esta noite.* E eu não tive escolha a não ser mergulhar de volta na água quente e respirar fundo.

JOSIE: Desculpa.

JOSIE: Eu não queria deixar você no vácuo.

JOSIE: Mas pode largar a chave do carro e voltar pra cama. Se o vovô pegar um garoto entrando na casa a essa hora, não me responsabilizo pelo que ele vai fazer.

MATTHEW: Eu sou seu noivo.

MATTHEW: Não um garoto.

Não respondi. Não de cara. Não sabia o que dizer. Porque meus olhos ficaram fixos em uma palavra específica, e eu estava sentindo… alguma coisa.

JOSIE: Toc, toc.

Prendi a respiração, esperando. Quando a resposta dele chegou, abri um sorriso, um pouco aliviada. Era uma resposta curta, provavelmente triste, mas ainda assim um alívio.

MATTHEW: Quem é?

JOSIE: Drene.

MATTHEW: Drene quem?

JOSIE: Drene a banheira, estou me afogando! Glub, glub.

MATTHEW: Isso não me acalmou nem um pouco.

Dei risada. Eu tinha achado bem engraçado. Mas, com a mesma rapidez que surgiu, esse sentimento foi embora, e meu sorriso se desfez, me fazendo... voltar ao lugar onde eu estava antes.

JOSIE: Essa noite foi estranha. Desculpa.

MATTHEW: Não quero nem preciso de um pedido de desculpa, Josie.

JOSIE: O que você quer, então? Ou precisa?

MATTHEW: Não pergunta se não estiver pronta pra ouvir a resposta.

JOSIE: Que cantada boa. ☺ Bem sexy.

MATTHEW: Até que enfim estou conseguindo a sua atenção, viva.

JOSIE: Você sempre teve a minha atenção, Matthew.

Quando a resposta demorou a chegar, fiquei inquieta. Queria retirar o que eu disse.

MATTHEW: Conversa comigo, Baby Blue. Por favor?

O apelido me pegou desprevenida. Era quase como se eu pudesse vê-lo, ouvi-lo dizer aquelas palavras. A preocupação naqueles olhos castanhos, deixando-os mais escuros, como no celeiro.

Comecei a escrever e de repente não consegui mais parar.

> **JOSIE**: Não quero conversar. Tranquei meu celular em uma gaveta quando cheguei em casa porque estava com medo que você pedisse uma explicação. Que perguntasse se eu estava bem. Como eu estava me sentindo. Mas, neste momento, meus sentimentos não importam. Não quando a gente olha o todo. Então não quero ficar pensando nisso agora. Porque aí vou ficar remoendo tudo. O motivo de ter fugido aquele dia, ou todas as outras vezes que fui covarde e estraguei as coisas, como devo estar fazendo agora, e vou acabar ficando sem nada. Sem ninguém. Então, não. Não quero conversar. Podemos dissecar todo esse caos amanhã. Pode me consertar outro dia. Hoje, não. Ainda mais depois de ter me chamado de Baby Blue.

> **MATTHEW**: Josie.

> **MATTHEW**: Você é importante.

> **MATTHEW**: Eu estou ao seu lado.

> **MATTHEW**: E não tem nada em você que eu queira consertar.

> **MATTHEW**: Não tem nada em você que precise de conserto.

Fiquei olhando para a tela. Meu coração bateu forte. Martelando nos meus ouvidos. Fazendo meu peito subir e descer. *Pesado*. Estava difícil respirar, e eu não conseguia acreditar que ele tinha dito aquilo.

> **JOSIE**: Para com isso. Não seja legal comigo.

MATTHEW: Quer que eu fique bravo? Porque eu estou, mas não com você. Não precisa se esconder de mim. Diz tudo o que tá fazendo você se sentir assim. Eu falei sério quando disse que a gente conversaria mais tarde. E eu disse isso antes que tudo acontecesse. O vídeo não importa.

JOSIE: É claro que importa.

MATTHEW: Pra mim não. A única coisa que importa nesse momento é você.

A única coisa que importa nesse momento é você.

Encarei o celular atônita, incapaz de entender a confusão que ele estava causando na minha cabeça, o caos no meu peito. E, mais uma vez, meus dedos começaram a voar pela tela. Eu estava falando, como ele queria. Como ele pediu.

JOSIE: Queria que você não tivesse dito isso. Queria… que pudéssemos voltar ao que estávamos fazendo. Ao que sabemos fazer. Nossas regras. Piadas bobas. Os toques que não significam nada. Você, falando sobre magia e exigindo que eu agarre a sua bunda. Queria que você preferisse flertar comigo e me distrair, dizer aquelas coisas que me deixam vermelha, ou, sei lá, que pedisse algo absurdo, tipo um nude, só pra me distrair.

MATTHEW: Nudes. Piadas. Uma distração. Minha boca suja. Isso é tudo que você quer de mim?

Não. Não era. Nem de longe. Sei lá por que escrevi aquilo, só sei que precisava dele. De Matthew. Não porque ele era bobo ou porque flertava comigo. Eu precisava dele desesperadamente, de um jeito que não sabia explicar. De um jeito que me deixou com medo de perdê-lo se eu chegasse perto demais. Rápido demais. Se me abrisse demais. Se ele me visse naquele vídeo idiota em um momento tão horrível. Mas ele tinha razão. Havia coisas que eu não estava preparada para ouvir. Ou talvez eu só não tivesse coragem o bastante para admitir nada daquilo.

JOSIE: Talvez.

MATTHEW: Está falando sério?

O ar entrava e saía dos meus pulmões. Minha pele queimava por um motivo que não tinha nada a ver com a temperatura da água, ou do vapor por toda parte.

MATTHEW: Está falando sério, Josie?

Meu coração acelerou.

JOSIE: Estou.

Meu celular vibrou. Matthew estava ligando. Atendi.
– Oi – falei, quase em um sussurro.
A resposta de Matthew foi imediata, a voz grave, íntima no silêncio da noite.
– Eu vou te dar o que você precisa.
Engoli em seco.
– Matthew...
– Quanto você bebeu?
Minha risada saiu estranha. Estrangulada. Na verdade, não foi uma risada.
– Nada.
Ele soltou um suspiro profundo de alívio. E também um pouco triste.
– Estou tão... – comecei a dizer.
– Para de pedir desculpa – interrompeu ele. – Eu não me arrependo de nada. Não no que diz respeito a você.
Meus lábios se abriram para fazer uma pergunta, mas outra vez ele foi mais rápido.

– Pergunta o que eu estou vestindo, Josie.

Minha pele ficou ainda mais vermelha e quente. Hesitei. Mas só por um instante. Foi aquilo que eu pedi, não foi? Quase implorei a Matthew que me distraísse. A culpa se multiplicou. Ele já estava me dando tanto, e eu...

– Pergunta o que estou vestindo, Baby Blue – repetiu ele. Sua voz tinha mudado. Estava mais leve. – Vai gostar da resposta, prometo.

A culpa começou a diminuir.

– O que você tá vestindo?

– Calça de moletom. Sem camisa – respondeu ele. Rápido. Diligente. Meus batimentos aceleraram. – Pergunta mais.

– Você tá na cama?

– Estou. Mais.

Deixei escapar um suspiro.

– Embaixo das cobertas?

– Estou sentado, apoiado na cabeceira, com a coberta nos pés.

Murmurei. Gostei da cena que imaginei. Talvez um pouco demais.

– Está de óculos?

Ouvi a risada rouca de Matthew. O som envolveu meus ouvidos, me acalmando e despertando uma parte específica do meu corpo.

– É um fetiche do qual eu deveria saber?

– Talvez – respondi, baixinho.

Uma pausa, e ele engoliu em seco.

– Diga o que está vendo...

– Meus joelhos – respondi. – Estão pra fora da água. Que está cor-de-rosa. Com bolhas.

– E o cheiro? Deve estar gostoso.

– Óleos essenciais. Lavanda, frutas silvestres e menta.

Foi a vez dele de murmurar. Pareceu gostar do que tinha ouvido.

Fiquei um pouco inquieta. Senti uma ansiedade subindo.

– O que você tá sentindo, Josie? Na sua pele.

– Eu... – comecei a responder, umedecendo os lábios. – Estou sentindo tudo. – Ele murmurou mais uma vez, me incentivando a continuar. – O vapor e o suor nos ombros e no rosto. As bolhas, estourando nos meus braços e no meu peito. Minhas... pernas, escorregadias quando me movimento.

– Tá gostoso? – perguntou ele, a voz grave provocando meus ouvidos.

– Quando você se mexe dentro da banheira que encheu de tantas coisas gostosas?

– Sim – respondi e, meu Deus, senti o sangue correr cada vez mais rápido, subindo até meu rosto, descendo até meus pés.

– Onde estão suas mãos, Josie?

Senti um frio na barriga.

– Uma tá segurando o celular. A outra tá na água.

– Onde exatamente? Descreve pra mim. Na sua coxa? Na barriga? No peito?

Engoli em seco e fechei os olhos. Estávamos mesmo fazendo aquilo. Ele estava fazendo o que eu pedi, e perceber o quanto estávamos próximos de ultrapassar aquele limite me deixou... sem ar. Inebriada. Vacilante.

– Matthew – sussurrei.

Só isso. Só disse seu nome.

– Onde? – repetiu ele, exigente.

Qualquer dúvida que eu tinha desapareceu. Quase completamente. Minha vontade era pedir que ele fizesse outras exigências. Que tomasse as rédeas que eu não sabia como segurar.

– Fecha os olhos – disse Matthew.

E perceber que ele tinha adivinhado, que sabia, que tinha lido a minha mente, mesmo pelo telefone, me deu vontade de chorar. De rir.

– Agora – insistiu ele.

Fechei os olhos e recostei a cabeça no descanso da banheira.

Ele deixou escapar um suspiro tenso. Como se pudesse me ver. Obediente. Os olhos fechados.

– Agora me diga: onde está a sua mão, Baby Blue?

Baby Blue.

– Na minha coxa.

– Quero que vá subindo – instruiu ele, me arrancando um suspiro. – Pode fazer isso?

– Posso – sussurrei. – Até onde? – Suspirei outra vez. – Como? Eu...

– Arrastando lentamente pelo seu corpo, deixando as pontas dos dedos traçarem sua pele. Passando pela sua cintura, pelo seu umbigo, parando nos seios.

Meu sangue ferveu com a clareza daquelas instruções, com a firmeza da sua voz, com o quanto amei ouvi-la. Obedeci, arrastando a mão bem devagar, cada toque, arrepio e carícia duplamente poderosos com meus olhos fechados e a respiração de Matthew em meu ouvido.

– Já chegou? – perguntou Matthew, e eu assenti soltando um "uhum" bem baixinho. – Ótimo. Agora quero que, com a mão em seus seios, faça o que achar mais gostoso, Josie. Quero ouvir um gemidinho. Acha que pode fazer isso?

– Eu quero. Posso tentar – murmurei, mas então...

– O que foi? – perguntou Matthew.

– Acho melhor a gente pular essa parte – falei, sem saber ao certo o que e como fazer. – Não é...

– Quer ouvir o que eu faria? Se estivesse aí com você, se fosse minha mão, não a sua?

– Quero.

Ele deixou escapar um grunhido baixo.

– Eu começaria com os lábios no seu queixo. Só uma mordidinha. Meus dentes roçando a sua pele. – Uma pausa. – Isso não seria desrespeitar nenhuma regra.

Meus lábios se abriram com um sim, ou um não, eu não saberia dizer ao certo.

– Então iria descendo – continuou ele, e um arrepio percorreu aquela linha imaginária. – Ao longo do seu pescoço, mordiscando sua clavícula, até que cada centímetro de pele no seu peito se arrepiasse e seus mamilos ficassem endurecidos.

Meu sangue desceu, acumulando-se ali, me inundando de desejo. Pressionei as coxas uma contra a outra.

– Eu ia gostar disso.

– Ia gostar, é? – perguntou ele, e soltou um ruído estranho. – E se eu fechasse meus lábios e envolvesse aquele pico glorioso? Só um pouquinho. Só o bastante. Até você começar a tremer. Você ia gostar disso também?

Minha mão subiu, fazendo conforme ele narrava. Imaginando-o ali.

– Sim.

– Esse *sim*... Quando você dissesse isso, eu ia erguer a cabeça e observar seu rosto.

Suspirei ao imaginar a cena.

– Depois, ia recompensar cada mamilo com uma beliscadinha suave, querendo um pouco mais.

As palavras, a cena que elas pintavam na minha mente, a sensação da minha mão, tudo isso arrancou um gemido da minha garganta.

Matthew soltou uma risada rouca.

– Pensar nisso também tá me matando, meu bem. Estou ficando louco de tesão.

Eu percebi que queria aquilo. Queria Matthew louco de tesão. Meu corpo, ardendo com aquele mesmo arroubo. A ânsia em sua voz.

– Continua – resmungou ele, e ouvi o farfalhar de roupas ao fundo. – Não para o que tá gostoso, Josie. É o que eu faria. Eu te levaria cada vez mais perto do limite. Nós dois, desesperados por mais.

Meus pulmões expulsaram o ar de repente, meus movimentos lhe obedeceram, o tesão cresceu.

– Matthew?

– Estou aqui.

Mas ele não estava. E isso pareceu tão injusto.

– Eu... – Algo se agitou dentro de mim. – Eu preciso de mais. Eu...

– Abaixa a mão.

Um gemido me escapou.

– Entre as suas pernas – disse ele. – Faz isso pra mim.

Segui sua voz firme, deixando que minha mão deslizasse até onde aquele desejo pulsante se concentrava. As pontas dos meus dedos roçaram minhas coxas, e soltei um suspiro trêmulo.

– Ainda não chegou ao ponto exato – disse Matthew. – Quero ouvir você se contorcendo de prazer. Tenta de novo.

Se contorcendo de prazer. Sem ele ali? Me tocando?

– Vou chegar lá – falei, mexendo os dedos hesitantes, quase lá. – Quero ouvir você...

– Você vai ser uma boa garota e vai me deixar arrancar esses gemidos.

Senti um frio na barriga, a pulsação aumentando sob meus dedos.

Soltei um gemido.

– Boa garota.

Ai, meu Deus.

– Agora um pouco mais rápido – disse ele. Sua voz pareceu mais ousada, e eu obedeci, ainda ouvindo o farfalhar do tecido. Matthew também soltou um gemido. – Eu é que vou fazer você gozar. Entendeu? A minha voz. Você vai imaginar o meu toque.

O movimento dos meus dedos ficou mais confiante, traçando círculos firmes. Mais rápido. Como eu sabia que me faria chegar cada vez mais perto. Como ele queria.

– Sim ou não, Josie?

– Sim.

– Agora me dá o que eu quero – ordenou Matthew, e meu Deus, aquela voz rouca quase me levou ao limite. – Desliza esses dedos lá dentro. Faz isso por nós dois.

Meus dedos deslizaram na mesma hora, e um gemido alto escapou dos meus lábios.

– Esse som – disse ele, quase um rosnado. – As coisas que eu faria por esse som. As coisas que estou fazendo, Josie. As coisas que eu faria se você pedisse.

– Matthew? – chamei, sentindo meu rosto queimar, meu corpo ardendo de desejo, o som da água espirrando. – Ah! Eu...

Minhas palavras não saíram, o tesão foi aumentando, escalando, subindo, até parecer que era demais.

– Continua – disse ele, um gemido escapando entre golfadas de ar. – Um pouco mais fundo.

Meu Deus, será que ele estava se acariciando também? Matthew soltou outro gemido.

– Se tocar é bom, não é, Josie? Não estamos desrespeitando nenhuma regra, agora me dá o que eu quero. Se solta. Dá um gritinho pro seu noivo. Me diz quem tá fazendo o mundo desaparecer.

Dá um gritinho pro seu noivo.

Me diz quem tá fazendo o mundo desaparecer.

Foi isso, tudo isso, tudo de uma vez, que fez a tensão que envolvia meu corpo se dissipar. *Diz meu nome.* Meus olhos se fecharam, e aquela onda de calor que envolvia meu corpo estourou.

– *Matthew* – murmurei, espasmos viajando pelo meu corpo.

Caramba. Ah. Eu estava voando. Gozei com tanta força que...

– *Josie?*

Ouvi uma batida à porta.

Meu corpo inteiro estremeceu, e ergui as mãos de repente.

O celular, solto em minha mão, escorregou, caindo na água.

– *Não!* – gritei.

– Josie – repetiu Vovô Moe. – Algum problema aí dentro?

Muitos problemas.

– Está tudo bem! – gritei, tirando o celular da água. A tela estava preta. Droga. Merda. – Estou tomando banho – expliquei, saltando da banheira e enrolando o aparelho em uma toalha. – Estou... relaxando? – Balancei a cabeça. – Isso. Estou relaxando. Por quê?

Houve um instante de silêncio.

– Ouvi você falando.

– Estava falando sozinha – respondi depressa. Fechei os olhos e soltei um palavrão baixinho. – Resmungando. Cantando. – *Cantando*? – Você precisa de alguma coisa?

– Só vim ver se está tudo bem – resmungou Vovô Moe. – Vi a luz acesa.

Eu me sentei, suspirando.

– Está tudo bem.

– Tem certeza? – insistiu Vovô Moe.

– Vai ficar tudo bem – admiti.

Quem sabe quando meu celular voltar à vida e eu conseguir mandar uma mensagem para Matthew, antes que ele entre em pânico e pense que eu morri, vítima do orgasmo incrível que ele tinha acabado de provocar.

Ou quem sabe eu não ficasse nada bem.

Não agora que estava me dando conta do que Matthew e eu tínhamos acabado de fazer.

QUINZE

– O que deu em você, Josie?

Olhei da tigela que estava segurando junto ao peito para o homem de suspensórios.

– Minhas claras. Elas não endurecem.

Vovô Moe franziu o cenho.

– Por isso está birrenta desse jeito?

Não. Mas também sim.

– Já acabou o showzinho? – perguntei, os dentes cerrados, voltando a bater as claras. – O tiramisù, como deve ter percebido, não está pronto *ainda*. Agora, se não se importa...

Apontei para a porta com a cabeça.

– Não tem que descansar na geladeira durante a noite?

Olhei para ele com os olhos semicerrados, os movimentos do meu punho ficando mais agressivos. Sim, tinha.

– Eu decido isso, obrigada – respondi.

Vovô não pareceu impressionado.

– Mas...

– Nada de "mas" – rebati, sibilando.

– Josie...

– Está tudo bem. Eu estou...

Ele bateu o pé no chão.

– Larga esse fuê antes que você se machuque, garota!

Meu braço parou de repente. Eu estava ofegante. Como três noites antes, na banheira, quando... Não. De jeito nenhum. Eu não ia pensar naquilo. Não naquele momento e de preferência não na frente do Vovô Moe.

– Meu fuê está sob controle – anunciei, respirando mais devagar. – Minha vida também, aliás. Antes que pergunte pela milésima tricentésima quadragésima oitava vez se eu estou bem. Eu estou. Estou tão bem e tudo está tão sob controle que não tem nem graça. E essas claras vão ser subjugadas, dominadas e… vão ficar bem fofinhas. Com o tempo. Você vai ver.

A expressão do Vovô Moe ficou mais suave. Não havia pena ali, só preocupação, o que não era nenhum alívio. Só fazia do vovô mais uma pessoa que eu estava tentando não preocupar nem magoar com minhas ações. Ou para quem eu tentava não demonstrar o que estava sentindo com o anúncio de Andrew. Sobre o dia primeiro de dezembro. Sobre o casamento.

Mas o vovô era a única pessoa que eu não tinha conseguido evitar naqueles últimos três dias.

– Olha ao seu redor, meu bem – disse ele.

Não olhei. Eu sabia exatamente o que havia *ao meu redor*.

– A cozinha está uma bagunça – continuou ele mesmo assim. – Não tem um centímetro desse lugar que não esteja coberto de biscoitos, tigelas com café, cacau em pó ou respingos de ovo. É só um tiramisù. Você já fez receitas muito mais elaboradas, e de olhos fechados. Lembra do croquembouche?

Inspirei fundo.

– Não é *só* um tiramisù. Eu mesma fiz os biscoitos. Do zero. Peguei grãos de café especiais da Venda da Josie. Estou usando o melhor mascarpone da *região* e batendo as claras à mão. Eu…

– Mas não é nenhum croquembouche.

– Para de repetir "croquembouche".

As narinas do vovô se dilataram.

– Não. Croquembouche.

– Vovô…

– Croquembouche – repetiu ele.

Meu Deus.

– Você é insuportável.

– E você é uma rabugenta. Uma *rabugenbouche*.

Cerrei os dentes.

– Por acaso você tem 5 anos?

– Bem que eu queria – resmungou ele.

Naquele momento, ele me lembrou tanto Matthew que senti a irritação se dissipar. Porque agora era isso o que acontecia quando eu pensava em Matthew. Todo o resto se dissipava. O que não era bom. Não naquele momento. Não depois daquela noite.

– Está agindo como aqueles bobos do programa de TV que eu vejo – resmungou Vovô Moe. – Mas não é nada divertido de assistir. A essa altura, é doloroso.

– Puxa, obrigada – murmurei. – E não se preocupa, não vou sair por aí distribuindo rosas para homens aleatórios.

De certa forma, eu já fiz isso, completou meu cérebro. Balancei a cabeça, me livrando fisicamente daquele pensamento.

Ele deu de ombros, pois não estava convencido.

– Isso tudo está mexendo com a sua cabeça. O tiramisù, o vídeo e a droga do casamento. Não estou gostando disso.

Larguei a tigela e o fuê e cruzei os braços.

– Não tem nada mexendo com a minha cabeça – menti.

Exceto, quem sabe, orgasmos. E, tudo bem, um casamento para o qual faltava menos de um mês. E a internet surtando por um vídeo de dez segundos. E Andrew, Bobbi, Willa Wang e...

Talvez o vovô tivesse razão.

– Então o que tem na despensa?

Bufei.

– Coisas de despensa.

– Ah, é?

Olhei para ele, insolente. Eu sabia o que havia em uma das prateleiras da despensa. Só não sabia explicar por que estava ali. Ou como o vovô descobriu que estava ali. Será que ele viu quando desci carregando escada abaixo?

Vovô me deu um olhar sério.

– Liga logo pro Matthew. Os últimos três dias foram infernais com aquela mulher ligando o tempo todo e passando aqui na frente. Eu não tenho mais desculpas pra dar e estou irritado. No mínimo ela deveria estar irritando você *e* o Matthew. Não a mim.

– Nossa, que maduro e nada egoísta – falei, seca.

– Você é que está sendo um pouco egoísta, meu bem.

Essa doeu. Escorei o quadril no balcão e mexi nos biscoitos, fingindo que aquele comentário não tinha me atingido. Será que eu estava sendo egoísta?

– Eu estou sendo egoísta?

– Dar um perdido é sempre egoísta.

Arquejei.

– Como você sabe o que é dar um perdido? E eu não dei um perdido no Matthew.

Vovô Moe arqueou as sobrancelhas.

– Eu sei de muitas coisas. E você envolveu o garoto nessa história toda e agora... O quê? Não vai mais falar com ele?

– Meu celular morreu. Tive que colocar no arroz. É um milagre que ele tenha voltado à vida. E tenho certeza de que Matthew está bem. Talvez um pouco preocupado, mas bem.

– Eu vi o garoto ontem, andando rápido pela cidade olhando para o chão, assim como você estava olhando pra essas claras aí.

Senti um aperto no peito. Ele estava andando rápido? Olhando para o chão? O que aquilo significava? Será que ele...

– É meu dever ressaltar que você não está se ajudando – continuou Vovô Moe. – Qualquer que seja o motivo que você acha que tem pra fazer isso, é idiota.

– Eu achava que você não gostava dele.

– Eu não desgosto. E se eu posso dar uma chance ao garoto, você também pode. Faz isso logo, antes que ele resolva invadir a propriedade com uma caixa de som nos ombros e faça papel de idiota.

Abafei uma risada. Mas era uma risada amarga.

– Como se ele fosse...

A campainha tocou.

Vovô Moe abriu um sorrisinho malicioso.

– É bom ele não começar a tocar nenhuma música. Eu pausei o programa bem na cerimônia da rosa e quero ver quem Emmanuelle vai deixar por último. Em paz.

Ele virou e saiu, me obrigando a atender a porta.

Minhas entranhas brincavam de cabo de guerra: parte de mim esperava que fosse ele, a outra parte tinha medo que fosse. Aquilo tudo era bobagem. *Eu* estava sendo boba.

Na prática, eu sabia que nada precisava mudar depois daquela ligação. Que fui eu quem pedira a ele que me distraísse, e que eu tinha muitas outras coisas mais importantes com que me preocupar. Como aquele anúncio idiota sobre o casamento que Andrew fizera na feira noturna dos agricultores e o que aquilo significava para mim. Para Matthew. Para nós. Tudo, na verdade.

Não nos casamos, mas continuamos amigos.

Essa era uma das regras.

E agora… Agora o quê? Será que a gente ia conseguir seguir em frente, se encontrar, conversar, sem desrespeitar essa regra?

Como poderíamos continuar *amigos* depois do que aconteceu? Como poderíamos continuar noivos e não casar, mas seguir com a amizade depois daquela noite? Talvez Matthew tivesse experiência com relacionamentos casuais, sexo casual, mas eu não tinha. Nenhuma. Então eu não sabia se seria capaz de ignorar aquilo e agir como se ele não tivesse me proporcionado um orgasmo. E um orgasmo alucinante, de encurvar os dedos dos pés. Como se eu não tivesse gemido o nome dele pelo celular. Agora não sabia se conseguiria vê-lo e não pensar nisso. Tudo porque eu estava chateada e parecia que o mundo estava desmoronando em cima de mim.

Você é importante.

Eu estou ao seu lado.

E não tem nada em você que eu queira consertar.

Não tem nada em você que precise de conserto.

Eu estou ao seu lado, meu cérebro emperrou nessa frase. Mas será que estava mesmo? Eu não sabia como reagir a essa afirmação, e também não sabia mais se ela era verdadeira.

Ele disse todas essas coisas antes de eu implorar que ele me distraísse. Antes de deixá-lo acreditar que distração era *tudo* o que eu queria dele. Não era, mas e se eu o magoara? Confundira? Irritara? E se Matthew quisesse desistir agora tinha tido teve tempo para pensar? Agora que todos acreditavam que ele estaria no altar no dia primeiro de dezembro, esperando por mim? Eu entenderia, de verdade. Nem eu mesma tinha certeza de que queria ir em frente com aquela coisa de noivado. Esse dilema bobo que eu tinha levado longe demais. Eu tinha sido egoísta. Exatamente como Vovô Moe me acusara de ser. Como tinha sido tantas vezes, com tantos homens.

Era por isso que eu estava me escondendo.

Porque Sam e Nick tinham razão. Eu corria. Era muito boa nisso.

Outra batida à porta me fez perceber que eu estava parada, olhando para o nada.

Endireitei os ombros. Segurei a maçaneta. Girei.

Vai ficar tudo bem. Você vai dizer oi. Ele vai responder com um sorrisinho, porque Matthew é esse tipo de homem. Bom, gentil, não importa o que esteja acontecendo. Quer entrar? Acho que precisamos conversar.

Os olhos de Matthew encontraram os meus.

Minha respiração ficou presa na garganta.

Os lábios dele se contraíram, mas não formaram um sorriso.

– Ah, Josie... que merda.

Ah, Josie... que merda, de fato.

Ele estava tão lindo ali na minha frente. À minha porta. Bem ali comigo. Será que eu devia falar sobre o tempo? Fazer uma piada? Ah, o plano era...

– Você não pode mais me evitar – disse ele. – Por favor.

Direto ao ponto. Eu não podia reclamar. Era uma das coisas de que eu mais gostava nele.

– Não foi minha intenção evitar você – respondi, a voz fraca.

Ao contrário do que eu estava acostumada, a mentira saiu fácil.

– Eu fui dar uma caminhada, pelo bem da minha saúde mental – comentou ele.

Aquela frase lascou a armadura que eu mantinha ao redor do peito. Então foi isso que o Vovô Moe quis dizer. Ele vira Matthew nessa caminhada. Ouvi-lo dizer aquelas palavras não me fez bem. O gosto amargo que eu sentia no fundo da garganta piorou. Saúde mental era importante. Minha cozinha coberta de mascarpone e respingos de ovo era a prova disso.

– E ajudou? – perguntei.

Matthew contraiu a mandíbula. Então revelou algo que, de alguma forma, eu não tinha visto escondido atrás dele.

– Fiz uma torta pra você.

A armadura foi ao chão.

– Você fez o quê?

– Uma torta pra você.

Meu peito ficou quente e frio, macio e endurecido, agora exposto a tudo o que ele dizia. Minhas palavras não passaram de um sussurro.

– Mas ninguém cozinha pra mim.

– Eu cozinho.

Ele cozinhava.

Cada grama de tenacidade e teimosia no meu corpo se dissipou com aquelas duas palavras. Cada medo que mantinha tudo dentro de mim tão denso, tão retesado, como se estivesse prestes a se estilhaçar, sumiu de vista.

Matthew fez uma torta para mim. Eu estava ali escondida havia três dias, como a covarde que eu era, deixando Matthew acreditar em coisas que eu não pensava, mas que não conseguia traduzir em palavras, e ele apareceu à minha porta com uma torta que fez para mim.

– Posso entrar? – perguntou.

Com a respiração entrecortada, pedi a Deus que eu segurasse o choro, porque aquilo tudo era uma bobagem muito grande. Era só uma torta. Matthew deu um passo à frente, como se estivesse reagindo aos meus pensamentos. A lateral da bandeja roçou meu ombro. O cheiro era de maçã e canela. Ele estendeu a mão, passando o polegar no meu rosto. Ao afastá-lo, vi uma mancha que só podia ser clara de ovo no seu dedo.

– Tiramisù – murmurei. – Minha versão da sua caminhada da saúde mental.

Vi compreensão no olhar de Matthew. E mais alguma coisa.

– Me deixa entrar, Josie.

Eu *sabia* que se o mandasse embora, ele iria. E também me perguntei se aquelas palavras significavam mais para ele que só entrar na minha casa. Era provável que sim, o que era justo. Mas eu jamais o rejeitaria. Acho que não seria capaz disso, por mais assustada que estivesse.

– Acho que precisamos conversar – falei, como tinha ensaiado na minha cabeça. Dei um passo para o lado. – Senta na sala, por favor. Vou trazer os pratos.

A torta de maçã do Matthew estava fantástica. Um pouco de limão demais para muitas pessoas, mas eu gostava das sobremesas de maçã mais azedinhas que doces. Mas sentar para comer talvez não tivesse sido uma boa ideia. Porque agora havia uma migalhinha de massa caramelizada no canto dos lábios de Matthew. Tão pequena que só percebi porque estava vidrada na sua boca.

Nos gemidinhos que ele soltava enquanto limpava o prato.

Era muito injusto o quanto ele amava comer e o quanto eu ficava feliz ao vê-lo fazer isso.

– O que tem na cozinha, Josie?

Olhei para seu rosto. Sem óculos.

– Nada de especial além da bagunça deixada por uma sobremesa fracassada. – E os quatro cabides pendurados em uma das prateleiras da despensa. – Por quê?

– Você olha pra porta da cozinha de vez em quando. E, quando pediu que eu esperasse aqui, disse "por favor".

– Por educação. – Eu me levantei e fui até o canto do sofá onde ele estava sentado, para recolher seu prato vazio. – E porque eu sou uma anfitriã dedicada que quer que a visita fique à vontade – acrescentei, colocando o prato em cima do meu.

Matthew puxou a barra da minha blusa, e olhei para ele.

– Você estava com essa blusa na noite em que eu cheguei. Depois que trocou de roupa.

Meu coração acelerou. Eu me obriguei a sorrir, mas provavelmente o que saiu foi um sorrisinho tenso.

– É minha blusa mais confortável. Uso quando tenho um dia difícil.

– Dia difícil – murmurou ele, segurando o tecido entre o polegar e o indicador. Matthew balançou a cabeça, como se tivesse acabado de tomar uma decisão. – Então é isso que sou agora? Uma visita?

E chegou o momento que eu estava evitando. A conversa de que nos esquivamos enquanto comíamos a torta. O assunto que não me deixava dormir à noite, me fazendo ficar tão ansiosa quanto o fato de que a cidade inteira – minha comunidade, meu pai, minha irmã e meu amigo, o mundo – acreditava que íamos nos casar no dia primeiro de dezembro. Ou o fato de que minha personalidade agora parecia estar definida para todos.

Disponível na internet, graças à Página Nove. Confirmando o que todos pensavam de mim. Tudo graças a uma postagem anônima.

– Você devia me dizer quem é – falei, finalmente.

Ele franziu a testa, mas não com confusão, eu diria. Com determinação. Ao contrário de mim, Matthew nunca tinha vergonha de dizer o que queria.

– Sou Matthew. Seu noivo.

Eu devia ter perguntado: *essas coisas se equivalem?*

– Mesmo depois daquela noite? – questionei. – Mesmo depois de tudo ter mudado?

Matthew se levantou.

– O que mudou?

A proximidade de seu corpo me dominou por completo. Como nunca antes. Mas de um jeito bom. Um jeito que me deixou querendo mais. Desejei puxar sua blusa. Passar os dedos em seu rosto. Ouvir sua voz de pertinho, as palavras soando baixinho aos meus ouvidos. Era isso que eu temia.

– Tem um vídeo. Eu, vestida de noiva, o queixo caído e um olhar de louca, fugindo de uma cerimônia linda e lotada. – Desviei o olhar. – Eu chego a passar por cima do buquê. Embora tenha sido um acidente. Era um buquê lindo, e aquelas flores não mereciam isso.

Dedos suaves tocaram meu queixo, inclinando-o para cima. Olhei para ele.

– Tinha uma cachoeira, Josie. – Sua mandíbula se retesou. – Bem atrás daquele tonto. Como você *não* ia correr daquele jeito? Ele deveria saber.

Ele sabia. Mas eu também.

– Minha fobia ainda não tinha batido de verdade até aquele dia. E eu tinha certeza de que ia conseguir. Greg se esforçou muito pra montar um plano de oito semanas de meditação. Nós dois tínhamos certeza de que ia funcionar.

– A gente não corrige um medo – rebateu Matthew, o cenho franzido. – A gente muda o local da cerimônia.

– Era o sonho dele casar em um lugar daqueles.

– O sonho dele devia ser casar com você.

Fiquei pálida ao ouvir essas palavras. Como se elas tivessem aberto meus olhos para algo que eu nunca tinha visto antes.

– Obrigada – murmurei. Toda aquela *ternura* no meu peito se expandiu, consumindo cada centímetro dentro de mim. – Você é muito gentil.

Ele se aproximou um pouco mais, dando um passo à frente até ocupar todo o meu espaço.

– Não estou sendo gentil.

Fechei os olhos. Era muito bom senti-lo tão pertinho.

– Então o que você tá fazendo? Porque eu achei que estaria em pânico, de verdade. Achei...

– Primeiro, quero pedir desculpas – disse ele.

Quando voltei a abrir os olhos, não gostei do que vi em seu rosto. Era algo que eu detestava ver ali.

– Eu não devia ter insistido quando você deixou bem claro que não queria conversar.

Senti meus lábios se abrirem.

– O quê? Não. Você não precisa pedir desculpas por nada.

– Então responde à minha pergunta, por favor – implorou ele, o pomo de adão subindo e descendo. – O que mudou? Porque eu preciso saber. Eu te dei um tempo, e agora cansei. Eu... – Ele deixou escapar uma risada estranha. – Eu sou carente, acho. Não sou descolado o bastante pra agir como se não me importasse quando fico abatido. Não. Nada disso. Sou descolado o bastante pra admitir que estou abatido. Fiz uma playlist. Para as caminhadas. Não foi só uma. Vi todas as temporadas de *Bridgerton*. E, meu Deus, aquela série é muito boa. Chorei várias vezes. Agora quero ler os livros.

Meus lábios se contraíram. Eu tentei muito impedir, de verdade, mas eu... meu Deus.

– Você tá sorrindo, Josie. Isso é lindo.

Deixei escapar um suspiro.

– Você fez uma torta pra mim.

Ninguém cozinhava para mim. Nunca. Desde que minha mãe morreu.

– E uma torta muito boa – acrescentou ele.

Meu sorriso ficou ainda mais largo. Mais sentimental. Provavelmente mais feio também.

– Você vai ter que me dar a receita.

– Não – respondeu ele, balançando a cabeça. – Vou fazer de novo.

Uma onda estranha de emoção surgiu dentro de mim, e meus olhos... arderam. E eu... meu Deus. Eu não podia chorar. Isso não faria nenhum sentido. *Foco, Josie.* Foco. Soltei o ar, trêmula.

– O que você quer fazer? As coisas mudaram desde que conversamos sobre nosso plano. Tem o... primeiro de dezembro. E Andrew convidou a cidade toda. Eu... não falei com Bobbi, nem entrei nas redes sociais, nem atendi meu celular, mas imagino que o mundo inteiro já saiba disso. Adalyn deve me odiar. Ou achar que eu a odeio. Cam deve estar furioso. – Balancei a cabeça. – Pedi ao Vovô Moe que perguntasse como eles estavam, pra saber se ela tinha melhorado. Mas ainda assim sou uma péssima irmã.

– Eu falei com ela – disse Matthew. – Com Cam também.

– Falou? – Meu coração acelerou. – E o que você disse?

Matthew soltou um suspiro longo e profundo.

– Que Andrew nos pegou de surpresa.

Nos pegou de surpresa. Minha respiração ficou presa na garganta. Então ele não só conversou com Adalyn e Cam. Ele fez isso por nós dois.

Como se adivinhasse que eu precisava saber mais, ele continuou:

– Também falei que nunca foi nossa ideia uma data tão próxima, mas que Bobbi agiu pelas nossas costas. Eles estão fazendo o que serve à narrativa que querem contar, sem se importar com o que queremos. Você foi pega tão de surpresa por isso e pelo vídeo que precisou de uns dias pra se desconectar e recuperar as energias. Estar nos holofotes é algo novo pra você, e você está sobrecarregada. Mal está saindo de casa, muito menos conversando com as pessoas, e isso é tão incomum que estou com medo e fiquei rodeando a casa, pra garantir que ninguém incomodasse você. E que isso infelizmente incluía eles dois.

Minha voz mal conseguiu sair.

– Você estava mesmo? Rodeando a casa?

– Eu queria fazer isso.

Mas não fez. No entanto, ele achou um jeito de manter tudo sob controle. Tudo que eu negligenciei ao me esconder e me enrodilhar em uma bolha de bagunça e respingos de ovo.

Um som estranho borbulhou na minha garganta. Era alívio, percebi. Simples assim. Um alívio avassalador e revelador.

– Daqui a quatro dias vai faltar um mês. Até primeiro de dezembro – falei. – Eu ficaria assustada.

E estava.

Vi um lampejo de surpresa no castanho de seus olhos. Naqueles pontinhos verdes.

– Eu concordei com tudo isso. Falei que iria em frente. Então que tal confiar em mim? Não vou mudar de ideia e desistir porque Andrew fez um discurso qualquer. – Ele suspirou. – Não gosto da Bobbi, nem confio nela, mas ela é boa no que faz. Conseguiu que excluíssem o vídeo. – Ele ficou mais sério, e não precisou dizer mais nada. *Embora o estrago já tenha sido feito.* – Vamos deixar a mulher trabalhar.

Pensei nisso por um momento, mas...

– Você tem razão. Acho que não faz diferença cancelar tudo agora ou daqui a quatro semanas.

Matthew assentiu.

– E... e aquela noite?

– O que tem?

– A gente...

Matthew ergueu a mão, acariciando meu pescoço com as costas dos dedos, colocando meu cabelo para trás. Ele abaixou a cabeça.

– Você gozou – disse, no meu ouvido. Como eu desejei que fizesse alguns minutos antes. E todas as noites durante três dias seguidos. – Dizendo meu nome. Está tudo bem, a gente encara as coisas como elas são.

Tropecei em minhas próprias palavras. Em meus pensamentos. Uma onda de calor tomou conta de mim.

– É. Alguma coisa tem que mudar.

– Tem que mudar ou você quer que mude?

O jeito como ele perguntou também me fez lembrar aquela noite. Ele sempre dava um jeito de deixar que eu escolhesse, não importava como ou o quê.

– Eu não quero que mude.

– Então não vai mudar. – Ele se afastou um pouco e ficou observando meu rosto. – Mas quero revisar as regras.

As palavras do vovô voltaram, estampadas na minha mente. *E você envolveu o garoto nessa história toda.* Foi o que eu fiz. E agora ele estava pedindo um pouco de controle.

– Claro.

– Quero acrescentar uma nova regra.

Assenti.

– Tá.

– Eu distraio você, Josie. Do que quer que esteja te incomodando. De seja lá o que te faça duvidar de quem você é e do que está fazendo. Vai ser a minha missão. – Ele passou a falar mais baixo. – Sempre que você não conseguir, por algum motivo, eu assumo o controle. Não vou esperar que você peça. Essa é a minha regra.

As palavras daquela noite não deixaram que eu respondesse de cara. *Nudes. Piadas. Uma distração. Minha boca suja. Isso é tudo o que você quer de mim?* Deixei que ele acreditasse nisso. A respeito de si mesmo. Mas se eu dissesse que ele significava muito mais para mim, ele perguntaria o quê. O que eu sou, então? E eu não saberia como responder. O que eu sabia era que ter Matthew ali, tão perto que tudo o que eu sentia era seu cheiro de maçã e canela depois de ter feito uma torta para mim, me faria dizer qualquer coisa para que ele ficasse.

– Tá.

– Tá – repetiu ele. – Agora você vai me mostrar o que está escondendo na cozinha.

Nem tentei fingir que ele estava se referindo ao tiramisù. Ele claramente falava do que eu de fato estava escondendo. Eu mentia muito mal mesmo.

– Vem. Acho que a essa altura você ia ver de qualquer forma.

Matthew me seguiu pelo caos que tinha tomado conta da minha cozinha – que, em sua defesa, ele ignorou. Quando parei em frente à despensa, ele também parou. Bem atrás de mim.

Respirei fundo, então abri as portas duplas com um *tcharam*. Mas, quando me virei para Matthew, me dei conta de que tinha exagerado. Aquele não era um momento leve e divertido, digno de um *tcharam*.

– Eu tinha planos de doar – expliquei, voltando a olhar para a despensa. – Hoje. Por isso eles estão aqui. Mas acho que amarelei em algum momento entre pendurar tudo e começar o tiramisù fracassado.

Matthew demorou um pouco para falar, mas eu soube, pelo jeito como sua voz pareceu mudar, que ele estava olhando para mim.

– São seus vestidos de casamento.

Eram. São.

– Você pediu que eu mostrasse – falei, me obrigando a sorrir. – Acha estranho eu ter guardado?

Ele franziu o cenho.

– Não. Eu... – Ele soltou o ar de repente. Balançou a cabeça. – Não é. Acho que talvez seja a sua cara fazer isso.

– Está dizendo que minha casa é abarrotada de coisas? Que talvez eu seja uma acumuladora? – perguntei, em tom de provocação.

Ele abafou uma risada. E, caramba, aquela risada aliviou um pouco a pressão no meu peito depois da cara abatida que ele tinha feito. Mesmo que ele não tivesse respondido.

Mas eu entendia. Ele não me devia uma resposta.

Era minha vez de falar.

– Guardei os vestidos. Porque são meus vestidos de casamento. E por mais que sejam uma lembrança de decisões ruins ou precipitadas, de mágoas e, sim, de corações partidos, também são lembranças de uma época em que eu estava feliz. Cheia de esperança. Apaixonada, ainda que por um tempinho. Também foi por isso que guardei os anéis. Eu não deixo tudo exposto, nem nada do tipo. Só gosto de saber que estão aqui. Relacionamentos acabam e, não importa se foi a gente que abandonou ou que foi abandonado, a única coisa da qual não temos como fugir são as lembranças. Elas são parte da gente. Não merecem desaparecer. Esses vestidos são uma versão estranha de um álbum de fotos. Uma versão que ocupa muito espaço.

Nossos olhares se encontraram, e me perguntei o que ele enxergava. O que estava pensando naquele momento? Eu não ia mais insistir ou perguntar se ele estava assustado e queria desistir. Não depois da conversa que tivemos. Não depois de ele ter me *mostrado* que continuava ao meu lado.

– Você me mostra? – perguntou Matthew por fim.

– Meus vestidos?

– Seu passado. Suas lembranças.

Matthew fez com que algo que todos viram como um problema virasse algo belo. Ou talvez ele tivesse me lembrado de que era assim que eu enxergava tudo aquilo.

– Mostro – falei. – Acho que posso mostrar, sim.

E de um jeito estranho, eu queria muito. Não porque era o mínimo que eu podia fazer, mas porque queria que fosse com ele.

DEZESSEIS

Soltei uma risada baixa olhando para o celular antes de escrever uma resposta.

JOSIE: Essa perninha dobrada me pega.

MATTHEW: Eu queria te mostrar o sapato.

JOSIE: Ah. Achei que estivesse fazendo pose.

MATTHEW: Você perguntou o que vou vestir hoje à noite.

JOSIE: E amei o esforço e o entusiasmo da resposta.

Também amei aquela calça social verde-oliva nele. E a camisa polo creme de manga comprida. E, ah, os óculos. Não ousei perguntar se ele ia usá-los à noite, mas queria que usasse. Queria exigir isso. Mordi o lábio. Assisti ao vídeo mais uma vez.

Matthew se materializou na minha tela, andando de costas, se afastando do celular. As mãos nos bolsos, olhando para baixo. Ele se virou, ficou de lado. Deu uma paradinha. De costas. Deixei escapar um suspiro estranho ao ver aqueles ombros naquela camisa meio antiquada. Meus dedos coçaram para pausar o vídeo e tirar um print da tela, só para salvar aquela imagem na galeria, mas minha parte favorita ainda estava por vir. A pausa de um, dois, três segundos e... o pezinho subindo.

Aff.

Eu não esperava um vídeo quando perguntei o que ele ia vestir naquela noite, mas também não ia reclamar. Talvez até exigisse um daqueles todos os dias a partir de agora.

Alguém estalou os dedos na minha cara, e eu estremeci.

– Se você não parar de sorrir pra essa tela, eu vou vomitar meu batidão, e não estou a fim de esperar você preparar outro. Você demora demais.

Encarei Bobbi, atônita. Mais especificamente os óculos escuros que ela estava usando em um lugar fechado.

– O que diabos é um *batidão*?

Ela ergueu a caneca à sua frente e deu uma sacudida. Franzi a testa.

– Meu Deus, Josephine. Você sabe usar a internet? Um pouquinho que seja?

Revirei os olhos.

– Se está falando do seu café, eu chamo de Sharkie.

– Ah! – exclamou Bobbi, seca. – Você batizou em minha homenagem. Eu ficaria emocionada se isso fosse um filme de sessão da tarde no qual a dona de um café ensina a executiva da cidade grande, que tem um estilo impecável, a abrir o coração para que ela possa começar a viver, sorrir e amar a vida. Mas, pra minha sorte, isso aqui é a vida real, e esse tema não está na ata da nossa reunião.

Foi fácil deixar essa passar e não ficar ofendida, de verdade. Tinha a impressão de que eu já tinha passado por tudo aquilo com Adalyn.

– Eu não sou a dona do café da sessão da tarde que você imagina – falei, sorrindo para ela. – Você sabe que a prefeita de uma cidade tem poder, não sabe? Eu posso dificultar muito o seu trabalho se você me irritar.

Bobbi ficou me analisando por um tempo.

– Uau, pelo jeito o loirinho te pegou de jeito essa semana.

Meu queixo foi ao chão. Então soltei uma risada estranha.

– Não pegou.

Bobbi arqueou as sobrancelhas.

– Não mais que o normal pra um casal de noivos – acrescentei.

Ela fez uma careta, e eu... Bom, eu ri, embora ainda estivesse um pouco vermelha. Se Matthew me ouvisse dizer aquilo, ele...

– Puxa – disse ela, fingindo estremecer. – Anotado. Não vou mais tocar no assunto se você vai ficar com essa cara de apaixonada. Não tenho estômago pra isso. Podemos seguir em frente com a reunião?

Ergui o queixo.

– Isso não é uma reunião. Você me encurralou no trabalho e exigiu que eu marcasse itens em uma lista qualquer.

– Vou incluir isso na ata – disse ela, indiferente.

– Tenho mais sugestões se estiver interessada. – Tirei o pano do bolso do avental e dobrei com cuidado. – Por exemplo... *Organizadora de casamentos irritante faz o pai da noiva convidar a região inteira para o casamento. Sem contar pra ela. Ou: organizadora de casamentos irritante exige que o café seja preparado em menos de dois minutos, alegando situação de vida ou morte. Ou: organizadora de casamentos irritante leva noiva à loucura enquanto usa óculos escuros em um lugar fechado.*

Bobbi arquejou.

– Eu não sou só *organizadora de casamentos*.

– Se você diz.

Ela abaixou os óculos e me encarou, semicerrando os olhos escuros.

– Não gostei dessa nova onda de... rebeldia.

Rebeldia. A palavra agora também me lembrava Matthew.

– Meu Deus – resmungou Bobbi. – Pessoas apaixonadas são tão autocentradas. Estou tentando tomar meu café da manhã e conduzir uma reunião. Será que você pode parar de fazer essa cara e se concentrar?

– Só café não configura um café da manhã – falei, revirando os olhos, mas parte do meu cérebro se fixou em algumas palavras específicas. – E não sei se consigo me concentrar, pra falar a verdade. Não estou feliz com o que aconteceu. Estamos falando... do meu casamento. Você não tem o direito de fazer um anúncio por puro capricho.

– Olha só... – disse ela. Eu não saberia dizer exatamente o quê, mas algo em Bobbi parecia ter mudado. – Desculpa. Eu... – Ela fez um biquinho. – Não fique tão surpresa. Eu estou mesmo arrependida. Mas tive que agir rápido porque sabia que eles iam soltar algo *ruim* naquela noite, tá? Tenho meus contatos na Página Nove. Me avisaram sobre a postagem. Eu sabia que seria um vídeo, então não foi difícil tirar algumas conclusões. Todo casamento tem um cinegrafista. E você passou por quatro, então são quatro possíveis ameaças pairando sobre todos nós.

– Então você presumiu que o vídeo seria sobre mim?

– Não tinha como ser do Andrew. Eu tenho tudo guardado a sete chaves. Você é a minha caixa de Pandora, Josephine. Sempre foi. Mas você sabe disso, e também sabe o motivo, então não me obrigue a explicar mais uma vez por que aquelas duas desocupadas da internet estão tão obcecadas por você.

Eu sabia mesmo. Influência. Fofoca. Drama. Entretenimento. Mais detalhes para a série *O Caso Underwood*. Pessoas entediadas que precisavam ouvir algo para não ficarem sozinhas com os próprios pensamentos. Era engraçado que aquilo tivesse começado como um problema para a imagem de Andrew, e agora, pelo que parecia, fosse uma ameaça à minha imagem.

– A propósito, são três cinegrafistas – falei. – Duncan e eu terminamos semanas antes do dia do casamento.

– Eu sei – admitiu Bobbi, e, àquela altura, eu nem fiquei surpresa. Ela inclinou a cabeça para o lado. – E estou mesmo arrependida por ter agido pelas suas costas. Seu pequeno chilique nos atrasou quase uma semana.

Deixei escapar um suspiro.

– Mas você vai conseguir consertar isso tudo? Como disse que faria?

– Eu me chamo Bobbi Shark, não me chamo? – perguntou ela, empurrando o iPad na minha direção. – Fiz a Página Nove tirar o vídeo em menos de um dia. Um bom jeito de continuar é deixar que eu cuide das coisas *de verdade* a partir de agora. Sou sua – ela estremeceu de maneira exagerada – organizadora de casamento, afinal. Então, checklist?

Olhei para o aparelho, mas não estendi a mão para pegá-lo. Ainda não.

– Com uma condição – falei.

Ela semicerrou os olhos.

– Você não vai se envolver com o vestido – declarei, e ela franziu a testa. – Deixa isso comigo.

Eu não ia aguentar procurar vestidos. Não para aquele casamento. Não quando a sensação era de que eu ia acrescentar uma quinta lembrança a uma coleção já enorme. Não depois de me abrir para Matthew e mostrar a ele uma parte crucial de quem eu era, e que ninguém mais conhecia. Ainda mais sabendo que isso significaria que eu sempre teria uma lembrança de algo que estava destinado a terminar pendurado em um cabide.

Não nos casamos, mas continuamos amigos.

– Eu cuido disso – concluí. – É algo que quero comprar com o meu dinheiro. E pode parar de me olhar como se eu fosse aparecer no meu próprio casamento vestindo um pano de chão. Eu tenho experiência com vestidos, não tenho? Vai ser simples, mas elegante. Eu só não quero ninguém fazendo estardalhaço. Estou cansada de estardalhaços. E Andrew já vai pagar por... tudo.

Bobbi ficou pensando por um bom tempo.

– Por mim tudo bem – concordou ela.

– Ah! – exclamei, rindo. – E pare de ligar para o Vovô Moe quando eu não atender o telefone. Ele está um pouco sobrecarregado.

Ela olhou bem para mim.

– Tá bom.

– Ah. E seja simpática com Robbie.

– Eu não sou simpática com ninguém – disse ela, impassível. – Muito menos com um homem que aparece em uma festa com um colete de náilon. Com bolsos. Cheios de coisas.

– Mas...

– Vou ser razoavelmente cordial – disse ela, empurrando mais uma vez o iPad para mim. – Agora a lista. Quero que marque suas referências em coisas básicas para que eu consiga ter uma ideia do que fazer. Depois o loirinho vai fazer a mesma coisa. Eu comparo as duas listas e decidimos as coisas mais importantes. Como centros de mesa. Florista. Comida. Mapa de assentos para o jantar pré-casamento e a cerimônia. Vai ser na fazenda, já decidi. Então, Roberto cuida da iluminação ou contrato alguém para fazer isso? E antes que pergunte, não, seu pajem não vai ser o porco. Da última vez que coloquei os pés naquela fazenda, ele quis comer a minha bolsa da Hermès.

Fiquei olhando para Bobbi enquanto ela tomava um gole rápido do Sharkie. A bolsa que Porcoscal tentou comer, como ela disse, valia milhares de dólares.

Mas tudo bem. Ótimo. Eu também podia ser razoavelmente cordial. Então peguei o iPad com um sorriso. Quando ela ofereceu uma caneta, peguei também, com o sorriso ainda mais largo.

Comecei a selecionar coisas aleatórias das listas. Só fui marcando. A uma velocidade vertiginosa. Detalhes de madeira, potes de vidro, centros de mesa, aperitivos, doces, coquetéis exclusivos, uma banda e um quarteto de cordas. Lembrancinhas? Todas. Flores... essas. Opções de comida...

essas, essas. Rolei a tela algumas vezes e selecionei mais coisas. Demorei alguns minutos e, ao terminar, juntei a caneta e o aparelho e devolvi os dois para ela.

– Puxa, obrigada – disse Bobbi, bufando.

Apoiei o queixo nas mãos.

– Sou rápida. – E o casamento não ia acontecer mesmo. Então não importava muito, não é? – Muita experiência.

Bobbi pegou o iPad e a caneta.

– Foi o que eu soube – resmungou Bobbi, olhando para baixo. – Vamos torcer para que o bar de sundae faça do loirinho o grande sortudo…

Eu não fazia ideia de que tinha selecionado aquele bar.

– Nada representa melhor um casamento que um sundae – falei.

Bobbi se afastou do balcão em um movimento rápido e elegante.

– Não se atrase pra festa de hoje – disse, com um biquinho, pensativa. – Willa Wang vai tentar encurralar você e o loirinho. Não me pergunte como eu sei, eu só sei. Então não deixe. Entendido? Diz que tá doente, ou faz aquela cara que você fez antes e finge que estão saindo de fininho pra transar. Casais que estão noivos têm dessas regalias. Ou melhor ainda, combina uma palavra de segurança com o loirinho. Mas de jeito nenhum converse com aquela mulher sem que eu esteja presente. Entendido?

Engoli em seco.

– Entendido.

Bobbi se virou para ir embora, mas então parou e deu meia-volta.

– Ah, e, por favor, peça pros padrinhos entrarem em contato comigo. Eles não confirmaram presença na festa de hoje e ainda não sei que tipo de festa vão querer fazer pra vocês. Se é que vão fazer uma. Mas os strippers bons não vão ter disponibilidade em tão pouco tempo. E Andrew não vai pagar pelos baratos, tá?

Ela foi embora.

E eu fiquei pensando no que ela disse.

Na tentativa de proteger Adalyn, acabei afastando minha irmã de coisas em que ela deveria estar envolvida. Eu nem a convidei para ser madrinha. Eu… nem tinha ficado sabendo que eles não compareceriam à degustação de vinhos do Andrew. Nem tinha falado com ela naqueles últimos dias.

Senti um aperto no peito.

Meu Deus. Será que eu estava afastando minha irmã também?

Como era de se esperar, Willa Wang nos encurralou.

Bobbi ia encher tanto nosso saco por isso. Eu esperava que ela aparecesse do nada, como sempre, e nos tirasse dali, salvando a noite. Mas ela não estava em lugar nenhum.

Foi péssimo. Pior do que eu esperava, ou do que Bobbi sugeriu que seria. Willa Wang estava com um gravador, do tipo que vemos em filmes antigos. Será que ela sabe que existe um aplicativo para isso? O aparelhinho cinza-escuro que ela ligou no instante em que nos sentamos me deu a sensação de estar sendo interrogada.

As perguntas que ela fez também.

Matthew foi rebatendo todas elas. E foram muitas.

Meu noivo mudou de posição ao meu lado, apoiando o braço nas costas da minha cadeira. Se eu tivesse que dar um nome para o lugar, diria que estávamos sentados no jardim. Eu não saberia dizer se o tipo de propriedade que Andrew alugara tinha *um jardim*. Estava mais para uma grande extensão de vegetação e jardins. No plural. Eu tinha quase certeza de que havia um coreto atrás da linha de árvores que rodeavam a área na qual estávamos, junto com boa parte dos convidados, e apostaria o lucro daquele mês do café que havia uma fonte em algum lugar.

A noite estava quente, ou talvez mais quente do que deveria estar, como nas noites anteriores, mas havia um frescor no ar. Do tipo que nos obriga a ter um casaco à mão. Eu tinha deixado o meu no carro, para garantir, e quando Matthew roçou meu ombro com o polegar, fiquei muito grata por não ter levado o agasalho comigo. Olhei para ele e reparei em como estava incrível. A roupa era ainda melhor pessoalmente. Quando saí de casa e vi Matthew escorado no carro, tive que morder a língua para não implorar que ele usasse aquela calça e aquela camisa todos os dias.

E, a propósito, eu estava certa sobre os óculos. Eu...

Willa pigarreou, me trazendo de volta à realidade.

– Obrigada, Matthew – disse, embora estivesse olhando para mim. –

Mais uma história fascinante sobre um time de Boston. Mas também estou interessada em ouvir sobre você, Josie.

Dei uma risadinha.

– Acho que prefiro ouvir mais curiosidades sobre Boston. Foi muito legal saber que o naufrágio do *Titanic* ofuscou a primeira grande vitória do Red Sox. Será que Matthew não conhece mais histórias sobre o time? – O homem ao meu lado abafou uma risada, surpreso. – Na verdade, acho que ele não terminou a história sobre o muro. Eu adoraria ouvir por que ele é chamado de Monstro Verde. O que veio primeiro? A cor ou o nome? Não paro de pensar nisso desde que ele citou o muro.

Willa soltou um suspiro que interpretei como sinal de frustração.

A verdade era que, depois da primeira pergunta – bastante íntima – que Willa me fez, Matthew foi respondendo *todas*. E o homem tinha o talento de transformar qualquer assunto em uma conversa sobre esportes. Mais especificamente sobre times de Boston. Era impressionante. Ah, e ele não sabia disfarçar a aversão óbvia que sentia pelos New York Yankees. O que eu achei... fofo. Parecia a única coisa relacionada a esportes que eu diria que Matthew não *amava*.

– Foi muita generosidade do Andrew – disse Willa, em um tom que eu estava começando a achar que ela usava quando perdia a paciência – estender o convite à cidade inteira. Vocês não acham?

– Foi, sim – respondi, de repente endireitando as costas e ficando reta como um cabo de vassoura. O peso suave da mão de Matthew desapareceu, e ignorei o arrepio que sua ausência causou. – Muita generosidade. Também estamos muito gratos por ele arcar com todos os gastos. Como você deve saber. A lista de convidados está enorme. Vai ser pesado para a empresa que vai servir a comida. Muitos copos a encher e palitinhos para providenciar. Ninguém pensa nos palitinhos, mas eles são importantes.

Willa piscou.

– Seu discurso na feira dos agricultores foi tão emocionante – comentou ela, levando a mão ao peito. – Deu para perceber que veio do coração. – Ela fechou os olhos, como se quisesse se lembrar de alguma coisa. – Ah, sim. *Um pedaço de sua alma. E, possivelmente, um novo começo.* Foi minha parte favorita. Belas palavras, de verdade.

Eu estava tentando não pensar muito naquele discurso, mas, pensando bem, minhas palavras talvez tenham revelado um pouco mais do que eu gostaria. Olhei para o gravador, a ansiedade tomando conta de mim. Matthew colocou a mão sobre a minha, envolvendo-a em cima da toalha grande que cobria a mesa de jardim elegante.

– Puxa, obrigada, Willa – falei, com um sorriso. Ou quase isso. – Hum, sabe de uma coisa? Desculpa, mas eu não consigo tirar a história sobre o muro da cabeça. – Eu me virei para Matthew, aqueles olhos castanhos já fixos em mim. – Acho que gosto mesmo de beisebol. Quem diria?

Pelo jeito como Matthew olhava para mim, eu sabia que ele estava analisando minhas palavras. A urgência por trás delas. A urgência que eu sabia que estava deixando meu sorriso estranho. Bobbi tinha razão: precisávamos de uma palavra de segurança. Eu a teria usado naquele momento.

Willa pigarreou de novo, como fez nas várias vezes em que estava prestes a impedir que mudássemos de assunto.

Sem pensar muito, levei a mão de Matthew aos meus lábios, como ele já tinha feito algumas vezes. Passei os lábios nela, arregalando os olhos em um aviso mudo.

Não funcionou.

Matthew ficou tão surpreso, o olhar tão... atordoado, que meu tiro saiu pela culatra. Para nós dois.

– Eu... eu adoraria levar você pra Boston – disse Matthew, a voz trêmula. Nós dois percebemos que Willa estava falando, mas não olhamos para ela. Ele colocou nossas mãos em seu colo, e eu teria ficado vermelha se não estivesse tão surpresa com aquelas palavras. – Todo esse papo sobre o Sox está me deixando com saudade de casa. – Ele riu, mas foi um sorriso meio tenso, com um pouco de saudade. E se virou para Willa. Mantive os olhos em seu rosto. – Acho que é por isso que não consigo parar de pensar em levar Josie a um jogo. Dar uma camisa pra ela vestir. Ver o pôr do sol da arquibancada. Comprar uma linguiça italiana na barraquinha em frente ao estádio Fenway. E depois do jogo ir andando até a casa dos meus pais pra jantar com eles.

Ele sorriu com os olhos. Meu coração parou de bater.

Matthew continuou:

– Minha mãe ia reclamar por termos lanchado no estádio, mas isso nunca me impediu de devorar a comida dela. – Seu polegar acariciou as costas da minha mão. – Ela adoraria ter alguém que se juntasse a ela contra mim. – Matthew engoliu em seco. Eu senti um aperto na garganta, a emoção acelerando aquele órgão dentro do meu peito. – Ela ia se apaixonar pela Josie à primeira vista. Ia tentar roubar minha noiva de mim.

Comecei a tremer. Não estava frio. Nenhuma rajada de vento rompeu a noite e atingiu minha pele. Eu tremia de desejo. Uma espécie intensa de anseio. Por causa daquelas palavras. E, meu Deus, eu me dei conta do quanto queria aquilo. Queria poder estender a mão e segurar aquela cena. Transformá-la em realidade.

Mas eu... não ia fazer isso. Eu nem sabia se alguma coisa do que ele estava dizendo era genuíno. E deve ter sido por isso que fiquei tão abalada. O estádio, a linguiça italiana, a comida da mãe dele, nada daquilo seria meu. Não naquele sentido, não naquele instante e com certeza não depois que tudo chegasse ao fim. Boston talvez até fizesse parte do meu destino, em algum momento. Em uma realidade paralela e estranha em que não estivéssemos naquela situação.

Não nos casamos, mas continuamos amigos.

– Então elas ainda não se conhecem? – perguntou Willa.

O corpo de Matthew se enrijeceu. O meu também.

– Josephine e sua mãe, elas não se conhecem?

O que quer que eu estivesse desejando antes desapareceu. Era exatamente por isso que precisávamos de uma palavra de segurança.

– Não pessoalmente – respondi, no mesmo segundo. – Nos conhecemos por FaceTime. O que é supernormal hoje em dia. Como Bobbi disse, lembra? Pelo menos pra mim é. Eu amo a Pam e o Paddy, eles são maravilhosos.

– Vocês têm planos de se encontrar em breve? – questionou Willa, antes mesmo que eu pudesse relaxar um pouco depois da resposta. – Com certeza antes do casamento, né?

Pisquei, e meu estômago se revirou. Eu não tinha uma resposta para aquela pergunta. Eu... Será que os pais do Matthew sabiam sobre o dia primeiro de dezembro? Será que sabiam a verdade? Será que ele estava mentindo para a família também? Meu Deus. Eu não conseguia acreditar que não sabia essas coisas. Não conseguia acreditar que não tinha perguntado nem dito a Matthew que ele não precisava mentir para os pais. E se ele tivesse mentido, e os dois achassem que eu era aquela pessoa que a Página

Nove estava pintando? Eu não conseguia nem imaginar o que pensavam de mim. Como eu não perguntei isso? Como...

– Eles estão viajando – respondeu meu noivo, a voz firme, seca.

O que isso queria dizer?

– Juntaram tudo o que tinham, venderam a casa e agora estão viajando de trailer pelo país. Estão realizando o sonho da aposentadoria.

Willa pegou o bloquinho e a caneta e escreveu alguma coisa.

– Me fala da sua mãe, Josephine.

Minha atenção se voltou para a jornalista.

– Liz – insistiu Willa. – Você deve sentir falta dela em momentos como este.

– Eu sinto falta dela todos os dias – falei. Minha voz saiu forte, mas só porque eu estava acostumada a mudar de tom quando falava sobre ela. – Mas eu fui muito amada – acrescentei. Dedos compridos se entrelaçaram aos meus, mas o conforto que eles proporcionaram não me ajudou a respirar com mais facilidade. – Eu tive muita sorte.

– Maurice acolheu você, certo? – perguntou Willa. – Imagino que ele tenha sido a figura paterna que você não teve quando criança.

Sim e não. Vovô Moe fazia parte da minha vida desde muito antes. Ele foi o avô que eu nunca tive, ajudando minha mãe sempre que ela precisava de uma mãozinha, embora não fôssemos parentes. Mas eu nunca pensei nele como um substituto ou alguém que preenchesse um vazio. Vovô Moe era o Vovô Moe. Quando ele me acolheu durante aqueles meses, as coisas não mudaram muito, exceto pelo fato de minha mãe não estar lá. Mas nada disso era relevante para o trabalho de Willa.

Andrew era.

– Ele foi – murmurei.

– Não consigo nem imaginar o quanto deve ter sido difícil – comentou Willa.

– Agora tenho a sorte de ter o Andrew. – As palavras saíram com uma sensação estranha, mas aquele era o objetivo daquela situação em que eu tinha me enfiado. Em que eu tinha enfiado todo mundo. – Ele está em Green Oak, pagando pelo casamento, com toda a sua generosidade – respirei fundo – e disposto a fazer parte da minha vida.

A mão que envolvia a minha apertou mais forte.

– Foi difícil passar por quatro noivados, sabendo que ele estava em algum lugar pelo mundo? – continuou Willa, implacável.

Suas palavras ecoaram por um tempo no espaço que havia entre nós, e eu fiquei imóvel. Tanto que não falei nada.

Os olhos escuros dela reluziram, cheios de interesse.

– Qual foi a sensação de caminhar até o altar, não uma vez, mas várias, sabendo que seu pai não quis estar lá com você?

Matthew se levantou, sem soltar minha mão.

– Já chega…

Puxei seu braço, e ele parou de falar. Era um homem tão bom, tão protetor. Meu coração se contraiu e quase explodiu quando Matthew ficou de pé daquele jeito. Eu sempre quis alguém como ele. Mas eu não era uma donzela indefesa. Fazia um bom tempo que me defendia sozinha. Por mais neurótica e ingênua que eu fosse, por mais que quisesse agradar as pessoas, eu também sabia me defender.

– Por que isso é relevante pra você? – perguntei a Willa. – Você não deveria se concentrar nas vitórias do Andrew? Na carreira dele? Em tudo o que ele conquistou? Por que se concentrar em mim?

– Talvez porque Andrew ainda não teve coragem de falar sobre você – respondeu ela, dando de ombros de um jeito elegante.

Mas percebi que ela ficou incomodada. Percebi que era uma mulher que não estava acostumada a ficar sem as respostas que queria.

– Ou talvez porque todo esse burburinho na internet esteja me deixando curiosa a respeito da *infame* Josie Moore. *O Caso Underwood*, como alguns estão chamando.

Rangi os dentes.

– Então você não é lá muito diferente deles. Da Página Nove. – Aquela pose toda da mulher se desfez. – E caso esteja atrás de uma nova direção para o livro sobre o meu pai, não é comigo que deve falar.

Ela apertou um botão no gravador com um sorrisinho tenso, como se eu tivesse acertado em cheio.

– É o nosso passado que forja as pessoas que somos hoje, Josephine. Você é uma peça do quebra-cabeça do Andrew. Um acidente feliz, uma fase, um descuido… Não importa o que seja. Eu achava que você entendia isso, levando em consideração que também escondeu seu passado.

Eu me levantei devagar. Senti minhas mãos tremerem.

– É aí que você se engana – respondi.

Então dei a volta em uma cadeira e parei ao lado de Matthew, como se fizesse aquilo todos os dias. Como se fosse o esperado de mim. Mantive os olhos fixos em Willa Wang.

– Ao contrário do meu pai, tudo a meu respeito sempre foi um livro aberto. A única diferença é que agora as pessoas parecem se importar com a minha vida. – Coloquei a mão no peito de Matthew. – Agora, se não se incomodar, eu adoraria dar uma fugidinha para ficar *a sós* com meu noivo, se é que me entende. – Dei uma piscadinha. – Depois do que aconteceu aqui, preciso do tipo de distração que só ele pode me proporcionar. E uma pessoa me disse que temos essa *regalia*.

Em questão de segundos, saímos dali, e senti algo entre uma risada e um grunhido naquele peito onde minha mão parecia estar colada.

– *Droga* – resmunguei, sentindo o peso do que eu tinha acabado de dizer a cada passo que eu dava para me afastar de Willa. – Merda. Aff. *Bolas de merda*. Não. Bolas de merda *peludas e fedidas*. Isso foi péssimooooo. Uma desgraça. Bobbi vai querer arrancar nossas cabeças.

Matthew me abraçou com firmeza.

– Foi muito sexy, isso sim.

– Você se sente atraído por pessoas sendo grosseiras? – resmunguei.

– Acho que você sabe o que me atrai, meu bem – disse ele.

Orgulhoso. E em voz alta.

– A gente não ia parar com essa coisa de "meu bem"? – Suspirei, tentando ignorar aquela resposta. – Isso é um retrocesso.

– Eu diria que depende.

Franzi o cenho.

– Como assim?

– Assim.

Ele espalmou a mão no meu quadril, as pontas dos dedos envolvendo o corpete do meu vestido. Minha respiração ficou presa na garganta. Ele mudou de direção, nos guiando para a esquerda.

– Só estou torcendo para que tenha falado sério.

– Sobre o quê?

Matthew parou no bar. Estava bem mais vazio, agora que a maioria dos convidados estava em volta das bandejas de frios, mais perto da casa.

Ele se virou para mim, e eu não sei se foi a descarga de adrenalina ou o fato de que estávamos quase sozinhos, mas meu corpo inteiro relaxou.

Ele sorriu, satisfeito.

– Sobre o quê? – repeti.

Seu sorriso foi ficando malicioso. Perigoso. Sedutor.

– Vamos dar aquela fugidinha que você prometeu.

DEZESSETE

– Acho que não era pra gente fazer isso, já que escolhemos os vinhos – sussurrei, vendo o garçom servir a primeira de seis taças.

Matthew ergueu a mão, interrompendo o garçom.

– Pode deixar que eu sirvo. Obrigado.

Ignorei o quanto achei isso atraente e observei o garçom assentir e sair, deixando as garrafas à nossa frente.

– Uau! – exclamei. – Ele deixou mesmo seis garrafas de vinho caro sem nenhuma supervisão. Eles devem saber que somos os noivos.

Não havia motivo nenhum para eu ficar desconcertada com essas últimas três palavras, mas fiquei. Talvez tenha sido a naturalidade ao pronunciá-las, ou a facilidade com que deixaram meus lábios, como se eles já estivessem acostumados a dizê-las. Ou o fato de que era a primeira vez que eu me referia a nós dois como "noivos". Em voz alta. De um jeito casual. Como se fosse verdade.

Balancei a cabeça.

– Você sabe o que eu quis dizer.

Os olhos de Matthew se fixaram em mim por um instante, então voltaram à garrafa em suas mãos.

– Eu sei.

– Vamos traçar uma estratégia – falei. – Precisamos pensar no que vamos falar pra Bobbi quando ela descobrir que tivemos uma conversinha com Willa.

Matthew olhava para a taça que tinha acabado de encher, intrigado.

– Tá bom – concordou. – Mas podemos fazer isso enquanto bebemos.

Arqueei as sobrancelhas.

– Não vamos pensar direito se estivermos bêbados.

– Quem falou em ficar bêbado? – Ele voltou a olhar para mim, apoiando um dos cotovelos no bar. – Estamos em uma degustação de vinhos. Que foi organizada para nós. – Ele apontou com a cabeça para a outra extremidade do bar. – É o que diz naquela placa, muito elegante por sinal: *Andrew Underwood tem o prazer de recebê-los em seu lar para comemorar o noivado de Josephine e Matthew com uma degustação de vinhos locais.*

– Que nós escolhemos – repeti, com uma risadinha. – Você e eu. Sentamos no café há dois dias, no fim da tarde, e escolhemos seis de uma longa lista. Sabemos exatamente que gosto têm.

– Acredita que eu esqueci? – disse Matthew, dando de ombros. – Aliás, não consigo me lembrar de nada daquele dia, só de alguma coisa sobre um tiramisù e de não estar mais triste.

Foi difícil ignorar o aperto que senti no peito ao ouvir isso.

– Também teve a sua torta – falei, a voz um pouquinho trêmula. – Que eu amei. Lembra?

Trocamos olhares por um instante. Só isso. Só nós dois, olhando nos olhos um do outro. Então ele fez cara de quem estava tentando se lembrar de alguma coisa, tão fofo que precisei ter muita força de vontade para lançar um olhar de reprovação. Ele soltou um suspiro relutante.

– Precisamos agir como noivos.

Franzi a testa, confusa.

– Willa não para de olhar pra gente desde que saímos da mesa – continuou Matthew.

Eu não quis virar para saber se era verdade. Confiava em Matthew. Ao contrário de mim, ele não mentiria. Mas comecei a me perguntar se foi só por isso que ele insistiu que tivéssemos um momento a sós.

– Se ficarmos falando de estratégia, como você sugeriu, vai parecer que estamos incomodados. E não confio nela, nem nas intenções dela, depois do que aconteceu hoje.

Eu também não confiava. Não totalmente. Sabia que ela só estava fazendo seu trabalho, fosse lá qual fosse, mas…

– Estamos ficando sem aliados – sussurrei. – Você nunca confiou na Bobbi. Ou no Andrew. Agora Willa. Você não confia em ninguém.

– Não no que diz respeito a você. – Abri os lábios de leve, surpresa, e sua expressão ficou mais intensa. – Andrew também parece estar querendo se aproximar, mas não sabe como. Esperei a noite inteira que ele fizesse alguma coisa, e também já estou cansado disso.

Também já estou cansado disso.

Ele estava cansado de quê? De esperar? E de que mais ele estava cansado?

Matthew se aproximou, invadindo meu espaço de um jeito que fez meu coração quase parar de bater.

– Posso pegar isso? – perguntou, puxando de leve o lenço que eu tinha colocado no cabelo.

Assenti, atordoada com seu cheiro bom e com o quanto gostei de ficar tão perto dele.

– Obrigado – disse Matthew, baixinho.

Senti sua mão desfazer o nó já solto, e meu cabelo cair. Arrepios percorreram meus ombros quando as pontas dos fios tocaram minha pele.

– Fecha os olhos.

– Matthew – sussurrei, meio trêmula.

– Fecha os olhos pra mim, Baby Blue – insistiu ele, como se meu aviso tivesse funcionado.

O aviso não era para ele. Era para mim. Mas meus olhos se fecharam. Ele soltou um murmúrio que só podia ser de prazer. Se o prazer pudesse soar meio profundo e sombrio.

– Vou tapar seus olhos com isso – explicou, baixinho, a mesma cadência envolvendo suas palavras. – Você parece conhecer bem demais esses vinhos, só assim vai poder degustar de verdade.

A seda tocou a minha pele, me deixando atordoada. Seus pulsos roçaram as laterais da minha cabeça. Senti seus dedos se movimentarem, fazendo um nó. Meu coração acelerou.

– Vamos fazer uma degustação às cegas?

Senti em minha testa o ar que ele soltou ao responder:

– Você vai.

O lenço já devia estar bem preso, porque senti Matthew baixar as mãos. Ergui as minhas, sentindo a venda improvisada com as pontas dos dedos.

Um entusiasmo puro e simples irrompeu, borbulhando em minha barriga. Não consegui contê-lo, então o melhor que pude fazer foi comentar:

– Mas estamos no meio de uma festa.

– E você é minha noiva.

Deixei escapar um suspiro, impotente, e uma frase que devia ter ficado só em meus pensamentos.

– Você diz isso como se não fosse nada.

– Não – sussurrou ele, bem baixinho. – Eu digo como se fosse uma desculpa pra eu fazer o que quiser com você.

Uma onda de ansiedade invadiu meu corpo.

– Amo esse seu sorriso. É um sorriso novo – murmurou Matthew.

Pressionei os lábios. Eu não tinha percebido que estava sorrindo.

– Acho que não tenho mais de um sorriso.

– Tem, sim.

Senti uma carícia no rosto. Estremeci.

– E acho que vou chamar esse sorriso de *por favor, Matthew*.

Bufei, balançando a cabeça sem vontade.

– E este é o seu sorriso *Vou fingir que está sendo ridículo, mas na verdade estou achando muito atraente* – continuou ele.

Contraí os lábios.

– Achei que fosse uma degustação de vinhos, não de sorrisos, garoto de Boston.

Uma risada grave me envolveu, e ficou mais difícil manter o biquinho.

– Meu cérebro é muito seletivo quando estou um pouco nervoso. Você tem sorte, meu sotaque nem tomou conta com todas aquelas histórias sobre o Fenway.

Isso me deixou interessada.

– Você tem sotaque?

– Está com aquele sorriso de *por favor, Matthew* de novo. Isso quer dizer que você quer ouvir meu sotaque?

O barulho de uma taça sendo servida preencheu o silêncio. Eu queria, sim. Muito.

– Não, tudo bem. – Apoiei o cotovelo no bar, recuperando um pouco meu espaço e descansando a mão na superfície. Tamborilei as unhas. – Quando minha degustação às cegas vai começar?

Meus dedos tocaram a base de uma taça. Meus lábios se abriram com uma pergunta, mas de repente Matthew voltou a se aproximar. Seu cheiro, amadeirado, fresco, impregnou meus sentidos, me deixou zonza.

– Josie, o Monstro Verde é grande, mas eu sou maior – disse ele, a voz grave, aquele sotaque cadenciado de Boston.

Foi ridículo perceber como me senti atraída por aquele sotaque. Ri-dí-cu-lo como meus dedos quase se curvaram, meu rosto certamente vermelho.

Eu... gostava de garotos de Boston, pelo jeito. Ou talvez eu gostasse dele. Pigarreei.

– Isso é uma cantada? Alguma vez funcionou?

A resposta de Matthew preencheu meus ouvidos.

– Talvez eu use de novo – a ponta do nariz dele tocou meu cabelo –, se você pedir com jeitinho. Aí vai ver se funciona.

Um arrepio desceu pelos meus braços, aquelas palavras desencadeando lembranças. Sussurros roucos e aquele tom de comando na sua voz. *Você vai ser uma boa garota e vai me deixar arrancar esses gemidos.* Mal consegui afastar esses pensamentos, então suspirei, hesitante.

– Estou... com sede?

A barba por fazer de Matthew roçou meu queixo, me avisando que ele estava em ação mais uma vez. Dedos envolveram meu pulso, virando com gentileza a mão que estava apoiada no bar. A haste de uma taça foi colocada ali.

– Vamos começar devagar – disse ele.

Fechei a mão e levei a taça à boca, engolindo a decepção por ele não ter feito isso. Inspirei com delicadeza, e pelas notas florais e frescas só podia ser um vinho branco. Toquei a borda com os lábios e virei a taça devagar, só o suficiente para um gole discreto. Ignorei o peso da atenção de Matthew concentrada em mim. Seu olhar. Porque era bobagem eu conseguir sentir essas coisas com os olhos vendados. Eu me concentrei no sabor residual, limpando os lábios com a língua.

– Viognier – falei. – Vinícola Old Stud. Tem um cavalo vermelho no rótulo. Os donos são um casal. Ela é bioquímica, aí pensei: quem saberia melhor que ela o que fazer com o vinho? E também acho incrível uma mulher cientista. O toque de pêssego é muito agradável. Nada contra o marido, mas deve ter sido ideia dela.

Uma pausa. Um instante. Uma fração de segundo. Então Matthew riu, mas não foi a risada feliz, presunçosa e alegre de sempre. Era um som abafado. Indefeso. Como se ele tivesse acabado de levar um soco. Ou ouvir uma notícia ruim.

Franzi a testa. Então ele tirou a taça da minha mão com delicadeza. Senti um peso na minha cintura. Sua mão. Ele me puxou para si. Bem pertinho. O calor subiu quando nossos peitos se tocaram, se espalhando pelo meu corpo. Algo ressoou nas costelas dele, breve, abrupto. Senti em meus seios.

– Você precisa parar com isso – disse ele, aquela rouquidão voltando.

Minha voz não era mais que um sussurro.

– Parar com o quê?

– De me deixar impressionado assim – respondeu ele, sem pestanejar.

Senti sua mão espalmada nas minhas costas. Meu corpo oscilou em resposta.

– Você estabelece regras e depois garante que seja impossível que eu as siga – disse Matthew. – Por quê?

E ali estava de novo, o comando em sua voz. Aquela delicadeza… agressiva, se é que isso existia.

– Regras são importantes – falei, engolindo em seco e ignorando a vontade de colocar as mãos em seu peito e puxá-lo para mais perto. – Não é difícil seguir as regras. Foi você quem estabeleceu uma delas.

– Abre a boca – disse ele.

Não obedeci, então suas mãos foram subindo pelo meu corpo, até o meu rosto, segurando meu queixo.

– Está todo mundo olhando, Josie. – Seu polegar acariciou minha pele, tocando o canto dos meus lábios. – Observando que eu vendei você pra que não visse o estado em que estou.

Engoli em seco. *Está todo mundo olhando, Josie.* Eu podia me aproveitar disso. Nós dois podíamos.

– E que estado é esse?

– O estado de quem quer colocar você no ombro e sair correndo – sussurrou ele, só para mim. Ele tocou meu lábio inferior. – De quem quer arrastar a noiva até o coreto lá dos fundos e arrancar toda a sua ansiedade.

Todo o sangue do meu corpo pareceu descer até meus pés. E eu só não desabei porque meu corpo se apoiou no de Matthew.

– Agora, abre a boca, Baby Blue – ordenou Matthew. – Vou levar a taça até os seus lábios.

Foi o que ele fez, com a maior delicadeza. Deixando que eu fizesse todo o ritual – sentir o aroma, molhar os lábios, beber um gole –, embora meu cérebro gritasse, pedisse que eu parasse e o deixasse me arrastar até o coreto. Ou que eu mesma o arrastasse até lá. Tudo o que eu queria era degustá-lo, não o vinho. Podia ser vendada. Só dessa vez. *Só dessa vez?*

– Chambourcin – falei. Minha voz quase não saiu. – Você pulou dois vinhos. Não. Três. Você...

– Eu sou impaciente. E ganancioso.

Suas palavras soaram tão, tão tensas, que minha vontade era tirar o lenço dos olhos. Vê-lo. Será que aquilo era dor? Desejo? O anseio que eu sentia se acumulando no meu corpo em ondas avassaladoras?

Balancei a cabeça.

– Não é, não – falei. Senti Matthew soltar o ar, como se estivesse pronto para discutir, ou me distrair do assunto. – Você é o oposto dessas duas coisas.

Senti um calor envolver a minha cintura, e de repente meu quadril foi puxado contra o dele. Minha respiração ficou presa na garganta. Ele roçou o nariz no meu e depois no meu rosto, até chegar ao meu cabelo.

– Então talvez eu devesse beijar você – sussurrou em meu ouvido. – Já que não sou assim tão impaciente e nada ganancioso.

Meu corpo inteiro tremeu, e precisei me segurar em seus braços. Tentei entender aquilo tudo. Eu estava vendada. No meio de uma festa. Excitada, como não deveria estar. Meu quadril contra o de Matthew. Eu queria me contorcer. Queria mais. Queria mais daquela sensação esmagando as minhas entranhas. Eu... queria que ele me beijasse.

– Se todo mundo está mesmo olhando.

Ele deixou escapar uma daquelas risadas estranhas, e foi me soltando, como se eu tivesse dito algo errado.

Agarrei o tecido de sua camisa, impedindo-o antes que pudesse se afastar.

– Talvez você devesse me beijar – falei.

Seu corpo pareceu ficar rígido.

– Talvez seja o que o meu noivo faria – continuei.

– Tira a venda – disse Matthew. Um comando. Os dedos firmes no tecido do meu vestido. – Quero que olhe para mim.

Todo aquele desejo, toda aquela ansiedade e, sim, toda aquela urgência que se agitavam dentro de mim pararam de repente. Tudo parou quando arrastei o lenço de seda pelo rosto, deixando-o descansar no meu pescoço.

O que vi nos olhos de Matthew foi uma tempestade. O castanho atrás dos óculos que eu tanto amava se misturaram a uma emoção que eu seria capaz de jurar que estava sentindo em minha barriga. Mais para baixo também. Ele parecia estar no limite, prestes a fazer o que estava se segurando para não fazer. Será que era me beijar? Ele podia fazer isso. Parecia que ia fazer. Eu queria que ele fizesse. Naquele momento. Queria muito.

– Se não tirar esse sorrisinho de *por favor, Matthew* dos lábios, eu juro que eu mesmo vou fazer isso com um beijo, Josie.

Essas palavras fizeram meus ouvidos zumbirem. Uma sensação de triunfo fez o meu peito se apertar, me deixando cega. Esquecida. Descuidada. *Meu Deus, sim. Os lábios de Matthew. Nos meus.*

O olhar de Matthew procurou o meu desesperadamente. Continuei sorrindo. Então suas mãos foram subindo pelas minhas costas, a intencionalidade daquele movimento me deixando atordoada. Onde estávamos? O que estávamos fazendo? Eu não me importava. Meu peito subiu e desceu. Eu me aproximei como se pudesse agarrá-lo, acelerar as coisas. O grunhido que Matthew soltou foi breve, mas revelador, e me deixou ainda mais impaciente, me obrigando a me aproximar mais. Senti Matthew em minha barriga, rígido. Minha respiração ficou presa na garganta. Eu...

Alguém pigarreou.

Alto.

E a bolha em que estávamos estourou.

– Saia. Daqui. Shark – disse Matthew, sem tirar os olhos dos meus, a voz rouca.

– Acredite, eu queria muito poder fazer isso – respondeu Bobbi. – Porque demonstrações públicas de afeto eu aguento. Mas já faz um tempo que vocês ultrapassaram esse limite. Vocês estão... partindo pra cima um do outro com vinho e vendas. E eu não me importaria de assistir *se* não tivéssemos uma espécie de emergência.

As narinas de Matthew se dilataram, mas aqueles olhos castanhos inabaláveis não deixaram os meus. Eu sabia como ele se sentia, também não conseguia desviar o olhar, como se aqueles minutos sem encará-lo tivessem me deixado ávida por seu rosto.

– Não estou interessado – disse Matthew, a mandíbula agora tensa.

– Não me importo – respondeu Bobbi. – Porque aquele projeto de senador, o ex da Josephine, está aqui. E vamos ter que lidar com ele.

Eu me virei para ela na mesma hora.

A realidade finalmente se impôs.

– Duncan está aqui?

O homem com quem um dia eu tive *certeza* de que ia me casar se materializou à distância.

Uma lembrança invadiu meu cérebro. Camisa social azul dentro da calça jeans, paletó pendendo dos ombros largos. Tudo isso combinado com mocassins marrons. O conjunto se virando e indo embora. Saindo pela porta.

Uma roupa muito parecida com a de agora. Duncan estava parado à beira do jardim, conversando com Andrew. Eu me lembrava de ter visto um fio solto em seu paletó naquele dia, quando ele me disse que não podia seguir em frente.

Que não podia se casar comigo.

Ele foi tão educado, tão gentil. Chegou até a sorrir, como se dissesse *não se preocupe, meu bem. Você vai me superar*. Um cavalheiro sulista. Nascido e criado em Charleston. Sempre me perguntei o que o levou à Carolina do Norte na época em que fomos noivos. O que o segurou ali. Não podia ter sido por minha causa.

– Josie, meu bem.

Essas duas palavras, pronunciadas em uma cadência que ultimamente eu desejava muito ouvir, me trouxeram de volta ao presente.

– Eu superei – murmurei.

De repente, senti meu rosto ficar vermelho. Ou talvez já estivesse antes.

Matthew ergueu meu queixo em direção ao seu rosto, seus olhos encontrando os meus. Um rosto atraente. Eu estava prestes a beijá-lo, e aquilo não tinha nada a ver com onde estávamos ou com quem fingíamos ser.

– Não estou dizendo isso só pra te tranquilizar. Eu superei o Duncan. E queria que você soubesse disso.

– Eu acredito em você – disse Matthew. E eu sabia que estava sendo sincero. – Mas será que ele superou você?

Soltei uma risada estranha, mas não saberia dizer se foi de indignação ou de incredulidade.

– Ele terminou comigo.

Vi algo surgir no rosto de Matthew, breve e sutil. Compreensão? Surpresa? Não. Nenhuma dessas coisas.

– Ah, oi? – chamou Bobbi ao lado dele. – Eu continuo aqui. E vocês continuam me ignorando. Eu não deveria ser ignorada neste momento.

Matthew respirou fundo. Parecia ter tomado uma decisão.

– Sabemos que continua aí, Shark – disse ele. Matthew se afastou de mim, me deixando… sem chão e com frio. Eu queria que pudéssemos voltar no tempo. Queria estar vendada outra vez. Insistir no beijo quando tive a chance. – Você torna impossível ignorar a sua presença. – Ele segurou minha mão. Nossos dedos entrelaçados. – Qual é o problema, de verdade? Não pode ser só o cara.

– Você tem razão – respondeu Bobbi. Ela se aproximou de mim, estendendo as mãos na direção da minha cabeça. Matthew não largou a minha mão. – *Ele* não veio sozinho – explicou ela, arrumando meu cabelo com delicadeza, mas ao mesmo tempo com agilidade. – Veio com uma espécie de comitiva. – Ela mexeu no lenço que estava pendurado no meu pescoço. Ela o virou, apertou um pouco. Fez o que eu imaginava ter sido um nó. Então se afastou, avaliando o resultado. – Assim está bom. – Ela me encarou. – Bem… Não importa o que aconteça, não se deixe atingir.

Essas palavras me pegaram tão desprevenida que eu não soube o que dizer.

– O que…

– Eu quero dizer com isso? – concluiu Bobbi por mim. – Quero dizer que vocês dois vão até lá enquanto ele tenta arrancar sabe Deus o quê do seu pai. Você diz oi. Deixa o loirinho fazer cara feia, como quem quer partir pra cima dele, mas *não* vai fazer isso. Como ele está fazendo agora, mas com menos dentes, talvez. Enquanto isso, eu me resolvo com as câmeras que ele trouxe. De algum jeito, elas conseguiram passar pela segurança.

– Você contratou seguranças?

Ela revirou os olhos.

– Você sabe quem é o seu pai? – perguntou ela, e suspirou. – Mas eles são daqui. Amigáveis e ingênuos demais. Agora estão demitidos e... Você está me distraindo, Josephine. Os seguranças não fazem parte do meu trabalho. Você faz. – Ela ficou mais séria. – Então vai até lá, e eu resolvo com a imprensa. Estou muito insatisfeita com isso. Não vim com os sapatos certos pra fazer alguém chorar hoje, mas...

– Ele não vai deixar – falei.

Matthew soltou um grunhido de preocupação ao meu lado e apertou mais forte minha mão. Bobbi arqueou as sobrancelhas.

– Não. Vocês não entendem – continuou. – Não estou dizendo que ele vai fazer alguma coisa, mas ele vai virar a situação em favor dele. Duncan é... Deixa a imprensa ficar. Vai ser pior se você expulsar todo mundo. Ele vai dar um jeito de se fazer de vítima da situação.

Bobbi bufou, mas percebi que ela estava começando a entender.

– Não vou colocar uma cliente indefesa nessa situação.

– Não sou indefesa – rebati. – Eu... conheço Duncan, tá? Ele tá aqui por um motivo. E a imprensa também. Ele vai virar a situação contra nós se não conseguir o que quer. Eu dou um jeito nisso. – Engoli em seco. – Eu tenho Matthew. Deixa a imprensa ficar.

Pela expressão de Bobbi, aquela era a última coisa que ela queria fazer.

– Tá, vamos. Mas eu vou conter as câmeras. Eu é que digo quando e onde os flashes disparam.

Matthew puxou meu braço, e nós avançamos. Ele encaixou seu corpo no meu, a curva do meu ombro acomodada na lateral de seu tronco, seu braço direito serpenteando pelas minhas costas, o esquerdo segurando meu pulso e pousando minha mão em sua barriga. Era assustador o quanto aquilo me dava segurança. O quanto eu ficava mais confiante a cada passo que dava em seus braços. O quanto parecia *certo* estar com ele.

– Eu superei – repeti, só para ele.

Parecia importante que ele soubesse.

Sua resposta foi imediata.

– Eu sei.

– Fiquei magoada quando Duncan terminou o noivado. Mas ele atingiu mais meu orgulho que meu coração. Fiquei sentindo que eu não valia a pena. Que eu não valia o esforço.

O passo seguinte de Matthew pareceu hesitar, como se parte dele quisesse parar, mas o restante estava determinado a seguir em frente.

– Vamos combinar uma palavra de segurança – sugeriu ele.

– Bobbi também te disse que a gente deveria ter uma? – perguntei.

Ele assentiu, curvando os lábios em um sorriso, mas foi um gesto estranho. Peculiar. Um pouco assustador também. Não parecia Matthew, e eu quis mudar aquilo. Quis que aquele sorriso tivesse mais a cara dele. Atraente. Bonito. Feliz.

– *Bootylicious*. E se você não relaxar, eu começo a cantar. A fazer um rap. A dançar. A fazer um *popping*. Um *locking*. Eu sei fazer.

Um pouco da tensão em seus lábios se dissipou. Ele olhou para mim e arqueou a sobrancelha. Eu me obriguei a sorrir e fiquei surpresa e aliviada ao ver que foi muito fácil.

Ele engoliu em seco.

– Se a gente não estivesse indo em direção ao seu pai e ao seu ex, e eles já não tivessem nos visto, eu viraria agora mesmo.

Matthew voltou a olhar para a frente. Eu, não.

– Eu deveria ter levado você para aquela droga de coreto quando tive a oportunidade – declarou ele.

Meu coração acelerou.

– Você diz isso como se tivesse certeza de que eu teria ido – menti. Eu teria, sem questionar. E tinha certeza de que Matthew sabia disso. – Mas talvez eu pensasse no assunto, depois disso tudo. Estou mesmo precisando de uma distração.

Falei em tom de provocação, me referindo à nova regra de Matthew. *Eu distraio você, do que quer que esteja te incomodando. De seja lá o que te faça duvidar de quem você é e do que está fazendo.* E alcancei o efeito esperado, porque seus lábios finalmente relaxaram. Ele sorriu. Um sorrisinho orgulhoso. Presunçoso. E meu coração acelerou ainda mais.

Eu me obriguei a desviar a atenção do rosto de Matthew. Foi puro instinto de sobrevivência, porque eu queria muito ver o brilho nos olhos dele. Aquela noite incitou... uma coisa que eu percebi que estava fazendo um péssimo trabalho ao tentar conter. No entanto, estávamos a poucos passos de Andrew e Duncan, que nem fizeram menção de nos cumprimentar. Estavam em uma conversa profunda que parecia mais importante do que aquilo que acontecia ao redor. Dava para perceber isso pela expressão severa de ambos, conversando e assentindo. Eu chamava aquilo de *murmúrio circunspecto*, e sempre acontecia em festas como aquela, sempre em grupos de homens.

Eu quase me casei e tive uma vida como essa, pensei. Festas como essa. Com homens sérios tendo conversas sérias enquanto eu caminhava pelo gramado em um vestido bonito, me apresentando como Sra. Alguém. Não parecia algo que eu queria agora. Não parecia algo que eu queria e ponto-final.

Matthew se inclinou para mais perto, e senti seus lábios na minha testa e depois na minha orelha.

– Ele tem cinco minutos.

Eu não sabia dizer se ele estava falando de Andrew ou Duncan. E também não sabia o que ia acontecer depois daqueles cinco minutos, mas o frio na barriga me dizia que tinha alguma coisa a ver com o coreto.

– Josephine – disseram os dois homens ao mesmo tempo.

Duncan deu uma risada leve. Andrew abriu um sorriso tenso.

A mão de Matthew subiu pelas minhas costas, os dedos deslizaram entre os meus cabelos. Ele acariciou a minha nuca com o polegar. Me dando coragem. Me distraindo.

Pigarreei.

– Desculpem... é... não termos vindo até aqui antes – falei, e minha expressão era uma máscara educada, amigável e feliz. Eu já tinha feito aquilo muitas vezes. – Nos deixamos levar pelo momento. – Olhei para o lado. Matthew sorriu. – Matthew, este é Duncan Aguirre. – Voltei a olhar para o outro homem. – Duncan, este é Matthew Flanagan. – Engoli em seco. – Meu noivo.

Matthew soltou um "hum" que para qualquer outra pessoa teria parecido uma anuência simpática. Mas eu sabia que não era, não quando veio acompanhado de mais um roçar de seu polegar. Parecia a promessa de uma recompensa. Uma que eu não deveria querer, já que...

Duncan estendeu a mão para Matthew.

– É um prazer, Matthew.

Matthew o encarou por um, dois, três segundos. Fazendo-o esperar, com o braço no ar.

– Ah – disse, em um tom tranquilo e surpreso, olhando para a mão estendida de Duncan. – Desculpe, Duncan – continuou, finalmente apertando a mão dele. – Não tinha visto sua mão. É um prazer. Eu adoraria fingir que nunca ouvi falar de você, mas sou um pouco melhor que isso.

Duncan franziu a testa por uma fração de segundo.

– Parabéns pelo noivado. Parabéns aos dois. Não posso dizer que estou surpreso por Josie ter sido arrebatada tão rápido. Ela é um excelente partido, mesmo sendo tão complicada.

– Ah, eu sou persistente – disse Matthew. – Alguns diriam que sou como um cão que não larga o osso. Quando decido que algo é meu, não tem quem tire.

Havia malícia nas palavras do meu ex? Quem sabe.

Mas eu não me importei. Não com Matthew dizendo aquele *meu*, e não com seu polegar roçando a minha nuca.

– O vinho está excelente – falei, com um suspiro. – Andrew foi tão generoso. Com tudo, na verdade. Mas esta parte foi a melhor até agora. – Olhei nos olhos do meu pai. – A propriedade é incrível. Tenho certeza de que com ela deve estar sentindo menos saudade da Flórida, certo?

Houve um momento de silêncio antes da resposta do meu pai.

– Isso não é um problema – respondeu. Breve. Como sempre. – Duncan estava me falando de um amigo que tem uma propriedade como esta. Perto daqui, aliás.

Pisquei, tentando entender o que ele quis dizer com aquilo. Ou esperando que ele explicasse. Ele não fez isso.

– Os preparativos para o casamento estão indo muito bem – comentou Matthew, e pelo seu tom de voz eu soube que ele estava sorrindo para os dois. Sabia também qual sorriso escolhera. – Caso você esteja curioso, Andrew. Não sei se me lembro de você ter perguntado em que pé as coisas andam, e também não sei muito bem o que Bobbi passa adiante. – A expressão do meu pai ficou tensa. Matthew continuou, o tom tranquilo, casual. – Estamos um pouco estressados com a falta de tempo, mas, ei, eu é que não vou reclamar disso. Afinal, vou me casar com a mulher dos meus sonhos mais cedo do que eu imaginava.

E foi aí que meu queixo caiu. Só por um instante. O suficiente para que o ar deixasse meus pulmões e eu me virasse para o meu noivo.

Matthew deu uma piscadinha para mim. Como se não tivesse dito nada de mais.

Engoli em seco, tentando me acalmar. Certo. Isso. *Não nos casamos, mas continuamos amigos.*

– Mas o dinheiro está ajudando bastante – falei. – Dinheiro compra bons vinhos, pra começar. Já experimentaram o merlot? É de uma vinícola que fica nas Montanhas do Sul, envelhecido em carvalho.

– Podemos contratar uma cerimonialista de verdade – comentou Andrew. – Além da Bobbi. Vocês não precisam se estressar com os detalhes. E se estão mesmo estressados, deviam ter me avisado. Ou a Bobbi, ou à minha assistente, que também está por aí.

– Ou você podia ter perguntado – rebateu Matthew. Simples assim. Com simpatia, até. Direto. – Em algum momento desta noite, ou em qualquer outro momento antes deste, quando eu abordei o assunto.

Só então me dei conta de que Andrew não tinha feito isso. Não tinha perguntado nada para nós. Para mim. E eu não esperava que ele o fizesse. Nem sobre o casamento, nem sobre como eu estava depois que o vídeo vazou.

– Dê uma folga aos dois, Andrew – disse Duncan, rindo, como se eles fossem velhos amigos. Como se aquele não fosse o meu pai, que ele acabara de conhecer. – Essas coisas são um pesadelo. Não se tem alegria enquanto o grande dia não passa, então é claro que o cara está estressado. – Ele sorriu para nós. Ou talvez não. Duncan sempre pareceu olhar para algum lugar acima da minha cabeça. – Relaxa, Matthew. Não acho que ela vá fugir de você. Está obviamente apaixonada.

O corpo de Matthew ficou tenso ao lado do meu.

No mesmo instante, pelo canto do olho, vi a comitiva que Bobbi tinha mencionado se reunir como uma colmeia. Era um grupo pequeno, mas a nuvem de câmeras e eletrônicos começou a se movimentar atrás de Andrew e Duncan, os aparelhos zumbindo, se aproximando.

Um casaco de couro e um cabelo loiro surgiram no meu campo de visão, bem na frente deles. A mulher estendeu o braço, unhas pretas afiadas reluzindo sob uma das muitas luzes do jardim. Comecei a respirar com mais facilidade. Bobbi tinha tudo sob controle. É claro que sim. Ela... A colmeia a cercou. Ah, meu Deus, será que ela estava bem?

Puxei a camisa de Matthew.

– Matt...

Um flash me cegou. Pisquei, tentando enxergar. Minha visão quis voltar à vida, mas, bem quando eu estava começando a entender o que acontecia por trás daquele burburinho que nos cercava, mais um flash se acendeu. E mais um. Pop. Pop, pop, pop. Algo se mexeu à minha frente. Alguém. Matthew, porque ele não estava mais ao meu lado.

– Abaixa isso – ladrou ele.

Meu Deus, ele parecia tão... raivoso. Tão fora de si. Aquele não era o plano. Não era. Pisquei, tentando ajustar a visão, foquei em suas costas e percebi que tinha calculado muito mal aquela situação toda. As palavras de Matthew saíram calmas. A voz baixa.

– Abaixa. Essa. Câmera.

Tentei parar na frente dele, mas Matthew estendeu o braço e me impediu. Espiando por cima dele, vi Duncan se aproximar, sorrindo. Relaxado. Como se tivesse nascido para aquilo. Como se estivesse pronto para receber um prêmio, mesmo com um Andrew visivelmente irritado ao seu lado.

– Por favor, senhores – pediu Duncan, calmo. Um cavalheiro sulista. Falando com Andrew e Matthew e me ignorando. – Não há motivo para tanta tensão. Isto é uma festa. Uma festa incrível, aliás. Pensei que os estabelecimentos locais pudessem se beneficiar de uma apimentadinha. Não é todo dia que se tem a visita de Andrew Underwood. E também temos uma espécie de celebridade agora. Tenho certeza de que ela também vai ter um destaque. – Ele se virou para Andrew. – Agora, vamos tirar uma foto juntos, Andrew. Se não se importar, é claro. Depois podemos retomar nossa conversa em outro lugar, longe dos olhos e ouvidos dos curiosos.

Naquele momento, eu soube exatamente o que Duncan fazia ali.

– Andrew – chamei.

Não sei o que me deu, ou por que fiz o que fiz, mas as palavras saíram antes que eu pudesse contê-las.

– Vamos voltar para o bar. O merlot é mesmo incrível. A gente deveria experimentar.

Andrew me olhou, confuso. Duncan se aproximou dele, o braço já apontando para o lugar onde deveriam posar para a foto. Meu pai hesitou por um bom tempo, e eu não queria, mas prendi a respiração, sorrindo para ele. *Confie em mim*, eu queria dizer. *Duncan só quer se aproveitar de você, do seu status, do seu nome, do seu dinheiro, provavelmente.* Eu, não. Eu só...

– Depois – disse meu pai.

Algo em meu peito parou de repente. Despencou. Ou talvez tivesse sido eu que despenquei, inteira.

– Claro – falei, com uma risada que eu pretendia que parecesse leve, tranquilizadora.

Andrew não parecia precisar que eu o tranquilizasse, porém. Ele já tinha se virado.

Eu me senti tão burra naquele momento. Tão burra e pequena.

Era mesmo ridículo pensar que ele pudesse escolher uma taça de merlot em vez do Duncan. Escolher a *mim*. Também era ridículo que parte de mim tivesse pensado por um instante – ainda que curto – que Duncan estava ali por minha causa. É claro que não. Matthew e Bobbi estavam tão enganados ao imaginar que sim. Duncan estava ali por causa do meu pai. Por seu apoio? Por uma foto? Por aquele murmúrio circunspecto que os dois faziam tão bem? Só Deus sabe. Eu só podia imaginar como o gabinete dele conseguira o contato de alguém e descolara um convite para a festa. Nós costumávamos rir disso. Do modo como ele entrava de penetra em uma festa e de alguma forma dava um jeito de virar a atração principal. Essa atitude não correspondia à educação que sua mãe tinha lhe dado, mas bons garotos não chegam muito longe sem uma carta na manga.

A carta não era eu. Nunca foi, e não seria agora. E meu pai parecia concordar.

– Josie? – chamou Matthew.

Eu me virei para ele, mas mantive o olhar em outro lugar. Em seu ombro. Abri um sorriso, torcendo para que Matthew não percebesse para onde minha cabeça tinha ido. Torcendo para que não visse o quanto eu me sentia insignificante e o quanto eu odiava que aquilo me afetasse. Mas Matthew sempre conseguia ver mais do que eu gostaria que visse.

– Olha para mim – ordenou ele.

Quem era eu para lhe negar isso? Sua expressão estava sombria. Seu corpo exalava o tipo de tensão de que eu não gostava. Uma tensão que vinha em ondas.

– Ei – falei, os olhos ardendo. Meu Deus, como eu odiava isso. – Vamos até o coreto? Você prometeu.

A expressão de Matthew me disse que agora aquilo estava fora de cogitação. Seus lábios se abriram, e eu torci para que ele não recusasse, porque eu não ia suportar.

– Eu...

Mais um flash disparou.

Bem na nossa cara. Eu me encolhi e, quando recuperei a visão, Matthew estava resmungando um palavrão, endireitando os ombros. Entrei em pânico. Eu confiava nele, mas não queria que se irritasse com aquilo. Que fizesse algo de que pudesse se arrepender, como pegar aquela câmera que estava perto demais de nós dois. Não valia a pena.

Não mesmo. Aquilo tudo não valia. Eu não valia.

Segurei os braços dele.

O olhar de Matthew se voltou para mim, mas não sua atenção. Não completamente. O flash disparou mais uma vez, e ele ficou furioso. Estava prestes a ir atrás daquela câmera. Então eu fiz a única coisa em que consegui pensar.

Beijei meu noivo.

DEZOITO

Pensando bem, eu não devia ter usado os lábios para distraí-lo.

Tínhamos combinado uma palavra de segurança.

Eu podia ter usado a palavra que combinamos. Podia ter batido em seu braço, ou beliscado sua barriga. Dado um tapa na sua bunda. Começado a cantar. A dançar ou a rimar. Podia ter fingido desmaiar. Podia até mesmo ter gritado, pedindo às pessoas ao nosso redor que parassem.

Mas não.

Eu beijei o homem.

Meu noivo.

Só um selinho.

Um roçar dos meus lábios nos dele.

O homem ficou absolutamente chocado.

Matthew ficou parado ali. Os braços caídos ao lado do corpo. Lindo e alto e, aff, tão atraente com aquela roupa que eu não conseguia tirar isso da cabeça, mas muito chocado. Eu não estava exagerando. Não foi um sinalzinho discreto de surpresa a que me apeguei e comecei a surtar. Por um instante, eu tive a certeza de que tirei Matthew dos trilhos.

De que o meu beijo fez isso.

Olhei para a tela do celular. Desta vez não era a Página Nove. Era o *Six Hills Herald*. Eles demoraram alguns dias, mas, como Duncan sugeriu, aproveitaram a oportunidade para publicar um artigo sobre Andrew e a festa que ele tinha oferecido na propriedade alugada. Eu não conseguia entender por que a presença do meu pai na Carolina do Norte ou a festa que ele deu para mim e para meu noivo seriam importantes, mas pelo jeito eram. A ponto de preencher o que certamente corresponderia a algumas páginas em uma edição impressa. Com várias fotos.

Entre elas, uma foto do beijo impulsivo.

Claro. Como eu poderia esperar que não usassem aquela foto? O drama me amava demais para deixar que essa passasse.

Será que eu beijava mal? Será que estava com mau hálito? Será que fui a única que senti aquele desejo pelos lábios dele naquela noite?

Sem respostas para essas perguntas, bloqueei e guardei o celular no bolso do moletom. Então finalmente desliguei o motor da caminhonete. Eu não podia mais ficar estacionada ali. E se Matthew saísse pela porta? Ou olhasse pela janela? Seria estranho. Eu ia parecer uma stalker, rondando o Alce Preguiçoso.

Eu estava perseguindo meu noivo. Pensando em formas de atacá-lo com meus lábios idiotas e nojentos.

Dei risada da minha própria amargura. Então coloquei as mãos no volante e falei, em voz alta, para mim mesma:

– Supera isso, Josie. E daí que ele não gostou do beijo? O cara te deu um orgasmo. E isso... tem sua importância.

Eu não estava fazendo sentido nenhum, e talvez, só talvez, eu é que tivesse saído dos trilhos com aquele beijo, não ele.

Abri a porta da caminhonete, peguei a mochila que tinha enchido até a boca, pendurei no ombro e saí.

Algo à direita da propriedade chamou minha atenção.

Algo rápido e pequeno. Com penas brancas e marrons. *Sebastian?* Não. Tínhamos levado o galo dos Vasquez de volta para a fazenda. Já fazia meses. Pela sétima ou oitava vez depois de ele escapar. Mas era ele. Eu tinha certeza. Eu mesma batizei aquela criatura quando ele não passava de um franguinho que ganhei de presente dos Vasquez. Como se pudesse ler meus pensamentos, o galo fugitivo cercou a cabine, a cabeça bicando e as perninhas de frango ligeiras no chão, passando por mim.

Ah, não, pensei. Não. *Não.* Aquilo já era demais. Se tinha alguma coisa que eu podia controlar, era essa situação. Eu o levaria de volta até a fazenda. Com as minhas próprias mãos. Havia tão pouco que eu conseguia controlar naquele momento, mas aquilo era algo que eu era capaz de fazer. Um jeito de retomar algum... equilíbrio. Algum poder.

Sem perder tempo, larguei a mochila no chão e corri. Sim, corri atrás do Sebastian Stan. E, caramba, aquele galo era rápido.

Assim que percebeu minha presença, ele acelerou o passo e cacarejou alto. Mas eu tinha uma missão e ia cumpri-la. Quando o fugitivo deu a volta no chalé, fui atrás dele. E quando ele parou, como se estivesse confuso ou distraído com alguma coisa em um arbusto por ali, eu o agarrei.

– Arrá! – gritei, me levantando.

Vitória, finalmente, pensei, me virando com um sorriso cruel. Sebastian reclamou com um cacarejo, mas aquela era a nossa rotina. Era o que fazíamos. Ele fugia e eu o capturava. Ele...

Percebi mais alguma coisa ali. Alguém.

Meu noivo.

Sem camisa. A pele reluzindo sob o sol. Pulando corda. Com fones de ouvido por cima de um boné virado para trás.

Um boné virado para trás.

Matthew fazia a corda voar por seu corpo com habilidade. Cabeça e pés. Cabeça e pés. Braços firmes. Músculos definidos. Lábios abertos soltando rajadinhas de ar e rosto sério. A mandíbula contraindo e relaxando no ritmo do movimento. Também havia covinhas. Em seu quadril.

Uma gota de suor escorreu em sua barriga, e eu quis me aproximar. Para ver melhor. Mas seu corpo parou de repente, e eu me distraí. Os músculos continuavam pulsando e se contraindo, brilhando e fazendo coisas que os músculos fazem quando são levados ao limite. Eu me perguntei como seria se...

– Josie?

Minha cabeça se ergueu de repente. Matthew estava ofegante, olhando para mim.

Pisquei, atônita. E então agi. Como quando o beijei, mas dessa vez eu estava com Sebastian Stan nas mãos. Ergui o galo no ar, em frente ao meu rosto.

Ele bateu as asas, muito insatisfeito.

– Josie? – repetiu Matthew.

Aquilo, sim, era o fundo do poço.

– *Oooooi* – falei, alongando a palavra só para dar uma enrolada. Ouvi algo se mover, então tive vislumbres de uma pele suada e reluzente se aproximando. *Distraia. Desvie.* – O que está fazendo, amor? – Fiz uma careta para mim mesma. *Amor.* Amor? Pigarreei. – Irmão. O que está fazendo, irmão?

– Você me chamou mesmo de *irmão*? – perguntou ele.

Em meio às asas agitadas de Sebastian, vi que Matthew tinha tirado o fone, que agora estava pendurado naquele pescoço delicioso...

– Você estava me observando? – perguntou ele, convencido. Aff. – Estou meio confuso com o galo, mas posso continuar se quiser.

– Se eu quiser? – perguntei, por falta de algo melhor para dizer.

– Você estava bem interessada – anunciou ele. Agora também parecia estar se divertindo às minhas custas. – Tudo bem. Mas se soltar o coitadinho talvez consiga ver melhor.

– Rá! – falei, inexpressiva. Mas mantive Sebastian exatamente onde estava. – E daí que eu olhei? Você estava aí, todo sem camisa e reluzente e, pra falar a verdade, seria difícil não olhar pra você saltitando e... sabe, flexionando os músculos e sei lá mais o quê. E eu sou mulher. Com partes do corpo funcionais. Olhos. Partes de mulher de que você gosta, pelo jeito.

O que se seguiu foi um momento de silêncio. Então ele disse:

– Tá.

Tá? Só isso?

Estiquei o pescoço, olhando por cima do Sebastian. Matthew estava bem ali. Bem à minha frente. Ou à nossa frente. Tão perto que eu tinha quase certeza de que Sebastian poderia bicar seu mamilo se quisesse. Talvez eu devesse alertá-lo. Ou talvez devesse deixar que o galo tirasse aquele sorrisinho do seu rosto.

– Esse sorriso é novo – disse Matthew. – O que será que significa?

Meu sorriso se alargou. Ele riu.

– Você é fofa. Está tramando alguma maldade? É por isso que está aqui? Seja o que for, eu topo.

Mordi a língua para não responder. Que ousadia me chamar de "fofa" e não gostar quando meus lábios tocaram os dele.

– Você deveria se afastar – falei. – Antes que Sebastian bique esse peito reluzente que você ama exibir por aí.

– Achei que suas partes femininas gostassem – rebateu ele. O sorriso luminoso continuava ali. – E também achei que fosse soltar a ave.

– Não posso.

Matthew se aproximou mais um pouco, e eu abaixei Sebastian, tentando salvar o peito dele. Era um belo peito, afinal.

– Por quê?

– Este é Sebastian Stan, o galo dos Vasquez. Vou levá-lo de volta para a fazenda. Pelo jeito, ele gosta muito daqui. Aterrorizava a Adalyn e o Cameron o tempo todo. Eu... Parece que não vou conseguir com você parado aí.

– Então é isso que anda me acordando de madrugada – comentou ele.

Meus lábios se abriram para fazer uma pergunta, mas as palavras que ouvi em seguida fizeram com que voltassem a se fechar na mesma hora.

– Além de pensar em você, e naquele barulhinho lindo que você faz, é claro.

Meu rosto ficou quente. Balancei a cabeça.

– Discreto – falei. Ao contrário da minha voz, toda trêmula ao dizer aquilo. Será que ele estava falando dos meus gemidos? Aqueles que soltei ao telefone quando... – Engraçado você dizer isso, considerando que ficou tão horrorizado com o beijo.

Aquele ar leve desapareceu de seu rosto.

– O quê?

Ergui o queixo. Ótimo. Então ele ainda não tinha visto o *Herald*.

– Nada – falei, e dei um passo para o lado. – Nada de importante. Estou indo. Tenha um bom dia.

Ele entrou na minha frente.

– Larga o galo, Josie.

– Não – falei, erguendo Sebastian ainda mais. Eu estava sendo ridícula. Mas se ia me permitir ser mesquinha uma única vez na vida, seria naquela. Depois de quatro noivados, eu tinha acabado de descobrir que beijava mal. – Não posso fazer isso, senhor. Tchauzinho.

Matthew deu um passo para o lado junto comigo.

– Não me faz ir atrás de você – avisou. Calmo. Despreocupado. – Porque eu saio correndo atrás daquele carro.

Eu ri do quanto ele pareceu sério.

– Não seja dramático.

– Disse a mulher usando um galo como escudo.

Meus olhos semicerrados se fixaram naquele homem maravilhoso com o boné virado para trás.

– Se eu soltar o Sebastian, ele vai atacar a gente. Ele não gosta que o segurem assim, caso você não tenha percebido, Senhor Brilhoso. Por mais que eu tenha sido gentil. Ele vai bicar nosso calcanhar. O bicho é rápido. Mais rápido que a gente. O melhor a fazer a essa altura é chamar o Robbie. Você pode fazer isso?

– Acho que conseguimos correr mais rápido que um galo – disse ele, dando de ombros. Aqueles ombros largos e nus. – E se você não conseguir, prometo não te deixar pra trás.

– Você me parece muito convencido pra um garoto da cidade grande que tá quase pelado. Acha que esse abdômen de aço vai te proteger?

Matthew estava amando aquilo. Amando. Eu tinha certeza.

– Tá – falei, porque ele não respondeu. – Você quer dar uma de convencido. Então é melhor ser convencido enquanto corre.

Antes que ele pudesse reagir, coloquei Sebastian no chão, soltando-o com a maior delicadeza possível. Ele soltou um cacarejo de guerra, e bem na hora que eu saí correndo, Matthew agarrou meu pulso.

Corremos em direção à casa, e a descarga de adrenalina me fez soltar um gritinho, parecendo uma boba. Conforme o previsto, Sebastian correu atrás de nós. Coitadinho. Eu precisava muito conversar com Robbie sobre talvez deixarmos que ele escolhesse onde queria morar. Olhei para trás, me distraindo um pouco ao ver Matthew ao meu lado, ao admirar aquele corpo por mais tempo do que deveria, e *não* vi um tronco caído no meio do quintal. Tropecei e saí voando pelo que pareceu um bom tempo, mas, bem quando eu ia cair, as mãos de Matthew entraram em ação, me pegando no ar.

– Aquilo não foi um beijo – disse ele, subindo os degraus da varanda comigo nos braços, como se eu fosse uma princesa. – Você não me beijou, Josie.

Olhos castanhos arrebataram os meus quando entramos pela porta. Ele me colocou no chão. Nossos peitos arfando, meu quadril tocando o dele. Tocando Matthew. Engoli em seco, alto. Aquela calça de moletom não escondia nada. E aquele contorno duro pressionou meu abdômen macio. Eu não quis reconhecer o quanto era bom senti-lo em mim, o quanto estava fascinada, e excitada também, só porque ele estava me tocando.

Aquilo não foi um beijo. Não foi?

Coloquei as mãos em seu peito, e minha respiração travou quando ouvi o som que deixou seus lábios. Um leve rosnado. Aquele barulhinho fez com que eu inclinasse meu corpo em sua direção. Minha vontade era descer os dedos. Subir. Tocar todo o seu corpo. Esse homem me fazia querer tantas coisas. Ele me deixava sem ar, desejando o que eu achava que não precisava.

Dei um passo para trás.

Matthew baixou o olhar, que parou nas minhas mãos ainda espalmadas em seu peito. Ele pegou minha mão esquerda, roçando os dedos na minha pele. Parando por um instante no anel. O anel dele. Meu anel. Ele ficou acariciando a joia. Olhando para ela. Fazendo algo se remexer dentro de mim.

– Você não me beijou – repetiu Matthew. – Não de verdade. Aquele não foi o nosso primeiro beijo. Você saberia se fosse.

Nosso primeiro beijo.

Meu coração deu um salto e se jogou no chão. Enfim. Foi um beijo. Eu beijei Matthew, ainda que tivesse sido só um selinho.

– Não se preocupa – falei, tirando as mãos de seu peito e deixando-as cair ao lado corpo.

Seus olhos encontraram os meus mais uma vez.

– Eu não vim até aqui pra mais um beijo. Não é isso. Eu vim por outra coisa.

Matthew pegou a sacola que estava ao lado da minha caminhonete e voltou para o chalé, deixando-a comigo e indo para o banho, prometendo ser rápido.

Não foi. Matthew ficou um bom tempo no chuveiro. Fiquei grata, na verdade, porque não conseguiria fazer aquilo com ele todo suado, reluzente e... sentado ali na minha frente, me distraindo. Então eu tive bastante tempo para organizar tudo o que tinha levado comigo na ilha da cozinha, preparar o café e conectar meu celular na caixinha de som para colocar minha playlist de foco total. Decidi que devolveria o galo para os Vasquez no dia seguinte.

Tínhamos trabalho a fazer.

Matthew voltou com passos pesados e lentos. Não tinha penteado o cabelo molhado, os cachos loiros mais escuros e bagunçados, alguns caindo na testa. Eu queria colocá-los para trás, observar de perto cada ruguinha em sua testa, perguntar por que estava tão sério e agradecer por ele ter tirado as lentes de contato e colocado os óculos. Mas aquilo não estava certo. Meu cérebro ainda estava em curto por causa daquele beijo terrível.

Aquele não foi o nosso primeiro beijo.

– Fiz café – falei, torcendo para que meu sorriso parecesse relaxado.

A expressão de Matthew se suavizou por um instante enquanto ele se servia de café. Então ele veio até o meu lado. Uma onda de hortelã, sabonete e *Matthew* me atingiu em cheio e, aff, eu quis tanto me aconchegar em seu peito. Encostar o rosto no moletom que ele usava. Só para senti-lo através do algodão. Quem sabe ouvir seu coração. Empoleirada em uma banqueta, eu estava na altura perfeita para fazer isso.

– Seus muffins.

Senti o rosto quente, só um *pouquinho*. Nós dois sabíamos que os muffins eram meu jeito de pedir desculpas. Mas se eu admitisse isso em voz alta, se falasse daquela noite na casa de Andrew, a gente ia conversar sobre aquele beijo de novo. E eu achava que não ia aguentar. Os muffins não eram exatamente pelo beijo, mas porque eu me sentia meio responsável por Matthew ter ficado tão irritado com as câmeras. Eu também era a responsável por sua foto estar no *Herald*. As duas coisas teriam sido evitadas se eu tivesse ouvido Bobbi. Se não fosse tão ingênua. Por isso os muffins.

– Também trouxe os chips de couve que você tanto ama – falei, apontando para o pote cor-de-rosa. Ele soltou um suspiro que eu senti no topo da cabeça. A vontade de virar e olhar para ele era forte, mas eu era mais. – Por favor, senta. Temos muito o que fazer.

Matthew não se sentou.

– O que é isso tudo, Josie?

– Quero ajudar você – falei. – A procurar um emprego. Eu sei que já deve ter visto a maioria dessas oportunidades, mas você disse que me avisaria se encontrasse alguma coisa, e não falou nada. Então pode me dizer em que pé a busca tá, e a gente parte daí. – Estendi a mão e peguei uma das pastas. – Imprimi alguns anúncios e classifiquei por estado e área de atuação. – Abri a pasta. – Temos Illinois, e vagas que têm a ver com reportagem, conteúdo ou... Ah, tem uma de editor de anúncios e mídias que parece muito legal. – Fui virando as páginas até encontrar. – Aqui.

Olhei para Matthew, que parecia... pensativo. Quieto.

– Não se preocupa – falei, puxando a divisória. – Tem uma seção pra Massachusetts. A maioria dos anúncios era de vagas de repórter. *Boston Guardian, Boston Globe*, um grupo nacional de mídia... não lembro o nome... mas é meio período. – Olhei para ele. A mesma expressão. – Você tem um rosto bonito e sabe ser charmoso. Acho que ficaria ótimo em frente às câmeras se estiver aberto a algo em jornalismo televisivo...?

Matthew colocou a caneca na ilha da cozinha e coçou a nuca.

– Tem uma seção pra Carolina do Norte?

– Tem – falei, sentindo um solavanco no peito. – Achei que você pudesse querer ficar perto da Adalyn e do Cameron. – Mantive os olhos fixos na pasta. – E tem uma seção pra Flórida também. Sei que conheceu a Adalyn em Miami, então imaginei que pudesse querer voltar.

Uma pausa longa. Apenas as batidas lentas da música tocando no fundo preenchiam o silêncio. Então Matthew se mexeu. Pegou uma banqueta e colocou ao lado da minha, e então sentou. Por algum motivo que não entendi, eu prendi a respiração. Como se estivesse esperando alguma coisa.

– Quando você fez tudo isso? – perguntou ele. – Deve ter levado horas.

Engoli em seco, passando as mãos no plástico à minha frente.

– Uma noite dessas...

Matthew respirou fundo, de um jeito que pareceu uma reclamação.

– Não tenho conseguido dormir – expliquei, mantendo a voz alegre. Normal. – O que não é raro pra mim. Às vezes minha cabeça não para. Então eu fiz muffins. Pesquisei. Imprimi. Separei. Arquivei. Foi bem relaxante, e fiquei feliz por ter com o que me ocupar.

Ele soltou mais um daqueles suspiros.

– Olha pra mim, Baby Blue.

Ignorei a pressão que senti na garganta, no peito, na barriga, *em toda parte*, e obedeci.

– Obrigado – disse ele.

E, meu Deus, Matthew nunca soou ou pareceu tão... sério. *Comovi-*

do. Como se aquela palavra viesse de outro lugar que não seus lábios. De algum lugar profundo. Ele engoliu em seco e virou meu banquinho, deixando meu corpo de frente para o seu, como se quisesse toda a minha atenção.

– Eu queria ser capaz de encontrar as palavras certas pra dizer o quanto estou grato, e impressionado. Eu queria... – Ele balançou a cabeça. – Queria conseguir mostrar pra você.

Tudo em mim se acalmou. Fiquei tocada com a sinceridade com que ele disse aquilo. Eu tinha feito tão pouco.

– Eu só imprimi umas coisas – sussurrei. – É o mínimo que eu posso fazer. Você... você está procurando emprego. E eu não estava fazendo nada por você. Não como você está fazendo por mim. Isso não estava certo. Não era justo.

– Isso não é verdade – afirmou ele, sério.

Não perguntei a que ele se referia. Matthew estendeu a mão e colocou meu cabelo atrás da orelha. Era estranho que esse gesto parecesse tão simples, tão comum, tão clichê até, de uma maneira muito profunda.

– Você não é como eu esperava, Josie – disse ele, baixinho. Tão baixinho que quase doeu. – Eu te disse isso aquela noite. Mas agora eu sei que também não mereço você.

Franzi a testa.

– Você merece isso – falei. E eu estava indo muito bem na missão de não mencionar uma coisa que o deixava constrangido. Uma coisa que ele nunca abordava, mas que eu sabia. – Estou só ajudando. Foi injusto demitirem você por ter se recusado a dar um furo sobre a Adalyn e o Cameron. É injusto eles se safarem ao dizer que iam demitir algumas pessoas de qualquer forma. Na verdade, tenho certeza que você pode processá-los. Podemos dar uma olhada nisso. Eu te ajudo a achar um advogado. Conheço algumas pessoas, juro que posso ajudar.

Matthew sorriu, mas não com os olhos.

– Você sabe onde eu trabalhava, Josie?

– Em um conglomerado de mídia e entretenimento – respondi. – Eles são donos de jornais e veículos on-line em todo o país, ou alguma coisa do tipo. Não me lembro dos detalhes. Só sei que eles não têm princípios e foram muito burros ao demitir você.

– Não, eles não têm princípios – concordou Matthew. – Um desses veículos de que você falou é a Página Nove.

Ah.

– Eu… Eu não sabia disso. Acho que deveria ter perguntado.

– Eu deveria ter te contado – disse ele, e o sorriso se desfez. – Trabalhei na Página Nove neste último ano. Minha chefe, Marissa, me levou com ela quando teve uma mudança na gerência lá. Não é raro deslocarem as pessoas assim. Eu tive que me adaptar, mas logo entendi como os portais de fofoca funcionam. Notícia é notícia, qualquer que seja o assunto. O que mais importa é quem você conhece. E, com as redes sociais, tem muito mais trabalho nos portais de fofoca do que as pessoas imaginam.

– Então você escrevia coisas como o que andam dizendo sobre mim? E Andrew? E nós dois?

– Não tenho orgulho disso – disse Matthew, e eu acreditei. – Sempre achei que eu fosse uma pessoa minimamente justa, que tudo o que eu escrevia não ultrapassava uma espécie de limite imaginário que eu tinha traçado pra mim mesmo. Eu verificava as fontes, fazia questão de só escrever sobre fatos confirmados. Mas não conseguia controlar tudo. – Ele suspirou. – O *Babado Real*, por exemplo, é roteirizado. Mas isso não significa que podemos prever o que Sam e Nick dizem. O podcast é editado, mas elas às vezes são cruéis, e as pessoas adoram. Boa parte do sucesso delas se deve a isso.

Tentei compreender a situação. Tudo o que ele disse, na verdade. Eu estava chocada. É claro que aquilo me pegou de surpresa, mas eu… não me sentia traída. Só confusa. *Eu deveria ter te contado.*

– Por que você não me contou? Quando eu te pedi ajuda aquela manhã, bem aqui nesta cozinha?

– Você disse que precisava de mim – respondeu ele, com o mesmo olhar sério de minutos antes. – De mim.

O peso da resposta me fez respirar com dificuldade.

– Por que não disse nada em algum momento depois?

– Tive medo que você terminasse tudo. Que não confiasse em mim.

Terminasse tudo.

Terminasse o quê? Eu deveria ter perguntado. O que quer que houvesse entre a gente ia terminar de qualquer forma. Mas eu não era idiota. Por mais que tentasse negar, percebia que havia mais alguma coisa entre nós dois. Uma coisa que sempre me atraía na direção dele e que agora era algo vivo e pulsante, algo que crescia, ocupando o espaço que impusemos com tanto cuidado ao estabelecer tantas regras.

– É por isso que eles não falam sobre você? Porque te conhecem?

O olhar de Matthew mudou.

– Você está imaginando que foi por isso que não te contei a verdade. Eu queria… – Ele se conteve. – Eu queria poder ter poupado você de toda essa sujeira, Josie.

– Não sou tão ingênua quanto você pensa, Matthew. Não preciso ser protegida…

– Você não é – disse ele, soltando o ar com força. – E não precisa ser protegida. Não mesmo. Porque você é inteligente. Muito mais inteligente que eu. Destemida. Corajosa. Gentil. Você acredita no melhor das pessoas porque você é assim. Você tem um coração tão grande, que tem espaço pra todo mundo nele. E eu amo isso em você. Todas essas coisas. É isso que eu queria poder proteger.

Eu amo isso em você.

É isso que eu queria poder proteger.

Meu coração saltitou.

Eu… estava me segurando para não… para não o quê? Para não pedir a ele que retirasse tudo o que tinha dito? Para não pedir a ele que elaborasse mais, que me dissesse que queria um pouco daquele espaço no meu cora-ção? Para não pular no seu colo e…

– Então vamos encontrar outra oportunidade pra você – falei. – O mais longe das fofocas e dos podcasts possível. Você é muito inteligente, Matthew. Determinado também. E o fato de você ter caráter é uma coisa boa. – Vi algo mudar em seu olhar. Será que era mágoa? Desviei o olhar por um instante. – Você tentou controlar ao máximo uma situação que estava fora do seu controle. Você disse não. Protegeu a Adalyn e o Cameron. E de-pois me protegeu também. Porque eu precisava de você. Como você disse.

Matthew desviou o olhar para o espaço que havia entre nós dois. E eu me dei conta de que estava agitada. Inquieta. Minhas mãos tremiam. Ele as apertou, com gentileza, mas com força, com aquela emoção que eu sem-pre via em seus olhos. Que fazia com que fosse impossível desviar o olhar. Senti seu polegar roçar o anel. Eu estava tão acostumada com seu peso, sua presença, que quando Matthew tocou a joia pareceu que ele estava tocando uma parte de mim.

– Foi o anel de noivado da minha vó – disse ele, e juro que parei de respirar. – Meu avô fez algumas modificações antes de fazer o pedido. A pedra no centro era da cor dos olhos dela. Não é tão raro assim, mas geralmente é um coração maciço.

Algo trovejou no meu peito. Eu imaginava que fosse herança de família. Claro que já esperava. Mas essa história? Por essa eu não esperava.

– É lindo – falei, baixinho. – Eu não estava mentindo quando disse isso.

– Fica lindo no seu dedo.

Meu coração acelerou. Mas eu tinha que me conter. Tinha que tentar não estragar tudo. Não estragar o que havia entre nós dois. O que quer fosse. Eu não queria que aquilo que estava vendo em seus olhos desaparecesse.

– A primeira coisa que pensei quando você me deu foi o quanto vai ser difícil devolver.

Matthew manteve os olhos fixos nos meus, atentos, alertas, com palavras não ditas que fizeram com que eu me arrependesse das minhas.

– Você está usando ao contrário – disse ele, erguendo minha mão com uma gentileza inacreditável. – Segundo a minha vó, o coração tem que estar virado pra você. Pra indicar que você está comprometida. Ela dizia que algumas pessoas esperam o casamento para virar o anel, mas que as mulheres da família Flanagan nunca esperaram.

Senti um aperto no peito, uma maré de emoção subindo, inundando tudo.

– Não dizer nada a respeito estava me deixando louco.

Nenhum de nós dois falou mais nada.

Eu tinha ido até ali para ajudar Matthew a encontrar um emprego, com a promessa de fazer aquela tarde girar em torno dele, e de alguma forma acabei sob o peso de seu olhar, mais preocupada com o que ele *me* fazia sentir. Com algo que exigia ser ouvido zumbindo em meus ouvidos. Com meu peito subindo e descendo com força.

Nós estávamos noivos, mas eu não era dele. Ele não era meu. Tínhamos regras e não íamos nos casar.

Nós é que estávamos ao contrário. Virados para o lado errado. Não o anel.

Será que ele ia virar o anel, então? Fazer o coração apontar na direção certa?

Será que eu reverteria aquela situação? Será que eu seria capaz de fazer isso?

Matthew segurou minha mão de um jeito diferente. Seu polegar e seu indicador envolveram meu dedo com gentileza, mas com determinação. O ar ficou preso nos meus pulmões.

– Josie – sussurrou ele, baixinho. – Caramba! – exclamou, abafando uma risada. – O anel está virado para o lado errado – repetiu. – Você entende o que estou dizendo?

Meu coração deu uma cambalhota, rodopiou no meu peito. Eu queria assentir. É claro que eu entendia, mas estava sem reação. Tudo estava tão ao contrário que eu não conseguia nem respirar. Não conseguia nem falar. Meus lábios se abriram.

Um telefone tocou.

Não foi alto, mas me pegou de surpresa.

O olhar de Matthew permaneceu fixo em mim. Determinado. Esperando.

– Você devia atender – murmurei.

– É a minha irmã – respondeu ele, imóvel, ainda olhando para mim. – A Tay. Ela pode esperar. Ligou várias vezes hoje.

Todas aquelas dúvidas que eu tinha a respeito da família dele voltaram, colocando meus pés de volta no chão. Me centrando.

– Parece importante – falei.

Foi muito difícil para mim, me custou muito, mas eu tirei a mão da dele.

– Vou embora.

Matthew franziu a testa.

– Não quero que você vá embora.

Mais uma vez, eu me obriguei a dizer palavras que não queria dizer.

– Eles não sabem de mim, sabem? Que isso tudo é mentira? Eles acham que sou a mulher que está aparecendo na imprensa, porque eu pedi que você mentisse pra eles. Pedi que você mentisse pra todo mundo, por mais que você tenha feito com que eu acreditasse que foi uma decisão que tomamos juntos. – Eu me obriguei a sorrir, embora estivesse me sentindo péssima, feia e nada digna do jeito como ele me olhava. Do anel em meu dedo. – Tudo bem. Mesmo. Só acho que é melhor eu ir e você conversar com a sua irmã. Vou deixar tudo aqui, tá?

Ele ficou sério. E olhou para mim, pensativo, aquela emoção ainda óbvia e reluzente no castanho de seus olhos. Meu sorriso vacilou, ficou torto de um jeito que não devia ser nada fofo. Saltei da banqueta e dei um beijo em seu rosto.

– Regra nova – disse ele, e suas palavras me fizeram parar. – Eu beijo você.

Minha voz saiu fraca, cansada. Eu não queria uma regra nova. Não queria nenhuma regra.

– Essa regra já existe.

– Não – disse ele, balançando a cabeça. – A partir de agora, a gente não se beija só se precisar. *Eu beijo você.* Eu beijo você como quero fazer há semanas. Não porque precisamos nos beijar, mas porque *eu* preciso *te* beijar. – Ele soltou um suspiro que veio do fundo de seu peito. – Porque *você* precisa que *eu* te beije. E porque você sabe o que vai significar, não importa o que estiver acontecendo.

– *Matthew* – falei.

Ele saltou da banqueta e parou à minha frente. Colocou a mão na minha nuca e me trouxe para seu peito. No momento em que meu rosto o tocou, no momento em que derreti nele, eu me dei conta do quanto precisava daquilo. Dele.

– Sim ou não? – perguntou Matthew. – Não vou deixar você ir embora enquanto não responder. – Ele respirou fundo. – Sim ou não? Posso ficar aqui o dia todo.

Deixei escapar uma risada estranha e fiz a única coisa que podia fazer naquele momento.

Assenti.

– Sim.

DEZENOVE

INTERIOR – ESTÚDIO DO *BABADO REAL* – DIA

SAM: E aí, o que nossas pesquisas dizem?

NICK: Ai, que impaciente...

SAM: Eu amo uma pesquisa. É muito bom selecionar um aspecto e descobrir se tem validação. Ou, nesse caso, se *não* tem validação? Você sempre escolhe a opção mais estranha.

NICK: Não sei se validação é o termo mais adequado nesse caso, Sammy. E você fala como se eu adorasse escolher o lado errado de um triângulo amoroso. Não é isso. Eu...

SAM: As pesquisas.

NICK: (suspira) Tá bom, tá bom. Então... pra quem está se inteirando dos acontecimentos do *Caso Underwood*: aconteceram muitas coisas. Vocês encontram tudo nos nossos destaques. Pausem o episódio e vão lá conferir. E, sim, antes que perguntem nos comentários, tivemos que excluir o vídeo.

SAM: Pra falar a verdade, eu estava me sentindo meio mal por ela. Somos apenas comunicadoras, mas...

NICK: Mas você se interessou tanto que tá torcendo por ela. (arqueja) Ai, meu Deus, você está mesmo. Uau. Bom, o crédito é todo meu. Eu me dediquei muito a essa série.

SAM: (suspira) Tá, e a pesquisa?

NICK: Tá. Certo. Então, a gente fez a vocês, nossos lindos babaders, a seguinte pergunta. (pausa)

(Som de tambores)

NICK: Eu amo isso, obrigada. (pigarreia) Será que a nossa Herdeira da Cidade Pequena vai chegar ao altar no dia primeiro de dezembro?

SAM: (dá um gritinho entusiasmado)

NICK: E 51% de vocês disseram que não.

SAM: (bufa, indignada) Eu votei que sim. Eu acredito nela. Acredito no poder da cura.

NICK: Eu sinceramente não sei. Estou tão dividida quanto nossos ouvintes. Acho que é por causa daquela foto de que falamos no episódio de terça. Aquele beijo foi meio...

SAM: Frustrante. É. Pode ser. Eu sempre achei que ele...

NICK: (ri alto de repente) Que ele parece o tipo de cara que agarra uma mulher e dá um beijão daqueles? Pois é. Loiros de óculos, estou te falando. Mas vamos à segunda pesquisa. Será que o Papai Rico... ops, desculpa, não posso mais dizer isso. Vocês querem que *Andrew Underwood* leve nossa Herdeira da Cidade Pequena da vida real até o altar no dia primeiro de dezembro? (som de tambores) 75% de vocês disseram sim.

SAM: (ainda mais indignada) O quê? Por quê?

NICK: O poder de Hollywood? De um felizes para sempre? Todo mundo tem questões mal resolvidas com o pai. Eu votei sim nessa. Admito.

SAM: Eca. Você mudou de opinião rápido demais. Ainda tá tentando descolar um convite?

NICK: (finge indignação) Eu sou melhor que isso. Mas, sim, estou. Você acha mesmo que não vou conseguir? Eu sei até com que roupa iria.

SAM: (ri) É claro que sabe. Mas faltam duas semanas para o grande dia. Se não conseguiu até agora, duvido, amiga.

NICK: Poxa. Eu teria levado você como minha acompanhante, mas... que seja. Ah. E pra quem tá enchendo nossos comentários com pedidos aleatórios: vou entregar um spoiler... Estamos tentando trazer um convidado muito especial para vocês. Logo. Espero. Vocês imaginam quem pode ser? Comentem! Até lá, por favor, continuem ligados. E se inscrevam, caso ainda não tenham feito isso. Também temos bocas para alimentar.

SAM: Você tem três gatos.

NICK: Exatamente.

– Mais cinco minutinhos?
  Olhei para o homem no banco do motorista da minha caminhonete.
  – Mais cinco minutinhos – respondi.
  Matthew sorriu.
  – É, eu estava pensando a mesma coisa – disse ele. – Ou quem sabe eu

precise de dez minutinhos desta vez. Vou pensar. Você não se importa de ficar um pouco mais, né?

Eu não me importava. E Matthew não precisava pensar em nada. Era eu quem precisava daqueles cinco, talvez dez, minutos. Não ele. Mas Matthew era um homem incrível, então fingiria o contrário se eu deixasse.

Já fazia um tempinho que estávamos parados ali. Tempo suficiente para que eu me perguntasse se teria mesmo coragem de abrir a porta, sair da caminhonete e bater à porta da Adalyn e do Cameron.

– No que você tá pensando? – perguntei, olhando pela janela.

– Karaokê.

– Karaokê?

– É – respondeu ele, assentindo. – Eu estava me perguntando se você tem uma música. Mulheres bonitas *sempre* têm uma música de karaokê. Eu estava me perguntando qual seria a sua.

Aff. Eu não aguentava aquele homem.

Não sabia lidar com ele preenchendo meu peito com as coisas mais bobas e simples.

– Em que músicas você pensou?

– Ainda estou na fase de limitar a alguns estilos e décadas.

Contraí os lábios para não sorrir como uma idiota.

– Parece muito eficiente. Quer me contar quais estilos e décadas acha que combinariam com minhas escolhas em um karaokê?

Matthew se virou para mim. O moletom que usava esticou em seu peito com o movimento, o que me fez olhar para baixo por um instante. Ele ficava lindo de verde. Combinava com as pintinhas em seus olhos.

– Country. Anos 1980.

Fiz uma careta.

– Acertou uma.

Ele pensou mais um pouco.

– Então só pode ser anos 1980.

– Eu adoro uma boa música country, mas… sim. Karaokê e músicas dos anos 1980 andam juntos pra mim. – Eu sorri. – Como você sabia?

– Sabendo.

– Isso não é resposta.

Ele engoliu em seco. E olhou para mim de um jeito que dizia que a resposta não seria tão trivial quanto aquela conversa.

– Porque é a minha escolha também.

Eu me iluminei por dentro. Como se uma lâmpada tivesse se acendido com um simples toque. Eu não precisava perguntar o que ele queria dizer com aquilo. Fazia sentido. As coisas eram assim com a gente. Sempre foram.

– Você é do tipo que canta "Careless Whisper" – falei. – Só pode ser. E aposto que canta bem. Aposto que faz um show.

Ele abriu um sorriso enorme.

– Não quero me gabar, mas me dá um microfone e eu comando o palco.

Aquele sentimento avassalador se expandiu, e eu também sorri. Ao ouvir aquelas palavras foi impossível não esquecer tudo o que estava acontecendo por um instante e imaginar Matthew em um palco. Iluminado por um único holofote, o microfone na mão, cantando aquelas notas altas com uma naturalidade que ele talvez não devesse ter. Não era certo ser tão lindo, engraçado, ter aqueles braços *e* cantar bem. Ou talvez, só talvez, errado mesmo fosse o quanto eu amava tudo isso nele.

Meu rosto começou a se fechar. E com a mesma rapidez com que desapareceu – sumindo por um instante atrás daquele sorriso, da imagem que montei em minha cabeça –, tudo voltou de repente.

– Estou com medo – sussurrei. – De sair do carro.

Matthew assentiu, embora fosse óbvio que já sabia disso.

– Quer me dizer por quê?

Soltei uma risada amarga.

– Por causa de todas as mentiras – falei.

Ele ficou pensando na minha resposta, e eu sabia que, depois do que tinha acontecido no Alce Preguiçoso naquela manhã, depois do que ele confessou e do pedido que me fez, depois de tudo o que acabamos não dizendo, era injusto falar aquilo. *As mentiras.* Essas palavras faziam tudo parecer falso. Como se ele não fizesse meu coração disparar com um toque ou um olhar. Como se ele me distrair com uma conversa boba sobre karaokê não valesse de nada. Como se ele estar ali, naquele carro, inventando desculpas para que eu conseguisse reunir coragem, não fosse muito importante para mim. Importava. Tudo importava. Mais do que eu seria capaz de expressar.

Mas isso não mudava o fato de que eu me sentia uma fraude prestes a entrar na casa da Adalyn e do Cameron.

– Eu votei sim – disse Matthew. – Na pesquisa da Página Nove.

Fiquei confusa. Eu tinha visto as pesquisas nas redes sociais da Página Nove, por mais que tentasse não olhar. Estava ficando cada vez mais difícil ignorar o portal de fofoca conforme o dia primeiro de dezembro se aproximava. Também estava ficando difícil não ceder e me deixar dominar pelo que diziam sobre mim.

– Não estou tentando transformar o assunto em uma conversa sobre nós dois – disse Matthew. – Não é o momento pra isso, não aqui, nessa caminhonete. Não quando a sua cabeça tá em outro lugar. Mas eu votei em uma das enquetes, e votei sim. Você vai subir naquele altar, Josie. Não porque tem que fazer isso, ou porque talvez queira fazer isso, mas porque você pode. E também pode sair desse carro, abraçar Adalyn e não estragar tudo. – Ele ficou sério. – Você pode fazer o que quiser. Entendido?

Uma onda avassaladora de... emoção me atingiu.

Eu queria beijar Matthew. Ali mesmo. Queria muito. Queria subir no seu colo e mostrar o que as suas palavras e a confiança que ele tinha em mim faziam comigo. Acho que nunca quis tanto beijá-lo quanto naquele momento.

O brilho em seus olhos me dizia que ele enxergava o que eu estava sentindo. Havia uma dureza em seu rosto que também me dizia que ele estava se segurando para não fazer aquilo. Ou para deixar que eu fizesse. Ele merecia, decidi. Matthew merecia ter controle sobre aquele beijo. Como pediu com aquela regra nova.

Eu beijo você.

Eu podia dar isso a ele.

Eu podia dar coisas a ele.

– Ninguém nunca entrou em uma igreja comigo – murmurei.

Porque era o mínimo que eu podia fazer. Eu não ia beijá-lo, mas aquela informação eu podia oferecer. E era uma informação que não ofereci a mais ninguém.

– A outra pesquisa era sobre isso.

Ele assentiu, me incentivando a continuar.

– Era pra ser a minha mãe. Uma coisa meio *nós duas contra o mundo*. – Algo fez com que minha garganta se fechasse, e foi difícil continuar. – Era bobeira, acho. E sempre me perguntei se o Vovô Moe achou que eu não quisesse que fosse ele. Mas nunca ousei pedir.

Matthew ficou imóvel, completamente imóvel, então estendeu a mão. Sua palma envolveu meu rosto. Seu polegar acariciou minha bochecha, e havia um desespero naquele toque, um desespero que eu entendia – que *sentia* – de uma maneira profunda. Eu nunca tinha contado aquilo para ninguém, embora as pessoas talvez imaginassem.

– Não sei... – continuei, aos trancos e barrancos, mais verdades saindo. – Não sei se foi por isso que não consegui. Não sei se foi por isso que tentei tantas vezes. Parece que não consigo fazer nada certo. Isso faz de mim uma boba?

Matthew se inclinou para a frente, seu cheiro me envolvendo sempre que ele se mexia dentro daquela caminhonete. Fechei os olhos. Ele encostou a testa na minha.

– Não, Blue. Isso faz de você a mulher mais forte que eu já conheci.

Blue. Isso foi lindo. Não foi um beijo, mas gostei daquela palavra pairando no espaço entre nossos lábios. Tocando os meus.

– Você acha que seguiria em frente com um casamento, Matthew? – As palavras me deixaram em um sussurro. – Acha que conseguimos dar um jeito nessa confusão?

Seu corpo inteiro tremeu por um instante, então ele ergueu a cabeça. Olhos castanhos encontraram os meus. Senti um frio na barriga.

– É uma confusão mesmo, né?

Era. Mas antes que eu pudesse responder, ele encostou a testa na minha de novo. Só por um instante dessa vez, nada mais que uma carícia breve. Então voltou para o banco do motorista.

– Que tal conseguirmos uma madrinha pra você primeiro? Vamos enfrentar um dia de cada vez.

Um dia de cada vez. Faltavam quatorze.

– Acha que ela vai me odiar? – perguntei. *Por ter mentido*. – Por fazer o convite tão em cima da hora?

– De jeito nenhum – respondeu ele, sem hesitar.

Matthew apontou para a bola de pelos que dormia no banco traseiro.

– Não esquece que temos o Pedro. Ninguém consegue ficar bravo segurando um porquinho desse tamanho. Nem mesmo o Cam.

Dei uma risadinha, embora um pouco tensa. Eu sabia o que ele estava fazendo. Mais uma vez. Me distraindo. Eu não merecia um homem como ele.

– Tá. Mas você segura o Pedro. Acho que talvez eu me jogue nos braços da Adalyn, e não quero que ele se machuque.

– Combinado – disse ele, assentindo.

Em questão de segundos, saímos da caminhonete e fomos até a varanda de Adalyn e Cam, com Pedro Porcoscal nos braços de Matthew.

Respirei fundo, endireitei os ombros e toquei a campainha. Matthew piscou para mim. Aquilo me deixou mais tranquila, mas ainda tive que secar as palmas da mão na saia jeans.

A porta se abriu.

Prendi a respiração.

O corpo grande de Cameron preencheu o vão da porta.

– Até que enfim – resmungou ele, sério, olhando nos meus olhos. Então abriu um sorrisinho. Discreto, mas um sorrisinho. – Vi vocês estacionarem há um tempão. Pra falar a verdade, fiquei torcendo pra que não estivessem se pegando na frente da minha casa.

– Não estávamos – falei, baixinho. Baixo demais.

Cam soltou um longo suspiro.

– Eu sei, meu bem – admitiu. – Eu sei.

Ele desviou aqueles olhos verdes. Olhou Matthew de cima a baixo.

– Mas que merda é essa?

– Ei! – reclamou Matthew. Quando olhei para ele, estava cobrindo as orelhas do porco com uma das mãos. – Não fala assim do Pedro.

– María pediu que a gente cuidasse dele... – falei.

Algo se mexeu à minha frente. De repente, Cameron foi empurrado para o lado, e fui atacada por um abraço.

– Ada... – comecei a dizer, mas fui interrompida por um soluço. E não era meu. Eu... Meu Deus, Adalyn estava chorando? Depois de ter se jogado em mim? – Está tudo bem? – perguntei, e ouvi minha voz embargada. – Por que você está chorando?

– Porque ela não está nada bem – respondeu Cameron.

Minha irmã soltou mais um soluço discreto, e eu a abracei na mesma hora.

– Mas você nunca chora. Você... Ai, meu Deus, está chorando por minha causa? Eu fiz você chorar?

Meus olhos também se encheram de lágrimas. A emoção se acumulou, me invadindo. Eu a abracei mais forte. Mais apertado. Minha irmã nunca chorava. Ela não atacava as pessoas com abraços.

– Desculpa. Eu... eu vim te convidar para ser m...

– Sim – resmungou ela. – Por favor. Eu quero ser sua madrinha. E não é por isso que estou chorando. Só estou estressada. Achei que você me odiasse por não conseguir estar ao seu lado, e *estoumuitoemotivaenãoconsigomaissegurar...*

E veio um fluxo estranho de palavras que eu não consegui entender.

Mas não me importei muito com isso.

Adalyn não me odiava. Eu não tinha estragado tudo. Pelo menos por enquanto.

Fechei os olhos.

– Muito bem – disse Cameron. – Vamos entrar. E para de me olhar assim. O porco também pode vir.

Matthew bufou.

– Como se eu fosse deixar o Pedro aqui fora.

VINTE

Alguma coisa chamou minha atenção do lado de fora da janela do Stu.

Bobbi estalou os dedos, exigindo que eu voltasse a me concentrar nela.

– Você precisa mesmo fazer isso? – perguntei, com toda a calma que consegui reunir. – Eu achava que a gente tinha virado uma página, e que você seria gentil e ia me motivar e...

– Eu sou uma estrategista de relações públicas multifacetada – disse ela. – E sua atenção deveria estar no steak tartare. Não lá fora. O Stuart fechou a loja pra gente.

Arqueei uma sobrancelha. Stuart? Não era do feitio de Bobbi se preocupar com um cara que fechou a loja para nós.

– Uma cerimonialista – falei, levando o garfo à boca. – Uma cerimonialista multifacetada... pra todos os efeitos.

Matthew abafou uma risada ao meu lado, o que fez meu peito inflar, cheio de orgulho. Bobbi semicerrou os olhos.

– E ninguém serve steak tartare em um casamento – falei. – Ovo cru, carne crua e queijo não pasteurizado são opções muito arriscadas. Todo mundo sabe disso.

Bobbi tamborilou na mesinha onde estávamos sentados. Era um canto mais íntimo da loja, embora estivéssemos só nós e Stu nos fundos. O Celeiro da Carne do Stu ficava em uma cidade vizinha. Apesar do nome, não era uma loja grande, mas ele comprava tudo de fornecedores locais e tinha algumas mesas para quem quisesse fazer um lanche rápido por ali mesmo. Ou para pessoas como nós, que estávamos experimentando os pratos para um evento. Bobbi ficou nos perturbando para que fôssemos a um bufê *de verdade*, como ela disse. Mas eu tinha selecionado a loja do Stu naquela lista que ela fez, embora tivesse escolhido as coisas aleatoriamente. Era uma das opções, e eu amei que o destino tivesse nos levado até ali.

– Vamos acrescentar às entradas… mas no jantar pré-casamento, então – anunciou ela, finalmente. – Vou ver com Stuart se existe essa possibilidade.

Abri a boca para dizer que não fazia diferença, porque o jantar pré-casamento e o casamento tinham o mesmo número de convidados, mas Bobbi se levantou da cadeira antes que eu pudesse fazer isso.

– Quem diria! – exclamou Matthew.

Eu sabia exatamente do que ele estava falando.

– Eu é que não. Mas consigo entender.

O joelho de Matthew tocou o meu. Eu também sabia o que aquilo queria dizer, então olhei para ele, que estava com um sorrisinho, cauteloso.

– Se você gosta de carecas barbudos que usam avental e vivem cercados de cortes de carne, devia ter dito alguma coisa – disse ele. – Não sou contra experimentar um novo visual.

Eu não gostava. O Stu era simpático. Atraente para quem gostava dessas coisas que Matthew citou.

– Não sei. Será que você ficaria bem careca?

– Com certeza – respondeu ele, colocando a mão no queixo. – E eu também posso deixar a barba crescer. – Ergui uma das sobrancelhas, duvidando. – Posso aprender a grelhar coisas. A fatiar carnes. Meu bíceps ia ficar incrível fazendo isso, do jeito que você gosta.

Quase deixei escapar algo que parecia muito uma risadinha, mas me contive a tempo.

– Você é bonito, mas não a ponto de ficar bem careca – menti.

Eu também amava demais o cabelo dele.

Matthew sorriu.

– Quer dizer que você me acha bonito…

Dei de ombros.

– Você sabe que sim – falei, voltando a olhar para o tartare, trazendo o prato para mais perto. – Espero que Stu não deixe Bobbi colocar esse prato no cardápio do jantar. Não quero que metade da cidade tenha intoxicação alimentar. Isso aconteceu no último churrasco no lago. Eu acabei colocando um monte de gente na caçamba da caminhonete e fazendo várias corridas até o pronto-socorro. – Olhei para ele e coloquei mais uma garfada de tartare na boca. Apontei para Matthew com o garfo. – Se alguém te oferecer sorvete caseiro em Green Oak, recusa.

Matthew ficou me olhando, como se esperasse alguma coisa.

Eu não sabia o que poderia ser. Não exatamente. Havia muitas coisas pairando entre nós naquele momento. E estávamos tão envolvidos com o *fim de semana pré-casamento* – não seria só um jantar, por decisão da Bobbi – que era difícil distinguir uma coisa da outra. Para mim, era aquele beijo. Era a única coisa que parecia importar. E a única que eu não conseguia resolver. Quando não estávamos com Bobbi, discutindo alguma coisa, Andrew estava por perto.

As palavras de Matthew na festa pareceram surtir efeito, e chegamos a nos encontrar algumas vezes, a última para falar sobre a lista de convidados dele. Andrew se desculpou, por tudo na verdade, e até chegou a perguntar se eu queria que ele fizesse alguma coisa a respeito de Duncan. Seja lá o que isso quisesse dizer. Eu recusei, mas percebi que Matthew ficou feliz por Andrew ter perguntado.

A lembrança daquele encontro me fez pensar na família de Matthew. Ele disse que estariam lá, mas eu não sabia se era verdade, ou só algo que Matthew falou porque era o esperado. Não ousei perguntar.

Um dia de cada vez, dissera ele na caminhonete.

Mas ali estávamos, experimentando pratos para o…

– Senta no meu colo?

Deixei escapar uma mistura de tosse e risada. Senti Matthew se mexer, e olhei ao redor, pois não estava vendo nem ouvindo Stu ou Bobbi.

– O quê? *Não.*

Matthew pareceu tão magoado que foi quase engraçado.

– Por quê?

– Porque *não.*

– Isso não é resposta – argumentou ele. – Senta no meu colo.

Eu não conseguia acreditar naquela conversa. Olhei para trás. Nem sinal deles.

– Aonde você acha que eles foram? Talvez para a cozinha? – perguntei, e voltei a olhar para Matthew, que fazia um biquinho. – Você tá falando sério?

– Eu nunca brincaria com isso.

Deixei escapar uma risada.

– Eu nem sei o que te dizer.

– Então diz que vai sentar no meu colo.

– Me dá um bom motivo pra isso – falei, resistindo.

O que aconteceria se eu não resistisse, hein? O quê? Eu estaria sentada *no colo* dele, com o rosto de Matthew bem ali, pertinho, e aí só Deus sabia o que eu ia fazer. Aquele homem tinha o poder de me desarmar com um sorriso, por mais que eu tivesse experiência com homens e sorrisos.

– Um único motivo.

– Sua cabeça. Ela não para. E tá indo pra lugares que eu não alcanço. Lugares de que não gosto, só pelo jeito como as suas sobrancelhas estão curvadas bem aqui – disse, tocando um ponto na própria testa. – Eu prefiro ver você sorrindo. E sei que gosta do meu colo, então...

Então ele conseguiu me desarmar. Como eu sabia que aconteceria. Minha mão, que parecia ter vontade própria, se estendeu, pousando em seu braço. E o apertou.

– Você é tão...

Matthew se mexeu antes que eu pudesse concluir. De algum jeito, ele segurou meu pulso e o puxou, com delicadeza, mas com força suficiente para que eu caísse em seu peito. O outro braço deslizou pela minha cintura e, pá, ele me colocou em seu colo.

– Eu não sou uma opção muito melhor que uma cadeira? – perguntou ele, todo arrogante.

Como resposta, soltei um suspiro resignado. Mas, sim, ele era. Então nem tentei reclamar, embora aquele calorzinho meio especial tivesse subido até o meu rosto com a proximidade de seu peito e... Bom, todo o resto. Ergui o queixo, decidida a tirar o melhor proveito da situação, e me ajeitei em seu colo. Fiquei bem à vontade, me aconchegando ali, como ele queria. Como se eu não estivesse sentada de lado no colo do homem que afirmou ser melhor que uma cadeira.

– De qualquer forma, tenho certeza de que é isso que as pessoas esperam – resmunguei. Será que ele queria me distrair? Evitar que minha mente acelerasse? Então tá. – Casais que estão noivos são se largam. Eles se deixam levar no período de lua de mel e tal. Né?

Matthew soltou um "hum" cheio de compreensão. E mais alguma coisa. Gratidão? Frustração? Eu não consegui distinguir com a minha bunda tão perto da virilha dele.

– Não queremos que alguém aqui na loja pense que não somos esse tipo de casal – disse ele.

Só tem o Stu e a Bobbi na loja, pensei.

– Ah, mas não queremos mesmo – falei.

Stu surgiu com um prato grande de cortes de gado.

– Aqui está, pessoal – disse, colocando o prato na mesa, aparentemente achando muito normal eu usar meu noivo como cadeira. – Filé sete grelhado e fraldinha fatiada. Espero que gostem.

– Parece ótimo – disse Matthew. – Obrigado, Stu. São os últimos, né?

– Isso – disse o homem barbado, assentindo satisfeito. – Estou nos fundos acertando os detalhes com a Srta. Shark, caso precisem de alguma coisa. Tenho quase certeza de que a negociação vai ser dura, então me desejem sorte.

Ficamos observando Stu se afastar, e só quando ouvi a porta vaivém parar perguntei:

– Acha mesmo que tudo o que eles estão fazendo "nos fundos" é acertar os detalhes? Será que devemos dar uma olhada?

– De jeito nenhum – respondeu Matthew. – A não ser que a gente ouça um grito, e vamos ser sinceros, se alguém gritar vai ser o Stu, então não vamos chegar nem perto daquela porta.

– Hum. Acho que você tem razão – falei, olhando para o prato que Stu tinha acabado de colocar na nossa frente. Peguei meu garfo e mordi um pedaço. – *Uau* – falei, com a boca cheia. – Está incrível. Sim. Eu quero esse aqui. Com certeza.

Matthew deixou escapar uma risadinha, então me ajeitou em seu colo para poder dar uma olhada. Ele deu uma farejada, parecendo um animal faminto.

Eu ri e, quando peguei mais um pedaço com o garfo e me virei para oferecer a ele, foi por puro reflexo. Matthew pareceu surpreso, como se achasse que teria que implorar para que eu fizesse aquilo. Como se eu não estivesse revivendo a noite do vinho sem parar na minha cabeça. Os homens às vezes são tão desatentos. Então... Ele pegou o pedaço de carne com a boca.

– Gostou? – perguntei, sem desviar o olhar. A resposta foi um gemido. Um gemido. E foi tão erótico que eu me contorci. Pigarreei. – Mais?

– Por favor.

Dessa vez peguei um pedaço da outra carne e, quando me virei para Matthew, ele estava recostado na cadeira. Parei de respirar com aquela imagem. Matthew parecia tão atrevido e presunçoso. Tão no controle. Tão convencido.

Estarmos ali sozinhos deixava tudo pior. Melhor. Mais perigoso, provavelmente.

Coloquei a mão que estava livre em seu queixo, sentindo a barba por fazer dele, o calor de sua pele me fazendo arrepiar. Matthew fechou os olhos. Passei o polegar em seu rosto, tentando dizer que eu também amava sentir seu toque. Que eu tinha sentido falta daquela versão de nós dois. A versão que nunca fomos por completo. Pensar nisso foi tão poderoso que fez minha mão se mexer, motivada, faminta, traçando sua pele com meus dedos, até meu polegar chegar ao canto dos seus lábios. *Que lindos*, pensei. Eu já nem conseguia mais lembrar daqueles lábios nos meus.

Matthew voltou a abrir os olhos e os lábios, exigindo mais atenção. Obedeci, roçando o dedo em seu lábio inferior. Um toque leve. O suficiente para fazer o castanho de seus olhos reluzirem com o mesmo sentimento que eu tinha certeza de que havia nos meus. Com o sangue pulsando, me perguntei o que eu poderia fazer sem desrespeitar uma das minhas regras. Ou todas elas, exceto a dele. Eu me aproximei um pouco mais, o garfo no ar mais uma vez. Dedos envolveram meu pulso.

Ele balançou a cabeça.

– Use os dedos.

Meus olhos se arregalaram de tanta surpresa e... excitação. Sim. E agora ela percorria todo o meu corpo, fazendo minha pele formigar com aquela possibilidade.

– Meus dedos? – sussurrei.

– Seu noivo é carente – disse ele, e meu peito explodiu. – Ninguém pode falar nada. Sou seu, pode fazer o que quiser comigo.

Um... desejo avassalador tomou conta de mim. Da cabeça aos pés. Dos pés à cabeça. *Ninguém pode falar nada*. Peguei o pedaço de carne com o polegar e o indicador. As coxas de Matthew balançaram. Ele estava impaciente, determinado, sentado ali como um rei esperando ser alimentado, atraindo todo o meu corpo para o dele. Meu quadril estava colado em seu abdômen, mas não foi só essa parte de seu corpo que senti. E, caramba. Matthew estava duro, tanto que o senti pulsar em minha pele.

Ele soltou uma espécie de grunhido.

– O que vai fazer, Josie? Vai me dar o que eu quero? Ou vai me fazer implorar um pouco mais?

Implorar. Eu me perguntei se aquela pontada de vitória ao senti-lo tinha a ver com isso. Levei meus dedos até seus lábios, e dessa vez Matthew pegou o pedaço de carne em silêncio. Sem tirar os olhos de mim. Eu me aproximei. Não queria perder nenhum segundo daquele contato. Matthew segurou meu punho.

Arquejei de leve. Antes que eu conseguisse reassumir o controle da minha respiração, ele levou minha mão à boca e passou meu polegar no calor de seus lábios.

Soltei todo o ar de uma vez. Meu corpo inteiro tremeu quando senti sua língua na minha pele. O desejo rodopiou dentro de mim, e imaginei qual seria a sensação dela em outra parte do meu corpo. Meus lábios? Minha língua? Minha pele? Qualquer lugar. Matthew tirou meus dedos de sua boca com um estalo. Meu corpo pulsou. Inteiro. O desejo se acumulou entre as minhas pernas.

– Eu tentei avisar, Baby Blue – disse ele, e eu podia jurar que ouvi a cadência daquele sotaque de Boston. Meu Deus, eu estava prestes a explodir. Sua mão se mexeu em minha cintura. Descendo. – Eu sabia que isso ia acontecer. Que ia sentir o gostinho de um centímetro da sua pele e ia querer mais. Ia querer tudo. – Fechei os olhos. Sua mão desceu pelo meu quadril, parando em minha coxa. – Agora eu quero tudo. – Minha saia foi subindo, arrepios percorrendo minhas pernas, entre minhas coxas. – Posso colocar a mão aqui embaixo?

Deixei escapar um suspiro, fragilizada, cheia de desejo. *Agora eu quero tudo.* Assenti.

Sua pele colidiu contra a minha. A minha estava quente, formigando, pronta para queimar sob a dele. A de Matthew, ávida, em chamas. Sua mão foi subindo. Matthew soltou um gemido.

– Está sentindo como estou excitado, Josie?

– Estou – sussurrei.

Eu estava indefesa sob seu toque. Desarmada. E ele estava tão duro. Era impossível ignorar.

Seus lábios tocaram a minha orelha, e sua mão parou.

– Você confia em mim?

– Sim.

Matthew arrastou a cadeira com um impulso do corpo e das pernas, nos levando mais para o canto, onde não seríamos vistos caso alguém viesse da cozinha nos fundos da loja.

Meu coração parou ao perceber isso. Ao perceber o que ele… o que *nós* estávamos prestes a fazer.

– Eles estão lá atrás – disse ele. Seus dedos voltaram a percorrer a minha pele, me acalmando, me dando coragem. – Estamos sozinhos aqui.

– Que bom – sussurrei.

Ao mesmo tempo, uma parte de mim quis reconhecer que aquilo também era ruim. Que eu nunca tinha feito algo assim, e isso… me deixou excitada.

Matthew soltou um "hum", como se entendesse, como se conseguisse ler meus pensamentos. Seu polegar roçou a parte interna da minha coxa. Bem de leve. Só um centímetro. Estremeci.

– Eles podem voltar a qualquer momento e ver a minha noiva no meu colo, a comida esquecida. A mão embaixo da saia dela.

Eu estava sem ar. Não conseguia acreditar que estávamos fazendo aquilo. Não conseguia acreditar que nunca tínhamos feito aquilo.

– Sua mão não subiu o suficiente.

Matthew soltou uma risada, surpreso. Encantado. Misterioso. Ele espalmou a mão na parte interna da minha coxa com um movimento decidido.

– O que mais?

– Você… – falei, e engoli em seco. Dominada. – Não está me tocando.

Seus dedos subiram e alcançaram o elástico da minha calcinha. Meu corpo inteiro se contraiu.

– Tocando o quê?

Nossos olhares se encontraram.

– *Me* tocando.

Ele abriu um sorriso tão lindo quanto pecaminoso. Seus dedos puxaram o tecido, um movimento firme e determinado, fazendo-o estalar em minha pele. Ele falou mais baixo, a voz firme.

– Desde aquela noite no telefone eu me pergunto se você ficaria muito molhada se eu a tocasse.

Meus olhos se fecharam. *Meu Deus*. Eu estava...

– Não. Olha pra mim.

Tive que me esforçar para abrir os olhos.

– Quero ver seu rosto enquanto eu toco você. Quero que você veja o que faz comigo.

Havia uma pergunta em seu olhar. Uma última chance para dizer não.

Aquilo era loucura. Estávamos em uma loja vazia, mas era um lugar público. Eu nunca tinha feito aquilo onde alguém pudesse ver.

– Por favor, Matthew – falei, as palavras deixando meus lábios depressa.

Ele engoliu em seco. Havia uma espécie de urgência em seu rosto, em seus olhos, que eu nunca tinha visto. Eu queria tocá-lo, mas, quando estendi a mão, seus dedos se mexeram. Ele puxou minha calcinha para o lado. O que só podia ser seu polegar me acariciou. Meus lábios se abriram com um suspiro. Ele respondeu com mais uma carícia determinada.

Deixei escapar um gemido.

Um grunhido ressoou em seu peito.

– Mais – sussurrei.

Matthew soltou um palavrão, e sua mão voltou a se mexer. Mais uma carícia.

– Você vai gozar – sussurrou ele no meu ouvido. – Aqui, no meu colo. Você vai olhar pra mim. E quando aquele grito subir, você vai colocar o rosto no meu pescoço e vai gozar pra mim. Diz que entendeu.

Meus lábios se abriram com um *sim*.

Ele traçou um círculo, mais alto dessa vez, no meu clitóris, me mostrando exatamente o que queria dizer.

– Quer saber por quê?

Minha cabeça pendeu para trás, de leve, apenas o suficiente. Eu não conseguia raciocinar com sua mão deslizando em mim.

– Porque esses gemidos são meus – disse ele, praticamente rosnando.

Um gemido subiu pela minha garganta, e virei o rosto em seu peito. Aquilo era loucura. Era muito inadequado. Era uma insanidade. Seus dedos deslizaram para baixo, quase entrando. Meu Deus.

– Você vai me dar o que eu quero? – perguntou ele.

Eu não tinha dúvida, mas estava entregue, incapaz de raciocinar.

Seus lábios se aproximaram mais uma vez, encontrando minha orelha.

– Diz *sim, Matthew*.

Outro movimento rápido de sua mão exigiu que eu respondesse. Mas eu não conseguia falar com seu dedo indicador e seu dedo médio me acariciando, subindo e descendo, subindo e descendo, subindo e descendo, me deixando molhada, inquieta, cheia de desejo. Seu polegar circulou meu clitóris mais uma vez. Joguei o braço em volta do pescoço dele e deslizei a mão em seu cabelo, me segurando nele para não sair voando.

– Eu não ouvi, Blue.

– Sim, Matthew – deixei escapar, com um suspiro.

A risada que ele soltou foi como um sonho. Pressionei as coxas, apertando seu pulso. Senti o corpo dele contra o meu. Ele estava ainda mais duro, latejando.

– Está sentindo o quanto está me deixando duro? Eu colocaria você em cima dessa mesa e te comeria em um piscar de olhos se estivéssemos mesmo sozinhos.

Minha cabeça começou a girar. A sanidade foi embora. Só existiam os dedos de Matthew, que voltaram a traçar círculos em meu clitóris. Seu corpo sob o meu, agora tremendo. Seu cheiro ao meu redor. Sua voz. Só ele. Puxei seu cabelo, me contorcendo em seu colo. Eu queria mais de tudo. Queria que a tensão explodisse.

– É só nisso que eu penso – disse ele, mexendo a mão. Meu corpo se contraiu. – Desde que você gozou no telefone, falando o meu nome.

A lembrança o levou direto ao lugar que toquei naquela noite, imaginando que era sua mão. Ele traçou círculos, subiu e desceu. Meu Deus, eu não acreditava que ia gozar ali. Eu...

– Me dá o que eu quero. Eu quero você pra mim.

Levei a mão que estava livre até o tecido amontoado em minhas coxas. Cobrindo nós dois. Coloquei minha mão sobre a dele. Matthew suspirou, parecendo ter sido pego de surpresa.

– Quero saber que é você – sussurrei.

– Meu Deus, Josie… – disse ele com um gemido. – Goza. Agora.

Ele foi para a frente, e batemos contra a borda da mesa. Como se ele também estivesse prestes a sair voando. Comecei a latejar. Pulsar. Deixei meu corpo. Segurei sua mão.

– *Josie*. Agora.

Eu gozei. Sem grito, sem gemido, sem chamar o nome dele. Só tremi no colo de Matthew, chegando ao ápice, sentindo calor e frio, me sentindo cheia e vazia, tudo ao mesmo tempo. Ele continuou se mexendo, estendendo aquele instante, beijando o topo da minha cabeça. Foi um beijo silencioso, e ele o repetiu várias vezes, como se só uma ou duas não fossem o bastante. O sorriso que se abriu em meu rosto era de saciedade, feliz e largo. E quando percebi que sua mão continuava presa entre minhas coxas, eu quis mais. Quis que ela ficasse ali. Não me importava onde estávamos. Quem éramos.

Deixei escapar um murmúrio.

Isso fez Matthew rir.

– Que som mais lindo. Acho que você ama muito esta cadeira.

– Talvez – admiti. Soltei mais um suspiro de satisfação. – Não acredito que você me fez gozar duas vezes. Não é justo.

– Por que não? – perguntou Matthew. Ele afastou a mão, relutante, e me deixou… menos satisfeita. – Eu amo essa contagem.

Me distraí com os dedos dele, que eu tinha deixado melados. Coloquei-os em meu colo e limpei com o tecido do vestido. Matthew soltou uma risada curta.

– Caramba, Josie. *Meu Deus*. Assim eu não vou conseguir levantar.

O que me lembrou…

– Você se tocou? Quando nos falamos no telefone?

Ele abriu um sorrisinho torto.

– Claro. Até a ligação cair. Aquilo acabou com a minha ereção na hora.

Eu me endireitei e olhei em seus olhos.

– Por que você não disse nada?

– Não pareceu importante. Você não estava falando comigo.

Meu rosto ficou vermelho.

Ele roçou o nariz no meu rosto e se afastou um pouco, olhando para mim.

– Não fica tímida assim depois de usar o seu vestido pra limpar os meus dedos. Depois de eu ter colocado eles dentro da sua...

De repente, Matthew já não estava mais olhando para mim, mas para algum lugar atrás de mim.

– Matthew?

Ele fechou a cara. Toda aquela leveza desapareceu.

– Ei – insisti, tentando me virar, mas meu corpo estava preso entre o peito dele e a mesa. – Você tá me assustando. O que foi?

O corpo de Matthew recuou, e a cadeira arrastou no chão. Ele me colocou de pé com delicadeza, ainda sem olhar para mim. Então se levantou, me protegendo com seu corpo.

– Cadê a Bobbi? *Shark!* – gritou.

Olhei para a rua lá fora. Algo chamou a minha atenção. Um cara. Escorado em um carro. Uma mochila a seus pés.

– Por que você precisa da Bobbi?

Matthew finalmente se virou, olhando nos meus olhos, e seu corpo pareceu gravitar em direção ao meu. Ele envolveu meus ombros com o braço e me trouxe para perto.

– Pode me abraçar?

Fiz isso na mesma hora.

– O que tá acontecendo?

– Tem a droga de um paparazzi lá fora – respondeu ele. – E se Bobbi não der um jeito nele, eu juro por Deus que vou sair por aquela porta e...

Ouvi um barulho atrás de nós, e Bobbi passou depressa.

– Fiquem aqui! – ladrou ela, disparando até a entrada do restaurante. – Você não vai colocar as mãos em mais ninguém hoje, entendeu? Eu cuido disso!

Em mais ninguém?

Minha nossa.

Eu não sabia o que era pior. Aquele paparazzi ter me flagrado cavalgando no colo de Matthew ou Bobbi saber o que tínhamos feito.

VINTE E UM

Era o fim de semana pré-casamento – F.P.C. como Bobbi chamava em e-mails, mensagens, ligações e conversas em geral –, e a Fazenda Vasquez estava cheia de gente.

A última vez que vi tantas pessoas trabalhando ali foi no ano anterior, no nosso evento da primeira geada. A magia – e o fracasso – da coisa era que a comemoração terminaria em uma festa enorme no dia seguinte à geada. Mas esse dia nunca chegou. Dias se transformaram em semanas, e as temperaturas não baixaram o bastante para que a geada chegasse. O festival se arrastou por um mês, e quando entramos na quinta semana sem uma boa camada de gelo, tudo desandou. Sem que eu pudesse fazer qualquer coisa para evitar, Green Oak virou uma casa de apostas, e as pessoas discutiam e ofereciam quantias assustadoras de dinheiro ao apostar na primeira geada.

Eu disse a mim mesma que aquilo nunca mais aconteceria. A gente vive e aprende, e não deixa uma guerra estourar na cidade.

Mas talvez eu não tivesse aprendido.

Porque ali estávamos nós. Novas pesquisas rolavam na Página Nove – será que eu ia usar branco, será que o noivo é que ia fugir dessa vez –, e eu estava impondo mais um espetáculo a Green Oak.

Se me ouvisse chamar o casamento de espetáculo, Bobbi teria um ataque. Ela parecia estranhamente feliz com tudo o que estava acontecendo, embora eu tivesse escolhido a maior parte das coisas ao acaso.

Talvez Matthew estivesse certo desde o início. Coisas bonitas não devem ser colocadas em caixinhas.

Sorri ao pensar nisso, ao pensar nele, e meu olhar se afastou da prancheta que estava apoiada em meu quadril. Eu tinha passado a manhã inteira aprovando coisas, e mal podia sair do lugar que Bobbi tinha chamado de *área segura*. Porque, ao que parece, *a noiva não pode quebrar uma perna, ou um braço, ou o pescoço, no F.P.C. Uma semana antes do D.C.*, como ela também dizia. Então fui rebaixada à área de logística, o que queria dizer que eu assinava recibos quando coisas eram descarregadas de um caminhão.

Para falar a verdade, eu estava entediada. E inquieta.

Queria conversar com Matthew. Estar com ele. Estudar seu rosto. Procurar por sinais de pânico, porque... faltava uma semana. Para o D.C., e nenhum de nós dois tinha convencido o outro a falar sobre o que isso significava.

Olhei para trás, a fim de garantir que Bobbi não estava por perto. Então acenei para o cara da entrega que estava à minha frente.

– Eu já volto – falei, com um sorriso. Ele ergueu uma sobrancelha. Compreensível. Bobbi estava aterrorizando todo mundo, inclusive ele. – Prometo. Dez minutos no máximo. Por favor?

O cara assentiu, aflito.

– Tá. Mas se ela...

– Eu assumo a responsabilidade! – exclamei, me virando na mesma hora.

Eu não via Matthew desde que fomos cada um para um lado ao chegarmos. Ele tinha ido me buscar em casa, como sempre fazia quando íamos resolver coisas do casamento. Senti o rosto quente ao me lembrar do jeito que ele olhou para mim naquela manhã quando saí pela porta. Matthew nunca esperava no carro. Ele sempre, sempre ficava escorado na porta do passageiro e a abria para mim sem desviar o olhar. Um Prius surrado nunca me fez corar tanto quanto o dele.

Tanto quanto Matthew me fazia corar.

Cenas daquele dia em Fairhill, na loja do Stu, invadiram minha mente. Minha respiração ficou ofegante demais para alguém que estava apenas caminhando por uma fazenda. Acelerei o passo, como desculpa para justificar o meu estado, ou como resultado da urgência e do entusiasmo que borbulhavam dentro de mim. Eu... queria Matthew. Seria bobagem negar isso àquela altura. Eu queria suas mãos em mim. Mais uma vez. Queria *Matthew* em mim. Queria aquele beijo que ele ainda não tinha me dado. Eu...

Avistei Matthew de costas, ao lado do gramado onde as mesas para o jantar de ensaio seriam postas. Uma tenda tinha sido montada para proteger algumas coisas do vento e da chuva se fosse o caso, e ele estava sentado ali, ao lado da tenda, com alguém. Uma cabeça menor com o cabelo castanho volumoso preso em uma trança embutida. *María*. Sorri quando ela se mexeu e vi Pedro Porcoscal.

Eu tinha certeza de que os dois estavam se escondendo, fugindo da Bobbi, e negligenciando a longa lista de tarefas que eu sabia que ela também tinha entregado a eles. Ri sozinha e me aproximei devagar, pois queria pegá-los de surpresa.

– Confia em mim, Sr. Matthew – ouvi María dizer, à distância. – Eu fiz o mapa astral de vocês dois. Ela tem sol *e* lua em gêmeos. E ascendente em virgem. Sou muito cuidadosa com meu trabalho.

Matthew riu, e aquele som fez meu coração acelerar.

– Quantos anos você tem mesmo?

– Eu tenho idade suficiente para que o senhor seja esperto e me escute – respondeu María.

Mais uma risada viajou pelo vento.

– Eu gosto de você, garota.

– Eu também meio que gosto do senhor – respondeu María. – E não é por ser a alma gêmea da Srta. Josie.

Parei de repente ao escutar as palavras de María. Não era minha intenção ficar ouvindo escondido, mas, quando María continuou, eu não consegui me mexer.

– Só estou fazendo isso porque acho que ela pode ser feliz com o senhor. E ela merece ser feliz. Então me escuta, tá?

– Tá. Manda ver – respondeu Matthew, sério. – Estou ouvindo.

– A Srta. Josie ama várias coisas – disse María. – Mas, ao contrário da maioria dos adultos, ela acredita em magia. Como eu. E não, não estou falando do Papai Noel. Estou falando de magia de verdade. Tipo coisas de bruxa, mas também fantasmas, essas coisas. A gente vê vídeos e conversa sobre isso o tempo todo. A Srta. Adalyn não acredita, mas tudo bem. É por isso que ela tem a gente. – Uma pausa. – Enfim, o que quero dizer é que isso é importante pra ela. O senhor devia contar pra ela que vocês são almas gêmeas.

Engoli em seco, meu coração batendo de um jeito estranho, à espera da resposta de Matthew.

– Por que você acha que ela precisa saber disso? – perguntou ele, sério. – Além do fato de ela acreditar em magia.

– Porque, se fosse comigo, eu gostaria de saber – respondeu María, como se fosse óbvio. – Sabe, eu era muito pequena quando a Srta. Josie ficou noiva de todas aquelas pessoas, como não param de dizer, mas isso não significa que eu não entendia o que estava acontecendo. Os adultos acham que eu não presto atenção quando eles fazem fofoca, mas tenho duas orelhas, igualzinho a eles. E acho que aqueles homens podiam ter feito alguma coisa, sabe?

– Tipo o quê?

– Tipo não ficar lá parados feito bobos enquanto ela fugia, sei lá. – Ela bufou, parecendo frustrada. – A Srta. Josie pode ter dado uma de forte depois de largar aqueles caras, mas tenho certeza de que ela chora quanto está sozinha. Não sempre. Mas às vezes. Como meu pai, quando sente saudade da minha mãe. A Srta. Josie também perdeu a mãe, como eu. Então talvez ela fuja porque tem medo. Acho que eu faria isso se já tivessem partido meu coração. Mas não sei, tenho só 11 anos e nunca me apaixonei.

Olhei para baixo, meus pés querendo muito fugir dali, mas eu parecia enraizada no chão, meu coração martelando nos meus ouvidos.

– Você é muito esperta pra quem só tem 11 anos, garota – sussurrou Matthew.

– Eu sei – respondeu María. – Toma, segura o Pedro, é gostoso. Ele é quentinho. E vocês fizeram um ótimo trabalho cuidando dele naquele dia.

Ouvi Matthew pigarrear.

– Ei, María? Você acha que eu consigo curar o coração dela?

Ela soltou um "hum", pensativa.

– Acho que sim. Mas eu sou só uma criança, Sr. Matthew. Talvez devesse perguntar pra ela. Ou dizer que quer fazer isso. Assim, se ela ficar com medo, não vai fugir do senhor também.

Assim, se ela ficar com medo, não vai fugir do senhor também.

Antes que eu pudesse analisar como ou por que aquelas palavras me deixaram tão triste, ou o que Matthew e María diriam na sequência, saí dali.

Aquele intervalo não tinha sido uma boa ideia.

Coloquei a última cadeira dobrável no lugar com a respiração trêmula.

As palavras que ouvi de María me deixaram... um pouco abalada, para dizer o mínimo.

E eu nunca mais ia abrir ou fechar cadeiras dobráveis na vida. Aliás, eu me livraria delas quando aquilo tudo acabasse. Pediria a Robbie que me ajudasse a organizar uma bela fogueira, jogaria todas elas no fogo e ficaria assistindo.

É isso que trezentas cadeiras dobráveis fazem com uma pessoa.

Bati as mãos na calça jeans e olhei em volta, observando o resultado do meu trabalho. Aquela visão fez a ansiedade de antes voltar, e decidi me entregar a uma sessão de terapia de choque autoinduzida. Não era necessário que a noiva conferisse cada fileira de cadeiras. Não quando havia um pequeno exército de pessoas ao redor que podiam fazer isso – e eu já tinha levado uma bronca por ter deixado meu posto antes. Mas eu não me importava.

Eram só cadeiras.

E eu precisava me ocupar com alguma coisa.

Meu celular vibrou no bolso de trás da calça. Uma mensagem surgiu na conversa em grupo.

> **ADALYN**: Vocês precisam de ajuda? Podemos ir pra Green Oak mais cedo e ficar no Alce Preguiçoso esta noite, já que Matthew está na sua casa.

Já que Matthew está na sua casa. Não tínhamos falado para Adalyn e Cameron que Matthew estava na minha casa, mas eles concluíram que sim. Claro. Estávamos noivos. Íamos nos casar em uma semana. Então ele deveria estar hospedado comigo. Minha barriga adorou aquela ideia. Já minha cabeça estava decidida a me lembrar que estávamos mentindo para Adalyn e Cameron. Mas... será que estávamos mesmo? Eu já não sabia mais.

> **JOSIE**: Está tudo sob controle. Não precisamos de ajuda (nem queremos, a Bobbi é insuportável). Podem vir amanhã.

ADALYN: Tem certeza?

JOSIE: Absoluta, mana. A gente se encontra de manhã e coloca o papo em dia antes da loucura começar. 😊

MATTHEW: Vocês podem ficar no Alce Preguiçoso amanhã à noite. Depois do jantar.

Engoli em seco. Isso queria dizer que… Matthew não ia dormir no Alce Preguiçoso. Ele ia ficar na minha casa.

ADALYN: Ah. Boa ideia. Assim não temos que voltar pra cá tão tarde.

CAMERON: Muito legal ser convidado pra ficar na minha própria casa, pelo homem que eu achava que era meu inquilino. Valeu, cara.

MATTHEW: De nada.

MATTHEW: E você anda muito mal-humorado.

MATTHEW: E muito difícil de amar. Mas eu não me abalo. Vamos tomar café da manhã juntos enquanto Josie e Adalyn colocam o papo em dia?

CAMERON: Vamos.

ADALYN: Ignora. Por favor. Ele só tá estressado. A gente disse pra você ficar à vontade, e falamos sério.

CAMERON: Desculpa, amor.

MATTHEW: Tudo bem, querido.

MATTHEW: E eu só preciso balançar o dito-cujo uma única vez em um lugar pra me sentir à vontade. 😳 Você vai ter que me amar do jeitinho que eu sou.

O ar que percebi que estava prendendo durante aquela troca entre Cameron e Matthew saiu. Em uma risada curta.

– Pronto – disse uma voz grave que eu conhecia bem. – Foi preciso *balançar o dito-cujo* pra tirar essa ruga da sua testa.

Tirei os olhos da tela e fui capturada pelo olhar de Matthew, que estava a algumas fileiras de distância de mim. Ele sorria daquele jeitinho que me dava frio na barriga. Ficava tão lindo assim. Um sorriso convencido, largo e feliz. Bonito demais para o meu gosto, com aqueles óculos e um suéter creme. A cor destacava as mechas loiras de seu cabelo, e quando percebi que as mangas estavam arregaçadas, fiquei triste por não ter visto Matthew trabalhando.

Ele começou a andar até onde eu estava.

– Você não consegue parar de olhar pra mim – disse ele, ainda sorrindo.

– Você está de óculos.

Ele parou na minha frente.

– Eu fiz uma aposta comigo mesmo – admitiu, dando de ombros. – Quer saber qual é?

Assenti, e ele chegou um pouco mais perto.

– Você sempre faz algum comentário quando estou de óculos – disse, afastando o cabelo da minha testa. Arrepios percorreram minha pele. – Então, sempre que eu saio de casa, tento adivinhar se vai dizer alguma coisa.

Aquilo era tão bobo. E eu amei tanto.

– E você adivinhou hoje?

Ele acariciou meu queixo, os olhos fixos nos meus lábios.

– Adivinhei.

– E o que você ganhou?

Ele ergueu a outra mão e segurou meu rosto.

– Isso – disse, os polegares roçando minhas bochechas. – Seu rosto corado.

Meu corpo inteiro formigou. Meus pés deram um passo à frente, as pontas dos meus tênis tocando suas botas.

– Te ver assim enche de orgulho o peito de um garotinho que era chamado de quatro-olhos.

Meu sorriso se desfez, e Matthew riu.

– Ei, nada disso. – Ele acariciou meu rosto e baixou as mãos. – Você já viu como eu sou agora? Eu sou irresistível.

Nós dois fomos pegos de surpresa pela risada que deixei escapar. Os olhos de Matthew brilharam ao percorrer meu rosto. Eu não saberia dizer se ele estava satisfeito consigo mesmo ou com o que estava vendo. Quem sabe as duas coisas. Eu amava isso nele. Ele era tão convencido no que dizia respeito a mim. Esse pensamento me deixou desconcertada por um instante. Me dei conta de que amava coisas demais naquele homem. E talvez... talvez eu devesse refletir sobre isso.

Você acha que eu consigo curar o coração dela?

Talvez devesse perguntar pra ela. Ou dizer que quer fazer isso.

– Matthew – falei. – Mais cedo...

Antes que eu pudesse concluir, no entanto, ele tirou alguma coisa do bolso de trás da calça, e minha confissão desapareceu quando vi o que ele tinha nas mãos.

Uma gília azul.

– É a última da estação – disse Matthew. Meu olhar se fixou naquela violeta deslumbrante que eu sempre amei. – Elas param de florescer por volta de agosto, mas essa aqui teve uma dose extra de rebeldia. – Olhei para ele. A expressão em seu rosto era muito suave. – Por isso é tão bonita. Tão única. É corajosa e resiliente, e pode superar qualquer coisa.

Senti a garganta seca, e quando ele colocou a flor no meu cabelo, como tinha feito com aquela margarida duas, três semanas antes, ou o que parecia uma eternidade atrás, algo se materializou dentro de mim. Lá no fundo. Algo assustador, belo, impossível de ignorar.

– Elas me lembram a minha mãe – falei.

Matthew ficou sério, como se soubesse que eu estava prestes a contar algo que não compartilhava com qualquer um.

– Por isso é a minha flor favorita. Ela tinha um lenço bordado com gílias azuis. Ela mesma tinha bordado, e sempre me disse que seria... – Hesitei, sem fôlego. Ele segurou a minha mão. – O objeto azul e emprestado do meu casamento, como diz a tradição. – Aquele vazio com o qual eu tinha aprendido a viver se expandiu, abrindo um buraco em mim. – Lembra o que eu disse aquele dia? Na caminhonete? Ela amarraria o lenço no meu pulso e a gente iria até o altar. – Um sorriso floresceu, nem triste, nem feliz, apenas um meio--termo. – Mas eu nunca tirei o lenço da gaveta. Não parecia… certo. É violeta demais pra ser o objeto azul, e já não é mais emprestado, agora que ela se foi.

Matthew se aproximou ainda mais, seu corpo fornecendo o calor que deixou o meu em algum momento durante aquela fala. Quando suas mãos seguraram o meu rosto, não foi como antes. Foi muito mais. Senti que, se contasse que às vezes eu chorava até pegar no sono de tanta saudade que sentia da minha mãe, ele saberia como me consolar. Se eu dissesse que estava agindo no piloto automático desde que ele chegou à cidade, que não tinha coragem suficiente para admitir que estava perdida, e morrendo de medo, e que não fazia a menor ideia de para onde estava indo, ele daria um jeito de me encontrar. De me levar a um lugar seguro. Se eu fugisse, ele iria atrás de mim.

– Posso ser sincero? – sussurrou Matthew, seu hálito de hortelã atiçando meu nariz.

Assenti.

– O que eu mais quero agora é beijar você – confessou ele, a voz firme. Com a mesma determinação que senti em suas mãos. Meu coração deu uma cambalhota, meus olhos se fecharam. – Tirar essa tristeza do seu rosto.

– O que está te impedindo de fazer isso?

– Eu disse a mim mesmo que tinha que fazer valer a pena – respondeu ele, deslizando os dedos pelo meu cabelo. – Lembra da minha regra? Eu beijo você porque você sabe o que vai significar, não importa o que estiver acontecendo.

Abri os olhos. Eu lembrava. Não conseguia parar de pensar naquilo.

– E o que vai significar? Se você me beijar agora?

Ele pareceu surpreso. Os cantos de seus lábios se curvaram.

– Foi exatamente isso que eu quis dizer, Baby Blue. Você não deveria ter que perguntar. – Ele encostou a testa na minha, como naquele dia na caminhonete. – Você não deveria ter que perguntar.

Alguma coisa dentro de mim ferveu. E não foi rejeição. Foi… determinação. Curiosidade. *Rebeldia*.

– Eu me lembro de uma parte sobre você me beijar porque precisava fazer isso. De você me beijar porque eu precisava. E se eu precisar?

Uma risada deixou seus lábios e caiu nos meus. Não foi um beijo, mas foi fofo.

Então suas mãos se mexeram no meu rosto. Ele inclinou a minha cabeça para trás e, quando o encarei, engoli em seco. Matthew umedeceu os lábios, e os meus se abriram em resposta. Ele olhou para a minha boca, só uma vez, e meu coração acelerou.

Ele contraiu a mandíbula e… começou a cantarolar. Baixinho, mas alto o bastante para que eu ouvisse a canção. Era uma música country que eu conhecia bem, e falava de uma garota que tinha laçado um homem de longe, e agora ele a seguia como um cachorrinho.

Como um cachorrinho.

Foi o que respondi quando ele perguntou se estava na minha mão. Naquela noite que parecia ter acontecido em outra vida. Na minha cozinha.

Abri um sorriso. E Matthew também, sem perder aquela súplica no olhar.

Eu não ia ganhar meu beijo. E por mais que estivesse um pouco decepcionada, também estava admirada com aquele homem. Ele tinha uma força de vontade que me faltava, e aquela confusão em que tínhamos nos metido não tinha mais graça nenhuma.

– Se vai me convidar pra dançar, podia pelo menos cantar um pouco mais alto.

Seus olhos se iluminaram, e ele começou a cantar mais alto enquanto rodopiávamos entre as fileiras de cadeiras. O aperto que eu sentia no peito começou a afrouxar, e logo éramos só nós dois. Eu e a voz de Matthew, a leveza de Matthew e a promessa daquele beijo. Quando chegamos ao refrão, eu desatei a rir, e ele ficou de costas para mim.

Matthew empinou a bunda e começou a…

– Você está rebolando? – perguntei. – Com uma música country?

Matthew olhou para mim, sem parar de dançar.

– Ah, estou, sim – respondeu, com uma piscadela. – E pode me dar um tapinha na bunda. Sabe, pra testar o cavalo antes de comprar. Vamos, garota do interior. É uma bela bunda.

Abri um sorriso tão largo que fiquei com medo que começasse a doer. Era mesmo uma bela bunda. E quem sabe…

Alguém pigarreou.

Fiquei paralisada. Matthew também, com aquela bunda empinada no ar.

Nós nos viramos e demos de cara com Andrew, constrangido, no final da fileira de cadeiras que eu tinha montado.

– Desculpem... hum... interromper? – disse. – Bobbi está chamando vocês. Os dois. Se tiverem um minutinho.

Houve um momento de silêncio. Matthew devia estar esperando que eu decidisse se devíamos sair imediatamente ou ficar e conversar um pouco. Ou como responder ao pedido de Andrew. Eu não me mexi. Nunca tinha visto Andrew tão envergonhado. Tão tímido.

– Posso inventar uma desculpa – disse Andrew, e minhas sobrancelhas se arquearam. Fiquei ainda mais surpresa. – Se quiserem. Enquanto vocês... terminam aqui?

Senti um calorzinho no peito. E talvez eu estivesse sendo boba, mas gostei tanto daquela sensação que não consegui evitar sorrir para ele.

– Acho que já terminamos – falei. Eu parecia feliz. Feliz demais. – Mas é muita gentileza. Obrigada.

Por um instante, eu me perguntei se devia acrescentar *pai* ao final daquelas palavras. Para que ele sorrisse para mim como eu estava sorrindo para ele. Mas isso seria bobo. E me faria parecer ingênua.

Como naquela noite na festa, quando Andrew preferiu tirar uma foto com Duncan a ficar comigo. Mas tudo bem. Estava tudo bem. Eu não precisava de coisas que estavam fora do meu alcance. Eu queria as coisas simples. Coisas que às vezes vinham com facilidade, e coisas que às vezes demandavam um pouco mais de trabalho. E queria acreditar que Andrew estava se esforçando.

Matthew beijou a minha testa, como se percebesse aquela nuvem estranha pairando sobre a minha cabeça.

– Vamos, Baby Blue. Vamos ver o que a Bobbi quer. E depois vamos pra casa.

– Boa ideia – concordei. *Vamos pra casa.* Eu não achava que ele tinha dito aquilo por causa do meu pai, e decidi aceitar a vitória. – Precisamos descansar pra amanhã.

Andrew assentiu, olhando de mim para Matthew, como se tivesse percebido alguma coisa que não tinha visto antes. Eu não saberia dizer o quê. Matthew sempre foi assim. Pelo menos comigo. Aquele momento pareceu importante, mas quando eu estava começando a entender isso, Andrew me chamou.

– Josephine?

Então o pensamento me escapou.

– Sim?

– Eu estava pensando – começou a dizer, e fez uma pausa. – Se você não gostaria que eu estivesse ao seu lado. No próximo sábado.

O próximo sábado seria o dia primeiro de dezembro.

Matthew ficou paralisado ao meu lado, segurando minha mão com mais força.

– Como assim? – perguntei, embora soubesse do que ele estava falando.

Também fiquei pensando no que tinha acabado de compartilhar com Matthew, no que contara para ele naquele dia na caminhonete. Sobre a minha mãe.

– Eu sou seu pai – afirmou Andrew. E sua voz pareceu tropeçar em alguma coisa. No ar? Em suas próprias palavras? – Posso levar você até o altar. Se você quiser.

Foi minha vez de enrolar. Eu sabia do que ele estava falando. Sabia e perguntei assim mesmo. Insisti, obrigando-o a pronunciar aquelas palavras.

– Você gostaria de me levar até o altar?

Ele fez uma expressão estranha. Ou talvez nem tanto. Talvez aquela fosse só a cara dele. Eu não saberia dizer.

– Sim.

Tentei segurar a explosão de emoção dentro do meu peito. Tentei mesmo.

Aquela sensação fazia com que eu me sentisse pequena, como uma criança. Eu estava feliz e triste, tudo ao mesmo tempo. E não conseguia acreditar que uma única palavra saída de seus lábios fosse capaz de causar aquela reação em mim. Eu tinha mesmo aquelas questões mal resolvidas de que o mundo inteiro estava falando.

E não deveria sorrir.

E não deveria aceitar. Dizer sim. *Claro. Eu adoraria.*

Eu deveria perguntar por quê. *Por que você quer um relacionamento comigo? Porque está vendo que estou tentando? Vai fazer a sua parte?* Aquele homem não podia ser de todo mau, considerando que seu relacionamento com Adalyn até que se salvou depois que ele admitiu seus erros. Considerando que uma mulher maravilhosa como a mãe da Adalyn o amou um dia. Considerando que a minha mãe viu alguma coisa nele. Minha mãe não dormia com caras que conhecia no bar. Ou com alguém da cidade que ela não conhecia. Sem nenhum motivo. Nós duas sempre fomos muito românticas. A gente acreditava em coisas como promessas, votos, amor.

Eu deveria perguntar a Andrew se ele estava fazendo aquilo por causa de uma pesquisa na internet. Se aquela era uma decisão tomada pelas milhares de pessoas que votaram, se elas é que decidiram que meu pai deveria me levar até o altar, não ele. Eu. Nós dois.

Mas as palavras que deixaram meus lábios foram:

– Sim. Claro. Eu adoraria.

Porque, sob pressão, eu não só tomava decisões precipitadas.

Eu também cedia.

VINTE E DOIS

Alguém bateu à porta do meu quarto no momento em que prendi a tira da sandália do pé direito no tornozelo.

Com um frio na barriga, fui até a porta, correndo pelo quarto.

Aqueles olhos castanhos se iluminaram.

– *Caramba* – sussurrou Matthew. E soltou uma risada curta. – Sério. – Ele engoliu em seco. – Assim eu fico louco.

Fiz um biquinho.

– Que fofo.

Mas o jeito como seus olhos me devoraram, aquecendo minha pele em cada centímetro que percorreram – clavícula, quadril, seios, tornozelos, dedos, seios, rosto –, foi um pouco mais que fofo.

– Me pergunto quantas mulheres você conquistou com essa cantada.

Ele segurou a minha mão esquerda e a levou aos lábios, beijando o dedo do anel. Um arrepio percorreu o meu corpo.

– Nenhuma – respondeu ele, direto. – Nenhuma que importasse.

– Isso é um pouco injusto – sussurrei.

Matthew avançou, me levando de volta para dentro do quarto.

– É a verdade – disse, e senti seu hálito de hortelã nos meus lábios. Eu me perguntei se ele ia me beijar. Naquela noite. Logo. Naquele momento. Faltava menos de uma semana para o casamento. – Pode perguntar pra Adalyn. Pode perguntar pra qualquer um. Pode perguntar pra minha mãe quando ela chegar.

Esse lembrete fez boa parte do frio que eu sentia na barriga passar.

Ainda não tínhamos conversado sobre isso. Não desde aquele dia na cozinha do Alce Preguiçoso. Era imperdoável que eu não tivesse perguntado ou insistido que ele dissesse mais, mas não sabia como fazer isso, e acabamos ficando muito ocupados. E... sobrecarregados. No melhor sentido possível, e no mais assustador. Que confusão inacreditável tínhamos feito. Eu não conseguia acreditar em nada do que estava acontecendo.

Matthew ficou um tempo observando meu rosto, então se inclinou e o beijou. Um beijo incrivelmente rápido e suave, mas insuficiente.

– Minhas irmãs acham que você é bonita demais pra mim. Sempre acharam. E elas têm razão.

– Sempre acharam?

Ele soltou a minha mão, um sorrisinho torto no rosto. Puxou a lapela do paletó, abrindo-o. O tecido da camisa preta, justo em seu tronco, revelava cada músculo que eu ainda não tinha tocado. Beijado. Memorizado. Meu Deus, aquele homem era meu noivo. E...

Um celular surgiu à minha frente. O celular de Matthew.

Olhei para a tela com o cenho franzido. Vi mensagens. Em uma conversa em grupo. *Os Flannies*. E uma foto também. De nós dois, Matthew e eu. Daquele dia na fazenda, depois da ioga. Engoli em seco. Eu amava aquela foto. Amava todas as selfies que tiramos naquele dia. As únicas selfies que tínhamos.

– Você não precisa provar nada – falei. Eu não ia ler as mensagens. Ele não tinha mesmo que provar nada. – Não vou ficar magoada.

– Não é isso que estou fazendo – respondeu ele. Tão brando e gentil. Tão compreensivo que me senti um pouco pior. Porque eu estava, sim, ficando magoada. Mas não tinha nada a ver com ele e tudo a ver comigo. – Olha a data. O dia que eu mandei a foto.

Com um suspiro, peguei o celular da mão dele e olhei para a tela.

Ele tinha mandado aquela foto no mesmo dia. Eu lembrava porque sabia o cronograma de atividades de Green Oak de cor, sabia tudo que acontecia na cidade e quando. Ele mandou a foto naquela noite.

– Por quê? – perguntei, e minha voz saiu estranha, a pergunta equivocada. *Por que... o quê, exatamente?* Matthew deveria ter rebatido.

– Olha o que eu escrevi – disse Matthew em vez disso.

Olhei para ele. Meu peito inflou. Matthew fez uma cara de quem não ia desistir enquanto eu não olhasse. Como se pudéssemos ficar ali a noite toda. Voltei a encarar o celular.

– *Eu vou me casar com essa garota* – li em voz alta.

Algo dentro de mim se agitou.

E algo se cristalizou nos olhos de Matthew. Algo que eu não queria reconhecer. Eu não deveria ter que adivinhar o que aquilo significava. Nós estávamos *noivos* naquela época. Foi o jeito que ele encontrou de contar com naturalidade. *Ei, essa é a garota. Aliás... Vou me casar com ela.*

A família dele iria a Green Oak, e ele ia se casar comigo. Pelo menos era o que dizia a decoração na Fazenda Vasquez. E tudo o que vinha acontecendo naquelas últimas semanas. Aquele acontecimento em que nenhum de nós tinha coragem de colocar um fim.

Matthew pigarreou.

– Minhas irmãs estavam preocupadas, com todo o respeito, que eu tivesse sequestrado a mulher linda da foto e pregado uma peça nela, ou até oferecido dinheiro pra que ela sorrisse pra foto. Pediram uma prova em vídeo, aquela coisa de *pisque uma vez para sim e duas para sim também*. Pode ver. Tá tudo aí.

Eu não ia ver. Não precisava de provas. Matthew não me devia nada. Mas fiquei muito grata por ele tentar me convencer de que eu tinha esse direito. Então ergui o aparelho. Em vez de ler as mensagens, fiquei olhando para a foto. Nós dois parecíamos tão... genuínos. Sempre foi assim.

– Acho que é porque você está encarando os meus peitos como quem ficou uma semana sem comer – falei.

– São belos peitos.

– É o top da ioga.

– Ah, não. São os peitos. Eu gosto de peitos e bunda. E os seus são lindos. Você é linda. Eu...

– Você está divagando – falei, e um sorrisinho se abriu em meu rosto cada vez mais quente. – Por que você não disse nada naquele dia no chalé?

Matthew deixou escapar um suspiro estranho.

– Senta aqui comigo? Sei que estamos em cima da hora, mas eu quero que aproveite esta noite. Não quero que fique pensando em coisas que te deixam preocupada porque tomei uma decisão egoísta. Assim nunca vou conseguir aquele primeiro beijo que sempre me escapa.

– A gente já se beijou – rebati.

– Eu achava que tinha sido bem claro quando disse que aquele não foi o nosso primeiro beijo – disse Matthew.

Quando ele puxou a minha mão, eu o segui sem reclamar.

E logo quem o estava guiando era eu, levando Matthew em direção à minha cama. Naquele instante, me dei conta de que era a primeira vez que ele estava ali. A primeira vez que ele via onde eu dormia, a cômoda no canto, o papel de parede em uma das paredes e o sol amarelo gigante na outra. Era a primeira vez que ele me via sentada ali, em cima do edredom azul-claro, com um vestido que eu tinha escolhido pensando nele.

Fiquei de frente para Matthew.

Gosto dele aqui, no meu espaço. Amo o jeito como está olhando para mim, sentado na minha cama.

– Você está muito bonito – falei. E percebi pelo sorriso em seu rosto que ele não esperava aquele elogio. – Eu não disse nada antes e devia ter dito. Me distraí com você sendo bobo, porque gosto demais quando faz isso. Acho que gosto demais de *você*.

Embora *gostar* não parecesse o verbo exato.

A expressão de Matthew me disse que ele estava mudando de ideia. Nada de conversar. Ele queria mais toques. Segurei suas mãos.

– Estou sentada, como você pediu. E não me importo se chegarmos atrasados. Mas é bom você começar a falar, porque eu gosto muito de você aqui, no meu quarto. E se você não me fizer parar de pensar nisso, vamos nos atrasar *de verdade*. Não vai ser só um pequeno atraso elegante.

Ele parecia em dúvida. Puxei sua manga de leve.

– Minha família não sabe o que aconteceu – disse ele, soltando o ar. – Meus pais não sabem que perdi o emprego. Ou que me mudei pra Green Oak. Eles acham que continuo em Chicago e que tudo está igual.

Assenti, assimilando aquelas palavras.

– Minhas irmãs acham que estou de férias, finalmente na "curtição", como eu fazia antes. Aliás, não entendo o que Eve quer dizer a maior parte do tempo. Eu nunca fui de curtição. Pelo menos não desde a faculdade.

Não duvidei disso nem por um segundo. Matthew era atencioso e dedicado. E sabia ser muito mais sério do que as pessoas imaginavam, inclusive eu. Me perguntei se ele não estaria tentando esconder esse seu lado das irmãs. Talvez até dos pais. Dos amigos. Do mundo.

– Por que não contou pra eles? – perguntei. – Vocês parecem ter um bom relacionamento.

– Você acredita se eu disser que não sei? Eu… – Ele fez uma pausa, o olhar desviando do meu e pousando em algum lugar à sua esquerda. – Parte de mim não queria que eles se preocupassem ou fizessem alvoroço. Eu sempre trabalhei, mesmo quando estava no colégio. Na faculdade. Aceitei a primeira proposta boa que caiu no meu colo assim que me formei.

Era a cara de Matthew. Ele era do tipo que se preocupava, por mais que tentasse transparecer o contrário.

– Talvez seja por isso – sugeri. – Você sempre foi independente. Talvez não queira perder isso também.

– Pode ser – admitiu ele. – Ou talvez eu acreditasse que aquilo era um fracasso. Que eu estava decepcionando todo mundo. – Ele suspirou. – Caramba, talvez seja tudo isso junto.

– Mas você fez uma coisa boa, Matthew – insisti. Não gostei da expressão em seu rosto. – Você defendeu os seus amigos. Como eles poderiam não ter orgulho de você por isso?

Ele colocou a mão na minha coxa. Apenas um reflexo. Mas dessa vez pareceu que era ele que estava se apoiando em mim.

Matthew franziu a testa, pensativo.

– Acho que eles não entenderiam.

– Como assim?

– Meus pais… Eles nunca se importaram muito com o meu trabalho. Eu não trabalhava em um jornal importante. E tudo bem. Nunca dei bola pra isso. Não tem problema eles não gostarem de fofoca. De entretenimento. Da internet. De smartphones. – Ele soltou uma risada curta. – Eles têm orgulho de mim. Mas são pessoas simples, trabalhadoras, e digo isso com todo o respeito e todo o amor. Eu faria qualquer coisa por eles. Os dois me criaram pra trabalhar duro, e quando viram que eu tinha conquistado minha independência… ficaram tranquilos. Então por que estragar isso? Eles já sofrem com a escolha da Tay de ir embora e seguir um sonho que eles temem ser grande demais. Por isso nunca contei a eles a verdade sobre o que estávamos fazendo, Josie. Porque eu já estava escondendo outras coisas deles.

A verdade sobre o que estávamos fazendo. Que era tudo mentira. Um artifício de relações públicas.

– Então eles não viram nada sobre nós dois, sobre mim, ou sobre Andrew – falei. – Na internet ou em qualquer outro lugar.

Matthew balançou a cabeça.

– Em detalhes, não. Eles sabem que andam dizendo algumas coisas. Mas já conhecem a Adalyn e o pai dela... o seu pai. Eles amam a Adalyn, então não ficaram surpresos ao saber que eu me apaixonei pela irmã dela e não quis esperar. Um noivado às pressas? É só o Matthew sendo o Matthew.

Eu me apaixonei pela irmã dela.

Meu coração disparou.

– Fazer o pedido e casar em menos de dois meses é só o Matthew sendo o Matthew?

– Pode ser – respondeu ele.

Matthew apertou minha coxa com mais firmeza, e senti as flores do vestido deixarem uma marca suave em minha pele.

– Poderia ser. Foi por isso que eles não fizeram um alvoroço. Por isso estão vindo para o casamento sem muitas perguntas, e por isso minhas irmãs andam me enchendo o saco. Tay está arrasada porque não vai participar. Eve queria vir mais cedo, mas não conseguiu tão em cima da hora. Minha mãe... não para de me perguntar se eu tenho certeza. – Matthew balançou a cabeça. – Eles podem estar mesmo achando que sequestrei você, Baby Blue.

Sorri para ele. Não podia evitar. Conhecer sua família... era uma felicidade. O fato de eles não acharem que eu era uma mentirosa, ou uma impostora, era um alívio. Mas era estranho, como se ainda estivéssemos fingindo.

– Então foi por isso que você veio pra Green Oak? – perguntei, tentando não pensar nisso.

– Lembra o que eu disse sobre a aposentadoria e o trailer que eles compraram? – perguntou ele. Assenti. – Eles merecem aproveitar isso sem nenhum fardo. Financeiro ou não. Sou o filho mais velho, eu deveria estar com a vida organizada. Não deveria estar desempregado, ou descumprindo o contrato de aluguel de um apartamento que não tenho mais como pagar. Eu também ajudo com as despesas da Tay na Inglaterra. Se eles soubessem, teriam assumido tudo e me obrigado a voltar pra casa.

E não teriam realizado aquele sonho.

Matthew não precisou dizer isso. Eu vi em seu rosto. Aquela mesma nuvem que pairava sobre a minha cabeça no dia anterior agora pairava sobre a dele. Ele era tão generoso. Tão gentil. Não merecia estar tão arrasado.

– Posso sentar no seu colo?

Ele ergueu as sobrancelhas e, sem resposta, subi nele e abracei seu pescoço. Matthew soltou o ar devagar, como um balão murchando, mas um balão feliz.

– Você é um filho incrível – falei, sentindo seu braço envolver minha cintura. Ele me puxou para mais perto. – E um homem incrível.

Ele inspirou meu perfume, o nariz enterrado em meu pescoço. Soltou um suspiro.

Meus dedos dos pés se contraíram.

– Não fica imaginando coisas – falei, mais para mim mesma que para ele. – Esse é um uso muito inocente do seu colo. Só pra te distrair. Nós já estamos atrasados. Se a gente não for, todos vão pensar que estamos mesmo de *curtição*, como suas irmãs disseram.

Nós dois rimos e, quando tentei me levantar, ele deixou. Ainda que com alguma resistência. Eu podia ser forte por ele, só dessa vez.

Peguei suas mãos e o ajudei a se erguer. Vê-lo ali parado no meio do meu quarto, sorrindo, foi como um golpe no meu peito. Matthew parecia se encaixar tão bem ali. Parecia tão meu.

– Você tem um sol na parede – disse ele.

– Faz anos que pintei – falei. Meus lábios se contraíram. – Olhar pra ele sempre me faz sorrir.

A mudança em seu olhar me disse que sua mente tinha viajado. Para um lugar que fez meu estômago se contrair e me deixou sem ar. Um lugar que me fez desejar aquele beijo que ele se recusava a me dar.

Então Matthew falou baixinho, só para nós dois:

– As coisas que nos fazem rir sem querer são as melhores.

As coisas que nos fazem rir sem querer são as melhores.

Mais uma vez reconheci minhas palavras em seus lábios. Eu tinha dito algo parecido a ele, lá no começo. Mas não foi sobre sorrisos, foi sobre algo muito maior que isso.

Tão grande quanto o sol na parede atrás de mim.

Duas coisas podem acontecer em um jantar pré-casamento.

Ou ele passa muito rápido, ou se estende tanto que a gente acaba tendo tempo para pensar em coisas como: será que o espaço e o tempo são construções sociais? Ou: será que a minha bunda vai ter o formato dessa cadeira? No meu caso, uma cadeira dobrável. Como Andrew estendeu o convite a toda a cidade em um ato de generosidade, tivemos que recorrer às cadeiras dobráveis. E, como já mencionado, a primeira coisa que eu faria segunda-feira de manhã seria jogar aquelas cadeiras em uma fogueira, assim que o F.P.C. acabasse, se não precisássemos delas para sábado.

O dia do casamento.

O jantar pré-casamento normalmente acontece mais perto da cerimônia em si, mas aquela situação não tinha nada de normal.

Olhei do meu prato vazio para a minha irmã.

Ela retribuiu meu olhar na mesma hora e abriu um sorriso.

Meu Deus, eu abracei Adalyn com tanta força quando a vi que Cam deu um tapinha no meu ombro, assustado. Eu sentia tanta falta daqueles dois, embora já estivesse aliviada depois da visita à casa deles.

Testemunhar o reencontro entre Andrew e Adalyn fez parte desse alívio desaparecer. Eles nunca tiveram o melhor dos relacionamentos, mas eu vi algo naquele abraço, ainda que os dois parecessem um pouco desconfortáveis. Vi intenção. Esforço. E me odiei por pensar isso, mas eu nunca tinha ganhado um desses. Um abraço do meu pai.

Antes que aquele casamento tomasse conta da minha vida, Adalyn e eu conversamos sobre o desejo de Andrew de se redimir. Ela me contou como o pai já tinha tentado construir aquela ponte entre eles, e disse que, por mais que não confiasse muito, estava aberta a deixá-lo tentar.

Eu também estava. Mas as coisas entre mim e Andrew eram ... diferentes. Por muitas razões. E era estranho estar ali, compartilhando a mesa com eles e tendo que ver que, embora o relacionamento entre os dois não fosse ótimo, estava a anos-luz do meu relacionamento com ele.

E no sábado Andrew me levaria até o altar, até o homem que estava sentado ao meu lado.

Andrew fez algum comentário sobre o vinho, ou a sobremesa, ou o tempo. Não sei ao certo, para falar a verdade. Mas Cam se endireitou na cadeira, segurou a mão de Adalyn que estava sobre a mesa, a levou aos lábios e encheu a taça dela com água. Então passou a garrafa para Andrew, com um aceno discreto de cabeça.

Eu me perguntei quando Cam e Adalyn iriam se casar. *Eu sabia que os dois queriam, mas não estavam com pressa. Estavam ocupados com o trabalho. Com o clube. Será que ela me convidaria para ser madrinha?* Eu demorei tanto para fazer aquele convite. Meu Deus, eu ia mesmo fazer aquilo. Nós dois íamos.

Meu joelho começou a balançar. Matthew apertou minha perna com delicadeza, como já tinha feito muitas vezes naquela noite. Não era um *pare com isso*. Estava mais para *estou aqui, estou com você*.

Eu me virei para ele naquela cadeira dobrável idiota.

– Se eu te pedisse pra me encontrar em um lugar à meia-noite e trazer uma caixa grande de fósforos, você aceitaria? – perguntei, baixinho.

A resposta de Matthew veio rápido, e séria:

– Eu diria que é melhor a gente ir de roupa preta. Manchas de cinzas são difíceis de tirar.

Aquele homem.

Ele era tão perfeito que eu não conseguia respirar. Então me dei conta de que meus olhos estavam marejados.

Matthew pareceu preocupado.

– Resposta errada?

Longe disso. A resposta não poderia ter sido mais perfeita. Acho que nunca amei tanto uma resposta na vida. Acho que nunca amei…

– Álcool – resmunguei. – Se nada mais der jeito, o álcool resolve. – Dei de ombros, tentando parecer casual. – Já tive várias experiências com fogueiras que saíram do controle.

A preocupação que vi no rosto de Matthew não foi embora. Na verdade, ele parecia querer insistir em saber o que eu tinha acabado de tentar ignorar. Felizmente, o clima decidiu me dar uma mãozinha, mudando de repente.

Trovões ecoaram à distância.

– Viu só? – disse Otto Higgings, batendo uma palma que fez Vovô Moe se encolher ao seu lado. – Eu disse que tinha uma tempestade a caminho. Faz três dias que acordo com dor nos joelhos.

– Porque você é velho – resmungou Vovô Moe. – E o que está fazendo aqui? Você não deveria estar lá do outro lado da fazenda? Ou, sei lá, na sua casa?

Revirei os olhos, embora vovô tivesse razão. De algum jeito, Otto se enfiara ali, justo na nossa mesa. Eu me perguntei de quem seria aquele lugar que ele roubou, ou por que Bobbi não fez um alvoroço ao ver meu vizinho bagunçar o mapa de assentos que ela tinha organizado com tanto cuidado.

– Sou dois anos mais novo que você – rebateu Otto, e voltou a se concentrar em Andrew, como vinha fazendo a noite toda. – Então, Andrew, você estava contando sobre o clube de futebol. A franquia. Como foi isso? Eu me lembro de você jogando futebol quando era *desse* tamanho, mas era futebol americano, não era?

Cameron resmungou alguma coisa no ouvido de Adalyn, pegando a garrafa de água e enchendo a taça dela mais uma vez. Ela sorriu.

– O que acha que ele disse? – sussurrou Matthew em meu ouvido.

Um arrepio percorreu meus braços ao sentir os lábios dele tão perto.

– *Futebol americano é uma piada* – falei, baixinho. – *Onde já se viu pegar a bola com as mãos?*

Matthew soltou uma risadinha que aqueceu minha pele.

– Incrível. É como se eu estivesse sentado ao lado dele. – Ele subiu um pouco a mão, até a metade da minha coxa. Parei de respirar. – Mas que bom que não estou. Acho que ele não ia gostar dos meus modos à mesa.

Algo se agitou no meu corpo. Luxúria. Desejo. Talvez os dois, considerando as imagens que minha cabeça estava invocando. Eu, no colo de Matthew. Nós dois, na loja do Stu. A mão dele embaixo da minha saia.

Fechei os olhos, afastando essas imagens.

– A gente tem uma palavra de segurança – disse ele, baixinho. – Use.

Use. Vi aqueles olhos castanhos queimando de desejo. E mais alguma coisa. *Dá uma desculpa pra gente.*

– Você vai me recompensar? – perguntei.

Matthew contraiu o maxilar. Aquela emoção em seus olhos queimava.

– Você vai ser a recompensa.

Pressionei os lábios para não sorrir como uma boba, ou pior, implorar que ele me levasse dali. Imediatamente. Por que ele já não tinha feito isso há cinco, dez, quinze minutos, uma hora?

As palavras da minha irmã me distraíram.

– Isso é… – Adalyn hesitou, procurando as palavras certas para dizer. – Obrigada por falar isso, pai. Mesmo.

– Só estou dizendo a verdade – respondeu Andrew, com um aceno de cabeça. – Você sabe que está se dedicando muito para recuperar a confiança depois do que aconteceu com a transferência dos Flames.

Apertei as mãos no meu colo. Matthew as segurou.

– Você deve ter muito orgulho dessa dupla, hein? – disse Otto.

Essa dupla. Adalyn e eu? Isso me fez olhar para Andrew.

– As pessoas só falam daquele clube de futebol desde que os dois fizeram a festa de inauguração – continuou meu vizinho. – Estava mesmo na hora de alguém fazer alguma coisa pela comunidade.

Ah, *Adalyn e Cameron.*

– Ah, com certeza – concordou Andrew. – Eu tenho insistido pra que eles me deixem fazer uma doação ou financiar o clube de alguma forma, mas os dois se recusam. Não posso dizer que faria diferente. Talvez Adalyn tenha aprendido isso comigo. Ou talvez Cameron é que ainda não tenha se convencido. De qualquer forma… – disse ele, erguendo a taça. – Um brinde ao clube.

Peguei a taça e a ergui, talvez por reflexo. Adalyn pareceu tão insegura que bati minha taça na dela.

– Tenho muito orgulho de você – falei.

Só então ela abriu um sorriso largo, e eu me senti tão aliviada que me virei para Matthew, sorrindo.

– Saúde…

Mas ele já tinha virado o vinho.

Intrigada, bebi um golinho e larguei a taça.

– E como vocês dois se conheceram? – perguntou Otto, voltando a atenção para mim e para Matthew. – Acho que não falamos disso.

Matthew soltou uma risada forçada.

– Não, não falamos – respondeu. Seu tom calmo disparou um alarme estranho na minha cabeça. – Estávamos meio ocupados com outros assuntos.

– O jantar está incrível, Josie – comentou Adalyn, depressa. – Como tudo o que você faz. Maravilhoso mesmo. Eu queria… nós queríamos ter ajudado. Ando tão… ocupada. Com tudo.

– Eu sei – falei, para tranquilizá-la. – Vocês dois têm trabalhado muito, eu entendo. E também não posso ficar com todo o crédito. Bobbi tem cuidado de quase tudo. E Matthew fez tanto quanto eu. – O polegar dele acariciou as costas da minha mão. Olhei para meu pai. – Andrew também possibilitou tudo isso.

Ele pigarreou.

– Claro, eu...

– Então, Otto – disse Matthew, interrompendo-o. – Antes que a gente acabe mudando de assunto como num toque de mágica. Você perguntou como Josie e eu nos conhecemos.

– Isso – respondeu meu vizinho. – Mas se...

Vovô Moe deu um tapa no braço dele.

– Deixa o garoto falar, por Deus. Você não para de tagarelar desde que sentou nessa cadeira.

– Obrigado, Maurice – disse Matthew, com um aceno que Vovô Moe retribuiu. Ele apertou a minha mão. – A primeira vez que ouvi falar da Josie foi em uma mensagem de texto. – Virei para ele, e Matthew estava olhando para mim. – Era uma mensagem da Adalyn, e dizia: *acho que acabei de conhecer a sua alma gêmea.*

Meu peito se contraiu.

Alma gêmea.

Adalyn riu.

– Eu tinha esquecido disso.

– Eu, não – disse Matthew, sem tirar os olhos de mim. – Você lembra o que eu respondi, Ads?

Uma pausa estranha, então Adalyn respondeu baixinho, parecendo perplexa:

– Você pediu uma foto. Da sua futura esposa.

Fiquei sentada ali, naquela cadeira, totalmente pasma, admirando o sorriso cada vez mais largo de Matthew. Um pedacinho do meu peito se expandiu, ocupando todo o espaço.

– Isso mesmo – confirmou ele. – E você só mandou uma carinha rindo. Eu fiquei muito curioso e quis insistir. Como ela era? Será que ia rir das minhas piadas ruins? De que cor eram seus olhos? Qual era seu cheiro? Será que eu teria chance?

Engoli em seco, tentando reprimir aquela emoção que obstruía minha garganta, meu peito, meus pensamentos.

Os dedos de Matthew, ainda segurando a minha mão, ainda em meu colo, se entrelaçaram nos meus.

– Mas principalmente, eu queria perguntar pra minha melhor amiga, uma pessoa muito pragmática, o que tinha feito com que ela afirmasse aquilo – disse ele, sério de repente. – *Alma gêmea* não é um termo que a gente usa à toa.

– E o que você fez? – perguntou Otto.

Matthew olhou para os meus lábios, mas logo voltou a encarar meus olhos.

– Esperei – respondeu, engolindo em seco. – Rezei. – Ele ergueu a mão que segurava a minha e a levou aos lábios. – Acreditei na magia.

Fiquei sem reação, o coração acelerado dentro do peito exigindo ser libertado. Eu queria perguntar se ele estava falando sério. Nunca quis tanto perguntar alguma coisa na vida. Queria que sua resposta mudasse tudo, que o obrigasse a me beijar, que afastasse todas as preocupações da minha cabeça e... me preenchesse.

O sonho dele devia ser casar com você.

Eu seria capaz de jurar que ouvi essas palavras saindo de seus lábios. Que as vi em seus olhos naquele instante. Esperando por mim.

Uma taça batendo interrompeu o momento. Meus ouvidos perceberam uma fungada, de mulher. Será que Adalyn estava chorando? Também ouvi uma voz mais grave. Baixinho. Sussurrada. Senti as pessoas se movimentando, e virando na cadeira. Murmúrios surpresos. Mantive os olhos em Matthew. E ele manteve os olhos em mim.

Bobbi estava falando. Anunciando um discurso que fez a expressão de Matthew mudar. A emoção que tinha deixado o castanho de seus olhos mais quente, intenso, mais lindo que nunca, desapareceu. Uma voz mais grave soou. A voz de Andrew. Matthew franziu o cenho. Ouvi meu nome.

Eu me virei na mesma hora. Desviei os olhos do homem ao meu lado e deixei que repousassem em meu pai.

Andrew estava em pé na cabeceira da nossa mesa. Silêncio. Todos estavam ouvindo. Olhando para ele. Sua voz era grave, a postura imponente, sua presença determinada a preencher o lugar. Aquela fazenda. A ir mais longe que as colinas escuras atrás de nós.

– ... E eu não poderia estar mais feliz por estar aqui para comemorar essa união. – Olhos azuis como os meus me encontraram, o cenho franzido. – Aqui em Green Oak. Aliás, foi o discurso sincero de Josephine na festa de boas-vindas algumas semanas atrás que me fez ver algo que eu vinha negligenciando.

De repente o corpo de Matthew estava ali, seu peito em minhas costas. Firme, sólido, como se estivesse se preparando. Para quê?

– Isto. Green Oak. Minhas filhas. Tudo.

O ar ficou preso em meus pulmões. Eu estava tão atordoada com as palavras de Matthew. Com o que elas significavam. Tão puras, tão... desnudas, que eu nem conseguia processar as palavras do meu pai.

– E foi por isso – continuou Andrew – que decidi voltar para cá.

Meus ouvidos zumbiram.

Ele disse mais coisas depois disso. Algo sobre não querer pegar ninguém de surpresa. Sobre o livro e Willa Wang. Percebi que Adalyn se levantou e também disse alguma coisa, algo sobre Andrew não ter aprendido nada com os próprios erros, sobre fazer com que tudo girasse em torno dele, mas eu... não sei.

Meu Deus. Acho que não me importei com nada disso.

Por acaso meu pai tinha acabado de fazer um anúncio pessoal importante em um jantar pré-casamento? No meu jantar pré-casamento? Algo que ele decidira sem conversar com Adalyn ou comigo? Ali era Green Oak. Era o meu lar. Eu não deveria saber? Eu não deveria...?

Ouvi uma gargalhada. A minha. Eu estava rindo.

Todos se viraram para mim.

– Bom, isso é mesmo *Bootylicious*. Não é?

Todos piscaram, sem acreditar.

Na mesma hora, Matthew me levantou daquela cadeira horrível.

– Eu adoraria ficar para ver Adalyn acabando com Andrew, mas prefiro passar o resto do meu jantar pré-casamento fazendo algo mais agradável – disse ele, jogando o guardanapo na mesa. – E sim, foi um jeito educado de dizer: vou fazer a minha noiva gritar até ela esquecer que o próprio pai se acha tão importante a ponto de decidir ser o centro desta noite.

Um momento de silêncio. Então Adalyn bufou, Cameron riu e, o que me deixou completamente chocada, Vovô Moe disse:

– É isso aí, garoto!

E com essa permissão clara que Vovô Moe deu a Matthew para que ele me fizesse gritar, meu noivo se virou e me tirou dali com um sorriso.

VINTE E TRÊS

Matthew já não estava mais sorrindo quando parou o carro na entrada da garagem.

Ele desligou a caminhonete, e um silêncio daqueles que precedem uma tempestade se impôs, o ar cheirando a chuva, a ansiedade pelo que estava por vir fazendo meu coração bater mais forte.

– Matthew? – falei, baixinho. Queria garantir que ele ouviria minha pergunta. – Você vai me beijar?

– Sim.

Senti uma vibração no peito.

– Quando?

– Assim que eu tiver certeza que não vou acabar partindo pra cima de você aqui mesmo nesta caminhonete.

Senti um frio na barriga, aquela inquietação deliciosa se acumulando.

– Por quê?

Matthew fechou os olhos.

– Tem bastante espaço aqui – continuei, me aproximando dele. Só um pouquinho, só o suficiente. Ele soltou um grunhido. – E acho que nunca transei em um banco traseiro. – Ele colocou as mãos no volante, os dedos segurando firme, o couro rangendo. – E se eu quiser? Com você. E se eu quiser que você me beije, que você me coma bem aqui?

Matthew voltou a abrir os olhos, contraindo a mandíbula.

– E se eu quiser te dar algo melhor que isso? – perguntou, olhando para mim, e o castanho em seus olhos pareceu ficar mais escuro, as rugas de tensão ao redor dos seus lábios implorando. – E se eu achar que já me deixei levar demais? E se eu não gostar do fato de que eu não estava te tocando na primeira vez que fiz você gozar? E se eu *odiar* o fato de que na primeira vez que te toquei não pude ouvir ou ver seus lábios dizerem meu nome? E se eu não tiver planejado fazer isso esta noite? E se eu não souber se é a hora certa?

Um momento de silêncio. Uma pausa.

Eu mal respirava.

– E se – continuou ele –, já que não posso ser o primeiro em nada com você, eu fizer questão de ser o último?

Meu peito se expandiu. Aquela emoção que eu vinha sentindo o dia todo implodiu, e foi impossível contê-la. Estendi a mão para segurar seu rosto. Matthew se entregou ao meu toque. Meu sorriso fez seus olhos se iluminarem.

– Vamos entrar? – pedi. – Por favor.

Ele franziu o cenho, mas eu não perdi tempo e me virei para sair. Estava determinada a convencê-lo de que estava tudo bem, a fazer com que fosse possível que ele me desse tudo aquilo, embora eu só quisesse ele.

Quando abri a porta e meus pés tocaram o chão, Matthew surgiu de repente. Seu olhar meio atordoado me fez abrir um sorriso ainda mais largo. Ainda mais determinado. Ele me ofereceu sua mão, mas, quando a segurei, quem puxou fui eu. Levei Matthew para casa. Para o andar de cima. Para o fim do corredor. Para o meu quarto. Ignorei todos os arrepios que se espalhavam pelo meu corpo vindos daquela mão segurando a minha com tanta firmeza e o levei para o lugar onde estávamos antes de sairmos para aquele jantar desastroso.

– Aqui – falei, finalmente, vendo seu olhar enlouquecido saltar de mim para o que havia atrás. A expressão em seu rosto era ardente, quase como se ele quisesse gritar ou cair de joelhos. – Uma vez você me disse que a perfeição é subjetiva, lembra? – Ele não fez nem que sim nem que não, mas eu continuei mesmo assim. – Este momento, aqui, agora, é perfeito pra mim. – Meu sorriso se desfez, e aquela disputa de emoções, arrepios e ansiedade de repente se acalmou. – Porque você está aqui. Porque é você. Só você. E não importa se não é a primeira vez, o que importa é que é com você.

O tempo pareceu parar por um instante, nada mais que uma fração de segundo.

De repente, os lábios de Matthew tocaram os meus. Famintos. Desesperados. Suas mãos seguraram meu rosto, me puxando para ele, como se eu pudesse fugir ou desaparecer. Soltei um gemido, derretendo em seu beijo, sentindo que eu poderia escapar entre seus dedos.

Essa imagem me fez envolver seu pescoço com os braços, deslizando as mãos por seu cabelo, agarrando aquelas mechas que me lembravam o sol na minha parede. Alegria e desejo explodiram, se misturando dentro de mim, me fazendo inclinar a cabeça, mudando o beijo, deixando-o mais ávido. Nossas línguas se tocaram e eu puxei seu cabelo. Matthew gemeu em resposta. Um gemido que veio do fundo de sua garganta. O único aviso antes de seus braços mudarem de posição e nós começarmos a andar.

Minhas costas bateram na parede.

Uma das mãos dele ficou em meu rosto, e a outra foi descendo pelo tecido do meu vestido. Clavícula, peito, costelas, cintura, quadril, seu peso puxando o cetim. Eu queria tirar aquele vestido, queria aquele toque na minha pele, em mim. Seus dedos mudaram de posição, percorrendo minhas costas, minha bunda. Eles se firmaram atrás da minha coxa.

Matthew puxou a minha perna em um movimento rápido, então pressionou o corpo no meu.

Eu gemi em seus lábios, e ele se afastou só o bastante para dizer:

– Caramba.

– Sim – concordei, ofegante, tanto quanto ele.

Matthew soltou um gemido satisfeito, contente, ansioso. Quando seus dentes morderam meu lábio inferior, meus olhos se fecharam, trêmulos.

Seus lábios voltaram, mais suaves dessa vez, mais devagar, porém deixando o beijo mais intenso. Fazendo questão de que ele ficasse ali para sempre. Como uma tatuagem em meus lábios.

– Você acha que eu deixo esse momento perfeito? – perguntou ele, afastando os lábios.

Senti seu hálito em meu queixo. Comecei a assentir, mas ele segurou minha coxa com mais firmeza, abrindo os dedos. Ele afastou mais minhas pernas uma da outra, impulsionando o quadril contra o meu. Deixei escapar um gemido alto.

– Você acha que pode ser toda doce e leve e *me* chamar de perfeito?

Voltei a abrir os olhos, só para poder ver seu rosto quando eu dissesse:

– Sim.

Matthew sorriu. Era um sorriso largo, arrogante e misterioso, os lábios inchados e manchados de batom. Naquele momento eu soube. Simplesmente soube. Eu nunca quis tanto um sorriso – um homem. Eu nunca amei ninguém como amava Matthew.

Pensar nisso me deixou tão atordoada que eu tive que parar para puxar o ar que me escapava.

A expressão de Matthew ficou mais séria. Ele tinha lido meus pensamentos. Voltou a me beijar. Com vontade. Com mais vontade do que antes. Com mais vontade do que eu jamais tinha sido beijada.

De repente, suas mãos largaram minha perna e meu rosto, e ele me virou.

Minhas mãos se apoiaram na parede.

A risada de Matthew roçou a pele do meu rosto. Eu estremeci, o sangue se acumulando lá embaixo.

– Eu já disse que amei esse vestido em você?

Meus olhos se fecharam mais uma vez, meus sentidos colapsando, sobrecarregados. Assenti, e suas mãos deslizaram pelo meu cabelo e pela minha nuca. Ele colocou meu cabelo para o lado com gentileza, em um gesto quase reverente. Seus dedos retornaram à minha nuca, então traçaram os botões do meu vestido.

– Eu amei esse vestido em você, mas espero que não seja muito apegada a ele, porque não tenho paciência pra isso.

O rasgo dos botões ecoou pelo quarto.

Meus lábios se abriram em um apelo silencioso. *Tira. Eu preciso de você agora.*

– Fui bruto demais, Baby Blue? – perguntou Matthew, baixinho, o tom sério, as mãos segurando minha cabeça, meu rosto encostado na parede. – É demais pra você?

Eu estava ofegante demais para conseguir falar, o desejo se acumulando entre minhas pernas, me enlouquecendo, pulsando com as batidas do meu coração. Onde estavam as mãos dele? Eu queria aquelas mãos em mim de novo. Eu queria Matthew em mim. Dentro de mim. Eu...

– Josie? – chamou Matthew, com um suspiro em meu cabelo, e seus lábios me tocaram.

Aquilo me distraiu. Ele me distraiu. Tudo o que ele fazia me dominava. Eu estava em suas mãos, e isso não me preocupava. Ele segurou meus pulsos com delicadeza, arrastando minhas mãos com cuidado pela parede e abaixando meus braços. Matthew desceu o vestido, só o bastante para que as mangas se acumulassem em meus cotovelos, a abertura deixando o ar do quarto beijar minhas costas. O tecido da minha calcinha esfriou minha pele.

– Estou sendo brusco demais? Direto demais? Isso tudo é muito pra você?

– Não – murmurei finalmente. Meu vestido desceu ainda mais, e a abertura deixou a parte de trás das minhas coxas expostas. – Brusco é bom. É bom. Você é perfeito.

– Errado – disse ele, agarrando minha bunda. – Eu sou perfeito *pra você*.

Um gemido deixou meus lábios.

– Ai, meu Deus... – falei, a voz rouca.

Ele tinha feito mesmo aquilo. E eu... Era tão bom, tão...

– Fala, Josie – sussurrou Matthew, abraçando minha cintura com delicadeza, me puxando contra seu peito. Ele beijou meu pescoço. – Quero ouvir as palavras da sua boca.

– Você é perfeito pra mim – sussurrei.

Senti sua aprovação em minhas costas, o gemido satisfeito, saciado e tão feliz que eu derreti por dentro.

Suas mãos foram descendo.

– Foi isso que eu quis fazer quando vi você em frente a essa parede – disse Matthew. Virei a cabeça para ver suas mãos puxarem o vestido que estava pendurado em meus cotovelos. – Você é tão doce – continuou ele, os lábios em meu rosto, e eu deixei meus braços caírem. O tecido se acumulou em nossos pés. – Tão linda.

Antes que eu pudesse entender o que aquelas palavras me faziam sentir, ou como ele deveria me tocar agora que eu estava só de calcinha e sutiã, o corpo de Matthew começou a descer.

– Vamos ver se eu consigo deixar esse seu sorriso ainda maior – disse ele, colocando as mãos em meu quadril.

Senti sua respiração na minha lombar. O calor de suas mãos em minha pele, finalmente, me deixando ofegante. Ele puxou o cós da minha calcinha, só um pouquinho, só o suficiente. Senti um toque leve seguir a curva da minha bunda. Aquele homem estava me provocando. Ele estava...

As mãos de Matthew espalmaram a parte interna das minhas coxas, abrindo mais minhas pernas.

– Mãos na parede – grunhiu ele.

Obedeci. Ele pressionou os lábios contra a seda. Um beijo suave bem no lugar onde eu ainda sentia sua mão. Meu corpo se arqueou. Comecei a tremer. Meu corpo inteiro começou a tremer.

– Matthew? – falei, ofegante. – Estou tão molhada. Estou tão...

Ele me virou de novo. Eu nem sei como. E não me importei.

Olhei para baixo.

Matthew estava de joelhos, as mãos em minhas coxas, olhando para mim com aqueles óculos que eu amava tanto. E eu... Ele estava me olhando com tanta reverência, com tanta vontade, como se tivesse passado anos no escuro e agora quisesse toda a luz e todo o calor do sol em sua pele. E eu quis queimar. Bem ali na sua frente, diante dos seus olhos.

– Não consigo decidir. Não consigo decidir como quero você. – Sua voz saiu rouca. – Comer você. Aqui, contra essa parede. Fazer você cavalgar na minha língua. Deitar você na cama. Encher aquela banheira e implorar que você me deixe gozar nas suas costas.

Engoli em seco. Um apelo me rasgou. Meu Deus, sim. Por favor.

– De todos os jeitos – falei. Quando ele ficou boquiaberto e seu olhar pareceu escurecer, eu me senti ousada. Apoiei o salto que ainda estava usando em seu joelho, me abrindo para ele. Convidando-o. Oferecendo-lhe um lugar por onde começar. – Temos todo o tempo do mundo.

A hesitação de Matthew desapareceu imediatamente. Sua expressão ficou selvagem. Então ele explodiu em um grunhido, empurrando minha perna e fazendo com que eu me abrisse ainda mais. Senti sua respiração através do tecido, e mais desejo se acumulou ali, aumentando a pulsação em minhas coxas. Meu coração bateu mais rápido. Ele empurrou o tecido para o lado com um suspiro pesado, como se estivesse se perguntando se perdia tempo tirando a minha calcinha. Senti o ar ali, e o tesão aumentou ainda mais. Chegou ao ápice. E ele me beijou. Soltei um gemido, derretendo nele.

Sua boca começou devagar, determinada mas hesitante, me arrancando pequenos gemidos.

– Você está encharcada.

Ele grunhiu. Rosnou. Eu não saberia dizer ao certo.

Porque toda a cautela de Matthew desapareceu e ele estava me devorando. Meu joelho tremeu, e ele usou uma das mãos para me estabilizar. Para me segurar contra a parede enquanto ele grunhia em mim, a língua mergulhando, os lábios se fechando no meu...

– Meu Deus, Matthew – gemi. Eu já estava tendo espasmos. Chegando ao limite. – Estou quase. Eu não acredito...

Sua mão se juntou à sua boca, o polegar em meu clitóris.

Coloquei as mãos em sua cabeça, buscando apoio e... alívio. Meus dedos agarraram seu cabelo e o puxaram para mais perto. O desejo rodopiou. Se esparramou.

– *Matthew?*

Sua língua mergulhou dentro de mim, a boca ainda se mexendo, a mão circulando o nó sensível que disparava ondas de uma pressão deliciosa pelo meu corpo. Ele fez alguma coisa com os lábios, e eu gemi alto, então abaixei a cabeça para olhar para ele. Olhos castanhos encontraram os meus quando ele parou para respirar, os lábios brilhando da bagunça que eu fazia neles.

– Você vai gozar?

Assenti. Eu mal conseguia respirar com sua mão ainda se mexendo e ele olhando para mim como se eu estivesse realizando seu sonho ao deixá-lo se ajoelhar na minha frente.

– Então goza, minha doce Josie – disse ele, e os movimentos de sua mão mudaram. – Cavalga minha cara com mais vontade. – A outra mão se juntou àquela, os dedos grandes apontados para a entrada. – Dá um gritinho pra eu comer você.

Sua boca voltou a descer, sua língua substituiu seus dedos e eu...

Gritei. Como ele pediu. Mas não foi um gritinho, foram três palavras:

– *Puta merda, Matthew.*

Eu tinha certeza de que a cidade inteira tinha ouvido. Mas não me importei nem um pouco. Meus joelhos cederam, minhas costas se arquearam, e eu deixei de existir. *O mundo* deixou de existir, arrastado pela onda de prazer e... felicidade.

Alegria. Amor. Alívio.

Foi a risada de Matthew na minha testa que me fez perceber que eu estava em seus braços e estávamos em movimento. Ele me colocou na cama, e eu olhei para cima. Ele deu um passo para trás, sem deixar de olhar para mim.

– Acho que esse agora é o meu favorito – disse, a voz suave e cheia de luxúria. – Esse sorriso de *puta merda, Matthew.* – Meu sorriso ficou ainda mais largo. Ele não parava de me olhar de cima a baixo. – Nunca vi nada tão lindo assim.

Eu me apoiei nos cotovelos e fiz um biquinho, torcendo para que fosse fofo.

– Você está falando dos meus peitos de novo? Sei que gosta deles, mas eu tenho um rosto, sabe?

Ele riu com os olhos, mas, quando falou, sua voz saiu séria.

– A arrogância cai bem em você – disse. O jeito como ele me olhou me incendiou, sensação que aumentou quando ele foi abrindo rapidamente os botões da camisa. Eu nem sabia quando ele tinha tirado o paletó. – Vamos ver se consegue ser arrogante quando eu deitar você nessa cama. – Pop. Pop. Pop. A camisa abriu, revelando músculos firmes e pele. Uma barriga trincada. As entradas no quadril. Meu coração acelerou. – Ou quando eu te virar de bruços e você sentir meu peso sobre seu corpo.

Senti a garganta seca ao vê-lo assim, ao ouvir aquelas palavras, o desejo ressurgindo no meu sangue. Fiquei de joelhos e me sentei. Matthew inclinou a cabeça e abriu um sorrisinho. Eu amava aquele sorrisinho. Amava as palavras que saíam dos seus lábios. Sempre gostei de uma conversa picante, mas Matthew pegava fogo. E eu amava o que aquilo fazia comigo. Amava que ele sabia exatamente o que dizer, e como dizer. Amava que ele fazia questão de ter certeza de que eu queria seu toque e suas palavras, sem que eu tivesse que dizer uma única palavra. Amava que ele fosse gentil, engraçado, inteligente e nunca visse nada de errado em mim. Amava que ele tivesse esperado tanto tempo para me beijar. Amava que ele quisesse me dar coisas que não podia me dar. E, meu Deus, eu amava seus sorrisos tanto quanto amava o fato de ele ser obcecado pelo meu.

Eu... eu amava Matthew.

Estava apaixonada por ele.

E não achava que fosse algo novo, que nascera naquele momento. Eu sabia que já estava apaixonada por ele antes de subir aquela escada.

– Matthew? – chamei, como se ele não estivesse ali na minha frente.

Minha voz saiu estranha, rouca, cheia de emoção e ciente da importância daquilo que eu tinha finalmente me permitido admitir. *Finalmente*. Porque não era algo novo. Eu tive algumas indicações. Algumas pistas. Sabia que estava ficando caidinha. Era sempre assim. Eu me apaixonava rápido. *Será que foi rápido demais?* Matthew ficou parado, sua camisa caiu no chão.

Ele semicerrou os olhos.

– Vem aqui. Agora, Josie.

Fui até a beirada da cama, onde ele estava, com o peito nu e ainda vestindo a calça do paletó. Ele colocou as mãos no meu rosto na mesma hora. Me puxou para cima, para que ficássemos da mesma altura.

– Eu sei – murmurou, os lábios tocando os meus. Descendo pelo meu queixo. Roçando meu rosto. – Eu sei. – Seus dentes tocaram meu lábio inferior, e ele me beijou. – Estou aqui, tá? Não vou a lugar nenhum.

Não vou a lugar nenhum.

Eu não sabia por quê, mas essas palavras ecoaram dentro de mim, e eu quis me agarrar nele. Para ter certeza de que Matthew ia ficar. Naquele momento, quem o beijou fui eu, me apoiando em seus ombros e trazendo-o comigo. Nós dois caímos na cama, seu corpo pesado sobre o meu, e me senti muito viva, muito segura. Minhas mãos percorreram seus braços, vagando, tentando encontrar um lugar onde se firmar. Ombros, braços, peito, abdômen. Eu queria tocar seu corpo inteiro. Puxei seu cinto, cheia de vontade, e ele gemeu em meus lábios, apoiando as mãos nas laterais da minha cabeça e erguendo o corpo, ofegante.

Egoísta, eu puxei a fivela do seu cinto, observando seu rosto enquanto a abria, me deliciando ao ver seus olhos quase se fecharem quando deixei que meus dedos roçassem a saliência que pressionava o tecido da calça. Abri o botão. Meu Deus, eu já sentia seu calor nas minhas mãos, e percebi que ele era grande só por aquela protuberância.

Abri o zíper em um movimento rápido, e ele fechou a boca com força. Puxei sua calça com determinação, quase perdendo o controle, vendo sua cueca preta. Mordendo o lábio, deslizei o dedo no elástico, devagar, passando as unhas na pele de seu abdômen. Só um pouquinho. Só o bastante para provocá-lo.

Matthew suspirou.

Aquilo me deu mais coragem, e deixei minhas unhas roçarem toda a sua extensão. Quase deixei meu corpo de tanto prazer ao ver o poder que eu exercia sobre ele.

– Vai levar um tapa na bunda se não parar de ser tão malvada – disse ele, uma promessa.

Meu sangue ferveu, e suas palavras me deram vontade de ser ainda mais malvada. Mas eu já estava no limite. Estava impaciente e precisava dele. Assim que possível não era rápido o bastante. Então abri um sorriso muito doce e finalmente tirei sua cueca do caminho. Fiquei sem fôlego ao vê-lo livre.

– Me faz um carinho, amor – sussurrou ele, implorando. – Só um, antes que eu perca a cabeça.

Minhas mãos o envolveram na mesma hora. Ele estava duro, quente. Era o maior que eu já tinha visto, e eu ia dar o que ele estava pedindo. Nós dois gememos ao mesmo tempo, nossos lábios se chocando com o mesmo desejo egoísta. Fiz mais uma carícia e, quando ele gemeu, uma terceira. Seus braços se flexionaram, e ele impulsionou o quadril contra minha mão.

– Preciso de você – falei, exigente. – Dentro de mim. Agora.

O corpo de Matthew se afastou do meu, e de repente ele estava de cócoras.

– Camisinha – falou. – Onde?

– Anticoncepcional – respondi, e percebi que nenhum de nós estava perdendo tempo com palavras. Percebi que ainda estava vestida e puxei o fecho do sutiã. – Quero você. – Não consegui abrir. – Quero você dentro de mim. Eu...

Ele me virou de bruços.

O corpo de Matthew cobriu o meu, aninhado na minha bunda, seus lábios na minha orelha.

– Você quer o que eu te der.

Soltei um gemido bem alto.

Ele abraçou minha cintura, puxando meu quadril para cima.

– Faz um bom tempo que não transo com ninguém – disse ele. – Mas tem certeza que não quer usar camisinha?

– Ótimo – sussurrei, uma pontada de ciúme na voz. – Você é meu noivo.

O som que deixou seus lábios era uma mistura de rosnado e risada. Senti que ele estava se acariciando, sua mão roçando minha pele, e ele soltou um gemido.

– Você é minha e eu posso fazer o que quiser com você.

– Pode.

Ele tirou minha calcinha, beijou minhas costas e se posicionou atrás de mim. Então segurou minha mão e a colocou entre minhas coxas.

– Fica com a mão aí. Quero que sinta que sou eu.

Antes que eu pudesse me dar conta do que ele queria dizer, Matthew entrou com um movimento rápido e firme, que me espremeu contra o colchão. Um gemido soou. Meu, dele. Talvez dos dois.

– Qual é a sensação, amor? – perguntou ele, saindo devagar e voltando a entrar de novo.

Minha mão livre agarrou o edredom.

– Tão grande. Tão…

– Perfeito – concluiu ele por mim, impulsionando o corpo mais uma vez. – Pra você. Fala.

– Pra mim – murmurei.

Apertei sua mão, a que estava entre minhas pernas. Minhas unhas se enterraram em sua pele, o prazer rodopiando dentro de mim, cada vez maior, mais poderoso, mais avassalador, estonteante e ainda mais perfeito.

– Só pra mim.

Senti Matthew sair de dentro de mim e virar meu corpo devagar dessa vez, com uma cadência que fez meu peito se contrair. Quando ele voltou a deitar em cima de mim, entrando de novo com um movimento lento e torturante, ele fez isso olhando nos meus olhos. Engoli um gemido.

– Olha só pra você – sussurrou em meus lábios, o movimento seguinte mais forte que o anterior. – Tão linda embaixo de mim. Não vejo a hora de poder ver isso todos os dias.

Essas palavras causaram uma explosão dentro de mim. Fechei os olhos, e minha cabeça começou a rodar. Ele abaixou meu sutiã, e seus lábios envolveram meu mamilo. Eu gemi alguma coisa, uma palavra, talvez sim, ou por favor, ou… Ele envolveu o bico mais uma vez e impulsionou o quadril de novo.

– Se solta, Josie – ordenou. Mais um impulso. – Se solta pra eu poder gozar em você.

Meus lábios se abriram, mas antes que eu conseguisse dizer alguma coisa, Matthew ergueu meu quadril com uma das mãos e levou a outra ao meu clitóris. Abri os olhos. Foi vê-lo ali que me levou além. O prazer aumentou, chegou ao auge, me levou até o sol.

– Matthew – gemi, pegando fogo, uma emoção preenchendo meu peito quando cheguei ao ápice.

Matthew saiu de dentro de mim, e eu voltei à realidade.

– Estou saindo, amor – disse ele, se acariciando. – Vou gozar em você.

As palavras que deixaram seus lábios não passaram de um rosnado, e sua mão mal se mexeu antes de ele gozar em cima de mim.

– Minha, Josie. Você é minha. Diz que aceita.

Eu não sabia como meu cérebro compreendia nada daquilo, mas sabia que nunca tinha ouvido ou visto nada mais erótico que Matthew de joelhos, ofegante, ainda molhado por ter estado dentro de mim, a mão no meu quadril, sua ejaculação na minha pele.

Estendi a mão, puxando-o de volta para cima de mim, sentindo o prazer de ter seu corpo pesando sobre o meu. Os braços de Matthew me envolveram e, quando ele nos virou de lado, dei um beijo em seu peito, logo acima do coração.

– Acho que nunca mais vou conseguir ter outra pessoa – falei.

E fui sincera. Com cada célula do meu ser.

O que me preocupava era se eu conseguiria demonstrar isso.

VINTE E QUATRO

Fui acordada por um rastro de beijinhos entre os meus ombros.

Os dedos dos meus pés se curvaram com os arrepios que percorreram meu corpo, e eu sorri.

– Matthew?

Ele suspirou na minha pele.

– Você esperava acordar com outra pessoa na sua cama?

Contive uma risada e respondi o mais séria que consegui.

– Hum… não sei. Qual é o seu sobrenome mesmo?

Matthew me abraçou e me puxou contra seu peito em um movimento rápido, nos fazendo virar de barriga para cima. Deixei escapar a risada que estava segurando, e sua respiração fez cócegas na minha orelha. Era uma respiração profunda e agitada, e me fez sentir uma felicidade que eu não conhecia havia algum tempo.

Então ele me fez cócegas.

– *Tábomtábomtábomtábom* – falei, na mesma hora.

Mas ele não parou, então soltei mais uns gritinhos, remexendo meu corpo sobre o dele para me libertar… então o senti nas minhas costas. Matthew estava duro.

Minha risada foi imediatamente substituída por um despertar. Desejo. Sensual e quente.

Senti seu sorriso quando ele beijou meu ombro atrás de mim.

– Posso fazer uma pergunta?

Eu assenti, me contorcendo, me esfregando nele. Nós dois deixamos escapar um suspiro entrecortado.

– Por que está vestindo tantas camadas de roupa? Não me leva a mal, quero você quentinha, confortável e feliz, mas nem vi quando você saiu do meu lado pra se vestir assim.

Soltei uma risada que pareceu tensa, ainda sentindo aquele calor nas minhas costas. Meu Deus, eu queria Matthew de novo. Várias vezes. O dia todo? O tempo todo. Sim. Eu...

– Blue – insistiu ele.

Para reforçar, ele rearranjou meu corpo contra o seu, se aninhando na minha bunda.

Estremeci. Pijama idiota.

– Não consigo dormir nua. Eu me sinto... exposta demais – confessei. Engoli em seco quando seu abraço mudou. Eu sabia que ele ia fazer alguma coisa. Esperava que fizesse. – E se um monstro vier me pegar? E se a casa pegar fogo e eu tiver que sair pela janela pelada?

Uma pausa.

Então ele me girou de lado e, na sequência, como eu imaginava, me virou de frente para ele. Matthew beijou meu nariz. Franzi o cenho com a ingenuidade daquilo, e ele riu.

– Eu protejo você – disse. – Dos monstros.

– Não acha minha explicação boba? Eu estou mais perto dos 30 anos que dos 13.

– Não – respondeu ele, de bate-pronto. Sem pensar. Então abraçou minha cintura e me puxou para si. – Você é mais inteligente que eu. Nunca pensei que eu poderia acabar me exibindo para um bombeiro.

Abri um sorrisinho.

– E você se importaria?

– Na verdade, não – disse ele, dando de ombros. – Meu pau é bem incrível.

Tentei me conter, mas, caramba, não tive como não rir. Seu rosto se iluminou, agitado, como se Matthew não conseguisse decidir para onde olhar.

– É mesmo? Que coisa.

Matthew me abraçou ainda mais forte.

– Ele não ficou magoado com essa sua relutância – disse, abaixando o queixo. – Ele estava presente ontem. Ouviu os gemidos, os gritos, o *puta merda, Matt...*

Dei um soquinho em sua barriga, de leve, ele soltou uma risadinha, inabalado.

– Eu *sabia* que você era o tipo de homem que fala do próprio pênis na terceira pessoa.

Ele agarrou meu pulso, segurando-o entre nós dois.

– E eu sabia que você ia amar isso em mim – disse, olhando para baixo. Aquele brilho de felicidade não desapareceu, mas algo mais surgiu em sua expressão. – Você ama? – Ele engoliu em seco. – Ama isso em mim?

Também olhei para baixo, querendo ver o que tinha chamado a sua atenção. Meu dedo. O anel Claddagh da avó dele. Meu, naquelas últimas semanas.

– Amo – falei, deixando a palavra escapar. Seus olhos subiram até os meus. – Eu amo isso em você.

Eu amo cada detalhe em você.

– A gente vai fazer isso mesmo, Matthew?

Ele se aproximou ainda mais, sem soltar minha mão, que ficou presa entre seu peito e a flanela do meu pijama.

– Vamos fazer o que nós quisermos. O que decidirmos.

Nós.

Meu peito se encheu de... esperança. Era um sentimento confuso e avassalador. Do tipo que nos preenche, que faz nossa cabeça fervilhar.

– Acho que eu seria capaz de me casar com você de verdade – falei.

Ele soltou uma risada suave, reservada, que senti em meus lábios.

– Uau, que elogio.

– Você entendeu o que eu quis dizer. Eu estava falando sobre ir até o altar. Conforme o planejado. Nunca imaginei que fosse acontecer de verdade. Você acha que vai fazer diferença? Para os outros?

– Acho que não me importo nem um pouco com a diferença que vai fazer para o Andrew, se é isso que você tá perguntando. Eu só me importo com você.

Lancei um olhar sério para ele, embora não pudesse culpá-lo por aquilo. Não depois do que tinha acontecido na noite anterior.

– Eu tenho uma reputação – comentei. – Que meio que se justifica pelos fatos, sabe?

– Você tem uma vida – respondeu ele. Seus lábios tocaram os meus. – Não uma *reputação*. Você tem um coração que escolheu acreditar no amor.

Uma mente maravilhosa que superou tudo de feio e ruim que aconteceu com você e se manteve esperançosa. Que teve a bondade de oferecer uma segunda, uma terceira e uma quarta chance. Que prefere perder horas de sono assando muffins para que alguém se sinta melhor no dia seguinte a cuidar de si mesma. Você apareceu à porta de um cara com uma pasta cheia de anúncios de emprego impressos que classificou por cores. Tem a droga de um sol pintado na parede porque isso te faz sorrir. Se alguém não consegue enxergar tudo isso, ou quem você é de verdade, ótimo. – Ele fez um som curto e gutural. – É mais de você só para mim.

Meu sorriso foi se abrindo aos poucos, mas eu sabia que estava ali, estampado em meu rosto. Combinando com o friozinho que senti na barriga e no peito. Até mesmo no buraco que minha mãe tinha deixado, ainda que só por um instante.

– Esses deviam ser seus votos – falei, e beijei sua boca. – Aí você pode dar um soco no peito e soltar um rugido, dizendo *Josie, mulher. Minha. Só minha.*

Seu olhar misterioso foi o único aviso antes que ele me virasse de barriga para cima, os braços emoldurando minha cabeça.

– Tira sarro de mim, Baby Blue – disse ele, a voz rouca. – A verdade às vezes é assustadora, mas isso não faz dela menos real. – Engoli em seco, e Matthew umedeceu os lábios. – Isso não quer dizer que essa sua bundinha não vai...

A campainha tocou.

Meu peito arfou com as palavras não ditas.

As narinas de Matthew se dilataram.

– Ignora.

A campainha tocou mais uma vez.

Matthew respirou fundo e seus olhos se encheram de uma irritação que eu também senti.

– Você fica tão fofo quando está mal-humorado – falei, e me desvencilhei de seus braços. Peguei o roupão e olhei para ele, que virou de barriga para cima e soltou um palavrão. – Mal-humorado e excitado. Delicioso, melhor ainda. – Inclinei a cabeça pensando no quanto Matthew ficava lindo deitado na minha cama. Meu desejo reacendeu. – Quer saber? Não se mexe. Fica aí. Eu vejo quem é, dispenso e já volto.

E com essa promessa saí do quarto apressada e desci a escada. Ao perceber que Vovô Moe tinha chegado à porta primeiro, fui parando devagar antes de chegar ao fim da escada. Eram Adalyn e Cameron, o que me fez sorrir.

– Oi, gente – falei, acenando. – A que devo a honra?

Minha irmã retribuiu meu sorriso. Então olhou para trás de mim.

– Bom dia. Ei, pelo menos você não tá completamente pelado. Valeu.

Eu me virei e me deparei com Matthew de cueca. Sem camisa, sem calça, nada. Só a cueca, o cabelo bagunçado, os óculos e um sorriso. Eu me apoiei no corrimão, e de repente ele estava bem atrás de mim. Um braço envolveu meus ombros e me puxou contra seu peito.

– Não gosto dessa camada extra de roupa – murmurou ele no meu ouvido.

Deixei escapar uma risada. Tá bom, uma risadinha boba. Foi uma risadinha boba.

– Podemos apressar as coisas? – disse uma voz entediada. Bobbi surgiu de trás de Cameron, lançando um olhar impassível para a cara feia que ele fez. – Essa conversa fiada me deixa desconfortável, e temos muito o que fazer.

Meus lábios se abriram, mas Adalyn foi mais rápida que eu:

– A gente queria ter certeza de que você está bem – disse minha irmã, ignorando a mulher. – Ontem foi difícil, e Andrew... Aquilo não foi certo. Ele ofuscou o objetivo do jantar. O foco deveriam ser vocês dois, não ele. Acredite, eu falei com ele. Andrew queria vir hoje, mas pedimos que ficasse de fora desta vez.

Em algum momento minhas mãos envolveram o antebraço de Matthew.

– Ficasse de fora de quê?

– Vamos mimar a noiva – disse Adalyn, os olhos brilhando de emoção.

Cameron a puxou para si em um abraço.

– Pelo jeito eu também vou mimar alguém – disse, e olhou para Matthew. – Você vai ter que vestir umas roupas.

– Que pena – resmungou Matthew. Então disse baixinho, só para mim: – Adalyn vai chorar de novo? Parece que sim.

Eu tinha quase certeza de que sim. O que era... estranho, para dizer o mínimo. Eu não sabia que casamentos deixavam Adalyn tão emotiva assim, mas eu não constrangeria minha irmã fazendo algum comentário sobre isso.

– Viva! – exclamei. – Absolutamente desnecessário, mas eu adoraria ser mimada e passar um tempo com você. Qual é o plano?

– É surpresa – respondeu Adalyn, com a voz embargada.

Olhei para ela, preocupada.

– Adalyn, tem certeza de que está b...

– Ela está ótima – respondeu Bobbi, me interrompendo. – Podemos ir agora? O tempo é crucial, e estão nos esperando. Como eu disse ao Britânico Bronco aqui, a presença dos homens é proibida. *Principalmente* a do loirinho. Ah, e não. Não é uma despedida de solteira, então não precisa de notas de um dólar nem usar sua melhor calcinha, tá? Agora pode ir. – Ela bateu palmas, olhando bem para nós dois. – Vamos. Vamos. Ah, Maurice? Se importa de me levar até a cafeteria enquanto esperamos?

Assim que desci do carro de Adalyn, eu soube que aquilo teria uma reviravolta inesperada.

Eu devia ter previsto que era para lá que estávamos indo quando pegamos a estrada.

O letreiro branco e rosa-claro em cima da porta me encarou, como se apontasse o dedo para mim, rindo da minha cara. *Sempre noiva*, dizia. A ironia foi como um balde de água fria no meu rosto.

– Vamos – disse Bobbi, me empurrando. – Charleene está esperando.

Charleene.

Eu me lembrava dela. O rosto gentil, um pouco tenso, mas bem-intencionado. Ela fez o vestido em que fugi. Um deles. O do Greg.

– Eu...

– Bobagem – rebateu Bobbi, me interrompendo. – Sei que disse que ia cuidar disso, mas não vai caminhar até o altar com algo simples, então... vamos esbanjar. Se esse fosse um casamento normal estaríamos meses atrasadas para o vestido, mas Bobbi Shark é quem está organizando, e Charleene e eu chegamos a um acordo. – Bobbi ergueu a mão e esfregou o indicador e o polegar. – Uma senhora com permanente no cabelo me ajudou a tirar suas medidas de uma fantasia do desfile de Ação de Graças... Talvez sejam necessários apenas pequenos ajustes. Como pode ver, não existe nada que Bobbi Shark não possa fazer. Agora, vamos?

Bobbi não esperou pela minha resposta, e fiquei completamente paralisada, observando-a entrar na loja.

Adalyn surgiu ao meu lado. Entrelaçou o braço no meu e abriu um sorriso.

– Se quiser que eu acabe com ela, é só falar, tá? Você deveria estar curtindo esse momento. – Seus olhos voltaram a brilhar, a emoção ressurgindo. – Sei que eu vou curtir. Nunca achei que teria a oportunidade de fazer isso com alguém. De estar ao lado da minha irmã.

Estar ao lado da minha irmã.

Engoli o nó repentino que tinha se formado na minha garganta e apertei seu braço.

– Vamos tentar evitar isso de *acabar com a Bobbi* – falei, obrigando meus lábios a retribuírem o sorriso. A reforçar minhas palavras. – Vai ser muito divertido. Estou animada.

No momento em que entrei na loja de Charleene, percebi a grande mentira que eu tinha contado. A mulher ruiva de meia-idade entregou uma taça de champanhe para cada uma de nós e, antes mesmo que eu pudesse beber um gole, fui lançada em uma espiral de tule, renda, seda e organza. Como se estivesse tendo uma experiência extracorpórea, de repente eu estava de calcinha, dentro de um provador espaçoso, e Charleene me enfiava em um vestido.

– Prende a respiração um pouquinho, meu bem – disse ela, ou acho que foi o que ouvi.

Meus pulmões não reagiram. Meu cérebro nem conseguia processar se eu estava ou não respirando. Havia ar em meus pulmões?

Ela puxou o tecido, me obrigando a apoiar uma das mãos no encosto do sofá Chesterfield. Meu Deus, quem tem um sofá dentro de um provador?

Charleene, respondeu minha mente. *O que você já sabia, porque já esteve aqui antes. Você é sempre a noiva.* Mais um puxão. *Nunca a esposa.*

– Muito bem – resmungou Charleene com um terceiro e último puxão. – Acho que vai servir.

Olhei para baixo, avaliando o vestido. Branco. Uma saia em camadas coberta de florezinhas minúsculas. Engoli em seco.

– Não tenho sapatos – murmurei.

– Não se preocupe – respondeu Charleene, segurando meu braço e me levando até a porta do provador. – Eu tenho um par. Trinta e sete, né?

Saí cambaleando por um corredor estreito e caminhei ao lado da mulher pelo que pareceu uma eternidade. Será que o provador era tão longe assim? Ela cheirava a peônias e bergamota. A loja inteira cheirava a peônias e bergamota. Exatamente como anos antes. Algumas coisas não mudavam mesmo.

– Meus pés – resmunguei.

Cada passo era como apoiar o peso em um tornozelo torcido. O sangue pulsava nas articulações e em áreas estranhas do meu corpo.

– Meus tornozelos estão meio estranhos. Acho que o sapato não vai servir.

Charleene apenas riu. Não sei por quê. Foi uma risada tensa e estranha, e o som foi a última coisa que eu ouvi antes de ser empurrada para cima de uma plataforma.

Bobbi e Adalyn se materializaram à minha frente.

Os olhos da minha irmã se encheram de lágrimas, e uma delas escorreu por seu rosto. Ela resmungou alguma coisa antes de sussurrar:

– Meu Deus, Josie.

– Bom, essa foi rápida – disse Bobbi, ao lado dela. Olhei para ela a tempo de vê-la virar a taça de champanhe. – Acho que não tem por que experimentar outro vestido, Josephine. Você está perfeita.

Perfeita.

Pisquei, meu cérebro se esforçando para filtrar as palavras. Meu corpo parecia um sino enorme. Um sino atingido por um martelo a cada batida do meu coração. Senti mãos em meus ombros, me virando.

Meu reflexo se cristalizou diante dos meus olhos, que olhavam para mim arregalados e... vazios.

– Vou pegar o sapato – disse Charleene, a voz distante. – Já volto.

Pela quinta vez na vida, eu estava em frente a um espelho, vestida de branco. A ironia era que, dessa vez, o vestido era algo que eu escolheria de verdade. Algo que não parecia ter sido feito para outra pessoa mesmo quando pendurado em um cabideiro. Decote redondo, alças finas, faixa trabalhada na cintura. Era simples, não fosse pela camada mais externa

da saia, coberta de florezinhas lindas, bordadas. Era perfeito. Mas talvez…
talvez eu estivesse enganada.

Talvez não fosse perfeito. Talvez não fosse feito para mim. Talvez fosse o
vestido errado. Talvez eu fosse. A mulher dentro dele. Embaixo dele. Dentro do vestido. Cerrei as mãos, me sentindo estranha.

Imagens de como deveria ser aquele sábado, comigo naquele vestido, começaram a tomar forma. Matthew parado no altar no fim de um corredor
de fileiras de cadeiras. Sorrindo para mim como naquela manhã antes de
sairmos de casa. Como na noite anterior. Como todas as vezes antes disso.
Todos que eu amava estariam lá. Vovô Moe, Adalyn, Cameron. A cidade inteira. Os pais de Matthew, que achavam… que achavam que a gente tinha se
apaixonado. Semanas antes. Meses. Andrew, que tinha pedido para atravessar comigo aquele tapete que seria estendido aos nossos pés. Andrew, para
quem eu… para quem eu disse sim. Eu adoraria que meu pai me levasse até
o altar. Claro. Mas será? Será que eu adoraria, uma vez que nem sabia por
que ele estava fazendo aquilo? Será que ele queria mesmo fazer aquilo?

Será que ele não voltaria a desaparecer completamente depois?

Será que Matthew faria o mesmo se isso acontecesse? Será que iria embora se descobrisse toda a feiura embaixo daquele vestido? Todas as emoções que eu tinha passado as últimas semanas ignorando? Todas as acusações, tudo o que tinha sido estilhaçado. Por mim ou por outra pessoa.

Aquilo era um desastre, afinal. Meu anel… Meu Deus. Meu anel nem
estava virado para o lado certo. Como Matthew poderia aceitar isso? Como
ele poderia me aceitar? Como eu poderia deixar que Andrew me levasse até
o homem que eu amava quando ele não deveria fazer isso? Não deveria ser
Andrew. Não naquelas condições.

Olhei para baixo. Ergui a mão. Tirei o anel, tentando consertar pelo menos aquele erro. Pelo menos um. Só um. Era o mínimo que eu podia fazer.

– Josie? – A voz de Adalyn interrompeu meus pensamentos. Atravessou
o zumbido que eu não tinha percebido nos meus ouvidos. – Josie, respira.

Virei a cabeça. Eu não estava respirando?

Adalyn empalideceu.

– Acho que ela está tendo um ataque de pânico.

Eu estava? Mãos se moveram, saltando para o meu peito. Percebi que
eu arfava, o som do ar que mal conseguia entrar e sair alcançando meus

ouvidos. Mas aquilo não era importante. Meu anel era. O anel de Matthew. Tão lindo, tão singular. E eu não conseguia tirar. Deixá-lo do lado certo para ele.

– Não consigo – resmunguei.

Minhas mãos se chocaram, os dedos se embaralhando uns nos outros, tentando assumir o controle. Algo estava emperrado. Algo sempre estava emperrado.

– Eu preciso... Não consigo... Eu não...

O ar que deixava meus pulmões interrompia minhas palavras.

Pelo canto do olho, eu vi um cabelo loiro se aproximar, interceptado por alguém. Minha irmã. Mãos macias me tocaram.

– Josie.

O rosto de Adalyn. Os olhos dela. Vidrados e cheios de preocupação.

Eu me afastei, me sentindo sobrecarregada. Sentindo que ia implodir.

– Josie, você tá me assustando. Está chorando, e precisa respirar, por favor. *Por favor*. Pode fazer isso por mim? Sei que parece muito pesado agora, muito difícil, mas você consegue. Você consegue.

Eu não consigo.

Eu não ia conseguir.

Não ia conseguir fazer aquilo.

Eu era sempre a noiva.

– *Matthew* – falei. A palavra saiu com um soluço. Puxei minha mão, como se meu corpo estivesse no automático. Nada saía, mas alguma coisa tinha que sair. Precisava sair. – Quero o Matthew. Preciso... preciso do Matthew.

Adalyn se levantou, e sem seu apoio senti meu corpo se curvar em uma bola.

– Alguém chama o Matthew – gritou ela. – *Agora*.

VINTE E CINCO

– Cadê ela?

Ouvi a voz de Matthew do lado de fora do provador.

Eu não sabia quando tempo tinha passado. Segundos, minutos? Não parecia ter sido tempo suficiente para eu me recompor, sair dali e enfrentar as pessoas. *Qualquer pessoa que não fosse ele.* Não parecia tempo suficiente para que a minha voz saísse firme se eu chamasse seu nome mais uma vez.

– Você não po… – começou Charleene.

– Cadê a Josie? – perguntou Matthew, com aquele tom sério, aparentemente calmo, que deixava seu rosto rígido. – Não estou nem aí pra essa tradição idiota. – Sua voz falhou. – Ela me chamou.

– Mas, senhor, ela só está um pouco sobrecarregada. Isso acontece o tempo todo. Eu posso ajudá-la a tirar o vestido…

– *Cadê a minha noiva?*

A voz de Matthew me tirou do sofá onde eu estava encolhida. Apoiei a mão no encosto, me levantando, mas fui interrompida por outra voz.

– Tenho certeza que está tudo bem, Matthew.

Andrew estava ali? Como? Fiquei paralisada.

– Não vamos ser dramáticos e piorar a cena – continuou ele. – Tem bastante gente lá fora, e elas podem ver tudo pela janela. Se a Josie…

– Me desculpe, Andrew, mas você não sabe de nada – respondeu Matthew. – Não se esforçou pra saber. Não conquistou o direito de tranquilizar ninguém. Então *sai* da minha frente.

Um instante de silêncio.

– *Pai* – alertou uma voz. *Adalyn.* – Deixa o Matthew passar. O que você tá fazendo? Deixa ele passar e vamos esperar em outro lugar.

Ouvi passos, e a porta à minha frente se abriu com tudo.

Senti meu coração parar por um instante antes de voltar a bater naquela velocidade avassaladora.

– Josie – murmurou Matthew, bem baixinho, paralisado. Só seus olhos se mexiam, percorrendo todo o meu corpo. Ele pareceu muito magoado, muito devastado, mas só por um instante. Então passou. – Josie, amor.

Um soluço explodiu dentro de mim, como se arrancado por aquelas duas palavras. Por sua presença ali.

Ouvi o clique da porta fechando, e Matthew surgiu de repente ao meu lado. Ele me pegou no colo, me aninhando em seu peito. O tipo de calor que só ele podia proporcionar me envolveu, impregnando minha pele, meu corpo, fazendo mais lágrimas escorrerem. Mais soluços se libertarem. Mais mágoas irromperem.

– Estou aqui, amor – murmurou Matthew no meu ouvido. – Estou aqui. Estou aqui com você. Não vou a lugar nenhum.

Suas palavras só me fizeram chorar mais, me esforçar mais para conseguir respirar. O corpo de Matthew foi sacudido por um arrepio. Um tremor. Ou talvez tivesse sido só o meu.

– Você precisa me dizer o que fazer – sussurrou ele. Aquele murmúrio se transformou em um apelo desesperado. – Me diz o que fazer pra você melhorar.

Com a mão direita, agarrou os dedos da mão esquerda, puxando repetidas vezes, e se aquela visão já não tivesse estilhaçado meu coração, minhas palavras estilhaçariam.

– Não consigo – gaguejei. – Não consigo fazer isso, Matthew.

Uma nova onda de mágoa e lágrimas me deixou sem fôlego por um instante. Ergui as mãos, mostrando a ele a esquerda. A pele estava vermelha. Inchada. Ele deixou escapar um murmúrio estranho.

– Está ao contrário. Não consigo tirar. Está doendo.

Uma expressão de pesar surgiu no rosto de Matthew. Em um instante ela estava ali, e depois já tinha desaparecido.

Mas, meu Deus, eu me odiei mesmo assim.

Então outra coisa substituiu aquele sentimento. Não sei o que foi, mas, devagar, com gentileza, ele envolveu meu pulso em seus dedos. Ergueu minha mão, até as pontas dos meus dedos roçarem seus lábios. Meu choro diminuiu, minha respiração ficou mais leve ao sentir aquele contato. Ele beijou a palma da minha mão, fechando os olhos por um instante. Então beijou os nós dos meus dedos. E deu um terceiro beijo logo acima daquele lindo anel que estava me causando tanta dor e, por isso, a ele também. Matthew baixou a cabeça, o queixo tocando o peito e o olhar encontrando o meu mais uma vez. Vi uma tempestade se formar atrás daquele belo tom de castanho quando ele colocou meu dedo na boca. Soltei um gemido, e o corpo inteiro de Matthew estremeceu em resposta. Senti sua língua na minha pele. Então, com gentileza e firmeza, seus dentes seguraram o anel.

Ele puxou.

Uma onda estranha e poderosa tomou conta de mim quando senti o anel ser arrastado pelo meu dedo entre os dentes dele. E quando seus olhos brilharam, eu não quis analisar a emoção por trás deles. Eu senti... alívio.

Matthew cuspiu o anel na palma da mão, sem desviar o olhar.

Algo se partiu quando vi a cena. O que quer que tivesse sido remendado momentos antes voltou a desmoronar.

Senti meu lábio tremer. Meu corpo inteiro.

– Não quero magoar você – falei.

– Tudo bem, Baby Blue – sussurrou ele, e beijou minha testa. Sua voz parecia fragilizada, os braços firmes me envolvendo. – E daí se doer um pouco? Eu aceito se for pra você se sentir melhor.

Mas aquilo não estava certo.

Não mesmo.

Eu me remexi em seu colo, aquela feiura dentro de mim apodrecendo. Minhas mãos agarraram sua camisa.

– Você não deveria dizer isso – falei. – Deveria estar irritado.

Um músculo saltou em seu maxilar.

– Não, não deveria.

Segurei sua camisa com ainda mais força. Minha voz saiu rouca. Maldosa.

– Eu acabei de dizer que não vou conseguir. Não vou conseguir ir até o altar. Não vou conseguir dizer os votos. Não consigo. Eu... eu não posso usar seu anel. É isso que eu sempre faço, você não vê? – Suspirei, e a emoção tomou conta da minha voz. – A noite de ontem mudou tudo. Sei que você também sentiu. Como pode não estar irritado? Como pode não me deixar?

Matthew me envolveu pela cintura, e me virou de frente, suas pernas abertas. O vestido se acomodou ao meu redor, cobrindo-o, e me senti tão... bizarra. Tão estranha. Tão deslocada. Aquele era o vestido que eu nunca usaria, o homem com quem não me casaria, e aquela posição se encaixava em uma noite de núpcias que nunca teríamos.

– Porque tudo o que eu sempre quis foi você, Josie – respondeu ele, olhando nos meus olhos. – Não o casamento, não a festa. Você.

Balancei a cabeça com força.

– Não entendo. Por que você ainda me quer depois de tudo isso?

– Por que eu não iria querer?

O zumbido nos meus ouvidos aumentou.

– Porque eu obriguei você a participar disso. Porque acabei de afastar você. Porque quero virar seu anel, mas não consigo. Eu... Porque eu sabia que isso ia te magoar e pedi que tirasse o anel do meu dedo mesmo assim.

– E eu continuo aqui. Abraçando você. Não vou a lugar nenhum. O que mais?

O que mais?

– Porque eu estou completamente perdida. Desmoronei vendo o meu reflexo com o vestido de noiva. Tenho uma reputação, um passado, muitas questões. Eu complico as coisas sem necessidade. Talvez eu seja incapaz de me casar. Eu... – Balancei a cabeça mais uma vez. – Você não ficou sabendo? Talvez eu parta seu coração, Matthew. As pesquisas dizem que a chance de isso acontecer é de mais de cinquenta por cento.

– Pode tentar. Mas não vai conseguir.

A indignação borbulhou dentro de mim.

– Por que não?

– Porque com você eu sou indestrutível.

Um soluço estranho subiu pela minha garganta.

– Porque você não pode me afastar. – Seus braços puxaram meu corpo para ainda mais perto, e quando suas mãos seguraram meu rosto, seu olhar reluziu com algo que dançava entre a raiva e o desejo. – Não com essa facilidade toda. – Ele engoliu em seco e me beijou, o toque de seus lábios firme e ligeiro. – Não sem que eu reaja.

Retribuí o beijo, meus lábios ríspidos contra os dele. Abri sua boca e rocei minha língua na sua.

– Prova – sussurrei, puxando sua camisa, me aninhando ainda mais em seu peito. – Me mostra que está falando sério. Me mostra que vai ficar.

O olhar de Matthew mudou, ficou mais misterioso.

– Não me pede coisas que não quer de verdade – disse ele, baixinho.

Fiquei de joelhos em seu colo, puxando as camadas da saia até tirá-las do caminho. Então fiz questão de olhar em seus olhos quando deixei meu quadril roçar o dele, e soltei todo o meu peso naquele órgão pulsante que eu conseguia sentir através da sua calça.

Matthew sibilou.

– Você está chateada.

Mexi o corpo mais uma vez, o tremor violento sacudindo meu corpo, quase me impedindo de falar.

– Estou. Com a ideia de perder você.

Um momento de hesitação, e de repente suas mãos entraram por baixo do vestido, os dedos cravados na minha pele, quase sem moderação. Ele me prendeu com firmeza.

– Quer que eu te coma com esse vestido, Josie? É assim que quer que eu te mostre?

Assenti.

Foi quando vi em seus olhos. Vi que ele ia fazer aquilo por mim, apesar do que ficou não dito.

– Eu te amo, Matthew – sussurrei. Ou talvez as palavras tenham irrompido de mim. – Estou muito apaixonada por você. E este não é o momento, mas, meu Deus, estou com tanto medo de…

Sua boca colidiu com a minha, tomando meus lábios nos seus e, por um momento, meu Deus, só por um momento, eu seria capaz de jurar que fui dissolvida pelo impacto daquele beijo. Mas não fui. Era impossível, todo o meu corpo se acendeu, a eletricidade percorreu a minha pele, e uma sensação de fascínio me varreu da cabeça aos pés. Meus olhos se fecharam, me cegando para o mundo, para qualquer coisa que não fosse Matthew, e eu explodi, o beijando mais uma vez. Matthew gemeu, e minhas mãos envolveram seu rosto, prendendo-o ali contra mim.

Ouvi um tecido rasgar. Minha calcinha. E de repente eu estava exposta, tocando aquela extensão rígida em sua calça. As mãos de Matthew me guiaram, para cima e para baixo, para cima e para baixo, para cima e para baixo, até eu ficar sem fôlego, ofegante. Nós dois arquejamos.

Seus olhos castanhos, mais escuros do que nunca, encontraram os meus.

– Se quer que eu mostre o quanto eu te amo, é só pedir – disse ele.

O som de um cinto seguido pelo de um zíper se abrindo fez meus ouvidos zumbirem, e senti um frio na barriga de tanto prazer.

– A única coisa aqui que está estilhaçada é a minha moderação – disse ele.

Matthew me puxou para baixo, se aninhando dentro de mim e fazendo com que nós dois prendêssemos a respiração.

– Você tá encharcada, Josie. Sente tanto desejo assim por mim?

Assenti.

Como recompensa, Matthew beijou o canto da minha boca, mas, em vez de mexer o quadril, ele arrastou os lábios pelo meu rosto, até a minha orelha.

– Implora – disse, a voz rouca. – Diz *por favor, Matthew*.

– Por favor, Matthew.

Suas mãos se moveram, os dedos cravando em minha pele quando ele apertou minha bunda.

– Boa garota – sussurrou no meu ouvido. – Toda minha. Agora senta em mim.

Agarrei seus ombros e obedeci. Senti Matthew dentro de mim, e meus olhos se fecharam de tanto tesão. De tanto que aquilo era bom. A paz de me sentir preenchida. Meus joelhos cederam, e meu corpo caiu.

Um gemido surgiu de dentro de mim, e Matthew o interrompeu com um beijo.

Seus lábios se movimentaram contra os meus, suas mãos me guiaram para cima e me deixaram cair mais uma vez. Estrelas arderam em meus olhos. A eletricidade ressurgiu, mais forte, avassaladora, por todo o meu corpo. A posição, a urgência, o desejo de ser tranquilizada do jeito que fosse possível por aquele homem lindo que eu não queria perder, me levou ao limite, a uma velocidade vertiginosa.

– Eu te amo, Josephine Moore – disse Matthew, sem afastar os lábios dos meus.

Meu coração parou, então duplicou, triplicou a velocidade.

– Não me importa como você vai ser minha, desde que seja.

Um novo som escapou de mim, mas dessa vez Matthew deixou que ele saísse, caindo entre nós dois. A velocidade do meu quadril aumentou, estimulada por suas palavras, pelo jeito como ele olhava para mim, como suas mãos me envolviam, como ele fazia com que eu me sentisse tão correta, tão exata, tão inteira.

– Meu coração não está partido – disse ele, baixinho, a voz rouca me dizendo que ele estava bem perto. Tão perto quanto eu. – E não vou abandonar você. Está me ouvindo? – Ele impulsionou o quadril para cima, me sustentando antes que eu me deixasse cair. Uma onda de felicidade me embalou. – Você é minha. Diz.

Meus dedos envolveram seu cabelo, só para que eu pudesse me segurar em alguma coisa.

– Sou sua – sussurrei. – Sou sua. Sou sua. Sou sua.

As palavras incentivaram os movimentos de seu quadril, e ele deslizou para dentro e para fora de mim a uma velocidade implacável.

– Fala o meu nome, Josie – implorou ele. Seus lábios tomaram os meus, os dentes mordendo meu lábio inferior e soltando. – Deixa eles escutarem. Não me importo. Nunca me importei. Deixa o meu nome te levar enquanto eu gozo dentro de você.

Meus olhos se fecharam quando o quadril de Matthew subiu mais uma vez. De algum jeito ele foi mais fundo, mais perto, mais agudo, me levando além com um sussurro.

– *Matthew.*

Ele pulsou dentro de mim com um rosnado.

E me puxou contra o seu peito.

– Você não vai fugir, Josie – disse, beijando todo o meu rosto, o quadril ainda arremetendo, mas diminuindo a velocidade. – Eu não sou aqueles caras. Não sou qualquer um. Não vou deixar você fugir.

Fechei os olhos o mais forte que pude, deixando que aquelas palavras me tranquilizassem. Deixando que o corpo de Matthew sob o meu me tranquilizasse. Ele parecia tão sólido, tão certo, tão seguro. Diferente de tudo o que eu já tinha experimentado. De qualquer outra pessoa.

Ele parecia mesmo ser meu.

E eu o amava, eu amava Matthew de um jeito que fazia com que me perguntasse se já tinha conhecido o amor antes dele. Era tão assustador.

Fazia com que eu me sentisse tão vulnerável, tão frágil, e talvez... talvez essa devesse ser mesmo a sensação. Talvez estivesse tudo bem. Talvez dizer *eu te amo* devesse mesmo parecer muito impactante. Fazer com que a gente se sinta nua. Exposta. Tão impactante que a gente morre de medo de se machucar. Tão forte que ninguém pode nos tocar.

Talvez o amor devesse deixar uma marca.

E talvez eu não quisesse mais fugir disso.

Demoramos bastante para sair daquele provador.

Quando Matthew deslizou para fora de mim, ele continuava duro. A risadinha que deixou escapar quando olhei para ele com brilho nos olhos saiu tensa e suplicante. O suficiente para que eu deixasse para lá e o obrigasse a prometer que retomaríamos aquele assunto em casa. *Em casa*. Essa ideia deixou uma área bem no meio do meu peito frágil ao toque. Mas eram questões que precisávamos deixar para depois, pois estávamos em uma loja de vestidos de noiva cheia de pessoas para quem eu devia uma explicação.

Já com as minhas roupas – que Matthew me ajudou a vestir, me dando um beijo como recompensa para cada peça que consegui colocar –, segurei sua mão.

– Pronta?

Assenti.

Cruzamos o corredor que levava à frente da loja. Assim que chegamos, todos se viraram para nós.

As palavras e as explicações sumiram da minha mente.

– Eu...

– Estou cancelando o casamento – disse Matthew.

A sala ficou em silêncio, perplexa.

Então Cameron – que imaginei que tivesse ido até lá com Matthew – se levantou de um banco onde estava empoleirado, o maxilar tenso.

– Calma – disse Matthew, os dedos apertando os meus. – Ela tá comigo nessa.

– Estamos... – comecei e parei. Mais uma vez. – Estamos juntos. Mas...

Adalyn deixou escapar um soluço, e nos voltamos para ela.

– Está tudo bem – falei, depressa. – Estamos bem. Não vamos terminar.

Mantive os olhos na minha irmã, evitando o olhar de Andrew ao lado. Evitando o de Bobbi também, que eu conseguia sentir me fuzilando.

– É tudo tão complicado. Mas não vamos nos casar. Eu… eu não posso. Acho que nunca quis. – Procurei o olhar de Charleene, que estava lívida. – Não se preocupa, vou pagar pelo vestido. Prometo.

– Ah, pode acreditar que alguém vai pagar por aquele vestido – rebateu Bobbi. Ela se aproximou. – Você não faz ideia do quanto foi difícil evitar que fossem até lá enquanto vocês estavam naquele provador.

Fiquei levemente corada, mas não foi de vergonha. Eu me lembrei das palavras de Matthew. *Deixa eles escutarem.* Ele apertou a minha mão. E eu apertei a sua de volta.

– Obrigada. A gente tinha muito o que discutir.

Bobbi revirou os olhos.

– Vocês têm sorte de a comoção lá fora ter distraído todo mundo – disse ela, lançando um olhar para Matthew. – Acho que subestimei você, loirinho.

– Que comoção? – perguntei, antes que Matthew pudesse dizer o que estava causando aquele seu risinho irônico. – Teve uma comoção lá fora?

Bobbi olhou para meu pai, que estava parado no mesmo lugar, ainda em silêncio.

– Andrew decidiu aparecer – explicou ela. – Contrariando o que combinamos. Alguém deve ter descoberto, e apareceram algumas pessoas com iPhones. Tudo é tão fácil hoje em dia. Enfim, os fotógrafos atraíram as pessoas. Uma multidão. E elas estavam interessadas o bastante para ficar por perto. Principalmente depois que seu amorzinho entrou na loja como se estivéssemos mantendo você refém.

Matthew soltou o ar com tanta força que olhei para ele. Seu olhar encontrou o meu, e um músculo saltou em sua mandíbula.

– Cam me disse pra onde estavam levando você, e eu pedi a ele que viesse para cá na mesma hora. Já estávamos a caminho quando Bobbi ligou – explicou ele.

Então foi por isso que ele chegou tão rápido. Aos poucos, todas as peças foram se encaixando. Ele olhou para Bobbi.

– Agora que você deu a sua opinião, estamos indo embora – disse Matthew, dando um passo à frente. – Vou levar Josie para casa. Cam, Ada, vamos…

Bobbi colocou a mão no ombro dele.

– Nada disso. Calminha aí. Precisamos conversar. O casamento…

– Não vai acontecer – rebateu Matthew.

Ela semicerrou os olhos e se virou para mim.

– O vestido – disse, baixinho, mas com uma teimosia que fez meu corpo enrijecer. – Ainda dá pra usar?

Minha voz saiu como um pedido de desculpas, mas firme.

– Eu não vou usar. Não posso. Sinto muito, Bobbi.

– Escolhe outro.

– Não me obrigue a repetir, Shark – alertou Matthew.

Bobbi soltou uma risada curta.

– Bom, infelizmente vocês vão ter que fazer isso. Porque isso tudo é ridículo. Não podem cancelar um casamento por causa de algumas lágrimas e uma rapidinha no provador. Isso…

– Foi tudo uma armação – deixei escapar. – Nunca estivemos noivos.

Um silêncio se impôs. Pesado e repentino.

Respirei fundo. Soltei o ar. Matthew não soltou a minha mão.

– Nós… Eu convenci Matthew a fazer isso comigo. Por mim. A fingir que estávamos noivos até que tudo passasse. Não era pra chegar tão longe, tão rápido. Eu não queria ser uma questão a ser resolvida, um problema. Não queria ser um problema maior do que já era. – Eu me virei para Andrew. – Um descuido que voltou pra assombrar você. Foi idiota, imprudente e exagerado pra uma coisa que começou como um jeito inofensivo de fazer com que Bobbi fosse embora da varanda da minha casa. Eu… – Soltei o ar com tudo. – Eu peço desculpas.

Por um bom tempo, só ouvi meu coração batendo nos meus ouvidos. Desorientada, olhei ao redor. Bobbi balançava a cabeça, sem acreditar. Adalyn e Cameron arregalavam os olhos, mais do que eu jamais tinha visto. Charleene tinha desaparecido, provavelmente para gritar nas almofadas de veludo que eu tinha profanado. E Andrew… estava pálido.

– Pois eu não peço desculpas – disse Matthew. – Por nada.

– Matthew – alertei, mas sem vontade.

Meu Deus, eu amava tanto aquele homem por ter dito aquilo só para romper o silêncio constrangedor.

– Pedimos desculpas. Foi idiota. E foi ideia minha.

– Eu não peço desculpas, Josie – repetiu ele.

Matthew se virou para mim como se não estivéssemos em um lugar cheio de gente, dando uma notícia que alteraria planos que já estavam sendo colocados em prática. Como se abrir o jogo não tivesse consequências. Ele levou nossas mãos ao peito, e a minha pareceu muito vazia sem aquele anel.

– Peça desculpas você, se quiser, mas eu não vou fingir que estou arrependido. Não peço desculpas por ter aparecido em frente à sua casa naquela noite. Ou por você ter pensado que assim daria um jeito em uma confusão que nem era sua. Ou por ter feito papel de noivo quando eu *sabia* que ia acabar me apaixonando por você. E não peço desculpas por cancelar um casamento que você não quer.

Olhei para ele, sem palavras. Eu...

– Eu te amo.

E amava mesmo.

Ele abriu o sorriso mais largo que já vi.

– Tudo bem, mas ouçam – disse Bobbi, que continuava ao nosso lado. – Sei que parece a coisa certa a se fazer. E sei que são pessoas honradas que querem botar tudo em pratos limpos ou sei lá o quê. Mas vocês não são bons mentirosos. Só pra sua informação. E ninguém pareceu se importar. Ah, espera. Alguém se importa, sim. A droga da internet inteira. Então que tal se a gente...

– O casamento está cancelado, Shark.

Dessa vez, as palavras não saíram da boca de Matthew.

Foi Andrew quem disse isso.

Eu me virei para o meu pai. Por um instante, pensei que ele fosse me dizer alguma coisa. Qualquer coisa.

Andrew olhou para sua estrategista de relações públicas.

– Faça o que for preciso para dar sequência ao seu trabalho sem usar minha filha. Qualquer uma delas. Eu não te disse isso? – Sua expressão mudou de um jeito que não entendi. – Você tinha uma tarefa, e não era essa. E ainda mentiu pra mim? Sabendo que ela estava fazendo isso?

– Mas... – disse Bobbi.

– Conversamos sobre isso depois – rebateu ele. Ele se preparou para ir embora, mas antes olhou para mim e balançou a cabeça. – Eu te peço minhas mais sinceras desculpas, Josie. Agora, se me dão licença, preciso resolver algumas coisas. Como deveria ter feito desde o início.

Bobbi soltou um palavrão baixinho quando Andrew saiu. Por um segundo, permaneceu enraizada naquele carpete cor-de-rosa que cobria o salão da loja. Então correu atrás dele.

Matthew colocou o braço sobre meus ombros, me puxando para si.

– Tudo bem? – perguntou, o nariz enterrado no meu cabelo.

Assenti.

– Isso foi pesado. E você foi muito corajosa.

Meus lábios se abriram para responder, mas fui interrompida por um choro.

Nós dois nos viramos a tempo de ver Cameron aninhando minha irmã em seu peito, como Matthew tinha feito comigo. Ela chorou mais ainda, uma atitude que não combinava com ela, e que foi tão repentina que nos deixou em choque.

– Ah, pelo amor de Deus – resmungou Cameron, arrancando dela mais um soluço. – Você está me matando desse jeito, amor. Conta logo para eles. Não dizer nada está te fazendo mal. E fico péssimo de ver você assim.

– Contar? – perguntou Matthew. – Contar o quê?

A expressão de Adalyn me deixou aflita. Eu não conseguia acreditar que tinha sido tão desatenta.

– Desculpa – disse Adalyn. Seu rosto ainda estava colado ao peito de Cameron. Só então ela se desvencilhou dele para poder falar. – Eu queria contar, mas não sabia como fazer isso sem virar o centro das atenções. E não queria me intrometer nem roubar a cena de ninguém, então achei melhor me manter afastada. – Seu olhar buscou o meu. – Mas você não falava mais comigo como antes, e eu não sabia o que fazer, porque também estava mentindo e escondendo coisas de você.

– Amor – murmurou Cameron, beijando sua testa. – Você não está dizendo o que precisa dizer.

Adalyn deixou escapar uma risada estranha, e seus olhos se encheram de lágrimas.

– Eu estou grávida. E eu... eu... estou tão feliz e cheia de hormônios que não consigo parar de chorar.

VINTE E SEIS

Adalyn e Cameron passaram a noite em Green Oak.

Dormimos todos na minha casa, incluindo o Vovô Moe, mas ele ficou no quarto, e não foi nada como as festas do pijama que fazíamos no passado. Adalyn e eu dormimos na minha cama. E Cameron e Matthew acamparam na sala.

Contar a história toda para Adalyn não foi fácil, principalmente porque a coitada estava tão sensível que parecia ir da felicidade à tristeza em um piscar de olhos. Ela também me contou tudo o que acabei perdendo sobre a gravidez, desde que sua menstruação atrasou e ela ficou desconfiada, até a ida ao médico, quando eles souberam que estava tudo bem com o bebê.

Nós duas choramos. A coincidência estranha – o instinto equivocado de proteger uma à outra – afetou nós duas.

Talvez não fôssemos muito boas nessa coisa de ter uma irmã. O bom era que não havia nada no mundo que não pudéssemos aprender. Pelo menos não quando a pessoa era teimosa, como nós duas éramos.

– Está acordada? – perguntou ela.

– Estou – respondi.

Eu me virei de lado e fiquei de frente para ela. Adalyn sorriu, e um raio de sol entrou pelas persianas.

– Aff, você tá tão linda que é quase um insulto – falei. – Acho que não é só a gravidez, mas… felicidade. Cai muito bem em você.

– Você e o Cam com essa besteira – respondeu ela, mas seu olhar dizia outra coisa. – Minha pele não está mais viçosa do que antes.

Dei risada.

– Por favor. Eu sou a pior mentirosa da região. Talvez de toda a Carolina do Norte. E Cam não é melhor que eu. Você não se lembra de quando ele inscreveu vocês dois pra todas as atividades do folheto da cidade e fingiu que era uma manobra pra se vingar? Mentira óbvia. O homem estava *tão* apaixonado.

Adalyn soltou uma risada leve e duas vezes mais feliz.

– Ainda não consigo acreditar que ele fez isso – disse, então franziu o cenho. – E também não acredito que fui fazer ioga de salto alto.

Deixei escapar uma gargalhada.

– Em sua defesa, eram saltos muito bonitos.

O sorriso de Adalyn se manteve por mais alguns segundos. Então ela engoliu em seco.

– A gente não vai mais fazer isso – falei. Era um lembrete. – Nada de esconder mais as coisas com medo de magoar uma à outra. Pode ir falando.

– Matthew está apaixonado por você – disse ela, e suas palavras me paralisaram, por mais que já tivéssemos conversado muito sobre aquilo. – Ele está mesmo. E sei que tive semanas para processar isso, mas parece que estou ouvindo pela primeira vez. Que finalmente pude fazer as perguntas que não fiz porque estávamos sendo bobas.

Eu me aproximei ainda mais dela.

– Eu sei que ele está – sussurrei. – E eu também estou. Tanto que estou morrendo de medo. Tanto que quero dar a ele coisas que não posso. Coisas que não sei se um dia serei capaz de dar.

Adalyn franziu a testa, sem entender.

– Ele me deu o anel dele. Da avó dele – expliquei, bem baixinho. – Teria se casado comigo sábado. Eu sei que teria.

Minha irmã ficou um tempo pensando nas minhas palavras.

– Ele… – Ela deu risada. – Matthew não estava brincando, sabia? Não inventou a história sobre a mensagem. Ele me perguntou algumas vezes como estava sua futura esposa antes que eu criasse aquela conversa em grupo com nós quatro.

Senti uma palpitação no peito, mas foi por pouco tempo.

– Futura esposa. Quando me vi naquele vestido, eu quis sair do meu corpo, o que é uma ironia e tanto pra alguém que ficou noiva tantas vezes. Mas eu... eu quis fugir, Adalyn.

– Não sem ele – respondeu ela, segurando minha mão. – Você não tem medo de uma vida comprometida com ele. É outra coisa que está faltando. Mas eu não sei... Talvez não esteja faltando nada. Ou talvez a gente não precise ser completo pra viver, sabe? Talvez a gente só precise aprender a amar quem a gente é e deixar que as pessoas ao nosso redor também nos amem por isso.

Talvez não esteja faltando nada.

Não parecia mesmo estar faltando alguma coisa com Matthew.

– Não acredito que vou dizer isso, mas acho que Bobbi tinha razão. É muito provável que eu tenha questões com abandono *e* questões mal resolvidas com nosso pai. E outras coisas também.

– Acho que você fez o que melhor pôde, Josie – disse Adalyn, a voz firme.

– Acho que eu poderia ter feito melhor que envolver a cidade inteira nisso.

– Tudo bem estar magoada – afirmou ela, com uma expressão intensa. – Tudo bem ter questões a serem resolvidas. Não tem problema a vida nos machucar e deixar uma marca. Isso só quer dizer que estamos vivendo, sabe? Quer dizer que estamos tentando. Não importa o que o mundo ou qualquer outra pessoa diga. Não importa se você vivenciar o amor de um jeito diferente daquele que esperava. Nós duas fomos criadas por nossas mães e, de um jeito ou de outro, Andrew não esteve ao nosso lado. Pra mim, ele era o homem que eu imitava, mas que nunca conseguia impressionar, e pra quem nunca conseguia ser boa o bastante. Pra você, ele não foi muito mais que um nome. Antes de Andrew entrar na sua vida, você não achava que tinha algo de errado com o modo como você vivia o amor, então por que começar agora?

Abri um sorriso.

– Matthew disse algo parecido.

– Bom, ele é um homem incrível – respondeu ela. – É meu melhor amigo. E ama fingir que é bobo, mas não é. Às vezes ele diz coisas que me deixam boquiaberta.

Concordei. Eu amava Adalyn. Sempre amei. Desde que a vi na entrada daquele que agora era o Warriors Park, toda estilosa e absolutamente deslocada. Eu... Eu a abracei, trazendo-a para o meu peito.

– Você vai ser uma mãe incrível, e eu vou mimar muito minha sobrinha ou sobrinho, tanto que nem vai parecer certo. Vou ser a pessoa favorita dessa criança.

Adalyn deu uma risadinha, e dessa vez não estava nem chorando quando me soltou.

– É exatamente o que o Matthew...

A porta se abriu de repente, e duas figuras entraram correndo.

– Meu Deus – resmungou alguém ao pé da cama, logo antes de eu ser atacada por uma bola de calor. – Você parece uma criança. Eu desisto.

Ouvi a risadinha de Matthew no meu ouvido.

– Para de resmungar e vem – disse ele, e murmurou no meu ouvido: – Está tão gostoso e confortável quanto eu imaginava.

Adalyn bufou, e eu não pude deixar de rir.

– Está vendo? – disse ela, se levantando. – Eu te disse. Ele nunca foi muito bom em respeitar o espaço pessoal dos outros. Eu sempre digo que um dia ele vai se dar mal por isso.

Matthew se aconchegou ainda mais em mim.

– Minha linguagem do amor é o toque físico. Aliás, pode dizer isso ao pai do seu bebê. Ele me deu um soco quando tentei deitar no sofá com ele. A sorte do Cam é que eu ainda sou meio apaixonado por ele e me recuso a desistir desse relacionamento.

Cameron resmungou alguma coisa.

– Eu pedi desculpas – disse ele.

– E eu te desculpo – respondeu Matthew, em tom de brincadeira, espalmando as mãos em minha cintura –, se você pegar sua mulher e sair daqui. Eu respeitei o momento entre irmãs, agora é o momento do Matthew.

Eu chamei a atenção dele, fingindo que a ideia de passar um tempo sozinha com ele não me dava um friozinho na barriga.

– Eu estava pensando que seria gostoso tomar o café da manhã. Nós quatro e o Vovô Moe.

– O momento do Matthew acaba de ser oficialmente remarcado – disse o homem que estava colado em minhas costas, o que era delicioso, mas inapropriado. – Estou precisando de mais que abraços.

Soltei uma risada.

Cameron ajudou Adalyn a se levantar, e os dois saíram do quarto.

– Vamos esperar lá embaixo.

Matthew beijou meu rosto assim que ficamos sozinhos. A postura brincalhona desapareceu.

– Está se sentindo melhor hoje? Agora que conversou com Adalyn?

Eu me virei em seus braços, e olhei para ele.

– Estou. Estou me sentindo muito melhor.

Ele beijou a ponta do meu nariz.

– Ótimo.

– Você se divertiu com Cam?

Ele abriu um sorrisinho torto.

– Ele fica brigando comigo, mas sei que me ama – respondeu Matthew. Então passou a falar mais baixinho. – Não conta pra ele, mas ainda não consigo acreditar que compartilhei um sofá com um dos meus ídolos. Foi muito difícil me controlar e fingir costume. Eu mereço uma recompensa. Mesmo que pequena. De preferência vinda de você. Alguma ideia?

Foi impossível controlar a minha risada.

– Você sabe que vai ser o padrinho do filho deles, né?

Ele arregalou os olhos ao pensar na ideia.

Eu o beijei. Ele arquejou de leve, surpreso, mas logo assumiu o controle, aprofundando o beijo com um gemido baixo.

– Era exatamente disso que eu estava falando – murmurou, parando para respirar.

Arqueei as sobrancelhas.

– Você é minha recompensa, Baby Blue.

Dessa vez, Matthew estava enganado.

Ele era a minha recompensa.

Passamos a maior parte do dia juntos, então Adalyn e Cameron nos deram abraços de despedida e foram para casa, com a promessa de voltar no dia seguinte.

Logo depois, Vovô Moe se retirou para seu quarto para assistir à reprise de uma de suas temporadas favoritas de *The Bachelorette*, nos deixando sozinhos para que pudéssemos *chamegar ou sei lá o quê*, nas palavras dele. A julgar pela expressão de Matthew, duvidei que tivesse entrado no clima para chamegos com o comentário do Vovô, então ficamos só aninhados – bem inocentes – no sofá, ignorando as consequências de tudo o que tinha acontecido no dia anterior.

Eu tentava não pensar muito nelas, ou pelo menos não falar delas para que não ficassem mais reais do que já eram. Mas se aprendi algo naquelas últimas semanas, foi que esconder as coisas geralmente fazia com que uma hora tudo explodisse.

– A cidade vai estar insuportável amanhã – sussurrei.

Matthew logo se sentou no sofá, como se estivesse pronto para conversar sobre qualquer coisa que eu precisasse, na verdade. Ele ficou olhando para o espaço que havia entre nós, incomodado, então pegou minhas pernas e as colocou em seu colo.

– Eu me ofereceria pra nos levar pra longe daqui o mais rápido possível, mas acho que isso não é o que você quer. Então que tal eu ir com você ao café amanhã? Podemos abrir juntos, e depois você me coloca em uma banqueta no balcão e eu respondo a todas as suas perguntas enquanto você trabalha.

Pensei naquele plano e abri um sorriso. A perfeição podia ser subjetiva, como Matthew amava dizer, mas para mim não havia nada naquele homem que não fosse perfeito. Não depois de ele dizer aquilo. Não depois de tudo o que aconteceu.

– Ir pra longe é tentador – admiti.

Mas tê-lo comigo no café, exatamente como ele descreveu, não só naquele dia, mas todos os dias, era mais ainda. Meu sorriso ficou mais largo, embora eu também tivesse algumas dúvidas. Sobre o emprego de Matthew ou onde ele moraria, por exemplo. Será que aquele era o momento para falar sobre isso? Balancei a cabeça.

– Mas você tem razão. Eu... – Ele apertou meu tornozelo. – *Nós* devemos enfrentar as pessoas e resolver essa questão logo. Não vai ser tão ruim assim. Eles já deviam estar esperando que eu estragasse tudo mesmo.

Matthew ficou sério.

– Você não estragou nada, Josie. E se alguém insinuar isso amanhã, mesmo que cheio de boas intenções, vou responder levando a pessoa pra fora do seu estabelecimento, com gentileza, mas com firmeza.

Deixei escapar uma risadinha.

– Sempre me perguntei como seria ter um guarda-costas. Você vai me pegar no colo, como se eu fosse uma princesa, e atravessar a multidão de fregueses famintos por fofoca pra me tirar de lá?

Ele curvou os lábios e deu uma piscadinha.

– Com certeza.

Não sei se foi a piscadinha brincalhona ou o jeito como ele disse aquilo, como se não fosse nada, ou talvez a simplicidade do momento, mas...

– Eu te amo.

Por um instante, minhas palavras pareceram pegar Matthew de surpresa, então cutuquei sua barriga com o pé.

– Vai se acostumando, senhor – falei. E a surpresa se dissolveu, dando lugar a um sorriso. O sorriso de Matthew. E mais alguma coisa. – Para de me olhar assim. Estou tentando ter uma conversa séria com meu...

– Com seu o quê?

– Com meu homem. Meu Matthew. O homem que eu amo. – A expressão dele se suavizou. – O homem cujos pais vão chegar amanhã para um casamento que não vai acontecer. – Engoli em seco. – Acha que eles vão ficar bravos?

– Eles vão ficar surpresos – respondeu ele, e sua voz combinou com a expressão em seu rosto. – Vão querer uma explicação. Mas não, acho que não vão ficar bravos. Não tem nenhum motivo pra que alguém fique bravo. Não no que diz respeito a você... a nós. Quanto a mim, eu provavelmente vou apanhar na bunda por ter mentido a respeito do emprego. Mas essa é outra conversa que eu preciso ter com eles.

– Eu posso estar junto – ofereci. – Quando você contar pra eles. Posso segurar sua mão. Se precisar de mim.

O olhar de Matthew ficou ridiculamente carinhoso. Doce. E também faminto.

Um calor delicioso subiu pelo meu pescoço. Engoli em seco.

– É ridículo o quanto você parece excitado, Matthew Flanagan.

– E você tá com aquele sorriso.

Ele não precisou dizer qual.

Matthew deu uma risadinha, e seus lábios se abriram com o que eu sabia ser uma promessa, mas um apito chamou nossa atenção na mesinha de centro. A diversão se extinguiu e, pelo jeito como Matthew olhou para mim, eu soube que ele queria que a gente ignorasse, mas não ia pedir. Nós dois sabíamos sobre o que deveria ser aquela mensagem, e também já tínhamos ignorado o mundo – e a internet – por bastante tempo.

Ele pegou meu celular e me entregou sem espiar a tela. Eu me sentei ao lado dele, para que nós dois conseguíssemos ver o que havia estourado a bolha frágil que eu tinha enchido ao nosso redor com tanto cuidado. Ele beijou a minha testa quando desbloqueei a tela.

> **BOBBI**: Sei que fui demitida e não devo manter contato com você, mas estou no aeroporto e estou entediada. Por isso envio esta mensagem. Considere como uma mensagem de término.

Olhei para Matthew, chocada.

– Andrew demitiu Bobbi?

Ele contraiu a mandíbula.

– Estou surpreso em concordar com uma decisão que aquele homem tomou, mas ela devia mesmo ser demitida. Ela pregou uma peça em Andrew no momento em que decidiu não contar a verdade pra ele. E mesmo depois que você desmoronou, ela continuou tentando te forçar a... – Ele soltou o ar com força. – Você sempre vem em primeiro lugar, Josie. E eu detestei demais ver você chorando e sofrendo daquele jeito.

Beijei seu rosto. Depois seu queixo. Então seus lábios. A tensão de Matthew se dissipou.

– Estou bem agora – falei. – Melhor que bem. Estou com você.

Mais uma mensagem chegou, e nós dois olhamos para baixo.

> **BOBBI**: O jeito do Andrew de resolver a situação é oferecer dinheiro à Página Nove. Estou te contando porque ele não vai admitir. Não vai dar certo. Foi por isso que ele me contratou. Eles não vão aceitar o dinheiro. A Página Nove

faz as próprias regras. Eles são o Robin Hood das fofocas, com foco na Geração Z.

– Eles não vão aceitar o dinheiro – disse Matthew. – Ela tem razão. E provavelmente vão se vingar se Andrew tentar silenciar o portal assim.

> **BOBBI**: Eles querem Matthew no podcast. Primeiro queriam você, mas agora que você cancelou o casamento, eles querem o noivo número cinco. É a grande revelação que queriam. Com transmissão ao vivo, etc. Eles tinham certeza que Matthew ficaria com o coração partido.

Pisquei, encarando a tela.
– Babacas – resmungou Matthew. – Eu devia ter imaginado.
Outra mensagem chegou antes que eu pudesse falar.

> **BOBBI**: Eles vão oferecer muito dinheiro para ele. O emprego dele de volta (sim, eu também sabia disso, loirinho). Um aumento. Qualquer coisa, na verdade. Meu conselho é aceitar. Vai, mente, apaga o incêndio de uma vez por todas. Vocês não vão casar mesmo. E não só pelo bem do Andrew, mas de vocês dois. O loirinho recebe a grana. Você vira notícia velha.

> **BOBBI**: Sim, eu usei vocês pra um propósito. Mas sempre tentei defender vocês. Aquelas duas fingem ser justas, descoladas, conscientes, mas elas esquecem tudo isso por uma boa história. Quando é a vida dos outros na tela de um aparelho, esquecemos que poderia ser a gente ou alguém que amamos.

> **BOBBI**: Vocês não vão conseguir mudar as coisas, aprendam a viver com isso. Tirem o melhor proveito possível. Sigam o fluxo e aceitem o dinheiro. Ofereçam a elas uma conclusão para essa história. Sigam em frente.

BOBBI: Ah, e foi o Duncan que vazou o vídeo. Não me pergunte como ele conseguiu, mas sugiro nunca mais namorar políticos.

BOBBI: Não foi um prazer trabalhar com vocês, mas também não foi tão angustiante quanto pensei que seria. Então podem me ligar se um dia precisarem de mim. Vai ser por conta da casa, pelo transtorno que eu possa ter causado. Embora vocês talvez devessem me agradecer pela oportunidade de transar. Tchau.

Isso foi… pesado. Tudo rodopiou na minha cabeça e foi se encaixando devagar, mas com clareza.

– Matthew? – chamei.

– Não vou fazer isso – declarou Matthew, antes que eu pudesse continuar. – Eu não quero o dinheiro deles. Um emprego, um aumento. Nada disso.

– Eu entendo – falei, engolindo em seco. – Eles são pessoas terríveis, mas não quero que você recuse por minha causa. Eu… não posso pedir que você abandone sua vida pra ficar comigo. Já tentei fazer isso antes. Com todos os homens com quem estive. Eu me moldei e tentei me encaixar e, claro, me apaixonei por certas coisas que acabaram fazendo parte de mim também, mas… isso nunca deu certo. Então não posso te pedir isso.

– Você não pediu – respondeu ele, segurando meu queixo com gentileza, fazendo com que eu erguesse o olhar. – Não me fez abandonar minha vida. Eles fizeram isso. Eu fiz. E não quero nada daquela vida de volta. Eu só quero você.

Eu só quero você.

– Bom… lá se vai meu plano.

– Que plano?

– De fazer você ir embora daqui. Pensar em aceitar o emprego e voltar pra Chicago. Te dar espaço pra que você possa escolher – expliquei, sorrindo para ele, um sorriso quase sem vontade.

Matthew me beijou e eu senti as palavras em meus lábios. *Você é a minha escolha.* Ele também era a minha.

– E se você aceitar o dinheiro, como Bobbi aconselhou? A gente oferece a eles uma conclusão, e você recebe uma grana.

Ele bufou.

– Não vou naquele podcast mentir sobre a mulher que eu amo.

– Então não faça isso. Não minta. Estou tão cansada dessa história toda. Tão exausta das mentiras, da vergonha e… de me importar com o que as pessoas pensam e dizem sobre alguma coisa.

Matthew franziu a testa, mas vi que tudo estava se encaixando em sua cabeça também. Aonde eu queria chegar com tudo aquilo. O que eu queria dizer.

– Essa história é sua. É você quem deve contar, Josie. Não eu. Eu não ousaria fazer isso.

– Mas eu discordo – murmurei.

Quando ouvi minhas palavras, algo se concretizou na minha mente. Eu me virei para ficar bem de frente para ele. Para que ele visse meu rosto. Para que ele visse que eu não queria fazê-lo ir embora, ou fugir, pelo contrário.

– Acho que essa história deixou de ser minha no momento em que ela começou – falei. – E eles querem você, não a mim.

Matthew abraçou minha cintura e me puxou para mais perto, me dando coragem, me oferecendo a segurança que eu sempre sentia escapar entre meus dedos quando falávamos daquela crise de relações públicas.

– O que você quer dizer com isso, Blue?

– Que estou um pouco cansada de ver estranhos tratando minha vida como se fosse algo que eles possam discutir. Que confio em você, amo você e não consigo pensar em ninguém melhor pra contar a verdade ao mundo. Que a história não é mais minha, que não estou mais sozinha quando estou com você, porque agora somos *nós dois*. Que Bobbi talvez tenha certa razão, e essa é a única maneira de colocar um fim nisso tudo. E também que já pedi demais de você, e continuo pedindo, então se não quiser fazer isso, eu entendo.

Matthew me beijou mais uma vez, um leve toque de seus lábios nos meus.

– Então você não vai me afastar.

– Acho que eu não conseguiria.

Ele me abraçou mais forte.

– Então o que sugere que a gente faça?

A gente.

– A gente não começou essa história – falei. – Mas podemos decidir como ela vai acabar.

VINTE E SETE

Matthew saiu da Carolina do Norte ao amanhecer.

Cameron foi com ele e Adalyn ficou comigo e com Vovô Moe.

Saber que Matthew não estaria sozinho me acalmou e deixou um pouco menos ansiosa enquanto eu contava as horas até o meio-dia – quando o *Babado Real* entraria no ar com o homem que eu amava e a quem eu tinha pedido que contasse ao mundo todos os segredos que havíamos compartilhado.

O tempo passou devagar e, embora Adalyn estivesse por perto, manter o café fechado não ajudou. Não que abrir fosse uma opção. Eu não conseguiria encarar as pessoas sem Matthew. Não parecia certo. E ele me fez prometer que eu não faria isso. Então pendurei um aviso de fechado e deixei que todos acreditassem que estávamos processando nossos sentimentos.

E estávamos, de certa forma.

Porque Matthew ia participar do podcast para contar a minha história. Nossa história. E isso me enchia de alívio e aflição ao mesmo tempo. Eu também estava com um pressentimento, aquele pressentimento ruim, de que alguma coisa ia acontecer. Que o plano que traçamos na noite anterior não ia funcionar muito bem. Mas podiam ser só minhas inseguranças ou meu medo falando mais alto. Podia ser só eu.

Porque eu acreditava que às vezes o amor era suficiente.

E em outras ele era capaz de conquistar o mundo.

Dependia de quanta magia estava no ar naquele dia.

– Você tem aqueles chips de couve por aí? – perguntou Adalyn à porta da cozinha. – Estou com vontade de alguma coisa verde.

– Putz, Matthew acabou com eles – respondi, e o sorriso de Adalyn se desfez. – Mas tenho azeitonas. Ervilhas. Couve-de-bruxelas?

Ela suspirou.

– Aceito as azeitonas, acho – respondeu ela. Então pareceu hesitar. – Você está bem?

– Estou. Claro. Só um pouco ansiosa. Queria ter ido junto. Ele ficou todo mal-humorado e carrancudo quando sugeri, e cedi porque acho que parte de mim estava com medo de ir. Mas talvez isso tenha sido egoísta.

Ela se aproximou e me abraçou.

– Você é a melhor pessoa que eu conheço – sussurrou, antes de me soltar. – Não é egoísta. E Matthew nunca deixaria você entrar naquele avião. Na verdade, nem Cam. Foi muito difícil impedir que ele fosse até a Página Nove resolver tudo por conta própria durante todo esse tempo. Na verdade, estou com um pouco de receio de que esse seja o plano secreto deles. – Adalyn suspirou de novo. – Então vamos só torcer pra amanhã não precisarmos pagar a fiança de ninguém por alguma atitude idiota. Agora me diga onde estão as azeitonas, estou ficando irritada.

Dei risada, embora estivesse tensa.

– Armário de cima, porta da esquerda.

A campainha tocou, e nós nos afastamos, ela desaparecendo na cozinha e eu correndo até a porta.

Encontrei um par de olhos azuis e uma expressão severa.

– Ah – resmunguei, surpresa. – Oi, A…

– Vim pedir desculpas – disse ele.

Ou talvez as palavras tivessem deixado seus lábios por contra própria.

Meu corpo cambaleou um pouco para trás, o peso daquelas palavras simples me atingindo com mais força do que eu esperava.

– Isso é… – Engoli em seco. – Obrigada.

– Você não deveria me agradecer – disse Andrew, balançando a cabeça. – Olha só, eu… – Ele parou de falar por um instante, hesitando. – Eu não sei como fazer isso. Nada disso. Acho que ficou claro pelas minhas atitudes. A verdade é que não sei como agir perto de você. Não sei se você me odeia ou se fica nervosa porque não confia em mim. Mas sei que fiz o bastante para merecer qualquer uma das duas opções. É por isso que estou aqui.

Franzi o cenho, sem entender o que ele estava falando. Havia tantas coisas a resolver. Tanto a perguntar, dizer e discutir.

– Eu não te odeio – falei. – Mas tem razão, também não confio em você. A confiança é uma coisa que a gente conquista. Não com chamadas de vídeo ou transformando a pessoa em uma tarefa a ser concluída, ou tomando uma decisão unilateral de aproximação. E… eu não fui corajosa o bastante para dizer isso antes. Mas agora sou.

Ele pareceu mais aberto, como se finalmente estivesse receptivo ao que eu dizia. A quem eu era.

– Eu queria ter um relacionamento com você – continuei, aproveitando a onda de coragem que encontrei em minhas palavras. – Não culpo você pela confusão que fiz e também te devo um pedido de desculpas por ter mentido. Eu adoraria dizer que tudo bem, porque foi uma mentira bem-intencionada, mas não foi. E as coisas não ficaram bem. Embora eu tenha muito o que trabalhar em mim mesma, acho que você também deveria fazer isso. – A emoção se acumulou, ameaçando fechar minha garganta. Eu insisti. – Eu queria você como meu pai, Andrew, mas estou me dando conta de que você não me deve isso. Eu me pergunto se querer esse relacionamento foi um erro. Estou me dando conta de que não quero mais ser a única a estender a mão. Então, até que você decida fazer isso, não sei se quero manter contato. É… pesado demais. E me desculpa, mas…

– Mas nada – rebateu Andrew, me interrompendo, a voz mais suave do que nunca. – Você não precisa pedir desculpas ou se justificar. Os erros que nos trouxeram até aqui foram meus. Eloise queria proteger você, e não posso dizer que a culpo por isso. – Ele balançou a cabeça. Senti um aperto no peito ao ouvi-lo falar da minha mãe. – Você não é um descuido.

Meus lábios se abriram, e toda a emoção saiu em um único suspiro.

– Você não é um arrependimento, Josephine. Eu adoraria dizer que meu maior arrependimento foi permitir que as circunstâncias definissem como nos conhecemos, mas a culpa por isso é só minha. Agora eu vejo.

Pressionei os lábios, só para não deixar nada escapar. Só para me manter forte e não quebrar a promessa que fiz a mim mesma, de deixar um espaço para que crescêssemos. Fosse juntos ou em direções diferentes.

Ele tirou algo do bolso do paletó.

– Aqui estão as minhas respostas – disse ele, olhando para a pilha de cartas que tinha nas mãos. – As cartas que sua mãe mandou conforme você crescia. Eu gostaria de poder contar uma grande história sobre amantes desafortunados, mas éramos mais pragmáticos que isso. Eu nunca traí a mãe da Adalyn. Não foi um caso. Foram só duas pessoas que estavam se sentindo sozinhas. – Andrew suspirou. – Tudo... aconteceu muito rápido, e eu fui egoísta a ponto de me convencer que mandava não só na minha própria vida. Está tudo nessas cartas. Acho que foi por isso que nunca as enviei. – Ele deu um passo para trás. – Leia. Queime. Mande para a imprensa se achar que é isso que eu mereço. São suas. Faça o que quiser com elas.

Peguei as cartas e o encarei, atônita. Eu estava completamente sem palavras.

– Eu volto para Miami hoje – continuou Andrew. – Não que você devesse se importar com isso, mas o livro não vai sair. De certa forma, foi o que causou toda essa confusão. Eu fiquei preocupado com os portais de fofoca difamando tudo. Meu nome. Meu legado. Acho que esse sonho sempre foi um subproduto do meu ego, como Bobbi disse algumas vezes. – Ele soltou uma risada curta. – Em todo caso, acho que eu não teria lá muita sabedoria para transmitir, você não acha?

Abri a boca, mas não saiu nada. Meu cérebro estava com dificuldade de processar tudo aquilo. De lidar com o fato de que aquelas palavras foram o máximo que Andrew me contou. O máximo que conversamos. O máximo que compartilhamos até então.

– Obrigada – murmurei, finalmente. – Eu...

Eu não vou queimar as cartas. Ou publicá-las. Jamais faria isso.

Era o que eu deveria ter dito.

Mas não disse.

– Matthew vai contar a verdade para o mundo. Hoje. Ele deve estar pousando em Chicago agora mesmo.

Andrew abriu um sorriso. Um sorriso estranho. Discreto, e torto, como se estivesse enferrujado pelo desuso. Também foi uma surpresa.

– Ótimo – disse ele. – Vou passar um tempo sem incomodar vocês. Mas adoraria que os quatro viessem passar o Natal comigo. Não precisa ser um feriado. Qualquer dia que puderem está ótimo.

Arqueei as sobrancelhas.

– Fique à vontade para recusar. – Ele deu um passo para trás. E mais um. – Vou continuar tentando enquanto você não pedir que eu pare. – Ele baixou a cabeça e me lançou um olhar sério. – Tchau, Josephine. Tchau, Adalyn.

Observei Andrew descer os degraus da varanda em direção a um sedan preto, ainda sem entender direito aquelas últimas palavras. De repente, senti uma mão pousar no meu ombro.

– Tudo bem? – perguntou Adalyn. – Você está parada aí sem mover um músculo, e meu cérebro está dizendo que isso não é tão ruim, mas meus hormônios estão me deixando em estado de alerta.

Balancei a cabeça, deixando escapar uma risada estranha.

– Eu... Eu acho que estou bem. É, acho que estou começando a ver que nossas mães não eram completamente cegas.

Adalyn soltou uma risada curta, mas essa reação não durou muito.

– Ele tem seus momentos – disse ela. E, depois de uma pausa: – Vai começar.

Meu coração disparou, e abracei as cartas contra o peito. Eu ainda não sabia se queria lê-las, mas ele me deu a oportunidade de fazer isso. A escolha.

– Vamos.

INTERIOR – ESTÚDIO DO *BABADO REAL* – DIA

SAM: Oi, olá. Aqui é a Sam.

NICK: E aqui é a Nick.

SAM & NICK: E você está ouvindo *Babado real.*

SAM: (ri) Uau, olha só pra gente. Acertamos a introdução pela primeira vez na história do *Babado.*

NICK: Eu sei, quem são essas pessoas? (ri) Deve ser a pressão de ter um convidado tão especial hoje. E vou te falar, caso você não esteja assistindo ao vídeo e só ouvindo, sim, ele é muito fofo. E apareceu aqui com um cara que me deixou sem ar...

SAM: Para com isso, Nick. Você disse que ia parar de dar em cima dos convidados. E dos convidados dos convidados.

NICK: Eu disse que ia tentar.

SAM: Bom, se esforça um pouco mais, antes que a gente perca o controle da situação. Certo, vamos ignorar Nick sendo Nick e dar as boas-vindas ao nosso convidado, Matthew Flanagan, que vocês conhecem como Noivo Número Cinco, se estiverem acompanhando *O Caso Underwood*. Oi, Matthew.

(Momento de silêncio)

MATTHEW: Oi.

NICK: Olha, eu amo um homem que faz a gente se esforçar por uma risada. Então, Matthew, oi mais uma vez, e obrigada por estar aqui. Você adora mesmo se fazer de difícil, e não só com esse sorriso que está escondendo. Quando A Chefe, para quem você também teve o prazer de trabalhar, disse que você confirmou de última hora, levei um tempinho pra processar a informação.

SAM: Precisamos contar aos babaders que Matthew era nosso colega de trabalho até pouco tempo atrás. Ele era o homem que vocês não veem, que fica nos bastidores, aquele que garante que tudo corra bem e que coisas como este podcast tenham...

MATTHEW: Um roteiro.

NICK: (risadinha constrangida) Não precisa nos entregar. Gostamos de chamar o roteiro de… diretriz. Nós garantimos a autenticidade, né? Não existe podcast sem um bom locutor, isso é fato.

SAM: Ponto-final. Mas, por motivos legais, todas as piadas são do podcast, não nossas.

NICK: Enfim. Estamos muito animadas por ter você aqui, para finalmente podermos dar o furo real, direto da fonte. Mas primeiro, diga, como você está?

SAM: A notícia foi de partir o coração. Estávamos todos torcendo por vocês. Bom, eu estava torcendo por ela, pra falar a verdade.

MATTHEW: Você não estava torcendo por ela. Nunca esteve.

NICK: (risadinha constrangida) Ei, eu também estaria com o pé atrás. E não se preocupa, podemos ser seu apoio emocional, sem problemas. Se escora na gente e diga como se sente. Como tudo isso começou? Como terminou? O casamento está claramente cancelado, mas como essa notícia afetou você? Você imaginou que isso iria acontecer?

(Longo silêncio)

MATTHEW: Eu não queria estar aqui.

NICK: Puxa. (ri) Não seja tão cruel, Matthew, ou posso me apaixonar por você.

MATTHEW: A gente tinha um plano. Ela pediu que eu viesse. Que contasse a história dela. Nossa história. Que tudo começou como um problema de relações públicas que nem era responsabilidade dela.

SAM: (arqueja alto)

NICK: Desculpa, como é que é? Espera… Você vai contar um babado sobre o Papai Rico? Desculpa… sobre Andrew Underwood? Ele contratou uma equipe de relações públicas e treinou vocês ou algo do tipo? Pode contar. Você…

MATTHEW: Mas nunca existiu um problema de fato. Ela nunca foi um problema. E a história não é minha, não sou eu que devo contar. (ri sozinho) Eu cansei de ouvir o nome dela na boca de vocês. Na boca de qualquer pessoa. Então vocês vão ouvir o meu lado da história.

SAM: (murmura) O que está acontecendo?

NICK: Não sei. (resmungando, então mais claro) Mas então vamos ouvir. Era só isso que a gente queria quando convidou você pra participar do podcast. A história por trás da história. O casamento foi cancelado, você obviamente está magoado. Então fala sobre isso. Conta a sua história, Matthew. Como tudo aconteceu.

(Silêncio pesado)

MATTHEW: Josie é o amor da minha vida. Simples assim.

SAM: (hesitante) Uau. Eu entendo, quer dizer…

MATTHEW: Não, você não entende. *Não poupe nenhum detalhe,* foi o que ela pediu antes que eu viesse. *Nós vamos decidir como isso tudo acaba.* Ela estava falando de si mesma e de sua história, sua reputação, como ela gosta de dizer. Como vocês fizeram com que ela acreditasse. Bom. Que se dane tudo isso. Vou falar sobre a minha reputação. Eu sou, a maior parte do tempo, o que as pessoas chamariam de brincalhão. Nunca levei nada muito a sério, além deste trabalho. Eu brinco com tudo porque sinto que isso é o que esperam de mim. Mas tem uma coisa que eu sempre levo a sério. O amor. Quando eu era pequeno, minha avó me disse que um Flanagan sempre *sabe.* Ela me deu um anel e eu guardei desde então. Décadas depois recebi uma mensagem da minha melhor amiga dizendo que ela tinha conhecido minha alma gêmea. (ri, incrédulo) É a segunda vez em poucos dias que falo sobre a maldita mensagem, mas a verdade é que faz um bom tempo que ando pensando nela. (uma pausa) Era para ser uma piada, um comentário feito de passagem. Mas eu me lembrei da minha avó na hora. Eu desconfiei, tive um pressentimento de que minha melhor amiga talvez tivesse razão. Meses depois, fui mandado embora. Sim, da Página Nove. Só porque me recusei a ser um hipócrita. A Josie acha que foi porque eu quis proteger meus amigos. Mas eu também quis protegê-la. Sabia que ela ia ser arrastada pra essa história. Era questão de tempo.

NICK: (baixinho) Ah. Podemos cortar isso? Acho que não...

MATTHEW: Minha vida mudou completamente. E meu instinto gritou. Parte de mim sabia aonde eu queria ir. Até ela. Antes mesmo que eu me desse conta do que estava fazendo, liguei pra minha melhor amiga. Pedi um favor. (pausa breve) Passei as dez horas de viagem me convencendo de que eu era um idiota. Um bobo. O que eu estava fazendo? Então eu a vi. Em carne e osso. E por mais que eu tenha tentado não construir uma imagem dela na minha cabeça, por mais que eu dissesse a mim mesmo para não ser bobo, que essa coisa de alma gêmea, ou destino ou amor à primeira vista, não existe, lá estava ela. Com uma máscara facial, uma toalha enrolada no cabelo e um roupão coberto de geleia de morango. E ela estava no meio da situação mais estranha que já vi na minha vida. Eu fiquei olhando em seus olhos, meu instinto me dizendo algo que eu não conseguia entender, algo que eu não conseguia encaixar. Eu estava tão cansado naquela noite. Estava morto. E não a reconheci, sabe? Não de cara. Não soube imediatamente que era ela. Fiquei tão furioso comigo mesmo. Vocês não fazem ideia. Em um instante eu perdi a chance, a oportunidade de ver se as palavras da minha avó eram uma fantasia ou apenas os ensinamentos que uma idosa trouxe de uma vida passada. Josie pediu que eu fingisse ser seu noivo. Que fingisse que estávamos apaixonados para despistar uma crise de relações públicas. Mas no instante em que aceitei, soube que ela acharia que eu estava fingindo.

Soube que ela ia acabar me afastando. Já vi muitos filmes e li muitos livros, e sabia que tudo ia ficar muito complicado. Que ia ficar muito difícil separar o que era verdade do que era falso. Caramba, eu trabalhei em um mundo que lucra com isso. Por um milagre, consegui fazer com que ela enxergasse além da farsa e se apaixonasse por mim. Eu mostrei a ela que vou correr atrás, não vou deixar que ela fuja de mim, ou que me afaste. E mesmo assim, quando ela ficou sabendo que vocês iam me tentar com dinheiro ou ofertas de emprego ou um aumento, eu vi. Em seus olhos. A dúvida.

Essa é a verdadeira razão que me trouxe aqui. Não porque ela pediu que eu contasse a verdade ou colocasse um fim nessa história. Mas pra dizer a vocês que demonstrem a decência que amam dizer que têm. Pra dizer a ela, ao mundo, pra mostrar a Josie que não há escolha a fazer. Não preciso me acomodar, me sacrificar ou me moldar a nada. Meu Deus, foi nisso que aqueles homens, que Andrew Underwood, que vocês duas com essa merda que chamam de entretenimento, fizeram Josie acreditar. Que ela está fadada a abandonar ou ser abandonada. São uns idiotas, todos eles. Eu agradeceria a eles, se minha vontade não fosse quebrar a cara desses babacas por não enxergarem o que estava na frente do seu nariz.

Pra minha sorte, eu não sou eles. Não vou mudar minha vida por ela. Não vou me acomodar. Não vou ficar aqui sentado contando a história de outra pessoa e não a minha. Não vou escolher Josie em vez de alguma outra coisa. Não posso fazer isso, porque nunca houve uma escolha a ser feita. Não estou nem aí se parece cafona ou clichê, mas eu soube no instante em que coloquei os olhos nela pela primeira vez, e agora sei mais do que nunca. Não preciso que ela vá até o altar, que use meu anel, ou assine em uma linha pontilhada. Ela é a minha felicidade. O resto só importa se é o que a gente precisa, e todos deveriam saber disso.

Eu só preciso dela. Empregos são substituíveis. Carreiras são inconstantes. Raízes crescem em qualquer lugar onde houver solo.

Compromisso e amor a gente demonstra com ações. E eu pretendo fazer isso todos os dias da minha vida, enquanto ela estiver ao meu lado.

Simples assim.

(Longo momento de silêncio)

NICK: Eu... Uau.

SAM: (pigarreia) Puta merda. Eu... Isso não estava nos planos.

NICK: Eu não esperava isso. Eu... Espera. Matthew. Matthew? Aonde você vai? Não terminamos. Nós...

MATTHEW: (abafado, depois mais claro) Josie não vai ficar feliz comigo depois que eu falar esta última coisa, mas, como eu disse muitas vezes, ela tem uma classe que me falta. Duncan Aguirre? Se algum dia você pensar em usar minha mulher ou qualquer outra pessoa do nosso círculo para se beneficiar, eu vou contar ao mundo inteiro onde você estava no dia 15 de setembro. E com quem. E, sim, estou falando da mãe dela também. Eu posso ter princípios de vez em quando, mas ainda sou um homem mesquinho. É isso. Agora tenho que pegar um voo de volta pra casa.

VINTE E OITO

Matthew

A ironia às vezes tem um senso de humor doentio.

Ou talvez sempre.

De qualquer forma, alguma coisa devia explicar por que a única estrutura que ainda estava montada na fazenda era a pérgula arqueada. A que ficava no fim do que deveria ser o altar em que Josie subiria.

Não senti tristeza ao imaginar ou pensar em algo que ela não ia fazer. Eu adoraria vê-la andando na minha direção, de vestido de noiva, um véu caindo com delicadeza de sua cabeça. Mas eu nunca precisei desse sonho.

E Josie sempre aparecia em cores vivas nos meus pensamentos. Nunca de branco.

Eu só estava ali porque não encontrei Josie em casa quando chegamos lá. Ela estaria ali, certamente tentando ajudar a tirar as coisas da fazenda. Então pedi a Cam que me levasse lá, em vez de ficar esperando por ela.

Minhas próprias palavras continuavam rodopiando em minha cabeça. Sempre suspeitei que eu fosse um romântico incurável. Principalmente porque isso explicaria por que eu era tão bom em olhar a vida amorosa de todos através de uma lente clínica. É preciso saber muito sobre um assunto para poder analisá-lo com tanta minúcia. Ou era isso, ou o fato de eu ser incapaz de levar as coisas a sério. Pessoas sérias não acreditavam nas mesmas coisas que eu, nem iam a podcasts de alcance nacional, proferiam xingamentos e ameaçavam um senador antes de abandonar o programa.

Minha mãe não ficou lá muito impressionada comigo nesse aspecto. Fui salvo pelo fato de que pedi aos meus pais que ouvissem o programa, e ela por algum motivo acreditou que eu estava dizendo a verdade pela primeira vez em um bom tempo. *Anos.* Eles chegariam a Green Oak no dia seguinte, após meu pai ter sugerido dar um pouco de tempo para que todos respirassem. Eu não me arrependia de ter mentido para eles, mas me arrependia de não ter confiado mais neles. Eu devia tudo aos dois, e agora isso incluía um pedido de desculpas. Mas nem me importei com a bronca que poderia levar. Eles iam conhecer Josie. E eu não via a hora de isso acontecer.

Tinha mais uma coisa que eu não contara a ninguém ainda, eu estava procurando emprego na região de Charlotte. Desde o momento em que fui demitido. Não era só por causa de Josie, mas eu seria um bobo e um mentiroso se negasse isso, depois de dizer tudo o que disse no ar. Em parte era, sim. Mas sempre teve algo além disso. Desde que Adalyn encontrou um lar ali, passei a ver as coisas de um jeito diferente. A me perguntar o que eu estava fazendo da minha vida. Josie não estava errada ao questionar por que eu não fazia algo que amava. Algo que tivesse a ver com esportes. Esse foi o sonho do qual acabei desistindo em favor de alguma coisa mais prática. Confortável. Acabei me contentando com o que tinha.

Não contei isso a ela por medo. Medo de ir atrás de um sonho que eu não tinha certeza de que era o ideal para mim, e medo de assustá-la. Sempre foi muito difícil não ir com tudo no que dizia respeito a Josie. E não é como se eu tivesse decidido que ficaria em sua vida, quisesse ela ou não. Eu teria me contentado em ser apenas seu amigo. Apenas torcia pela possibilidade de me tornar mais que isso.

Ouvi passos atrás de mim, e na mesma hora soube quem estaria no fim daquele corredor que levava ao que nem podia mais ser chamado de altar.

Olhos azuis encontraram os meus quando me virei, e: caramba! Ela estava tão linda parada ali, olhando para mim daquele jeito. Ver seu sorriso sempre foi avassalador.

– Você sabia que eu estaria aqui – disse ela. Seus lábios estavam cor-de-rosa, e a ideia de tirar aquele batom com um beijo fez meu peito se expandir. – Você também se rebelou.

– Sim.

– A gente tinha um plano – acrescentou ela.

– Espero que não se importe por eu ter mudado de ideia.

Ela fez uma careta. Discreta, mas fez.

– Eu me importo, sim.

Dei um passo à frente, pequeno, e ela ergueu a mão para me impedir.

– Eu também fiz planos por conta própria – disse, sem fôlego, o que me dizia que me ver indo em sua direção também era avassalador para ela. – Eram planos românticos incríveis. Pra recompensar você.

– Você é a minha recompensa.

Josie assentiu, e seu olhar pareceu ficar um pouco aficionado por um segundo. Ela observou cada centímetro do meu rosto. Então meu corpo inteiro. Da cabeça aos pés. Dos pés à cabeça, parando em meu peito, ombros, olhos. Eu amava sua expressão nebulosa quando ela fazia isso.

– Encontrei seu anel – contou ela. – O anel da sua avó. Na minha caixa de joias. Lá não é o lugar dele.

Minhas palavras mal conseguiram sair.

– É seu. Sempre foi.

– Eu gostaria que você colocasse de novo no meu dedo, do lado certo. Sabendo que ele está ali só pra nós dois. Pra mais ninguém – disse ela, dando um passinho à frente e olhando para o que havia atrás de mim.

O arco enfeitado com flores coloridas. Ela voltou a olhar para mim.

– Mas eu já queria antes de você dizer todas aquelas coisas no podcast.

– Que tal você vir até aqui? – sugeri. Estava morrendo de vontade de beijá-la. – E me contar mais sobre isso. Sobre todos esses planos.

– Você está no altar.

Foi impossível conter meu sorriso. Minhas palavras saíram como um apelo.

– Eu sei.

Vi como o que eu disse a impactou pelo modo como seus lábios se abriram, e aquele rubor com que eu já estava tão acostumado coloriu seu rosto.

– Você não aprendeu nada? – perguntou ela, se recompondo. E deu mais um passo à frente. Menor dessa vez. – Eu não faço essa parte.

– Você faz quando sou eu no altar.

O lábio inferior de Josie tremeu por um instante. Ela não se mexeu, mas um sorriso surgiu em seu rosto.

– Você estava falando sério?

– Cada palavra.

Ela suspirou.

– Então você acredita mesmo em magia. Destino. Instinto. Almas gêmeas.

– Isso é parte da explicação – respondi, fincando os pés no chão.

Era difícil me conter e não ir até ela. Mas Josie queria fazer aquilo. Eu via em seus olhos. No jeito lindo como ela estava enrolando. E eu queria que ela fizesse isso. E esperaria todo o tempo de que ela precisasse.

– Eu também acredito em compatibilidade. Em se apaixonar. Em duas pessoas que se encontram porque talvez esse seja seu destino, mas que também se esforçam pra fazer dar certo quando isso acontece.

– Você devia ter me contado – disse ela depois de um tempinho, uma emoção linda embargando sua voz. Ela avançou mais um pouco. – Naquela noite. Você devia ter dito tudo isso. De preferência no meu ouvido. Teria nos poupado de muito incômodo.

Algo chamou minha atenção quando ela deu mais um passo. Maior desta vez. Algo em seu pulso. O lenço de sua mãe. Nessa hora eu perdi qualquer moderação. Meu Deus, eu ia amar aquela mulher pelo tempo que ela me permitisse. O máximo possível. Voltei a olhar em seus olhos. Josie sabia que eu tinha visto. E lágrimas começaram a brotar. Não eram lágrimas tristes, mas me fizeram desmoronar, me deram um soco no estômago. Eu queria secá-las com um beijo.

– Vem aqui, Josie – implorei. Eu estava entregue. Sempre estive. – Vem aqui antes que eu perca a cabeça. Vem até aqui com esse lenço amarrado no pulso e deixa eu te mostrar o quanto fui sincero em cada uma das minhas promessas. – O corpo inteiro dela pareceu sacudir. Tremer. – Vamos, Baby Blue. É pra mim que você vai correr.

Ela deixou escapar uma risada linda enquanto corria, e quando a peguei em meus braços e tirei seus pés do chão, capturei essa risada com a minha boca. Eu a beijei, me deleitando com a sensação dos seus lábios se movimentando contra os meus. A sensação de tê-la em meus braços era a melhor do mundo. Não apenas suficiente, mas tudo. Tudo. Não me importava se algo tinha me levado até ali, até aquele lugar daquela fazenda, com aquela mulher que era a dona do meu coração, ou se não existia isso de sorte, destino ou magia.

– Eu te amo, Matthew Flanagan – disse ela, sem afastar os lábios dos meus. – Mesmo quando você não segue o plano. E mesmo depois de você ter escondido de mim todas as coisas que fariam com que eu amasse você desde o primeiro segundo.

– Repete.

Sua expressão ficou mais suave.

– Eu te amo – repetiu. – Você já sabia disso. Eu...

Eu a beijei mais uma vez, para que Josie soubesse o quanto eu estava feliz por ter esse direito. O quanto eu tinha me apaixonado por ela. E quando parei para respirar, fiz questão de que ela visse isso em meus olhos. Em meu rosto.

– Esse é o meu favorito – falei. – De todos os seus sorrisos.

Ela parecia um pouco ofegante.

– Qual deles? – perguntou.

– O seu sorriso de *acabei de caminhar até a droga do altar* – respondi, e a coloquei no chão. – E este é o seu sorriso de *nunca me deixe*.

Ergui sua mão, a do lenço. Passei o tecido em meu rosto.

– E este é o seu sorriso de *minha mãe teria amado você*.

Aquele azul de tirar o fôlego em seu olhar ficou cheio de lágrimas. Beijei os cantos de seus olhos. A ponta de seu nariz. Seus lábios.

– E este é o seu sorriso de *caramba, eu te amo tanto, por favor me leva aonde eu possa te mostrar o quanto*.

Josie riu. E o som de sua risada foi como um sino, anunciando o início de alguma coisa.

O início de uma vida, com ela.

E eu tinha toda a intenção de fazer jus a todos aqueles sorrisos. Toda manhã, tarde e noite. A cada amanhecer, a cada pôr do sol, sempre que ela franzisse o cenho ou risse. Sempre que eu estivesse diante dela.

Pelo resto da minha vida.

AGRADECIMENTOS

Oi! Ai, meu Deus! Uau! Aqui estamos nós de novo, e aqui estou eu mais uma vez absolutamente maravilhada por você (leitor) ter me escolhido. Eu queria poder dizer que a cada livro fica mais fácil, mas aos poucos estou aprendendo que escrever é bem parecido com amar. Existem coisas que aprendemos com experiência, relacionamentos diferentes, mágoas e momentos da mais pura alegria, mas a magia está na imprevisibilidade da jornada. Às vezes bela, outras nem tanto. Mas fico feliz em informar que, ao contrário das questões do coração, todos os livros me levam a um Felizes Para Sempre. Com cada história que tive a honra de proporcionar a você, eu caminhei em direção ao pôr do sol com vários personagens pelos quais me apaixonei perdidamente, e também ao seu lado. Assim espero. Se é que você não detestou. E quer saber? Caso tenha detestado também. Sou tão difícil quanto persistente, e juro sempre tentar fazer você se apaixonar. Por isso você sempre vai estar em primeiro lugar nos meus agradecimentos. Porque sem você isto aqui não passaria de palavras em um papel.

Como sempre, Jess, minha agente super-heroína: eu devia mesmo te dar uma capa. Não para entrar voando pela janela quando eu tiver um colapso nervoso (pensando bem, isso seria muito legal), mas porque você devia muito ter uma. Capas são legais à beça, e você ia arrasar. Obrigada por sempre evitar que eu desmorone. Eu seria cacos de Elena espalhados pelo chão se não fosse por você.

AC, Jenn, Nick e todos da Sandra Dijkstra, obrigada por serem a melhor equipe de agentes que uma autora poderia querer.

Kaitlin, Molly, obrigada por tudo. Por cada reunião, ligação, palavra de incentivo, elogio, e por todas as vezes que me protegeram – até de mim mesma. Mas, no geral, obrigada por acreditarem em mim e torcerem por mim. Eu não digo isso o bastante.

Megan, Morgan, Zakiya, Ife e todos da Atria, obrigada por tudo que fazem por mim e pelos meus livros. Sou muito grata pelo trabalho incrível de vocês. (Ainda estou um pouco chateada pela sessão de ioga com cabras que nunca fizemos, mas sou doida o bastante para acreditar que um dia isso vai acabar virando realidade.)

Harriett, Sarah e toda a minha equipe fantástica do Reino Unido, muito obrigada pelo apoio contínuo e pelo trabalho maravilhoso. Fiquei muito feliz em conhecer todos pessoalmente no último outono!

Sr. B., não vou mais encher o saco por causa das flores. O senhor me manteve ilesa – e garantiu que eu *sobrevivesse*, o que não foi pouca coisa nos últimos meses. Quem quer flores quando eu tenho você? (Tá bom, eu. E também um cachorrinho. E um gato? Mas só um pouquinho.)

Hannah e Becs, obrigada por me aturarem. Sei que vocês dizem que não é por aí, mas é, sim. Então, obrigada.

Lana, fico muito feliz por sermos amigas. Nunca fui muito boa em fazer amigos, e você fez com que fosse tão fácil. Amo nossas conversas doidas, e estou começando a acreditar que você não se importa mesmo com os áudios enormes que mando.

María, gracias. Sabes lo afortunada que me considero de haberte encontrado :)

E como sempre, aos que chegaram até este último parágrafo: obrigada mais uma vez. Espero que tenham amado a história do Matthew e da Josie tanto quanto eu amei as vozes caóticas dos dois na minha cabeça. O amor deles preencheu meu peito de um jeito muito especial. Desde que comecei a pensar neles. Então espero que eu tenha conseguido fazer jus aos dois e que você tenha sentido aquela falta de ar que faz nosso coração parar de vez em quando. Caso isso tenha acontecido, vocês sabem que minhas DMs estão abertas a gritarias, então venham gritar comigo. Porque, como diz o Chandler: eu tô carente e desesperada por amor.

CONHEÇA OUTROS LIVROS DA AUTORA

Uma farsa de amor na Espanha

Catalina Martín é uma jovem espanhola que trabalha como engenheira em Nova York. Com o casamento da irmã se aproximando, ela precisa desesperadamente de um acompanhante, porque não quer encarar sozinha toda a família e, principalmente, o irmão do noivo, que é ninguém menos do que seu ex.

Sentindo-se pressionada, ela conta uma mentirinha inofensiva sobre ter um namorado americano. E agora todos em sua pequena cidade estão ansiosos para conhecê-lo.

Lina tem apenas um mês para encontrar alguém disposto a cruzar o Atlântico com ela e participar da sua farsa. Mesmo assim, quando Aaron Blackford, seu colega de trabalho, se candidata à vaga de namorado de faz de conta, ela se recusa a aceitar. Embora ele seja alto, charmoso e lindo de morrer, também é condescendente, exasperante e insuportável.

Porém, quanto mais o casamento se aproxima, mais tentadora se torna a oferta.

Enquanto os dois se perguntam se serão capazes de sustentar a história por um final de semana inteiro, Lina começa a perceber que, na vida real, talvez Aaron não seja tão terrível quanto é no escritório...

Um experimento de amor em Nova York

Depois de largar o emprego como engenheira para focar em sua carreira como autora de romances, Rosie Graham se vê presa em um bloqueio criativo e não consegue escrever uma única palavra do livro novo que precisa entregar à editora. Como se não bastasse, seu teto desaba em sua cabeça. Literalmente.

Desesperada, Rosie decide se abrigar na casa de Lina, sua melhor amiga, que está fora da cidade. O que ela não sabe é que Lina já havia prometido emprestar o apartamento para o primo, Lucas, o crush secreto de Rosie, que ela vem stalkeando há meses pela internet.

A princípio o lugar parece pequeno demais para os dois, mas Lucas sugere que eles o dividam até que ela possa voltar para casa.

E, assim que fica sabendo sobre o bloqueio criativo, ele resolve levá-la em uma série de encontros de mentira para trazer de volta sua inspiração romântica e ajudá-la a entregar o livro no prazo.

Rosie acha que não tem nada a perder com o experimento, já que a estadia dele em Nova York tem data para acabar. Mas quando Lucas começa a agir como um dos protagonistas dos romances dela – um que, em vez de uma armadura brilhante, usa só uma toalha em volta da cintura, tem um sorriso lindo, um sotaque irresistível e ainda sabe cozinhar –, seis semanas começam a parecer um tempo longo demais para manter a atração por ele sob controle.

Amor em jogo

Adalyn Reyes passou anos aperfeiçoando sua rotina: acordar antes do nascer do sol, ir para o escritório do Miami Flames – time de futebol da Major League do qual é diretora de comunicação –, dar duro para deixar sua marca, voltar para casa e fazer tudo de novo.

Essa rotina é quebrada quando um vídeo de Adalyn agredindo a mascote do time viraliza. Como punição, o dono do clube a manda para Green Oak, uma cidade nos confins da Carolina do Norte, com a missão de tirar o time local da lama.

Ao chegar lá, as esperanças de Adalyn de se redimir desmoronam quando ela descobre que as jogadoras treinam de tutu (impraticável), têm cabras como animais de estimação (confuso) e morrem de medo dela (contraproducente). E ainda por cima têm 9 anos de idade.

Além disso, Cameron Caldani, o ex-goleiro prodígio que é o candidato perfeito para assessorá-la, quer colocá-la para correr de Green Oak. Culpa de um malfadado primeiro encontro envolvendo um galo, a perna de Cam e o para-choques de Adalyn.

Só que ser banida mais uma vez não é uma opção. Mesmo com as rusgas – e faíscas – de sua relação com Cam, Adalyn se recusa a sair de campo sem essa vitória. Ainda que corra o risco de ter o coração chutado para escanteio.

CONHEÇA OS LIVROS DE ELENA ARMAS

Uma farsa de amor na Espanha

Um experimento de amor em Nova York

Amor em jogo

O dilema da noiva

Para saber mais sobre os títulos e autores da Editora Arqueiro,
visite o nosso site e siga as nossas redes sociais.
Além de informações sobre os próximos lançamentos,
você terá acesso a conteúdos exclusivos
e poderá participar de promoções e sorteios.

editoraarqueiro.com.br